MICHAEL BENNETT

TOTE

THRILLER

AUS DEM NEUSEELÄNDISCHEN ENGLISCH
VON FRANK DABROCK UND MARTIN RUF

WILHELM HEYNE VERLAG
MÜNCHEN

Die Originalausgabe *Better the Blood* erschien erstmals 2022
bei Simon & Schuster UK Ltd., London.

Sollte diese Publikation Links auf Webseiten Dritter enthalten,
so übernehmen wir für deren Inhalte keine Haftung,
da wir uns diese nicht zu eigen machen, sondern lediglich
auf deren Stand zum Zeitpunkt der Erstveröffentlichung verweisen.

Text des Liedes *Brown and Screaming* © 2021 by Matariki Star Holland Bennett

Die Zitate auf S. 95 und 96 aus *Hamlet* von William Shakespeare
in der Übersetzung von Erich Fried drucken wir
mit freundlicher Genehmigung des Verlags Klaus Wagenbach.

Penguin Random House Verlagsgruppe FSC® N001967

Deutsche Erstausgabe 07/2023
Copyright © 2022 by Michael Bennett
Published by Arrangement with
SIMON & SCHUSTER UK LTD., LONDON WC1X 8HB, UK
Story and characters developed by Michael Bennett and Jane Holland
Copyright © 2023 der deutschsprachigen Ausgabe
by Wilhelm Heyne Verlag, München,
in der Penguin Random House Verlagsgruppe GmbH,
Neumarkter Str. 28, 81673 München
Redaktion: Thomas Brill
Sensitivity Reading: Anna von Rath
Umschlaggestaltung: www.buerosued.de
unter Verwendung von www.buerosued.de
Satz: Leingärtner, Nabburg
Druck und Bindung: CPI books GmbH, Leck
Printed in the EU
ISBN 978-3-453-42730-3

www.heyne.de

HINWEIS ZUR SPRACHE DER MĀORI
IN *6 TOTE*

In diesem Thriller finden sich einige Wörter und Begriffe aus der Sprache der Māori. Übersetzungen und Erklärungen dazu können auf den Seiten 365–367 am Ende des Buches nachgeschlagen werden.

Für Jane, Tīhema, Māhina und Matariki. In tiefer Arohanui

Kia whakatōmuri te haere whakamua.

Ich gehe rückwärts in die Zukunft,
den Blick auf meine Vergangenheit gerichtet.

Māori Whakataukī (Sprichwort)

EIN UNSCHARFER FLECK
IN DEN GESCHICHTSBÜCHERN

5. Oktober 1863

Mit flinken Bewegungen poliert er die versilberte Kupferplatte auf Hochglanz. Er hat eine Menge Übung darin. Früher, etwa wenn er den Auftrag bekam, mehrere Angehörige einer wohlhabenden Londoner Kaufmannsfamilie zu porträtieren, schaffte er an einem guten Tag mühelos dreißig Daguerreotypien, vielleicht auch mehr. Doch an diesem gottverlassenen Ort am anderen Ende der Welt gestaltet sich seine Arbeit sehr viel schwieriger. Da ihn die königliche Armee damit betraut hat, den Kolonialfeldzug für die Nachwelt zu dokumentieren, ist er immer wieder gezwungen, sein Handwerk im Freien auszuüben, wo es kein abgedunkeltes Studio gibt, in dem er seine Arbeitsmaterialien vorbereiten kann.

Das ist, gelinde gesagt, eine echte Herausforderung. Aber er rühmt sich, ein Meister seines Fachs zu sein.

Bedeckt von einem schwarzen Tuch, schiebt der Fotograf jetzt die blank polierte Platte in einen Kasten mit Jodkristallen und wartet geduldig, bis die dabei entstehenden Dämpfe mit dem Silber reagieren.

Andere sind jedoch weniger geduldig.

»Wir haben nicht den ganzen Tag dafür Zeit«, sagt der Hauptmann. »Beeilen Sie sich.«

Der Hauptmann ist ziemlich betrunken, und das schon seit ein paar Stunden, seit seine Männer den Gefangenen aufgegriffen haben. Ehrlich gesagt ist er sehr viel häufiger betrunken als nüchtern, was seine Männer nur allzu gut wissen und was sich durch den ständigen Mangel an Rum in ihrer abendlichen Lebensmittelration deutlich bemerkbar macht. Obwohl keiner von ihnen es wagen würde, sich zu beschweren, hat sich der Hauptmann mit seiner Trunksucht bei seinen Untergebenen keine Freunde gemacht.

Der Fotograf zählt unter dem schwarzen Tuch leise die Sekunden, die es dauert, bis die chemische Reaktion abgeschlossen ist. Fünfundzwanzig, sechsundzwanzig …

»Was treiben Sie da unter dem verdammten Tuch eigentlich?«, fragt der Hauptmann, der schnell wieder in sein Zelt zurückwill. Er hat seine Flasche erst zur Hälfte geleert, und der Tag ist schon fast zu Ende.

In der Dunkelheit unter dem Tuch stößt der Fotograf einen Seufzer aus. Fünfunddreißig, sechsunddreißig …

Eine Zeit lang hegte er für sein Leben sehr viel ehrgeizigere Pläne. Er träumte davon, an der Royal Academy Schools zu studieren, und stellte sich vor, wie er als von der britischen Kunstwelt bewunderter Maler den flämischen Stil wiederbeleben und erneuern würde. Aber als Sohn aus einer langen Ahnenreihe von Hufschmieden durfte er kaum darauf hoffen, an der Royal Academy Schools angenommen zu werden, geschweige denn die hohen Studiengebühren aufbringen zu können. Da ihm vor der Vorstellung graute, die Familientradition fortzuführen, entschied er sich für diese neue Kunstform, bei der man das Licht auf Silberplatten bannt. Bei der man eine Momentaufnahme des Lebens nicht in Öl oder Aquarellfarben festhält, sondern mit Silber, Kupfer und Quecksilber. Auf diese Weise kann er seinen Lebensunterhalt bestreiten, indem er seine beachtlichen Fähigkeiten im Umgang mit dem Spiel des Lichts auf Landschaften und Menschen nutzt.

Das ist zwar keine Malerei. Aber es ist in Ordnung. Fünfundvierzig.

Er kommt unter dem schwarzen Tuch hervor.

»Wurde verflucht noch mal auch Zeit«, sagt der Hauptmann.

Der Fotograf geht zu den Soldaten hinüber und korrigiert noch einmal ihre Position, um sie möglichst vorteilhaft in das grelle Licht zu rücken, das durch die Äste des gewaltigen Baums fällt, vor dem sie stehen. »Das hier ist moderne Alchemie«, sagt er begeistert, denn er weiß, dass die Aufnahme einer Daguerreotypie den Menschen, die mit dieser neuen Technik nicht vertraut sind, ihre Vorbehalte nehmen kann. »Ein kleines Zauberkunststück. Ich werde euch für alle Zeiten auf einem Bild festhalten. Dieser Moment wird auch dann noch existieren, wenn eure Knochen längst zu Staub zerfallen sind.«

»Legen Sie einen Zahn zu«, lallt der Hauptmann. »Ich muss mal scheißen.«

»Das kommt von dem Rum«, sagt einer der Soldaten, der sich sicher ist, dass der Hauptmann ihn nicht hören kann.

Verärgert über die Geringschätzung seiner Kunst durch den betrunkenen Hauptmann, kehrt der Fotograf zu seinem kastenförmigen Apparat zurück. »Das hier ist das Objektiv«, erklärt er und zeigt auf den Zylinder, der aus der Mitte des Kastens hervorragt. »Wenn ich die Kappe abnehme, müsst ihr vollkommen stillhalten. *Vollkommen!* Wenn ihr euch auch nur ein bisschen bewegt, werdet ihr nichts weiter als ein unscharfer Fleck in den Geschichtsbüchern sein.«

Abgesehen von dem Hauptmann mit seiner Alkoholfahne und dem hochroten Kopf haben sich die Soldaten auf diese Prozedur mit dem gebührenden Ernst vorbereitet; sie haben ihre Uniformknöpfe blank poliert und ihre halbhohen Stiefel auf Hochglanz gebracht.

»Was für ein Gesicht sollen wir machen?«, fragt einer der Männer. »Sollen wir lächeln?«

»Lächelt Jesus etwa auf dem *Letzten Abendmahl*?«, blafft der Fotograf.

»Kurz darauf hat man ihm verdammt große Nägel in die Hände geschlagen«, bemerkt der jüngste Soldat. »Kein Wunder, dass er nicht gelächelt hat.«

Ohne dem einsetzenden Gelächter Beachtung zu schenken, erwidert der Fotograf unbeirrt: »Hat Michelangelo seinem David etwa ein dämliches Grinsen ins Gesicht gemeißelt? Mit einem Lächeln sieht man aus wie ein Idiot«, sagt er. »Nur Dummköpfe lächeln. Also nicht lächeln.«

Er stellt sich neben das Objektiv.

»Macht euch bereit«, sagt er. »Jetzt bitte nicht bewegen. Und … *stillhalten.*« Er nimmt die Kappe ab.

Augenblicklich wird das Bild zwischen mehreren Spiegeln in der Holzkiste hin- und hergeworfen, bis das Licht schließlich umgekehrt auf die polierte Silberplatte fällt und der fotochemische Prozess den Moment festhält.

Die sechs Soldaten, der betrunkene Hauptmann und seine fünf Männer, stehen unter einem riesigen Pūriri-Baum auf dem Gipfel eines Vulkans, von dem aus man den Hafen von Auckland überblickt. Während der chemischen Reaktion kann man langsam erkennen, dass der Fotograf auch ohne Studium an der Royal Academy Schools intuitiv die Zweidrittelregel anwendet. Die Bildaufteilung ist nahezu klassisch.

Die sechs Soldaten stehen in einem ästhetisch ansprechenden Halbkreis unter dem Baum. Ein paar Meter über ihren Köpfen füllt eine siebte Person, die mit einer Schlinge um den Hals an einem zwölfsträngigen Seil der britischen Armee von einem der unteren Äste hängt, den oberen Teil dieser sorgfältig gestalteten Komposition aus.

Der tote Mann ist nackt; man hat den Gefangenen ausgezogen und gedemütigt, bevor man ihn hingerichtet hat. Als Vergeltung dafür, dass er der Truppe, die Jagd auf ihn gemacht hat, für einen beschämend langen Zeitraum entkommen konnte. Seine Hände sind vor dem Oberkörper zusammengebunden und die Füße an den Knöcheln gefesselt. Der Mann ist ein Māori, und das *Tā Moko*, mit dem Gesicht und Körper tätowiert sind, weist ihn als hochrangigen Anführer aus. Er ist in den Fünfzigern und hat silbergraues Haar, und die Spiralmuster und Linien, die tief in seine Haut geritzt sind, erzählen von seiner Abstammung, seinem Status und dem Wissen, das er in sich trägt, von dem *Whakapapa*, der über Generationen bis zu ihm hinunterreicht.

Er ist ein *Rangatira*.

»Wie lange noch?«, lallt der Hauptmann.

»Nicht reden«, brüllt der Fotograf. »Sonst seid ihr nur ein unscharfer Fleck in den Geschichtsbüchern!«

Nach den erforderlichen sechzig Sekunden steckt er die Kappe schließlich wieder auf das Objektiv.

HANA

Einhundertsechzig Jahre später

Hana wühlt mit den Händen in der Erde. So wie sie es mag. Der Boden in ihrem Garten ist unglaublich fruchtbar. Auckland ist die erste größere Stadt seit Pompeji, die auf einem aktiven Vulkanfeld errichtet wurde, und aufgrund der heftigen Eruptionen der vergangenen Jahrtausende sind die Gärten in den innerstädtischen Wohngebieten dicht und üppig bewachsen. Der Nachteil ist, dass sich jederzeit plötzlich ein neuer Riss auftun kann; ganze Viertel könnten unter einem Regen von Lava und Asche begraben werden. Zwar gab es seit tausend Jahren keinen Ausbruch mehr, aber für einen pessimistischen Menschen ist das mehr Anlass zur Sorge als zur Zuversicht. Der Vorteil ist, dass in der Innenstadt von Auckland Pflanzen prächtig gedeihen.

Hanas Garten ist eine Oase, ein Zufluchtsort, in dem alles sehr viel unkomplizierter ist als in der Welt, die ihren Alltag bestimmt. Eigentlich ist es weniger ein Garten, sondern eher ein kleiner Regenwald. Es gibt hier Keulenlilien, Flachspflanzen und einen ehemaligen Goldfischteich mit Seerosen und Brunnenkresse. Außerdem eine einheimische Palme, eine riesige, sieben

Meter hohe Nikau-Palme, die am Rand des Grundstücks steht. Die Nachbarn hinterlassen Hana regelmäßig kleine Nachrichten, in denen sie ihrem Ärger über die Palme Luft machen, Nachrichten, die Hana jedes Mal, nachdem sie sie gelesen hat, wieder zusammenfaltet und in der Mülltonne entsorgt. Die Nikau-Palme ist um die achtzig Jahre alt, wahrscheinlich sogar älter. Sie ist in diesem Vorort länger heimisch als sonst irgendjemand. Hana wird sie auf keinen Fall stutzen oder fällen, nur weil die kürzlich eingezogenen Nachbarn – die Steuerberater, Architekten oder wer weiß was sind – eine bessere Aussicht haben wollen.

In diesem Moment vibriert das Telefon in der Tasche der alten Jeans, die sie immer bei der Gartenarbeit trägt. Doch sie ignoriert es und richtet sich auf, streckt ihren Körper und wischt sich die Hände an der Jeans ab.

Hana hat dunkle Augen. Sie sind so dunkel, dass man in einem bestimmten Licht nicht erkennen kann, ob sie braun oder schwarz sind. Die Erde, die sie auf ihrer Hose verschmiert hat, ist fast genauso dunkel wie ihre Augen. Aber nur fast. Eine Schlingpflanze hat sich um die Zweige eines prächtig gedeihenden Kava-Kava-Strauches gewickelt. Hana muss sich darum kümmern. Sie bricht von dem Strauch ein Blatt ab, das mit Löchern übersät ist. Sie kann sich noch erinnern, dass in dem Dorf, in dem sie aufgewachsen ist, weit weg von Auckland, einer der Ältesten ihres Iwi einmal mit einer Gruppe kleiner Kinder in den Busch ging, um ihnen etwas über die Pflanzen des Waldes beizubringen. »Die Raupen wissen, welche Blätter die besten sind«, sagte er auf Te Reo Māori.

Das ist lange her.

Eine halbe Ewigkeit.

Hana beißt in das von Raupen zerfressene Blatt. Es hat einen pfefferartigen Geschmack, der ihr nur allzu vertraut ist. Es schmeckt gut. Wirklich gut. Sie kaut darauf herum, während sie in ihre Tasche greift, das Telefon herauszieht und die neueste SMS liest.

Hast du die Unterlagen gefunden?

Sie starrt auf die Worte. Hana ist eine Problemlöserin und nimmt normalerweise, ohne zu zögern, die schwierigsten Aufgaben sofort in Angriff. Aber diese Frage will sie nicht beantworten. Also steckt sie das Telefon wieder in die Tasche.

Vor der Hintertür streift Hana ihre schmutzigen Schuhe ab.

Ihr Haus ist zweckmäßig möbliert. Mit seiner schlichten, minimalistischen Einrichtung ist es das Gegenteil ihres dschungelartigen Gartens und entspricht den Bedürfnissen einer Frau von Ende dreißig, die gerne alleine lebt, einer Frau, die Klarheit und Ordnung zu schätzen weiß. Oben im Gästezimmer befindet sich ein Atelier. Der lichtdurchflutete Raum ist der einzige im Haus, der mit Sachen vollgestopft ist. Auf dem Boden liegen zusammengerollte Leinwände, und es stehen Kisten mit Farben und Bleistiften herum.

An den Wänden hängen mehrere Bleistiftzeichnungen. Es handelt sich um fertige Arbeiten. Akribisch, präzise und kunstfertig ausgeführt. Die Serie zeigt ein Mädchen und verfolgt seine Entwicklung vom Kleinkind bis zum Teenageralter. Auf einigen der Bilder ist das Mädchen als Baby zusammen mit einer Frau und einem Mann zu sehen. Die Bilder mit dem Mädchen als Kleinkind und Teenager zeigen dann nur noch das Mädchen oder das Mädchen zusammen mit der Mutter.

In ihrem Schlafzimmer im Erdgeschoss zieht Hana eine Kiste

unter ihrem Bett hervor. Sie wühlt sich durch einen Stapel Rechnungen und nimmt das amtliche Dokument heraus, das ganz unten liegt.

Antrag auf Aufhebung einer Ehe oder eingetragenen Lebenspartnerschaft.

Sie hält das Dokument lange in der Hand. Dann legt sie es wieder unter die Stromrechnungen und schiebt die Kiste zurück unters Bett.

Während einer Gerichtsverhandlung versucht Hana, immer an einer bestimmten Stelle zu sitzen. Die Angehörigen und Freunde des Angeklagten belegen stets die Plätze direkt neben ihm. Das ist für einen Polizisten nicht gerade der angenehmste Platz, erst recht nicht, wenn man als leitender Ermittler die Verhaftung vorgenommen hat. Aber es gibt eine perfekte Position, ein paar Meter von den Unterstützern des Angeklagten entfernt; von dort aus kann man sein Gesicht im Profil sehen – es ist wirklich erstaunlich, was Kieferbewegungen, Kopfhaltung und Augen alles verraten. Blicken sie nach vorne, oder sind sie auf den Boden gerichtet? Gleichzeitig kann man von dort aus die Verteidiger und den Richter sehen.

»Ich habe Ihnen den Platz freigehalten, D Senior«, sagt Stan, als Hana sich neben ihn setzt. Sie nimmt sich für den schlaksigen und oft etwas ungeschickten Detective Constable stets jede Menge Zeit. Stan hat als Jahrgangsbester seinen Abschluss gemacht, aber was Hana noch sehr viel mehr beeindruckt: Er weiß, dass die Ausbildung an der Polizeischule nichts mit der tatsächlichen Arbeit zu tun hat und dass die Noten auf dem Abschlusszeugnis völlig bedeutungslos sind. Er ist intelligent und lernt schnell, und er will wirklich etwas lernen.

Man hat den Angeklagten noch nicht zur Anklagebank geführt, aber seine Familie hat bereits Platz genommen. Wie Hana warten die Angehörigen jetzt, während sich der sündhaft teure Anwalt, den sie engagiert haben, leise mit ihnen unterhält. In diesem Moment öffnet sich die Tür zum Zuschauerraum, und eine größere Gruppe von Leuten tritt mit respektvollem Schweigen ein. Unter ihnen ist eine junge Frau namens Ria, die von ihren Eltern begleitet wird, einem Paar mittleren Alters; sie sind alle Māori. Etwa ein Dutzend Verwandte sind ebenfalls zur Unterstützung mitgekommen. Hana wirft Ria und ihren Eltern, die gegenüber der Familie des Angeklagten Platz nehmen, ein freundliches Lächeln zu. Die Klägerin und ihre Eltern haben das Schlimmste jetzt überstanden, und Hana ist froh darüber. Während des Prozesses haben die Eltern die Aussage ihrer Tochter gehört. Tapfer hatte die junge Frau darauf verzichtet, ihre Aussage per Videoschaltung zu machen, weil sie wollte, dass der Angeklagte ihr Gesicht sah, als sie dem Gericht erzählte, was er ihr angetan hat.

Hana hatte den Eltern erklärt, dass das für Ria äußerst belastend sein würde. »Aber es macht einen Unterschied.« Und das tat es.

Ria wirkte im Zeugenstand äußerst gefasst. Und entschlossen. Sie erzählte den Geschworenen, dass sie mit dem jungen Mann über eine Dating-Website Kontakt aufgenommen und zunächst ein gutes Gefühl hatte, als sie gegenseitig Nachrichten austauschten. Er absolvierte das letzte Jahr seines Jurastudiums und spielte für die Rugby-Nationalmannschaft. Aber er wirkte keineswegs arrogant oder wie ein Arschloch; er konnte sogar über sich selbst lachen. Sie traf sich dann mit ihm in der Bar eines schicken Hotels, wo sie eigentlich sicher war. Doch sie wusste sofort, dass sie einen Fehler gemacht hatte, als der angedeutete Begrüßungskuss auf die Wange zu einem unerwünschten Kuss auf ihren Mund führte. Dann setzte er sich direkt neben sie, sodass sich ihre Beine berührten. Er wahrte keinerlei persönlichen Abstand. Und sein Lächeln wirkte weniger freundlich als vielmehr besitzergreifend. Die junge Frau erzählte den Geschworenen, dass er offenbar fest davon ausging, mit ihr Sex zu haben, weil sie auf der Dating-App ihr Interesse bekundet hatte. Aber egal wie unwohl sie sich fühlt – und an diesem Abend fühlte sie sich sehr unwohl –, sie hat eine Regel: Selbst wenn sie jemanden völlig unattraktiv findet, bleibt sie auf einen Höflichkeitsdrink. Das gebietet der Anstand. »Männer haben schließlich auch Gefühle«, erklärte sie dem Gericht. »Man kann wenigstens auf einen Drink bleiben. Nur einen Drink.«

Doch ein Drink genügte. Eine später entnommene Blutprobe wies das schnell wirkende Betäubungsmittel nach, das in ihren Mojito gewandert war. Es sei wie eine außerkörperliche Erfahrung gewesen, sagte Ria, es sei alles ganz schnell gegangen. Sie wollte die Toilette aufsuchen, aber sie konnte sich kaum auf den Beinen halten. Der Jurastudent half ihr dann zum Fahrstuhl und versprach ihr, unten in der Lobby ein Uber-Taxi zu rufen, das sie ins Krankenhaus bringen sollte. Aber als sich die Aufzugtür schloss, fuhr er nicht nach unten, sondern nach oben. Hinauf zu dem Zimmer, das er bereits gebucht hatte. Als sich die Aufzugtür wieder öffnete, konnte Ria nicht mehr reden und kaum noch gehen. Der Student war gut dreißig Kilo schwerer als sie und hatte die kräftigen Muskeln eines linken Flügelstürmers; er kam nicht mal ins Schwitzen, während er sie vom Fahrstuhl zu seinem Zimmer trug. Selbst wenn sie in der Lage gewesen wäre, sich zur Wehr zu setzen, hätte das keinen Unterschied gemacht.

Als sie die Zimmertür erreichten und er seine Schlüsselkarte mit demselben Lächeln wie im Restaurant durch den Schlitz zog, konnte sie nicht mal mehr ihren Arm heben, um …

Hana hat gesehen, wie Rias Eltern während des Prozesses schweigend der Aussage ihrer Tochter lauschten. Gefasst und stoisch. Lediglich ihre Hände, die einander fest umklammerten, verrieten ihre wahren Gefühle. Hana fragte sich, ob sie an ihrer Stelle so ruhig geblieben wäre – wenn ihre Tochter im Zeugenstand gesessen hätte, wenn Addison ihre Aussage gemacht und den Anwesenden erzählt hätte, dass man sie betäubt, gedemütigt und vergewaltigt hatte. Ob sie so stoisch geblieben wäre wie die beiden. Hätte sie jeden Morgen beim Betreten des Gerichtssaals den Angehörigen jenes Mannes höflich zugenickt, der für die Tat verantwortlich war, so wie Rias Eltern es während des Prozesses getan haben?

Das war vor zwei Monaten. Die Geschworenen brauchten nur eine Dreiviertelstunde, um einen Schuldspruch zu fällen. Für Ria und ihre *Whānau* war das Schlimmste überstanden. Der heutige Termin ist nur noch eine Formalität, der Schlusspunkt. Die offizielle Urteilsverkündung.

Im Gerichtssaal entsteht jetzt Unruhe; mehrere Justizbeamte machen sich bereit, der Anwalt des Jurastudenten nimmt seinen Platz ein, und die Staatsanwältin nickt in Hanas Richtung. Währenddessen spürt Hana ein Vibrieren in ihrer Tasche, als bei ihr eine E-Mail eingeht. Da von dem Richter immer noch nichts zu sehen ist, nutzt sie die Gelegenheit, um einen Blick auf ihr Handy zu werfen. Sie öffnet die Mail und stellt fest, dass als Absender nur eine Ziffernfolge, eine anonyme Adresse, angezeigt wird. Das Textfeld ist leer, und es ist lediglich ein Video angehängt.

Hana schaltet ihr Telefon auf stumm und öffnet den Anhang. Auf dem Display wird das Video abgespielt. Es ist die ungeschnittene, verwackelte Amateuraufnahme eines heruntergekommenen Wohnhauses bei Nacht. Hana kennt das Gebäude. Das schon lange baufällige Haus wurde in den letzten Jahren von Obdachlosen und Drogenabhängigen in Besitz genommen. Die Einheimischen nennen es scherzhaft den Palace. Langsam wird auf das verfallene Haus gezoomt, und die Kamera verharrt auf einer der Wohnungen, auf der äußeren Wohnung im ersten Stock.

»Erheben Sie sich«, ruft der Gerichtsdiener plötzlich, und Hana hält das Video an.

Der Richter betritt den Saal, und der Angeklagte wird hereingeführt. Er nimmt seinen Platz ein und erwidert das aufmunternde Lächeln seiner Angehörigen mit einem Nicken. Für einen Moment dreht er sich zu Hana um und schaut sie an. Diesen eiskalten Blick hat sie früher schon einmal gesehen. Als sie das Haus seiner Familie aufsuchte, um ihn zu verhaften. Es ist ein unangenehmer Blick. Aber Hana ist unangenehme Situationen gewohnt, und sie wird sich von diesem Typen ganz bestimmt nicht einschüchtern lassen.

Schließlich dreht sich der Jurastudent wieder zu dem Richter um.

Hana schaut erneut auf das merkwürdige Standbild des Videos. Der Palace. Dann steckt sie ihr Telefon in die Tasche. Sie wird sich später damit beschäftigen.

»Patrick Jonathan Thompson, die Geschworenen haben Sie der sexuellen Nötigung für schuldig befunden«, sagt der Richter. »Sowie der schweren Körperverletzung. Sie haben auf heimtückische und abscheuliche Weise das Recht einer jungen Frau missachtet, ohne Angst an einer einfachen zwischenmenschlichen Aktivität teilzunehmen.«

Während der Richter redet, fällt Hana erneut auf, dass sich die meisten Angehörigen der juristischen Zunft zum Verwechseln ähnlich sehen. Bei der Polizei ist das anders. Dort landen alle möglichen Leute, aus ganz persönlichen Gründen, mit den unterschiedlichsten Lebensgeschichten. So wie Hana und Stan, die jetzt hier auf dieser Bank sitzen – Hana ist eine Māori von Ende dreißig und stammt aus der tiefsten Provinz; sie ist in die große Stadt gezogen, als es ihr in ihrem kleinen Dorf zu eng wurde. Stan hingegen ist Mitte zwanzig, hat strohblondes Haar und blaue Augen, kommt aus einer Mittelschichtfamilie und ist in der Großstadt aufgewachsen. Aber der Verteidiger und der Richter sind das genaue Ebenbild voneinander; sie haben beide silbergraues Haar und sind aus dem gleichen Holz geschnitzt. Sie stammen aus einer Juristenfamilie und setzen deren Tradition fort und sehen aus, als hätten sie nicht nur zusammen Jura studiert, sondern beide auch denselben Kindergarten besucht.

»Dieses Gericht verurteilt Ihre Taten aufs Schärfste, Mr. Thompson«, sagt der Richter. »Allerdings …«

Hana erstarrt. Allerdings? Bis zu diesem Wort war die Einleitung genau wie erwartet. Doch das Wort »allerdings« gibt ihr eine Wendung, die sich Hanas Verständnis entzieht. Der Fall ist glasklar: Es geht um eine Vergewaltigung während eines Dates, bei dem der Täter das Opfer mit einem starken Betäubungsmittel willenlos gemacht hat, um es zu missbrauchen – wie kann es da ein »allerdings« geben?

»Allerdings«, fährt der Richter fort, »gilt es für das Gericht bei der Festsetzung des Strafmaßes verschiedene Punkte zu berücksichtigen, die Ihr Anwalt vorgebracht hat. Zu erwähnen sind hier die überzeugende Fürsprache Ihres Juraprofessors, Ihre vielversprechende Zukunft als Jurist sowie Ihre ausgezeichnete Perspektive als Rugbyspieler in der Nationalmannschaft.«

Hana kann die Fassungslosigkeit von Rias Eltern neben sich spüren – *worauf läuft das hier hinaus?* Und auf der anderen Seite sieht sie, wie sich auf dem Gesicht des Jurastudenten ein zuversichtliches Lächeln breitmacht.

»Der will uns doch verarschen«, murmelt Stan.

»Daher bin ich der Überzeugung, dass es unverhältnismäßig wäre, eine langjährige Freiheitsstrafe gegen Sie zu verhängen, die höchstwahrscheinlich Ihre Karriere als Jurist und auch als Sportler beenden würde«, sagt der Richter. »Hiermit verurteile ich Sie zu zwölf Monaten Hausarrest und untersage die Nennung Ihres Namens in jeder Art von Medien.«

Hana sieht, wie die Familie des Studenten in Jubel ausbricht. Thompsons Vater nimmt seinen Sohn ungestüm in den Arm. Aber dann sieht Hana noch etwas anderes.

Für einen Moment schaut Thompsons Mutter zur Familie des Opfers hinüber; sie blickt Ria direkt in die Augen und erkennt darin die Verwirrung und Fassungslosigkeit der jüngeren Frau, den Schmerz, den ihr die Urteilsverkündung zusätzlich zu dem, was ihr widerfahren ist, zugefügt hat. Sie sieht Ria für einen langen Moment an, und es scheint, als würde sie sich entschuldigen.

Dann wendet sie sich ab und nimmt ihren Sohn in den Arm.

In diesem Augenblick tritt die Staatsanwältin zu Hana in den Zuschauerraum. »Das passiert gerade nicht wirklich.«

Aber das tut es. Es ist tatsächlich passiert.

Im Anschluss an die Urteilsverkündung bringen die Staatsanwältin und Hana Ria und ihre Familie in ein Besprechungszimmer des Gerichtsgebäudes. Die Staatsanwältin gibt ihr Bestes, ihnen Trost zu spenden, und erklärt, dass sie gegen das lächerlich milde Strafmaß Berufung einlegen wird, dass sie die Sache nicht auf sich beruhen lassen will. Wie schon während des ganzen Gerichtsverfahrens, das einen großen Einfluss auf ihr Leben hatte, obwohl sie darin keine aktive Rolle einnehmen konnten, sitzen die Eltern schweigend da. Rias Mutter hält die Hand ihrer Tochter, umringt von einigen Familienangehörigen, die leise weinen. Die Muffins und Pappbecher mit Kaffee, die Stan besorgt hat, stehen unangetastet auf dem Tisch.

»Das ist falsch«, sagt Hana halblaut. »Einfach nur falsch. Ich kann es nicht glauben.«

Die Angehörigen wechseln Blicke, und Rias Mutter wendet sich Hana zu. »Wenn es umgekehrt gewesen wäre«, sagt sie. »Wenn ein Māori das getan hätte und kein privilegierter, reicher weißer Bursche, wenn das Opfer eine Pākehā gewesen wäre – glauben Sie, dass man diesen Mistkerl dann nach Hause geschickt hätte? *Ich* glaube nicht. Man hat meine Tochter ein zweites Mal vergewaltigt.«

Hana erwidert nichts. Es gibt keine Worte, die der Familie helfen könnten, mit dieser Ungerechtigkeit fertigzuwerden. Rias Mutter erhebt sich vom Tisch, und ihre Familie versammelt sich um sie. »Leute wie wir lassen sich nicht unterkriegen.« Sie streicht, immer noch gefasst, ihre Strickjacke glatt. Dann nimmt sie ihre Tochter am Arm und führt sie aus dem Zimmer.

An der Tür dreht Ria sich noch einmal zu Hana um.

»Sie haben gesagt, dass es einen Unterschied machen würde«, sagt sie.

Hana läuft durch die Tiefgarage neben dem Obersten Gerichtshof zu ihrem Wagen, während Stan geduldig in einer Schlange wartet, um den Parkschein zu entwerten. Inzwischen sind zwar ein paar Stunden vergangen, aber Hanas Fassungslosigkeit über das Urteil ist immer noch nicht verflogen. Ihre Schritte hallen von den kalten, harten Betonoberflächen der Wände, Böden und Pfeiler wider. Plötzlich vernimmt sie noch weitere Schritte. Und dann tritt zwischen zwei Fahrzeugen eine Gestalt hervor.

»Detective Senior Sergeant Westerman.«

Es ist Patrick Thompson. Der Jurastudent.

Hana schaut über die Reihen parkender Wagen hinweg zu Stan. Ihr Kollege steht, in kaltes weißes Neonlicht getaucht, am vorderen Ende der Schlange und steckt den Parkschein in den Automaten. Er bekommt überhaupt nicht mit, was auf der anderen Seite der Tiefgarage gerade passiert.

Hana dreht sich wieder zu Thompson um. »Was wollen Sie?«

Er lächelt. Hana kennt dieses Lächeln nur zu gut. Dieses Lächeln, mit dem er Ria, ihrer Schilderung zufolge, zum Hotelzimmer getragen hat, dieses Lächeln, mit dem Thompson auf der Anklagebank der Urteilsverkündung lauschte. Plötzlich spürt Hana einen scharfen, bitteren Geschmack im Mund.

»Ich dachte nur, Sie sollten wissen«, sagt Thompson, »dass sie ihren Spaß gehabt hat. Sie hat jede verdammte Sekunde davon genossen.«

Hana würde ihn am liebsten verprügeln. Aber das tut sie nicht. »Halten Sie sich von mir fern, Mr. Thompson.« Sie zwingt sich, weiter Richtung Wagen zu gehen. Doch Thompson läuft ihr hinterher.

»Ich habe Ihre Tochter gesehen«, sagt er. »Ich folge dieser scharfen Rapper-Braut auf Instagram.«

Als er Addison erwähnt, bleibt Hana stehen.

Am anderen Ende der Tiefgarage zieht Stan den entwerteten Parkschein aus dem Automaten. Er sucht in seinen Taschen nach den Schlüsseln und hat immer noch nicht mitbekommen, dass es ein Problem gibt. Thompson bleibt neben einem Betonpfeiler stehen und wendet Hana das Gesicht zu. »Vielleicht schicke ich ihr mal eine Nachricht«, sagt er spöttisch. »Sie könnte mein Typ sein.«

Der bittere Geschmack in Hanas Mund ist jetzt kaum noch zu ertragen, und bevor sie überhaupt weiß, was sie tut, packt sie Thompson am Hemd und stößt ihn mit voller Wucht gegen den Pfeiler. »Du Stück Scheiße.« Sie kann sich gerade noch beherrschen und lässt ihn wieder los, obwohl sie nur zu gerne weitermachen würde. »Halten Sie sich von meiner Tochter fern, und halten Sie sich von mir fern.«

Thompson lächelt erneut. »Sie wollten mich in den Knast stecken. Sie wollten mein Leben ruinieren. Wissen Sie was? Ich werde jetzt Ihres ruinieren.«

Ehe Hana es sich versieht – *klatsch* –, schlägt Thompson sein Gesicht gegen den Pfeiler. Blut strömt aus seiner Nase. In diesem Moment ist das Geräusch sich nähernder Schritte zu hören. Stan kommt hinter einer Reihe geparkter Autos hervor und sieht den Jurastudenten, dessen Hemd jetzt voller Blut ist.

»Die ist ja total verrückt, Mann«, sagt Thompson zu ihm. »Sie hat sich nicht mehr unter Kontrolle. Man sollte sie verdammt noch mal verhaften.«

Hana und Stan verlassen mit einem Zivilwagen der Polizei die Tiefgarage. Obwohl Stan nicht mitbekommen hat, was passiert ist, glaubt er Hanas Schilderung der Ereignisse. Natürlich. Keine

Frage. Allerdings hat er es nicht mit eigenen Augen gesehen. Hana weiß, dass ihr Wort gegen das von Thompson steht. Genau, wie er es wollte.

Hanas Hände zittern immer noch, als sie einen Blick auf ihr Handy wirft. Das Display zeigt weiterhin das Standbild des Videos, das man ihr anonym zugeschickt hat. Sie betrachtet einen Moment das merkwürdige Bild der baufälligen Obdachlosenunterkunft. Der Palace. Dann beendet sie das Video.

Während Hana auf die vorbeiwischenden Straßen hinausstarrt, fragt sie sich, wie die idiotische Sache mit dem Jurastudenten wohl weitergehen wird.

Es sieht nicht gut für sie aus.

3
BROWN AND SCREAMING

Ein Flugzeug, das vom internationalen Flughafen in Mangere gestartet ist, erfüllt mit dem Dröhnen seiner Triebwerke die Luft über den südlichen Bezirken von Auckland. Die Bewohner in der Gegend haben sich so sehr an die riesigen Maschinen gewöhnt, die lärmend in den Himmel emporsteigen, dass sie das Geräusch schon gar nicht mehr wahrnehmen. Im Süden von Auckland herrscht eine ganz eigene Atmosphäre, mit seiner bunten Mischung aus Angehörigen aller möglichen Volksgruppen und Religionen. Wenn man hier mit dem Zug oder dem Bus fährt, hört man fünf verschiedene Sprachen aus fünf verschiedenen Kontinenten. Hier leben kürzlich eingetroffene Flüchtlinge aus Krisengebieten auf der ganzen Welt; Pasifika-Familien, die aus Tonga, Samoa oder Niue hierhergezogen und bereits in der vierten oder fünften Generation Neuseeländer sind, Einwanderer vom indischen Subkontinent oder aus noch weiter entfernten Regionen und eine andere Art von Migranten, Einheimische, die sich die schwindelerregenden Immobilienpreise in den anderen Vierteln nicht leisten können und sich im pulsierenden, lebhaften Süden der Stadt ein Haus gekauft haben.

An diesem Abend konkurrieren die Triebwerke der Maschinen mit einer Reihe anderer Geräusche, die aus einer ganz bestimmten Sackgasse zu hören sind. Laute Musik. Treibende Bassläufe. Scratchgeräusche. Wildes Stimmengewirr. Und eine Stimme, die alles andere übertönt.

»Fighting's in my blood / Called the minority / Saying we're half of everything / You don't know us / We're more than both!«

Am Ende der Sackgasse steht ein Haus mit einem großen Garten. Er ist erfüllt von einem wogenden Meer aus Tätowierungen und Piercings, Joints und Pillen; in Fässern lodern Flammen, und über den Köpfen der Gäste hängen bunte Lichterketten. Die Terrasse auf der Rückseite des Hauses wurde in eine provisorische Bühne mit Stroboskoplichtern verwandelt. Übereinandergetürmte Verstärker erzittern unter den hämmernden Beats der Bässe, während sich zwei DJs an einem Doppel-Plattenspieler einen Wettstreit liefern.

Das Epizentrum dieses Treibens ist eine junge Frau. Und das zu Recht. Sie ist siebzehn Jahre alt, sie ist eine Māori und stolz, voller Energie und Lebensfreude. Sie hüpft wie eine Gazelle auf und ab, als hinge sie an einem Bungeeseil oder hätte Sprungfedern unter den Füßen. Sie rappt einen leidenschaftlichen Song über Individualität und Identität, in ihrem brillanten, unverwechselbaren Stil, der mühelos zwischen Englisch und Te Reo Māori hin- und herwechselt.

»We were born brown and screaming / Won't survive in silence! / Te ha o ngā tūpuna / The breath of our ancestors / Anei mātou! / Here we are!«

Mit ihrer wunderschönen Stimme trägt sie ihre intelligenten, zornigen Verse vor, darüber, dass alle die gleichen Rechte besitzen und jeder für seine Identität einstehen muss, unabhängig von Geschlecht, sexueller Orientierung und Herkunft. Addison hat die gleichen dunklen Augen wie ihre Mutter. Die alten Zeichnungen an den Wänden im Atelier ihrer Mutter zeigen sie noch mit langen, struppigen schwarzen Haaren, aber hier auf der Bühne, unter den Stroboskoplichtern, glänzt ihr kahl rasierter Schädel wie der schönste Vollmond.

Sie schwingt sich zum Refrain des Songs auf. »Who got the power to fight the power?«

Und die Menge erwidert: »I got the power to fight the power!«

Addison strahlt. »Who got the body to rock the party?«

Die Menge imitiert jede ihrer Bewegungen. »I got the body to rock the party!«

All das wird von PLUS 1 auf Video festgehalten. PLUS 1 ist so alt wie Addison und eine nicht-binäre Person, hat die langen Dreadlocks zu einer verrücken Bienenkorb-Frisur hochgesteckt, trägt eine khakifarbene Tarnhose, Stiefel und funkelnden Modeschmuck. Auf dem Display des Handys bietet Addison ein Bild der Glückseligkeit; ihr Lächeln strahlt noch heller als die Scheinwerfer, die sie auf der Bühne beleuchten.

Am anderen Ende der Sackgasse sind ebenfalls mehrere Menschen zusammengekommen. Doch sie sind alles andere als fröhlich gestimmt. Ein Dutzend Männer und Frauen in Polizeiuniformen rückt die Mützen zurecht und streift sich Leuchtwesten über. Es werden Dosen mit Pfefferspray verteilt und Taser gezückt. Zwei Mannschaftswagen riegeln das Ende der Sackgasse ab. Eine Nachbarin hat den Notruf gewählt in der Annahme, dass sie wohl am ehesten ohne die Belästigung durch die laute Musik fernsehen kann, wenn die Polizei mal vorbeischaut.

Um sicherzugehen, dass sie schnell genug anrücken – das heißt vor den Spätnachrichten –, hat sich die Nachbarin bei ihrem Anruf größere dichterische Freiheiten erlaubt. »Ich habe splitternde Fensterscheiben gehört«, erklärte sie dem Telefonisten in der Notrufzentrale. »Außerdem Fluchen und lautes Gebrüll. Und Flaschen, die durch die Gegend geworfen werden.« Sie sei äußerst besorgt. Es könne jeden Moment zu einer Schlägerei kommen. Ihr Anruf erzielte die gewünschte Wirkung. Die Beamten bilden jetzt eine Reihe, alle eine Armlänge voneinander entfernt.

Im Garten am Ende der Sackgasse werden weder Flaschen geworfen noch Fenster zertrümmert. Nichts erinnert auch nur entfernt an eine Schlägerei. Da sind nur Addison, jung und unvergleichlich, und die Menge, die sich im Einklang mit ihr bewegt, berauscht von Addison, berauscht voneinander, berauscht von der Liebe. Addison nimmt PLUS 1 das Handy ab. »Ich liebe dich«, sagt sie und gibt PLUS 1 einen Kuss. Die Menge jubelt. Doch dann bemerkt PLUS 1, dass sich draußen auf der Straße etwas tut.

Die Kettenformation der Polizei marschiert im Gleichschritt auf das Haus zu, während der Sergeant dahinter sie antreibt, vorwärts-vorwärts-vorwärts.

PLUS 1 reißt Addison das Mikrofon aus der Hand und brüllt: »Die Bullen!«

Ohne zu überlegen, schnappt PLUS 1 sich den Mikrofonständer und springt über den Zaun auf die Straße, stellt sich den anrückenden Polizisten entgegen und schwenkt den Ständer wie einen *Taiaha* hin und her. Währenddessen bricht im Garten Chaos aus. Einige der Partygäste rennen durch die Nachbargärten davon und werfen ihre Tütchen mit Pillen und Gras weg. Andere stürmen auf die Straße zu PLUS 1, angetrieben von

Empörung, Adrenalin und diversen Substanzen. Die Kettenformation der Polizei kommt immer näher.

Vorwärts-vorwärts-vorwärts.

Addison, die jetzt allein auf der Bühne steht, beobachtet das Geschehen. Sie ist entsetzt. Die fröhliche Party wird sich gleich in etwas völlig anderes verwandeln. Und sie weiß, dass sie nichts dagegen tun kann.

Das Polizeipräsidium von Auckland befindet sich in einem zwölfstöckigen Gebäude – einem hässlichen, langweilig grauen Betonbau mitten in der Innenstadt. Die Befragungszimmer liegen in den Untergeschossen. Sie sind eng und unbehaglich. Und ziemlich genau so fühlt Addison sich gerade.

»Was ist jetzt? Hocken wir bloß hier rum?«, sagt sie.

Auf der gegenüberliegenden Seite des Tisches sitzt Hana und hält einen Ausdruck von der Strafanzeige gegen Addison in den Händen. Neben Addison hat Jaye Hamilton Platz genommen. Er ist Anfang vierzig und hat freundliche blaue Augen. Obwohl er einer der ranghöchsten Beamten im Polizeibezirk Tāmaki Makaurau ist, lässt er das andere Menschen nicht spüren. Er bekleidet den Dienstgrad des Detective Inspector. Aber in dieser Funktion ist er nicht hier.

Jaye ist Hanas Chef. Und außerdem ihr Ex. Und er ist Addisons Vater.

Neben Jaye sitzt Marissa, mit der er seit einigen Jahren zusammen ist. Die intelligente, ernste Frau würde Addison gerne zur Seite springen. Sie hat ein großes Herz für hilfsbedürftige Kreaturen. Im wahrsten Sinne des Wortes. Sie ist Tierärztin. Doch sie sagt keinen Ton. Schließlich ist Addison Hanas und Jayes Tochter und nicht ihre.

Die bleierne Stille im Raum weckt in Addison das Verlangen, den Tisch umzuwerfen. »Ihr könnt mich hier nicht einsperren und dann einfach ignorieren«, sagt sie im Tonfall eines kleinen Kindes, das man zu Hausarrest verdonnert hat und mit Missachtung straft. Zu ihrem großen Verdruss bekommt sie immer noch keine Antwort. Schließlich kann sie es nicht länger ertragen. »Wir haben gegen kein Gesetz verstoßen«, stößt sie hervor, um den Vorfall zur Seite zu wischen. »Ich meine, genau darüber singe ich auf der Bühne! Es ist kein Verbrechen, einen Nasenring zu tragen oder dunkle Haut zu haben, queer zu sein, ein Māori oder nicht-binär oder was auch immer. Aber man behandelt uns, als würden wir Schaufenster einschlagen und Fernseher klauen! Man hat PLUS 1 in den Transporter geschleift, getasert und ins Gesicht geschlagen. Womöglich den Wangenkochen gebrochen.«

Hana mustert ihre Tochter und spürt, dass sie langsam in Fahrt kommt, wie ein Schlitten, der immer schneller einen Hügel hinunterrast.

»Diejenigen, die das getan haben, sollte man verhaften«, fährt Addison fort. »Diese Scheißkerle, diese rassistischen, beschissenen, homophoben Schweine …«

»Addison, es reicht«, blafft Jaye. Es muss schon eine Menge passieren, dass er so mit seiner Tochter spricht. Addison weiß, dass sie zu weit gegangen ist. Sie spürt, wie die Haut an ihrem Hals anfängt zu brennen, und wünscht sich, man könnte es nicht so deutlich sehen. Hana, die ihr schweigend gegenübersitzt, streicht jetzt die zerknitterte Strafanzeige glatt.

Jaye wählt seine folgenden Worte mit äußerstem Bedacht. »Ihr hattet keine Genehmigung für einen öffentlichen Auftritt. Dann wären da noch ordnungswidriges Verhalten und Widerstand gegen die Festnahme. Außerdem sah es in der Nachbarschaft so aus, als hätte man dort den gesamten Pillenvorrat einer Apotheke ausgekippt. Und deine Freundin, PLUS 1? Sie ...«

»Kein Pronomen«, weist Addison ihn ungehalten zurecht. »PLUS 1 möchte ohne Pronomen angesprochen werden.«

»In Ordnung.« Jaye nickt. »PLUS 1 hat die Polizisten mit einer Waffe angegriffen.«

»Das war mein Mikroständer!«

»Hat sie ihn zum Singen benutzt?«

»Mein Gott, Dad. Kein Pronomen!«

Hana hat noch immer keinen Ton gesagt. Dass ihre Mutter sie während dieser unerträglichen Auseinandersetzung bisher nicht zur Rede gestellt hat, macht Addison besonders wütend.

»Ihr habt eindeutig gegen das Gesetz verstoßen«, erklärt Jaye seiner Tochter. »Gegen jede Menge Gesetze.«

»Ist ja klar, dass du die Cops verteidigst«, sagt Addison.

»Wir *sind* die Cops.«

»Genau! Ihr beide! Ihr seid Teil des ganzen beschissenen Systems!« Addison springt von ihrem Stuhl auf und beschließt, mit den gleichen Waffen zurückzuschlagen. Sie reißt ihrer Mutter die Strafanzeige aus den Händen und wedelt damit, um ihren Worten Nachdruck zu verleihen, als ob das überhaupt noch nötig wäre. »Ich meine, dein Verhalten überrascht mich nicht, Dad. Du bist weiß, du bist ein Mann! Für dich läuft es bestens. Man hat dich sogar zu Mums Chef befördert! Aber Mum. Herrgott! Du bist eine Māori. Wie kannst du verdammt noch mal überhaupt noch in den Spiegel schauen ...«

»Okay.«

Nur zwei Silben. Ruhig und emotionslos ausgesprochen. Aber als Hana endlich etwas sagt, ist es so, als wäre eine Bombe explodiert. Marissas Blick huscht zu ihr hinüber. Jaye blinzelt. Und Addison schluckt.

Hana streckt ihre Hand nach der Strafanzeige aus, worauf Addison sie ihr kleinlaut überreicht. »Setz dich, bitte«, sagt Hana. Was höflich klingt, ist in Wirklichkeit eine knallharte Aufforderung. Addison nimmt wieder Platz, und ihre Augen füllen sich mit Tränen. Sie hat keine Ahnung, was jetzt kommt, keiner weiß das. Hana geht zur anderen Seite des Tisches. Und …

Sie beugt sich hinunter, gibt Addison einen Kuss auf die Stirn und drückt den Kopf ihrer Tochter gegen ihre Brust. Addison fängt lautlos an zu weinen und klammert sich an ihre Mutter.

Marissa berührt sanft Addisons Hand. »Addy, Schätzchen, alles wird gut …«

»Ach, leck mich doch, Marissa.« Addison schlägt ihre Hand fort. »Ich hasse es, wenn man mich Addy nennt. Kannst du nicht einfach abhauen und irgendein Karnickel verarzten?«

Während Marissa sich allergrößte Mühe gibt, Addisons Äußerung nicht persönlich zu nehmen, schaut Hana zu ihrem Ex-Mann hinüber. »Können wir uns draußen unterhalten? Allein.«

»Überrascht dich das?«, fragt Hana. »Oder Marissa? Irgendetwas davon?«

Die Glühbirne über dem Personaleingang des Präsidiums verbreitet ein grelles weißes Licht. Hana und Jaye stehen darunter allein im leeren Türrahmen. Stan, der fünfzig Meter entfernt im Wagen auf Hana wartet, entgeht nicht, dass beide eine völlig verkrampfte Haltung eingenommen haben.

»Denn mich«, fährt Hana fort, »überrascht das nicht.«

Jaye weiß genau, was Hana damit meint. Addison studiert im ersten Jahr Musik und Politikwissenschaften, ihre beiden miteinander konkurrierenden Leidenschaften. Zwar ist sie mit ihren siebzehn Jahren eine der jüngsten Studentinnen, aber sie hatte sich schon lange vor dem letzten Schultag innerlich von der Highschool verabschiedet. Sie wohnte damals abwechselnd bei ihrer Mutter und ihrem Vater, bevor sie zu Beginn des Studiums dauerhaft bei Marissa und Jaye einzog. Was durchaus verständlich ist; ihr Haus in einer grünen, teuren Gegend liegt sehr viel näher an der Universität. Marissa hat aus ihrer ersten Ehe zwei Töchter, die noch nicht das Teenageralter erreicht haben, Vita und Sammie. Aber im Haus ist sehr viel Platz, und Addison nistete sich in der rückwärtigen Einliegerwohnung ein.

Doch sie zog nicht nur wegen der günstigen Lage bei Jaye ein.

Als sie noch ein Baby war und nachts manchmal wach wurde, sagte die erschöpfte Hana jedes Mal zu Jaye: »Leg sie in ihr Gitterbett und lass sie ein wenig weinen, dann wird sie wieder einschlafen.« Jaye lächelte dann und nickte. Ja, natürlich. Aber sobald Hana schlief, lief er für die nächsten paar Stunden mit Addison auf dem Arm durch die Wohnung, zog Grimassen, um sie zum Lachen zu bringen, und hob sie an das große Fenster im Wohnzimmer, während sie glucksend auf die funkelnden Lichter der Stadt starrte. Als ranghoher Polizeibeamter, der eines der größten und meistbeschäftigten Ermittlerteams in Neuseeland leitet, ist Jaye ziemlich kompromisslos. Er steht in dem Ruf, äußerst fair zu sein und keinerlei Ausflüchte zu dulden.

Aber wenn es um seine Tochter geht, ist er unendlich nachsichtig.

Im letzten Highschooljahr hatte Addison sich von einer Mitschülerin ihre erste Tätowierung stechen lassen. Die Darstellung einer Māori-Frau, einer *Wahine Toa*, einer Kriegerin. Eigentlich war es das perfekte Motiv, ein Symbol für Addisons Kämpfernatur, aber die Ausführung war ziemlich schlecht. Addison zeigte die Tätowierung zunächst Jaye und erklärte ihm die Bedeutung, um ihn auf ihrer Seite zu haben, bevor sie den Mut aufbrachte, Hana damit zu konfrontieren. Als ihre Mutter die Tätowierung sah, ging sie sofort an die Decke. »Du bist erst sechzehn, es ist dir nicht mal gesetzlich erlaubt, einen professionellen Tätowierer aufzusuchen.« Jaye meinte darauf, dass die Mitschülerin ja kein Profi sei, aber nach der Schule ein Praktikum in einem Tattoostudio machen wolle. Hana hatte kein Verständnis dafür. »Warum lässt du dir etwas dauerhaft in den Körper ritzen von jemandem, der keine Ahnung davon hat?« Doch für Addison war die Sache ganz einfach. »Mein Körper, mein Verstand, meine Entscheidungen.« Zu Hanas Verärgerung gab Jaye zu bedenken, dass sie ihre Tochter genau in diesem Sinne erzogen hatten. »Ist doch so, oder?«

Dem hatte Hana kaum etwas entgegenzusetzen. Denn es war die Wahrheit. Sie wollte, dass ihre Tochter selbst über ihr Schicksal, über ihr Leben bestimmte. Gleichzeitig wünschte sie sich, Addison würde sehr viel klügere Entscheidungen treffen, als sich diese misslungene Tätowierung stechen zu lassen.

Jaye und Marissa war es lieber, dass Addison in der Einliegerwohnung mit ihren Freunden einen Joint rauchte als in irgendeiner finsteren Seitenstraße vor dem Haus eines Dealers. Und wenn sie mit jemandem schlafen wollte, sollte sie sich bei ihnen so wohlfühlen, dass sie das an einem sicheren Ort tat, statt auf der Rückbank eines Autos ungeschützten Sex zu haben. Addisons Erklärung, das Haus ihres Vaters sei nur wenige Gehminuten von der Uni entfernt, machte die Dinge unkompliziert. Aber so wie es längst überfällig gewesen war, endlich die juckende, viel zu enge Schuluniform abzustreifen, war sie bereit, in vielerlei Hinsicht ihren eigenen Weg zu gehen.

In der Einliegerwohnung von Jaye und Marissa konnte sie lernen, auf eigenen Beinen zu stehen.

Über Jayes Kopf umschwirrt jetzt eine Motte die weiße Glühbirne an der Tür des Polizeipräsidiums. Er holt tief Luft. »Wir handhaben die Dinge auf unsere Weise. Mag sein, dass du sie anders …«

»Unsere Tochter raucht Gras. Im Haus eines Detective Inspector.«

»*Herrgott*, Hana.« Jaye windet sich. Er will diese Unterhaltung wirklich nicht an diesem Ort führen. »Als Marissa und ich zusammengezogen sind, haben wir entschieden, wie wir als Familie zusammenleben wollen. Marissas Kinder, Addison …«

»Eine Siebzehnjährige, die tun und lassen kann, was sie will. Die jeden zweiten Abend einen anderen Typen mit nach Hause bringt. Oder Mädchen.«

Zwei uniformierte Beamte, die an den beiden vorbeigehen, werfen ihnen verstohlene Seitenblicke zu. Die Nachricht, dass die Tochter von zwei der ranghöchsten Detectives im Revier verhaftet wurde, hat sich in Windeseile verbreitet. Das macht keinen besonders guten Eindruck. Sobald die Polizisten verschwunden sind, setzt Jaye nach. »Wir wissen lieber, was sie tut, als dass sie sich an irgendwelchen Straßenecken herumtreibt.«

»Das hat ja wunderbar geklappt.« Hana gibt sich nicht einmal Mühe, ihre Missachtung zu verbergen.

»Das ist nur eine Phase«, sagt Jaye. »Ihre verrückten Freunde … Sie findet sich gerade selbst, probiert sich aus. Sie ist unglaublich talentiert … ihre Musik, ihre Auftritte. Wir sollten stolz auf sie sein.«

»Heute Abend bin ich nicht besonders stolz. Du etwa?«

Ein Straßenreinigungswagen rumpelt an der Stelle vorbei, wo Stan mit dem Wagen wartet. Er versucht, sich sein Interesse für das Gespräch nicht allzu sehr anmerken zu lassen.

Hana bemerkt, wie Jaye seinen Daumen zwischen dem Zeigefinger und Daumen der anderen Hand hin- und herdreht, als wollte er einen festgerosteten Türknauf lockern. Als Cop lernt man es, seine Ticks zu verbergen, die unbewussten Angewohnheiten, die in einer angespannten Situation verraten, dass man unter Stress steht. Aber Hana kennt diesen Tick mit dem Daumen, und zwar nur zu gut. Für einen Moment sieht sie vor ihrem geistigen Auge deutlich ein Bild. Wie sie vor sechzehn Jahren zusammen mit Jaye im Bett saß, nachdem sie mit ihm Schluss gemacht hatte. Keiner von beiden weinte, denn zwischen ihnen schlief ihre kleine Tochter und begann wie jedes Mal kurz vor dem Aufwachen, die Nase hochzuziehen. Jaye starrte in ihrer Mietwohnung auf einen Riss an der Decke und drehte seinen Daumen hin und her.

Hana hat schon lange nicht mehr an diesen Moment denken müssen.

Es herrscht jetzt beklommenes Schweigen. Schließlich stößt Jaye einen Seufzer hervor. »Was für ein beschissener Tag.«

Nach der Auseinandersetzung mit Patrick Thompson in der Tiefgarage war Hana direkt zu Jaye gefahren. Sie erzählte ihm von dem Vorfall, davon, wie dieses selbstgerechte Arschloch sie provoziert und sein Vergewaltigungsopfer verhöhnt hatte, damit sie auf ihn losging. Jaye nahm keine Rücksicht auf Hanas Gefühle, damit würde er ihr keinen Gefallen tun. »Er hat sein eigenes Gesicht gegen den Pfeiler geschlagen?«, fragte er. »Du weißt, wie das klingt, oder?«

»Wie eine faule Ausrede für Polizeigewalt. Aber genau das ist passiert.«

»Hast du ihn berührt? Ihn angefasst? Ich muss das wissen.«

Für einen Moment stand diese Frage zwischen ihnen im Raum. Auf der Fahrt zum Revier hatte Stan zu Hana gemeint, er würde ihre Geschichte bestätigen und aussagen, dass er alles gesehen habe. Hana hatte ihm daraufhin eine Standpauke gehalten. Sie würde einen vereidigten Polizeibeamten nicht für sich lügen lassen, er solle ihr nie wieder so etwas vorschlagen. Sie komme schon klar, egal, wie sich die Sache entwickle.

»Ich habe ihn rückwärts gegen den Pfeiler geschubst. Das ist alles. Als ich merkte, was ich tat, hab ich aufgehört. Das mit seinem Gesicht ist er selbst gewesen.«

»Wenn sein Anwalt dich vor die unabhängige Beschwerdestelle der Polizei zerrt, wirst du also einfach die Wahrheit sagen, und die Sache ist erledigt?«

»Er hat unsere Tochter bedroht.«

Hana wusste, dass die Andeutung, jemandem auf Instagram eine Nachricht zu schicken, keine Drohung war, die in irgendeiner Weise zu einer Anklage führen würde. Und man konnte Patrick Thompson zwar eine Menge vorwerfen, aber blöd war er nicht. Er war nicht so dumm, die Tochter der Polizistin zu belästigen, die ihm eine Anklage wegen sexueller Nötigung eingebracht hatte.

Hana hatte eine umfassende Stellungnahme zu dem Vorfall verfasst. Stan hatte das ebenfalls getan, ohne dabei einen Meineid zu leisten. Fürs Erste konnten Hana und Jaye nichts weiter tun.

Hana schaut zu der Straße vor dem Revier hinüber, wo Stan mit dem Wagen wartet. Eine dunkle Wolkendecke hängt über der Stadt und kündigt für die Nacht Regen an.

»Ja«, sagt sie. »Was für ein beschissener Tag.«

»Was willst du jetzt unternehmen?«, fragt Jaye. »Wegen Addison.«

»Ich habe das Gefühl, dass ich sie nicht mehr kenne«, sagt Hana schließlich. Sie ist keineswegs wütend und macht Jaye und Marissa auch keinen Vorwurf. Sie wünschte nur, die Situation wäre anders. »Sie schlägt eine Richtung ein, die ich nicht verstehe. Und das hasse ich.«

Jaye hat inzwischen aufgehört, seinen Daumen zu befingern. Hana weiß, was das bedeutet. Jetzt ist es an ihr, den nächsten Schritt zu tun.

»Ich möchte, dass sie bei mir einzieht. Ich möchte sie bei mir im Haus haben. Ich möchte meine Tochter wieder verstehen.«

DIE LETZTE WOHNUNG
IM ERSTEN STOCK

»Kennen Sie das Gebäude?«, fragt Hana und hält ihr Handy mit dem Video hoch, damit Stan es sehen kann.

Die E-Mail hat ihr keine Ruhe mehr gelassen, seit sie sie heute Morgen im Gerichtsgebäude bekommen hat. Aber sie musste sich erst um den Zwischenfall in der Tiefgarage kümmern und mit Jaye die möglichen Konsequenzen besprechen, und dann stellte sich auch noch heraus, dass ihre Tochter verhaftet wurde. Deshalb hatte sie noch keine Zeit, sich das mysteriöse Video genauer anzusehen. Während Stan durch die nächtlichen Straßen fährt, weg vom Polizeipräsidium, spielt sie es erneut ab.

»Der Palace«, sagt Stan. Er kennt das abbruchreife Gebäude; er ist als Streifenpolizist häufiger dort gewesen, um einen Haftbefehl zuzustellen, und einmal, um sich um die unschönen Folgen einer tödlichen Überdosis zu kümmern.

»Ist mit Addison alles okay, D Senior?«, fragt Stan. Hana gibt ein unverbindliches Knurren von sich. Sie hat wirklich keine Lust, die schmerzhaften Ereignisse der letzten Stunde noch einmal

Revue passieren zu lassen. Sie will ihre Aufmerksamkeit lieber auf etwas anderes richten. Das Video vom Palace.

»Biegen Sie links ab«, sagt sie.

»Zu Ihnen nach Hause geht es geradeaus.«

»Der Palace befindet sich links.«

»Boss. Es ist mitten in der Nacht …«

Draußen setzt jetzt Regen ein. Stan betätigt den Blinker und biegt an der nächsten Ecke links ab.

In der Dunkelheit zeichnet sich der Palace ab, ein heruntergekommenes dreistöckiges Gebäude. Der Strom wurde bereits vor Jahren abgestellt, und die Eigentümer warten ab, was als Erstes passiert: dass ein Bauunternehmer mit einer dicken Brieftasche auftaucht, um ihnen ein angemessenes Angebot zu machen, oder dass einer der Obdachlosen, die sich dort vorübergehend einquartieren, mit einem halb gerauchten Joint einschläft und das verfallene Gebäude abfackelt.

In einem Park auf der anderen Straßenseite bewegt sich eine Schaukel sanft im Regen. Hana spielt in Stans Wagen erneut das Video ab, bis auf einen Balkon mit rostigem Eisengeländer gezoomt wird. Auf die letzte Wohnung im ersten Stock.

Stan holt zwei Taschenlampen aus dem Kofferraum, und die beiden laufen auf den Eingang zu.

Hana reißt die Mitteilung mit der Aufschrift ABBRUCHREIF von der Tür und leuchtet mit der Taschenlampe in die Dunkelheit dahinter, lässt sie über die Umrisse mehrerer mit Pappe bedeckter Obdachloser wandern. Der grelle Schein der Lampe wird mit gemurmelten Unmutsbekundungen bedacht. »Wir wollen nur hier durch, Leute, lasst euch nicht stören«, beschwichtigt Hana, während sie mit Stan weiterläuft.

Sie führt die beiden ein mit Graffiti übersätes Treppenhaus hinauf, dessen Geländer fast vollständig zerstört ist. »Mein Gott, stinkt das hier«, sagt Stan, als sie, begleitet von den gedämpften Geräuschen aus dem Gebäude, auf die letzte Wohnung im ersten Stock zusteuern.

Hana klopft an die Tür. »Hallo? Hallo! Polizei.« Keine Antwort.

Stan drückt gegen die Tür. Sie ist nicht verriegelt und schwingt auf.

Die Strahlen der beiden Taschenlampen wandern durch die Wohnung. Es gibt hier nur einen einzigen Raum, mit Schlafbereich und Küche. Inzwischen wurde längst alles ausgeräumt, was man verkaufen oder zum Schlafen und Feuermachen brauchen kann.

Eine Tür führt auf den Balkon mit dem rostigen Geländer, und Hana stemmt sie auf. Auf dem regennassen Vorbau ist nichts zu sehen. Stan inspiziert unterdessen das, was von Geschirr- und Kleiderschrank noch übrig geblieben ist. »Hier ist nichts. Ich fahre Sie nach Hause, D Senior.«

Mittlerweile ist der Regen stärker geworden. Zurück im Wagen, schaltet Stan die Scheibenwischer ein und startet den Motor. Als er losfährt, wirft Hana einen letzten Blick auf den Palace. Sie kann sehen, dass die winzigen Wohnungen alle identisch sind: Es gibt einen Balkon und die Fenster.

Die Fenster.

»*Stopp*«, sagt sie bestimmt, und Stan hält verwundert an.

»Sie haben alle ein Fenster an der Seite vom Balkon. Jede Wohnung.«

Stan starrt durch den Regen. Hana hat recht: In jeder Wohnung gibt es neben der Balkontür ein weiteres Fenster. Aber er hat keine Ahnung, warum Hana sich auf einmal für die Bauweise von Wohnhäusern interessiert.

»Wenn es ein Fenster gibt«, erklärt sie, »muss dort auch ein Raum sein.«

»Dort *war* ein Raum«, sagt er. »Aber er war leer.« In Gedanken ist Stan bereits bei den letzten zwei Folgen der Netflix-Serie, die er sich heute noch ansehen will, falls er jemals nach Hause kommt. Plötzlich bemerkt er Hanas Gesichtsausdruck. Er kennt diesen Ausdruck. Hana ist jetzt ganz die Mentorin, die ihn unablässig anspornt, sich noch mehr anzustrengen, jeden Aspekt zu berücksichtigen und ein Problem von allen Seiten zu beleuchten, um die richtige Schlussfolgerung zu ziehen.

»Boss?«

»Da ist ein zweites Fenster«, sagt sie. »Das heißt, es gibt einen zweiten Raum.«

Es dauert einen Moment, bis Stan kapiert. *Scheiße.*

»Da war kein zweiter Raum …«

Stan, der ein paar Zentimeter größer als Hana ist, klettert auf das Balkongeländer vor der Wohnung. Hana hält ihn am Gürtel fest für den Fall, dass er abrutscht. Es regnet jetzt ziemlich stark, und als er sich ausstreckt, ergießt sich aus einer rostigen Regenrinne ein kalter Sturzbach direkt in seinen Kragen. Er schafft es, sich mit einer Hand am Fenstersims festzuhalten, aber es ist zu weit entfernt, um einen Blick hineinzuwerfen.

Hana hilft ihm, wieder hinunterzusteigen.

Zurück in der Wohnung, klopft Hana mit dem Gummiverschluss der Taschenlampe, *tock tock tock*, gegen die Wand, hinter der sich der verborgene Raum befinden müsste. An einer bestimmten Stelle verändert sich das Geräusch, *tock tock dung.*

Dort ist die Wand dünner, dort befindet sich ein Hohlraum. Sie klopft den Bereich ab, um die Ausmaße des Hohlraums zu bestimmen.

»Ungefähr so groß wie eine Tür«, schätzt Stan. Eine Tür, die verputzt wurde.

Hana horcht den Hohlraum ab, bis sie die Mitte gefunden hat. Dann holt sie mit der Taschenlampe aus und …

Sie schlägt mit der Rückseite der Lampe gegen die Wand. Die Lampe geht direkt durch. Hana kratzt den Putz weg, richtet den Strahl durch das faustgroße Loch und sucht den dunklen Raum dahinter ab.

Der Strahl erleuchtet etwas im Inneren. Aber das Loch ist zu klein, um es genau zu erkennen.

Hana macht einen Schritt zurück und tritt kräftig gegen die Wand. Der frisch verputzte Bereich gibt nach, und es entsteht ein Loch von der Größe eines Kamins. Stan verzieht das Gesicht. »Mein Gott.« Er greift sich an die Nase, als ihm ein widerlicher Gestank entgegenschlägt.

Im Schein der beiden Taschenlampen ist ein menschlicher Körper zu sehen. Um den Hals ist ein Seil geschlungen, und der Körper hängt von einem Dachbalken.

Er baumelt sanft hin und her. Es ist ein Mann. Er ist Ende zwanzig. Er ist nackt. Und er ist tot. Der Strahl von Hanas Taschenlampe wandert über seine Arme. Seine Hände sind vor dem Oberkörper zusammengebunden und die Füße an den Knöcheln gefesselt.

Hana betrachtet die merkwürdige Szene in dem verborgenen Zimmer.

Draußen regnet es immer noch.

DIE BOTSCHAFT

Am Abend zuvor verbreitete das riesige Gebäude, der Palace, eine unheilvolle, düstere Stimmung. Aber tagsüber wirkt es einfach nur traurig. Alt, schäbig, heruntergekommen und traurig. Es ist jetzt von Polizeiabsperrband umgeben. Mehrere uniformierte Polizisten halten Journalisten auf Abstand, während weitere Beamte die Obdachlosen aus dem Gebäude befragen. Einheimische strömen zusammen, und Passanten mit Kaffeebechern bleiben auf dem Weg zur Arbeit stehen, um in Erfahrung zu bringen, was los ist.

Stan parkt mit seinem Auto neben mehreren Streifenfahrzeugen, den Kombiwagen mit der Ausrüstung der Forensiker und den Zivilfahrzeugen der Detectives. Er gähnt. Nachdem sie den eingemauerten Raum gefunden hatten, kam er nicht mehr dazu, sich die letzten beiden Folgen seiner Netflix-Serie anzusehen.

Die Wohnung am Ende des ersten Stocks sieht verändert aus. Plastikplanen bedecken jeden Zentimeter des Bodens, quadratische Kunststoffplatten bilden einen sterilen Zugangsweg, und es wurden Arbeitsleuchten aufgestellt. Forensiker mit weißen

Einweg-Overalls und Masken gehen ruhig und konzentriert ihrer Arbeit nach, überprüfen jeden Zentimeter auf Fingerabdrücke, DNS und Blutspuren.

Die Leiche ist immer noch dort, wo sie gefunden wurde. Während eine Fotografin Bilder vom Tatort macht, hockt Hana sich mit einem Zeichenblock in der Hand in eine Ecke des Zimmers und skizziert mit einem Bleistift sorgfältig die merkwürdige rituelle Pose, in der man das Opfer zurückgelassen hat. Wie die Zeichnungen an den Wänden ihres Hauses ist die Skizze sehr detailliert. Sehr präzise.

Die Fotografin schießt ein paar letzte Fotos, und Hana wechselt die Position, um mit einer neuen Zeichnung zu beginnen. Aus diesem Blickwinkel kann sie auf der Stirn des Opfers eine Wunde sehen, eine horizontale Vertiefung von einem tödlichen Schlag mit einer Art Waffe.

Die Fotografin verstaut draußen im Flur inzwischen ihre Kamera. »Was macht D Senior da?«, fragt sie leise, als Stan auf sie zukommt. »Es gibt so was wie Tatortfotos. Ich verdiene damit meinen Lebensunterhalt. Was sollen der Zeichenblock und der Bleistift?«

Stan zieht ein Paar steriler Handschuhe und eine Maske an, die neben der Tür bereitliegen. »Die Chefin traut ihren Augen mehr als Fotos«, erklärt er ihr. »Ist nichts Persönliches.«

Er läuft über die Kunststoffplatten zum Tatort, geht neben Hana in die Hocke und bringt sie mit gesenkter Stimme auf den neuesten Stand. »Die digitalen Forensiker arbeiten auf Hochtouren an der E-Mail. Allerdings erwarten sie kein Wunder. Offensichtlich wurde das Video über eine nicht zurückverfolgbare Proxy-Seite verschickt.«

Damit hatte Hana mehr oder weniger gerechnet.

Hinsichtlich der Fingerabdrücke des Opfers hat Stan bessere Neuigkeiten. Er reicht Hana den Ausdruck eines knapp zehn Jahre alten Verhaftungsprotokolls, den sie neben eine ihrer Zeichnungen legt.

Auf dem Polizeifoto starrt ein junger Mann mit zornigem, spöttischem und angriffslustigem Blick in die Kamera. Auf Hanas Zeichnung sind die wütenden Augen zwar von den Lidern bedeckt, und da ist die Wunde auf der Stirn, die sie mit feinen Strichen schraffiert hat, um die Vertiefung in der Haut und die hervorgetretenen Schädelknochen zu betonen, die durch die stumpfe Gewalteinwirkung gesplittert sind. Aber die beiden Gesichter sind dieselben.

Hana liest den Namen in der Auflistung mit den gegen den jungen Mann erhobenen Vorwürfen, der früher selbst einmal Täter war und jetzt das Opfer ist. Terrence Sean McElvoy.

Eine Wohngegend im Westen von Auckland. Grundstücke mit hohen Zäunen, in den Vorgärten auf Betonsteinen aufgebockte Autos, überall in der Straße Hundegebell. Stan hält mit seinem Zivilwagen vor einem Haus. Es müsste längst mal wieder gestrichen werden, und das Wellblechdach ist verrostet und nur notdürftig zusammengeflickt. Über der Veranda ist ein Schild angebracht.

JUSTINES HAAR- UND NAGELSTUDIO.

Unter dem Schild wartet eine Frau und zieht an einer Zigarette, während sie beobachtet, wie Hana und Stan näher kommen. Ohne Umschweife spricht die Frau die Frage aus, die sie schon die ganze Zeit stellen wollte, seit Stan ihr telefonisch mitgeteilt hat, dass sie ihr im Zusammenhang mit ihrem Ex-Partner einen Besuch abstatten werden. »Ist er tot?«, fragt sie. Stan bemerkt die neugierigen Blicke aus den Nachbarhäusern. »Wir sollten das besser drinnen besprechen.« Womit ihre Frage mehr oder weniger beantwortet ist.

Die Frau drückt auf dem Geländer ihre halb gerauchte Zigarette aus und wischt die Asche fort, hinaus in den Vorgarten, wo sie sich in nichts auflöst.

»Gott sei Dank«, sagt sie.

Das ursprüngliche Wohnzimmer wurde in ein Haar- und Nagelstudio umgewandelt. »Mit Haaren verdient man mehr als mit Nägeln«, erklärt Justine Hana und Stan. »Aber wenn ich die Haare von anderen Menschen anfasse, krieg ich Zustände. Das ist so … keine Ahnung. So intim. So was machen Liebespaare. Vielleicht hab ich den falschen Job«, sagt sie, während sie nervös auf und ab geht. »Mit den Nägeln ist das was anderes. Das macht Spaß. Das ist angenehm. Ich kann Ihnen die Nägel machen, während wir reden …«

Hana spürt ihre Anspannung. Wenn Justine einer vertrauten, angenehmen Tätigkeit nachgeht, beruhigt sie sich vielleicht. Also streckt Hana die Hände aus. »Ich muss Sie warnen«, lächelt sie. »Ich mache viel Gartenarbeit.«

Erstaunt über Hanas herzliche Art, betrachtet Justine ihre Nägel. »Hm, hm, das sieht wirklich schlimm aus.« Sie holt ihr Nagelset. »Sie haben doch bestimmt Terrys Vorstrafenregister. Und seine Gerichtsakte. Was wollen Sie da noch von mir wissen?«

»Alles, was Sie uns erzählen können.«

Justine macht sich mit der Feile an die Arbeit. Hanas Nägel sind kurz und zweckmäßig; es wird eine Weile dauern, die Ecken hübsch abzurunden. Justine erzählt, dass sie mit dem Toten nur zwei Jahre zusammen gewesen ist. Sie beide waren damals erst achtzehn Jahre alt und interessierten sich für das, was man in diesem Alter eben so tut. Alkohol. Drogen. Sex. Party rund um die Uhr.

»Aber dann ist etwas passiert. *Sie* ist passiert«, sagt Justine und schaut zu einem gerahmten Foto an der Wand über dem Frisierspiegel. Es zeigt ein schlafendes, wenige Monate altes Baby in einer weißen Decke.

Als sie erfahren habe, dass Darleen unterwegs war, sagt Justine, da habe sie gewusst, dass sie sich nicht mehr wie eine Achtzehnjährige aufführen könne, dass sie erwachsen werden müsse. »Sei eine Mum. Aber Terry wollte noch nicht erwachsen werden. Das Baby ließ sich nicht mit seiner Lebenseinstellung vereinbaren. Er hat nie eingesehen, warum er sein Leben ändern soll, um sich um etwas zu kümmern, was er gar nicht haben wollte.«

Justine feilt Hanas Nägel zu Ende, dann zeigt sie ihr verschiedene Lacke, und als Hana ihre Wahl getroffen hat, einen neutralen Farbton, nickt sie vielsagend. Diese Wahl verrät Justine, dass Hana nicht hier aus der Gegend kommt; Kunden aus dem Westen der Stadt entscheiden sich in der Regel für einen grelleren Farbton.

Während Justine den Lack aufträgt, spürt Hana, dass sie ihre Hände plötzlich fester umklammert. Sie kommt jetzt zum schwierigen Teil ihrer Geschichte. Dem Teil, an den sie sich lieber nicht erinnern würde. »Ich hab damals eine Ausbildung gemacht«, sagt sie. »Zur Friseurin und Nageldesignerin. Wenn meine Mutter sich nicht um das Baby kümmern konnte, ließ ich es bei ihm.« Sie verstummt. Mit äußerster Sorgfalt streicht sie den Lack zum Rand eines Nagels. »Es war der erste Tag, an dem wir mit

Haarspiralen gearbeitet haben. Und als ich nach Hause kam, saß er mit seinen Kumpels hinten im Garten. Es war vier Uhr nachmittags, und sie waren schon bei der zweiten Kiste. Meine Kleine lag in ihrem Gitterbett. Sie wirkte vollkommen friedlich. Doch dann begriff ich …«

Justine beendet die Maniküre von Hanas linker Hand. Ob Hana sicher sei, dass sie die richtige Farbe gewählt habe, sie könne auch eine andere ausprobieren.

»Die Farbe ist prima. Sie ist perfekt«, sagt Hana.

Justine richtet ihre ganze Aufmerksamkeit jetzt auf Hanas rechte Hand.

»Ich nahm sie hoch. Meine Kleine. Mein Baby. Sie war ganz kalt. Und ich begann zu schreien.«

Justine macht ein entschlossenes Gesicht. Sie wird jetzt nicht weinen. Sie wird verdammt noch mal nicht weinen.

Sie erklärt Hana, dass Terry alles abgestritten habe. »Schließlich bekam einer seiner Kumpels ein schlechtes Gewissen und erzählte, was passiert war. Das Baby hatte die ganze Zeit geschrien und wollte nicht aufhören. Also begann Terry, es zu schütteln, was alles nur noch schlimmer machte. Er war schon ziemlich angetrunken, und das Baby rutschte ihm aus den Händen und fiel zu Boden. Daraufhin hörte es auf zu schreien. Er trank dann einfach weiter, diesmal ungestört. Die Ärzte haben später erklärt, dass sie auf den Kopf gefallen ist. Dass sie wahrscheinlich innerhalb von einer Stunde tot war.«

Justine, die eben noch kurz davor war, in Tränen auszubrechen, ist jetzt wütend. Hana vermutet, dass diese Stimmungsumschwünge für Justine seit einiger Zeit zum Alltag gehören. »Drei Jahre«, sagt Justine. »Wegen fahrlässiger Tötung. Sie war völlig wehrlos. Sie war doch noch ein Baby. *Mein* Baby.«

Justine ist mit dem letzten Nagel fertig. Aber sie hält immer noch Hanas Hand.

»Wann haben Sie ihn zuletzt gesehen?«, fragt Stan ruhig.

»Am Tag der Urteilsverkündung.«

»Seitdem nicht mehr? Sie haben nichts mehr von ihm gehört?«

Justine schüttelt den Kopf.

»Nach ihrem Tod«, sagt sie, als würde ihr das jetzt erst einfallen, »wurde mir klar, dass sie nicht lange genug gelebt hat, damit ich ein Foto von ihr machen konnte. Nicht ein einziges Foto. Das da drüben hat meine Mum gemacht, bevor man meine Kleine mitgenommen hat ...«

Erst in diesem Augenblick begreift Hana, dass das Baby auf dem gerahmten Foto nicht schläft.

Justine lässt Hanas Hand los. »Bitte sehr. Ich bin dafür bekannt, wahre Wunder zu bewirken.«

Hana sieht, dass Justine jetzt Tränen in den Augen hat, nach diesem Moment zwischenmenschlicher Nähe, nachdem sie Hanas Hände gehalten hat und wieder loslassen musste. Sie kann die Tränen nicht länger zurückhalten.

»Ich hab gehört, dass er auf der Straße gelebt hat«, sagt sie und beruhigt sich wieder. »Sich mit Crack zugedröhnt hat. Es ist immer die gleiche Geschichte. Ist er daran gestorben?«

»Er wurde ermordet.« Hana merkt, wie Justine unwillkürlich zusammenzuckt. Sie mag noch so viel Wut und Groll gegen ihren Ex-Freund hegen, aber diese Nachricht ist ein Schock, den sie erst mal verdauen muss.

»Die Welt«, sagt sie leise. »Sie dreht und dreht sich. Vielleicht dauert es nur einen Monat. Vielleicht Jahre. Aber keine schlimme Tat bleibt ungesühnt.«

Während Stan nach draußen geht, um im Wagen zu warten,

sagt Hana zu Justine: »Danke, dass Sie sich die Zeit genommen haben. Und es tut mir leid.«

»Mir nicht.«

»Ich meinte nicht ihn«, sagt Hana.

Wenn eine Mordermittlung eingeleitet wird, ist das, als würde man Zucker mit Hefe vermischen. Es gibt sofort eine Reaktion. In den wenigen Stunden, seit der verborgene Raum entdeckt wurde, hat man Hanas Abteilung im achten Stock des Polizeipräsidiums mehr als ein Dutzend Detectives und eine beträchtliche Anzahl uniformierter Beamter zugeteilt. Es wurden zusätzliche Tische und Stühle herbeigeschafft, und man hat Computerterminals und Whiteboards aufgebaut. An mehreren großen Pinnwänden hängen Fotos vom Tatort, und auf einem riesigen Bildschirm läuft in Endlosschleife das anonyme Video vom Palace.

Das komplette Ermittlerteam hat sich zum ersten Morgenbriefing zusammengefunden, und für die Dauer der Untersuchungen werden diese Treffen zu ihrer täglichen Routine gehören. »Die Todesursache war ein einzelner Schlag auf die Schläfe«, erklärt Hana den Anwesenden. »Die Spitze der Waffe ist zehn bis elf Zentimeter lang, allerdings hat man sie noch nicht gefunden.« Stan verteilt Aktenmappen mit sämtlichen verfügbaren Informationen zum Opfer und Ausdrucke der Tatortfotos. »Das Opfer wurde wegen fahrlässiger Tötung seines Kindes verurteilt«, fasst er zusammen. »Nachdem er auf Bewährung entlassen wurde, lebte er lange Zeit auf der Straße und nahm Drogen, mit dem ganzen Scheiß, der dazugehört.«

Hana berichtet von dem Gespräch mit Justine. »Wir werden sie zu einer weiteren Befragung vorladen«, sagt sie. »Um ihre

Aussage zu überprüfen. Sie weint ihm zwar keine Träne nach. So viel steht fest. Aber …«

»Aber?«, fragt Jaye, der neben Hana sitzt. Als Detective Inspector der Kriminalpolizei überwacht er alle laufenden Ermittlungen.

»Wenn eine Mutter, deren Baby vom Vater getötet wurde, gewalttätig wird, dann ist das eine Tat im Affekt. Brutal und unüberlegt. Dann haben wir es nicht mit einer sorgfältig geplanten Inszenierung zu tun, wie wir sie gestern Abend vorgefunden haben.« Hanas Instinkt sagt ihr, dass es nicht die Ex-Freundin war.

»Und es gibt noch etwas«, erklärt sie dem Team. »Wir haben die ersten Obduktionsergebnisse. Der Rechtsmediziner glaubt, dass die Abschürfungen und Einkerbungen von den Seilen an Handgelenken und Hals dem Opfer erst nach Eintritt des Todes zugefügt wurden.«

Unter den anderen Detectives bricht Gemurmel aus. Der Fall ist sowieso schon verdammt seltsam, und dieses Detail ist es erst recht. Einer von ihnen fragt: »Das Opfer war also schon tot, bevor man es gefesselt und aufgehängt hat? Aber warum sollte man das tun?«

»Wer auch immer das getan hat …«, sagt Hana. »Derjenige wollte, dass man sein Opfer findet. Er hat uns dorthin gelotst. Hat uns mit dem Video zu der Leiche geführt, die er sorgfältig in diesem Raum arrangiert hat. Planmäßig und wohlüberlegt.«

Sie betrachtet eines der Tatortfotos. Es zeigt den herabhängenden Körper mit vor dem Bauch zusammengebundenen Händen und an den Knöcheln gefesselten Füßen.

»Das ist eine Botschaft«, sagt sie. »Und wir müssen herausfinden, was diese Botschaft zu bedeuten hat.«

»Thompsons Anwalt hat heute Morgen angerufen.« Jaye schließt seine Bürotür. »Und er wollte nicht nur Hallo sagen.«

Hana presst die Lippen aufeinander. Nicht, dass sie damit nicht gerechnet hätte. Aber der Zeitpunkt ist denkbar ungünstig. Ausgerechnet heute, am ersten Tag einer Mordermittlung, für die Hana die Verantwortung trägt.

»Der Junge hat eine gebrochene Nase«, teilt Jaye ihr mit.

»Er ist kein Junge mehr. Thompson ist ein achtzehnjähriger Mann, der eine Frau betäubt und vergewaltigt hat.«

»Trotzdem hat er eine gebrochene Nase.« Der Anwalt hat Jaye zwanzig Minuten lang mit Drohungen überhäuft, darum wird er die Sache nicht beschönigen.

Er wechselt für einen Moment das Thema, etwas im Zusammenhang mit dem aktuellen Fall lässt ihm keine Ruhe. Jemand begeht unentdeckt einen Mord und hinterlässt dann einen Hinweis auf seine Tat. »Das Video«, fragt er Hana, »warum hat man es an dich geschickt?«

Hana hat darauf keine Antwort. Ihre E-Mail-Adresse ist kein Geheimnis; sie steht auf ihrer Visitenkarte. Aber sie hat sich diese Frage auch schon gestellt.

Sie steckt die Hände in ihre Jackentaschen. Darin befinden sich immer noch die Handschuhe, die sie am Tatort getragen hat. Der kalte Latex und das Talkumpuder fühlen sich unangenehm an. Als würde man einen alten, geplatzten Ballon berühren.

»Thompson«, sagt sie, um das Gespräch zu beenden und sich wieder an die Arbeit zu machen. »Was ist jetzt mit ihm?«

»Keine Ahnung. Aber das Problem wird sich nicht von alleine lösen.«

Das Video. Hana sieht sich die Aufnahme an, die in Dauerschleife auf ihrem Handy läuft. Sie steht jetzt vor dem Palace. Es dämmert bereits. Das Polizeiabsperrband umspannt immer noch das Gebäude, aber die betriebsame Geschäftigkeit, die für die ersten paar Stunden einer neuen Ermittlung typisch ist, hat sich inzwischen gelegt; die Leiche wurde fortgebracht, und die Forensiker packen ihre Sachen zusammen.

Warum sie? Die Frage, die Jaye ihr gestellt und auf die sie keine Antwort hat, geht Hana immer noch durch den Kopf. Warum hat man von allen Polizisten in der Stadt ausgerechnet ihr das Video geschickt?

Die amateurhafte Aufnahme hat eine beinahe hypnotische Wirkung, während sie immer wieder abgespielt wird. Hana versucht, sich in den Mörder hineinzuversetzen. Sie stellt sich vor, wie er die Wand verputzt hat. Die Tür der leeren, dunklen Wohnung hinter sich zuzog. Über die Straße zum Spielplatz lief. Und dort mitten in der Nacht mit dem Handy ein lausiges Video machte. Warum? Was hat er sich dabei gedacht?

Hana läuft weiter herum und vergleicht ihre Position mit dem Blickwinkel des Videos. Schließlich findet sie eine Stelle, wo ihre Perspektive mit der auf dem Display übereinstimmt. Sie schaut sich um. Der nahe gelegene Spielplatz mit den Schaukeln, Rutschen und Kletternetzen ist verlassen. Offensichtlich hielten die Eltern es für keine besonders gute Idee, heute mit ihren Kindern den Ort einer Mordermittlung aufzusuchen.

Vor Hana steht eine Parkbank. Plötzlich fällt ihr etwas ins Auge. Auf einem der Betonsockel ist eine schwache Verfärbung zu sehen, knapp oberhalb der Stelle, wo der Sockel im Boden eingelassen ist. Man kann sie in der Dämmerung kaum erkennen; es könnte sich auch nur um Schmutz handeln. Hana schaltet die Taschenlampe ihres Handys ein. In dem grellen Strahl sieht die Verfärbung wie ein blasser roter Fleck aus.

Sie runzelt die Stirn. Das muss nichts zu bedeuten haben. Andererseits …

Vor dem Palace werden gerade Scheinwerfer in die Polizeifahrzeuge verladen und Testkits eingepackt. Hana geht auf einen Forensiker zu, der mit Stan verschiedene Hypothesen bespricht.

»Kann ich Sie mir mal für einen Moment ausleihen?«, fragt sie den Kriminaltechniker. »Und nehmen Sie Ihre Ausrüstung mit.«

Als sie kurz darauf vor der Parkbank stehen, ist es noch dunkler geworden. Stan hat einen der batteriebetriebenen Scheinwerfer aufgebaut, und der Forensiker bestreicht den Sockel mit Luminol.

»Nur aus Interesse, D Senior«, sagt er. »Warum Luminol? Warum glauben Sie, dass hier draußen Blutspuren sind?« Hana weiß darauf keine Antwort.

Der Kriminaltechniker beendet seine Arbeit, tritt zurück und macht seine Kamera bereit, während er wartet, dass eine chemische Reaktion stattfindet. »Okay«, sagt er.

Stan schaltet den Scheinwerfer aus. Das Licht erlischt, und im selben Moment beginnt die Oberfläche des Sockels zu leuchten. Der dunkelrote Fleck schimmert jetzt violett. Er ist ziemlich klein, kleiner als die Handfläche eines Kindes. Das irisierende Leuchten in der Dunkelheit wirkt auf seltsame Weise schön und zugleich beunruhigend. Es ist ein eindeutiges Indiz dafür, dass es sich um Blut handelt.

Der Forensiker fängt an, Fotos zu machen. Ihm bleiben etwa dreißig Sekunden, bevor das durch die chemische Reaktion hervorgerufene Leuchten schwächer wird.

Als Hana näher herantritt, erkennt sie, dass die violett leuchtende Farbe kein zufälliger Fleck ist. Im Gegenteil. Es handelt sich um ein sorgfältig gestaltetes Symbol. Eine Art Spirale. Präzise und gewissenhaft ausgeführt. Sie nimmt ihren Zeichenblock aus der Tasche und skizziert es rasch.

Dann wird das Leuchten schwächer. Hana schaltet den Scheinwerfer wieder ein und betrachtet die Zeichnung inmitten des dunklen Parks, hundert Meter von der Wohnung entfernt, in der sie gestern die aufgehängte Leiche gefunden haben.

Das Symbol auf ihrer Seite sieht aus wie etwas, das aus der Natur stammt. Wie die makellose Windung einer Muschel. Das Symbol eines Wirbelsturms auf einer Wetterkarte. Oder der flüchtige Strudel von Wasser, das in den Ausguss fließt. Das Symbol ist organisch, wohlproportioniert und hübsch anzusehen.

Wenn man außer Acht lässt, dass es mit Blut gemalt wurde.

VOR DEM WIND

Seine Bewegungen sind exakt und präzise, ausgeführt mit der Fingerfertigkeit eines versierten Künstlers.

Er hat dieses Messer schon sehr oft benutzt. Sie hat ihm das Messer gegeben und gezeigt, wie man es schleift, bis es spitz wie der Schnabel eines Vogels ist – so spitz, dass ein Reh, dem man damit ins Herz sticht, keine allzu großen Schmerzen verspürt, damit das Leben des Tieres schnell zu Ende geht und es nicht unnötig leiden muss.

Aber er verwendet die Spitze des Messers jetzt zu einem anderen Zweck. Sie bohrt sich mühelos in die Betonwand. Hinterlässt winzige, akkurate Löcher. Ein winziges Loch nach dem anderen, und jedes Loch, das die Messerspitze hineinbohrt, lässt langsam ein Muster entstehen, so wie die mikroskopisch kleinen Kristalle einer Schneeflocke zusammen eine größere Struktur, ein stimmiges Ganzes bilden.

Er erinnert sich daran, wie er mit seiner Mutter früher jagen war. Sein Vater ist jung gestorben, so jung, dass er seinen Sohn kaum kannte, und nach seinem Tod war sie für ihn Mutter und

Vater zugleich. »Du musst vor den Wind kommen«, hatte sie ihm, den Mund dicht gegen sein Ohr gepresst, bei der Jagd zugeflüstert, wenn verräterische Anzeichen wie frische Spuren oder Kot sie auf die richtige Fährte geführt hatten und sie einen Blick auf ein Reh in der Ferne erhaschen konnten. »Der Geruchssinn eines Rehs ist sehr viel stärker ausgeprägt als sein Gehör, tausendmal stärker als bei uns. Du musst vor den Wind kommen, damit dein Geruch nicht in seine Richtung getragen wird. Wenn es deine Witterung aufnimmt, ergreift es die Flucht.«

Während er mit dem Messer, das seine Mutter ihm gegeben hat, ein Loch nach dem anderen bohrt, spitzt er die Ohren. Hinter der Tür kann er jetzt, trotz des entfernten Verkehrslärms weiter unten, den Mann hören. Er weiß, was der Mann gleich tun wird. Er weiß, dass er sich nicht beeilen muss. Denn er ist mehr als einmal hier gewesen, um den Mann zu beobachten. Er kennt seine Gewohnheiten.

Sorgfältig und präzise bohrt er mit der Messerspitze die letzten Löcher in die Wand. Dann wischt er den Betonstaub fort und betrachtet das Muster, das Symbol.

Er verstaut das Messer wieder in seinem Seesack. Daran ist eine zusammengerollte Flachsmatte festgeschnallt, eine *Whāriki*. Er nimmt die Matte, legt sie auf den Betonboden und rollt sie auseinander. Voller Ehrfurcht nimmt er die lange, geschnitzte Waffe vorsichtig von der Matte. Einen Taiaha, gefertigt im traditionellen Stil. Aber dieser Speer ist etwas ganz Besonderes. Er hat zwei Spitzen aus gehärtetem Holz, die mit ihren Intarsien aus geschliffenem Pounamu-Stein noch tödlicher sind. Eine Furcht einflößende Waffe. Er wiegt sie in seiner Hand, während er im Kopf durchspielt, was in wenigen Momenten passieren wird. Vor seinem geistigen Auge sieht er, was er gleich tun muss, was seine Mutter ihm beigebracht hat: wie sie neben dem Pfahl mit der Wäscheleine einen Kartoffelsack aufstellte und dann seine Hand führte, als er übte, ein Reh zu töten – bis er mit dem Messer wie selbstverständlich zustieß, um im Eifer des Gefechts nicht zu zögern.

Er neigt jetzt den Kopf.

Mit leiser, tiefer Stimme schickt er ein Gebet gen Himmel.

»Ka tūāumutia e au mata o taku rākau – kāore e ora i a au. Ahakoa he pūhuki te mata o te rākau – kia pā ki te tinana o te tangata – mate tonu atu.« (Ich segne die Spitze meiner Waffe, kein Feind kann mir widerstehen. Sei die Spitze meiner Waffe auch stumpf, möge sie seinen Körper treffen und er sterben.)

Während seine geflüsterten Worte langsam verhallen, öffnet er wieder die Augen. In seinem Gesicht spiegelt sich tiefer Schmerz. Seine ganze Qual. Er tut, was er tun muss. Obwohl es ihn innerlich zerreißt. Seine Hände zittern, und seine Augen füllen sich mit Tränen. Panik steigt in ihm auf. Er sinkt auf die Knie, beginnt zu würgen und übergibt sich auf den Betonboden.

Während er dort kniet, verspürt er eine große Hoffnungslosigkeit. Tiefe Zweifel. Er wäre jetzt imstande, das, was er tut, das, was ihn zerstört, zu beenden.

Im Gegensatz zum Tier kann der Mensch den Schmerz anderer Lebewesen nachempfinden. So wie es ihm seine Mutter mit dem Reh beigebracht hat, wird es auch heute kein unnötiges Leid geben. Er wird das, was er tun muss, schnell und präzise durchführen. Er ist bereit, und es wird rasch und schonend passieren.

Wenn er fertig ist, wird er seine Waffe wieder in die Matte wickeln, die er nach dem Tod seiner Mutter aus ihrem Bett genommen hat, und sie an seinem Seesack festschnallen. Und kurz darauf wird er auf der Straße in der Menschenmenge verschwinden und von den Sirenen fortlaufen, die dann zu hören sind.

Erneut betrachtet er das Muster, das er in die Betonwand gebohrt hat. Dann öffnet er leise die Tür, und das Licht der untergehenden Sonne fällt auf sein Gesicht.

Dort steht der Mann, er hat ihm den Rücken zugewandt, und vor dem rosaroten Himmel zeichnet sich seine Silhouette ab.

Bei einem Menschen ist es anders als bei einem Reh. Der menschliche Geruchssinn ist ungenau und nur schwach ausgebildet. Der Mann wird seinen Geruch nicht wahrnehmen. Nichts wird ihn warnen.

Er umklammert den langen Schaft mit den zwei Spitzen jetzt noch fester. Dann läuft er durch die Tür auf seine Beute zu.

7
LEERE

An Hanas Rücken läuft warmes Wasser herunter; sie hat es fast ganz auf heiß gedreht, wie sie es mag. Gerade so, dass es nicht die Haut verbrüht.

Es fiel kalter Nieselregen, als sie durch die dunklen Straßen der Innenstadt gejoggt ist, um den beleuchteten Sky Tower herum, während aus ihren Kopfhörern klassische Musik dröhnte.

Jeden Morgen läuft sie ihre 10,13 Kilometer. Immer dieselbe Strecke. Hana ist ein Gewohnheitsmensch, aber das ist nicht der einzige Grund. Andere Leute versuchen es mit Meditation, Mantras und fernöstlicher Religion, oder sie reisen nach Peru, um in einer schamanischen Ayahuasca-Zeremonie einen Cocktail aus Beta-Carbolin-Alkaloiden zu trinken, alles zu demselben Zweck: einen Zustand innerer Leere zu erreichen, das Vorderhirn zu entrümpeln und das Ich in die urzeitlichen Regionen im hinteren Bereich des Großhirns zu befördern. Um sich zu regenerieren, um innere Klarheit zu erlangen. Das bewirken die 10,13 Kilometer in der Dunkelheit vor Sonnenaufgang bei Hana. Doch es klappt nicht immer. So wie heute.

Sie ist erst um drei Uhr ins Bett gekommen, nachdem sie noch einmal die Protokolle der Forensiker und den Obduktionsbericht mit den Autopsiefotos durchgelesen und sich ihre Zeichnungen von der tödlichen Wunde angesehen hatte, die durch eine unbekannte Waffe mit einer zehn bis elf Zentimeter langen Spitze verursacht wurde. Um fünf Uhr lief sie dann wie immer durch die dunklen, diesmal regennassen Straßen. In den zwei Stunden davor hatte sie nicht einmal zwanzig Minuten geschlafen. An diesem Morgen verschaffte ihr die morgendliche Runde keine Klarheit, keine Erholung, keinen Zustand innerer Leere. Immer wieder ging sie im Kopf die merkwürdigen Einzelheiten ihres Falls durch – warum hing die Leiche mit gefesselten Händen und Füßen in einem versiegelten Raum, warum hatte man das Video ausgerechnet an sie geschickt, was hatte die mit Blut gemalte Spirale zu bedeuten?

Ihr Badezimmer ist jetzt von Dampf erfüllt. Sie wischt über die gläserne Duschwand und betrachtet darin ihr unscharfes Spiegelbild.

Wenn du geistige Klarheit erlangen willst, einen Zustand der Leere, dann musst du buddhistischer Mönch werden. Aber versuch verdammt noch mal nicht, als Cop Karriere zu machen.

Mit einem Becher schwarzem Kaffee in der Hand sammelt Hana die Akten und ihr Notizbuch ein, während sie mit einem Auge im Frühstücksfernsehen einen Bericht über den Leichenfund in einem abbruchreifen Gebäude in der Innenstadt verfolgt. Dann wirft sie erneut einen Blick auf ihr Skizzenbuch. Sie fährt mit dem Finger über die geschwungenen Linien der Zeichnung, die sie von dem Symbol auf der Parkbank angefertigt hat. Sie sucht aus ihren Buntstiften einen im passenden Rotton heraus und beginnt die Spirale zu schraffieren, als sie vom Benachrichtigungston ihres Handys unterbrochen wird. Bestimmt will Stan ihr mitteilen, dass er sie etwas später abholen wird, weil er im Stau steht. Aber es ist eine E-Mail. Als Absender wird eine anonyme Ziffernfolge angezeigt, wie bei der Mail mit dem Video vom Palace.

Auch diesmal ist das Textfeld leer, und es ist wieder ein Video angehängt.

Hana leert ihren Kaffee. Plötzlich ist sie angespannt, und das kommt nicht von dem Koffein. Bevor sie jedoch das Video öffnen kann, klopft es an die Tür. »Komm rein, Stan«, ruft sie.

»Hey, Mum.«

Es ist nicht Stan.

Addison betritt mit einem ausgebeulten Rucksack das Zimmer, der all ihre irdischen Besitztümer enthält – ein paar Secondhand-Klamotten und einen Plattenspieler. »Ich hab ein Uber-Taxi genommen. Eine halbe Stunde lang mit Marissa und ihrem Classic-Rock-Sender in einem Wagen eingesperrt zu sein, hätte ich nicht ausgehalten«, sagt sie.

»Schätzchen«, sagt Hana, »da bist du ja.« Sie versucht, sich nicht anmerken zu lassen, dass sie aufgrund der Ereignisse der letzten sechsunddreißig Stunden völlig vergessen hat, dass Addison bei ihr einziehen sollte. Außerdem ist das jetzt der denkbar ungünstigste Zeitpunkt. Addison kennt ihre Mutter gut genug, um den unverbindlichen Tonfall in ihrer Stimme zu bemerken.

»Ja, da bin ich. Wie du es wolltest. Ist das okay?«

Hana wirft ihrer Tochter ein Lächeln zu und steckt ihr Handy in die Tasche. Das Video muss warten. »Es ist mehr als okay.« Hana nimmt sie in den Arm. »Es ist wunderbar.« Und das ist ehrlich gemeint.

Sie erklärt Addison, dass sie sich oben irgendwie durch die Stapel aus Leinwänden und Zeichenblöcken ihren Weg zum Bett bahnen muss. »Eigentlich wollte ich das Zimmer für dich noch aufräumen«, entschuldigt sie sich.

»Dad hat gesagt, dass ihr an einem großen Fall arbeitet«, sagt Addison und schaut zum Fernseher, wo immer noch der Bericht über den Mord im Palace läuft. »Geht es darum, Mum?«

Hana hängt sich ihre Tasche über die Schulter, ohne etwas darauf zu erwidern. Aber Addison hat auch keine Antwort erwartet. Sie weiß, dass ihre Eltern nicht über die Arbeit reden dürfen.

Als Stan eintrifft, ist er überrascht, Addison hier zu sehen. »Hey, Detective Stan.« Addison strahlt ihn an. Mit seinen dreiundzwanzig Jahren ist er ihr altersmäßig näher als Hana, und während der zwölf Monate, in denen er mit Hana zusammenarbeitet, haben er und Addison eine Art Bruder-Schwester-Verhältnis entwickelt. Addison macht sich mit Vorliebe einen Spaß daraus, den etwas unbeholfenen jungen Polizisten mächtig in Verlegenheit zu bringen. Und so sagt sie jetzt zu ihm: »Man muss echt Klasse haben, um in zwanzig Dollar teuren Kaufhaus-Slippern gut auszusehen.«

Stan läuft rot an, und Hana versucht, ein Grinsen zu unterdrücken.

»Ich gebe nächsten Donnerstag ein Konzert in der Sailor Bar«, sagt Addison. »Komm doch vorbei. Ich stell dich dort meinen Freunden vor. Du machst dich bestimmt gut zwischen uns kleinen Freaks.« Sie weiß natürlich ganz genau, dass der adrette weiße Detective unter ihren Zuschauern völlig deplatziert wirken würde.

»Ich bin so weit, Senior«, sagt Stan und tritt durch die Tür. Addison richtet den Finger wie eine Pistole auf ihn. *Peng.* Stan erwidert ihre Geste. Feuert aus allen Rohren. *Peng, peng.* Und bläst den Rauch fort, worauf Addison in Gelächter ausbricht.

»Zu dicke?«, fragt Stan.

»Wie kommst du denn darauf?«

Hana, die Stan durch die Tür folgt, bleibt noch einmal stehen.

»Geht's dir gut? Nach der Sache vorgestern Abend?«, fragt sie ihre Tochter.

»Ja«, sagt Addison. Ihr gespielter Heldenmut aus dem Befragungszimmer ist inzwischen verflogen. Leise fügt sie hinzu: »Falls … falls ich vielleicht zu weit gegangen bin, Mum …«

»Nicht vielleicht«, sagt Hana. »Nicht falls. Du bist zu weit gegangen.«

Nach dem Vorfall auf der Gartenparty und dem Nachspiel auf dem Polizeipräsidium gibt es noch einiges zu besprechen und zu klären. Jetzt, wo Addison bei ihr einzieht, ist Hana fest entschlossen, von Anfang an alles richtig zu machen. Sie wird nichts unausgesprochen lassen.

»Ich komm mir so blöd vor«, sagt Addison. »Weil ich die Fassung verloren und geheult hab. Dazu noch vor Marissa. Scheiße noch mal.«

»Sei nicht so hart mit ihr. Du bedeutest Marissa sehr viel. Sie liebt dich.«

Zwischen Hana und Marissa gibt es nicht die üblichen Animositäten wie sonst zwischen Ex-Partnerin und Nachfolgerin. Hana weiß, wie viel Jaye für Marissa empfindet, und sie weiß auch, warum. Sie könnte sich nicht mehr für die beiden freuen. Jaye und Marissa sind vor ein paar Jahren zusammengekommen. Marissas Mann – das Mitglied einer bewaffneten Spezialeinheit – wurde bei einem Einsatz getötet. Er war einer von Jayes besten Freunden. Marissa und er kamen sich durch die gemeinsame Trauer näher, beide versuchten, den Schmerz über den Verlust eines Menschen zu verarbeiten, den sie sehr geliebt hatten. Bis sich aus dem Trost, den sie im geteilten Leid fanden, allmählich etwas anderes entwickelte. Es war keine stürmische, leidenschaftliche Romanze; kein Feuerwerk der Gefühle mit Spaziergängen unterm Sternenhimmel. Sie waren zwei traurige, unglückliche Menschen, die Trost suchten. Und daraus wurde Liebe.

Marissa arbeitet als Tierärztin, weil sie für alle Lebewesen tiefes Mitgefühl empfindet. Wenn eines der Tiere bei einer Operation stirbt, nimmt sie das noch immer sehr mit, obwohl sie ihren Beruf schon seit Jahren ausübt. Hana weiß, dass Marissa der perfekte Partner für einen Cop ist – jemand, der in einer völlig anderen Welt zu Hause ist.

»Ja, sie liebt mich«, sagt Addison. »Marissa liebt jeden … so sehr, dass man kaum noch Luft bekommt. Das mag ja okay sein, wenn man acht Jahre alt ist oder ein Labrador mit einer entzündeten Pfote. Aber ehrlich gesagt, Mum …«

Hana gibt ihr einen Kuss und geht zur Tür. »Ich bringe nachher was vom Takeaway mit.«

»Ich weiß, Mum. Du willst, dass ich mich zurückhalte.«

»Ich will, dass du du selbst bist.«

»Und dass ich mich zurückhalte.

»Und dass du dich zurückhältst.«

»Ich werd's versuchen.«

Hana lächelt. »Das ist doch ein Anfang.«

Während Hana und Stan mit ihrem Zivilwagen zum Polizeipräsidium fahren, öffnet sie das neue Video. Es ist etwa zwanzig Sekunden lang, kürzer als das vom Palace, und zeigt eine Totale von Aucklands Skyline bei Sonnenuntergang. Hana spult das Video zurück und schaut es sich erneut an. Es ist wie das andere mit dem Handy gefilmt.

Stan beendet gerade ein Telefonat. »Es gibt einen forensischen Bericht zu dem Blut an der Parkbank. Es stimmt mit dem des Opfers überein.« Damit hatte Hana gerechnet, Stan hingegen ist völlig überrascht. »Dazu gehört schon eine Menge Mumm. Einen Typen zu töten und in einem leeren Zimmer aufzuhängen, ihm Blut zu entnehmen, zum Spielplatz rüberzumarschieren und in aller Seelenruhe damit ein Symbol auf die Bank zu malen.«

Stan wirft einen Blick auf das Handydisplay, während Hana das Video ein weiteres Mal abspielt. »Was denken Sie, Senior, kommt es von derselben Person?« Hana hat das neue Video bereits an die digitalen Forensiker geschickt, aber wenn es von derselben Person stammt, dann wird der Absender wieder dafür gesorgt haben, dass er anonym bleibt.

Das erste Video war ein Hinweis, der sie direkt zum Palace geführt hat, doch dieses hier ist anders. Es ist sehr vage. Es zeigt nur eine Panoramaaufnahme der Innenstadt mit ihren Büroblocks, Wohngebäuden und Geschäftshochhäusern. Es gibt in dem Video keinen Hinweis darauf, wonach genau sie suchen sollen.

Einige Hundert Meter vom Polizeirevier entfernt kommen sie an einem riesigen Aufgebot von Einsatzfahrzeugen vor einem verspiegelten Bürohochhaus vorbei. Hana wirft einen Blick auf das Absperrband, das fast den ganzen Block umspannt.

»Ein Selbstmord«, sagt Stan. »Gestern Abend. Summers bearbeitet den Fall. Er sagt, dass der Mann aus dem obersten Stockwerk gesprungen ist.«

Hana beugt sich zur Windschutzscheibe vor und schaut zum

Gebäude hoch. Sie kann nur den Antennenmast hundert Meter weiter oben sehen, mit der dunkelrot blinkenden Flugwarnleuchte. Sie senkt den Blick und vollzieht im Geiste den Sturz des Mannes nach, bis zum grauen Notfallzelt auf dem Gehweg, unter dem jetzt der Körper des Toten liegt.

»Zwanzig Stockwerke«, sagt Stan. »Der arme Kerl.«

Im Erdgeschoss des Polizeipräsidiums befindet sich ein großer Raum, in dem die Pressekonferenzen abgehalten werden. Hana steuert darauf zu, während sie ihre Notizen überfliegt. Hinter den Glastüren hat sich eine beträchtliche Anzahl Journalisten eingefunden. Ein Mord ist in Auckland immer noch eine große Sache.

Sie tritt durch die Türen und bleibt dann wie angewurzelt stehen.

»Der Name des Opfers ist Terrence Sean McElvoy.« Jaye steht hinter dem Pult und informiert die mit Kameras und Mikrofonen bewaffneten Reporter. »Sein letzter Wohnsitz ist unbekannt, genauso wie sein Beruf.« Er nennt die Nummer der Polizei-Hotline zu dem Fall, bittet um sachdienliche Hinweise und verspricht Anonymität, wenn das gewünscht wird.

Hana steht regungslos da, ihre Notizen in der Hand. Sie ist stinksauer. Jaye hat die Pressekonferenz abgehalten, die sie hätte geben sollen. Er hat sie einfach ausgebootet.

»Wenn du das nächste Mal den Vorgesetzten herauskehren willst«, sagt Hana, als sie kurz darauf das Treppenhaus hinaufsteigen, »sag mir Bescheid, bevor ich da reinmarschiere und mich zum Idioten mache.« Im Treppenhaus ist es finster, aber ihre Stimmung ist noch finsterer.

»Das war nicht meine Entscheidung«, erklärt Jaye. »Der District Commander will nicht, dass du auf jedem Bildschirm zu sehen bist und Patrick Thompsons Anwalt daran erinnerst, dass er gegen dich und den Polizeibezirk Tāmaki Makaurau unbedingt Klage einreichen will.«

»Du hast mich einfach kaltgestellt.«

»Ich versuche, dich zu schützen.«

Jaye bleibt vor der Brandschutztür stehen. »Und noch was. Ich habe mehrere Therapiesitzungen beim Polizeipsychiater vereinbart. Um mögliche Aggressionsprobleme in den Griff zu bekommen. Ich erwarte, dass du die Termine wahrnimmst. Jeden einzelnen davon.«

»Das ist *Schwachsinn*! Und das weißt du. Aggressionsprobleme? Der Typ hat sich selbst die Nase gebrochen. *Scheiße.*«

Das grüne Notausgangsschild über der Tür beginnt zu flackern. Die beiden sehen in dem Licht nicht besonders gut aus. Und genau so fühlen sie sich gerade.

Hana und Jaye haben stets nach Kräften darauf geachtet, dass ihre Arbeitsbeziehung niemals diesen Punkt erreicht. Sie hatten sich bei ihrer Trennung zwei Dinge versprochen: Sie würden beide für ihre Tochter da sein. Und als geborene Cops würde keiner seinen geliebten Beruf aufgeben. Da sie für Addison in derselben Stadt leben mussten, würden sie zwangsläufig zusammenarbeiten, aber sie würden, ungeachtet aller Schwierigkeiten, damit klarkommen. All die Jahre haben sie sich stets an das Versprechen gehalten, das sie sich gegeben hatten. Sie sind in erster Linie Profis und dann erst Ex-Partner. Sie wussten, dass es anstrengend werden könnte, aber dennoch würden sie es schaffen.

Während Hana im fahlen Licht des Notausgangsschilds steht, begreift sie, dass jetzt der anstrengende Teil begonnen hat.

»Ich halte dir den Rücken frei«, erklärt Jaye. »Ich werde dem District Commander sagen, dass wir uns um die Situation kümmern. Damit du weiter deinen Job machen kannst. Damit du deinen Job *behalten* kannst.«

Er hat die Worte schon ausgesprochen, ehe ihm überhaupt bewusst ist, was er gesagt hat. Aber jetzt ist es zu spät, sich etwas diplomatischer auszudrücken; es ist heraus. Hana runzelt die Stirn. Alles klar. Nun weiß sie, was Jaye tatsächlich mit dem District Commander besprochen hat.

»Geh zu den Therapiesitzungen«, sagt Jaye leise und voller Mitgefühl. »Bitte.«

Das neue Video wird an das Ermittlerteam weitergeleitet. Da es keine geografischen Anhaltspunkte gibt, lässt sich nicht sagen, von wo aus es aufgenommen wurde. Die Spirale auf der Parkbank hingegen bietet Anlass zu zahlreichen Spekulationen. Ist es das Symbol eines Graffitikünstlers oder das Erkennungszeichen einer Drogengang? Vielleicht steckt eine Sekte dahinter, eine Gruppe von Möchtegern-Satanisten. Eines der Teammitglieder findet heraus, dass ein Blumenladen ein ähnliches Logo verwendet, das nach dem spiralförmigen Farnwedel eines Mamaku gestaltet ist. Aber der Besitzer geht bereits auf die siebzig zu und kommt als potenzieller Mordverdächtiger kaum infrage.

Die Existenz der Videos und des mit Blut gemalten Symbols wird vor den Medien geheim gehalten; davon wissen nur die Ermittler. Und der Täter.

»Dieser Fall ist ziemlich vertrackt«, erklärt Hana ihrem Team bei der Besprechung am Ende des Tages. »Eins und eins ergibt diesmal nicht zwei. Selbst wenn ihr eine noch so abwegige Vermutung oder vage Ahnung habt, kommt damit zu mir. Geht dem nach. Vertraut eurem Instinkt. Sucht an ungewöhnlichen Orten nach Hinweisen. Denn dieser Fall ist alles andere als gewöhnlich.«

Als Stan Hana kurz nach der Besprechung zu Hause absetzt, schaut sie sich erneut das letzte Video an. Mit der Postkartenansicht von Auckland. Wenn die Person, die den Mann in dem versiegelten Raum aufgehängt hat, ihr auch das Video geschickt hat, was zum Teufel will sie ihr diesmal mitteilen?

Und warum werden die Videos an sie geschickt?

PLUS 1 steht permanent unter Strom, die Augen sind ständig in Bewegung. Jetzt wippt PLUS 1 mit dem Bein und streicht mit den Händen die wild abstehenden Dreadlocks zurecht, die über die blutunterlaufene Wange und das blaue Auge fallen. PLUS 1 hat sich diese Blessuren bei der heftigen Auseinandersetzung mit der Polizei in der Sackgasse zugezogen.

Hana hat koreanisches Essen mitgebracht, Addisons Lieblingsessen. Die drei sitzen jetzt am Küchentisch und reichen vegetarisches Bibimbap und köstliche Algensuppe herum.

»Mein Dad hat mir eine Anwältin besorgt«, erzählt PLUS 1. »Sie ist verdammt teuer. Er meint, wenn sie verdammt teuer ist, ist sie auch verdammt gut.«

»Vielleicht ist sie auch einfach nur teuer«, sagt Hana.

»Dad meinte, ich soll Sie fragen, ob Sie vielleicht ein gutes Wort für mich einlegen können. Wissen Sie, bei Ihren Vorgesetzten. Damit man die Klage fallen lässt.«

Addison verdreht die Augen, denn sie weiß, was jetzt kommt.

»Nein«, sagt Hana und spießt mit ihren Holzstäbchen ein Stück Chili-Tofu auf. »Natürlich kann ich das nicht tun. Sei kein Idiot, PLUS 1. Und frag mich so was nie wieder.«

»Jemand aus unserem Freundeskreis hat die Cops gefilmt«, fährt PLUS 1 unbeirrt fort. »Wie sie eine Gruppe friedlicher Partygäste attackieren. Alles hübsch in Farbe! Ich kann es Ihnen zeigen, wenn Sie möchten.«

»Iss deine Suppe«, sagt Hana. »Das Chili ist wirklich gut.«

PLUS 1 weiß ganz genau, dass Hana sich nicht selbst schaden wird, indem sie sich offiziell in das Verfahren gegen Addison und ihre Clique einschaltet. Und Hana weiß, dass PLUS 1 das weiß. Dass dies nur ein Spielchen ist. Hana mag PLUS 1 sehr.

»Bevor ich schlafen gehe, habe ich noch einen Berg Arbeit zu erledigen«, sagt sie, während sie ihre Mahlzeit beendet. »Aber einige Schlingpflanzen haben sich um meine Kava-Kava gewickelt. Ich will mich darum vorher noch kümmern. Und ihr beide räumt inzwischen die Sachen weg.«

Während Hana auf die Tür zum Garten zugeht, zieht Addison etwas aus ihrer Tasche. Einen Joint. Sie zündet ihn an und nimmt einen Zug, obwohl sie gesehen hat, dass ihre Mutter in der Tür stehen geblieben ist.

»Das ist also deine Art, dich zurückzuhalten?«, fragt Hana.

PLUS 1 ist gespannt, wie das hier ausgeht, und scharrt unruhig mit den Füßen.

»Du hast mich gebeten, hier einzuziehen«, sagt Addison. »Und das ist okay für mich. Das ist wirklich toll. Aber ich bin immer noch ich selbst.«

Während Addison den Joint an PLUS 1 weiterreicht, überlegt Hana sich genau, was sie darauf erwidert. Sie weiß, dass der Ausgang dieser Auseinandersetzung über den weiteren Verlauf ihrer Beziehung entscheidet. »Ja, du bist du selbst«, sagt sie. »Und du bist ein ganz außergewöhnlicher Mensch. So wie deine Freunde.« Sie nimmt PLUS 1 den Joint aus der Hand. »Wenn du darüber reden willst, wie wir hier zusammenleben, können wir das gerne tun. Aber stell keine Forderungen, denn ich werde auch keine Forderungen stellen. Abgemacht?« Sie drückt den Joint im Waschbecken aus und spült ihn in den Ausguss. »Darüber sollten wir uns einig sein. Denn sonst passiert das hier.«

Mit diesen Worten geht sie hinaus in den Garten.

»Deine Mum ist der Wahnsinn«, sagt PLUS 1.

Man hat mit Addison schon länger nicht auf die Weise geredet. Sie ist insgeheim beeindruckt. »Ja. Sie ist ziemlich konsequent.«

»Und verdammt scharf«, sagt PLUS 1. »Diese Augen.«

Addison versetzt PLUS 1 einen kräftigen Schlag gegen den Arm.

Die Schatten im Garten werden immer länger. Der Abendhimmel ist vollkommen wolkenlos. Hana kommt langsam ins Schwitzen, während sie mit einer scharfen Machete aus rostfreiem Stahl die Schlingpflanzen bearbeitet. Die Pflanzen haben sich um die Kava-Kava gewickelt und inzwischen auch die anderen Bäume in der Nähe befallen. Sie sind klebrig und haben unzählige Ranken. Mit der stumpfen Seite der Machete kratzt Hana die Pflanzen von den Zweigen.

Sie trägt ihre Ohrhörer, aus denen Orchestermusik tönt. Sie dreht die Lautstärke voll auf. Die Hände in der Erde und Musik in den Ohren. Fünf Minuten völliger Leere. Immerhin. Bevor sie wieder ins Haus zurückmuss, um sich den Aktenberg in ihrer Tasche vorzunehmen.

Plötzlich hält sie inne. Ihr läuft ein Schauer über den Rücken. Sie hebt den Kopf, um zu sehen, was sie so beunruhigt. Aber sie kann nichts entdecken und kratzt mit der Machete weiter über einen Ast. Aber da ist wieder dieses Gefühl. Sie hat eine Gänsehaut. Sie richtet sich auf und geht umher, blickt zwischen den Zweigen der Bäume hindurch auf die Straße hinter dem Lattenzaun.

Und dann sieht sie etwas. Zweihundert Meter entfernt, weiter hinten auf der Straße. Eine Person. Sie steht dort. Die Sonne, die über der Hügelkette im Westen hinter der Gestalt untergeht, scheint Hana direkt in die Augen. Sie kann nicht erkennen, ob die Person sie ansieht oder ob sie nur zufällig auf der Straße stehen geblieben ist.

Es vergeht ein Moment und …

Hana nimmt ihre Ohrhörer heraus und läuft durch den Garten auf den Zaun zu. Vorsichtig und leise öffnet sie das Tor und geht weiter auf die Gestalt zu.

Dann …

Setzt sich die Person wortlos in Bewegung.

»Hey«, ruft Hana. Die Person verschwindet in einer Seitenstraße, und Hana nimmt die Verfolgung auf.

Sie läuft eine Parallelstraße entlang, um die Person zu überholen. Als sie die nächste Querstraße erreicht, sieht sie, wie die Person zügig die Seitenstraße überquert und erneut verschwindet. Hana folgt ihr, sie rennt jetzt, und hinter der nächsten Ecke trifft sie auf eine der Hauptverkehrsstraßen und …

Die Straße ist leer. Nichts.

Die Person ist verschwunden. Es ist niemand zu sehen.

Hana lässt ihren Blick durch die Dämmerung wandern. Ihr Herz rast. Ein Kind auf einem Fahrrad fährt an ihr vorbei und starrt sie an. Erst jetzt bemerkt sie, dass sie immer noch die Machete in der Hand hält, und wahrscheinlich hat sie die Augen weit aufgerissen und sieht damit aus wie eine Irre.

Hana weiß, dass sie unter großem Stress steht. Da sind die Ermittlungen und die möglichen Konsequenzen aus der Auseinandersetzung mit Patrick Thompson, außerdem ist ihre Tochter gerade bei ihr eingezogen. Zahlt sie jetzt den Preis dafür? Bildet sie sich deswegen Dinge ein? Dreht sie jetzt völlig durch, nur weil irgendein armer Mensch stehen geblieben ist, um den Sonnenuntergang zu betrachten?

Unauffällig verstaut sie die Machete unter ihrer Jacke. Sie sollte die Bewohner dieser Gegend nicht unnötig beunruhigen.

Schließlich macht sie auf dem Absatz kehrt und läuft wieder nach Hause zurück.

DER ENTSCHEIDENDE MOMENT

In dem Bauerndorf, in dem Hana aufgewachsen ist, gab es eine Brücke, von der sie immer hinuntersprang. Sie ging dort mit ihren gleichaltrigen Cousins und Cousinen regelmäßig schwimmen, bekleidet mit Fußballshorts, die pubertierenden Körper unter ausgeleierten Rugby-Trikots versteckt. Sie hockten dann am Flussufer und rauchten die mit dem Lippenstift ihrer Mütter und Tanten verschmierten Zigarettenstummel, die sie aus dem Blechaschenbecher hinter dem örtlichen *Marae* stibitzt hatten. Hana kann sich noch an das leicht mulmige, euphorische Gefühl in der Magengrube erinnern, während sie zum Ende des langen Strebebalkens kletterte, der von der Brücke über den großen Fels im Fluss zehn Meter weiter unten ragte. Am liebsten stand sie mit ausgebreiteten Armen am äußersten Rand des Balkens und neigte sich langsam nach vorne. Zentimeter für Zentimeter. Ganz langsam.

Irgendwann erreichst du dann einen Punkt, an dem du immer noch die Wahl hast aufzuhören, an dem du dich umdrehen, zurückklettern und über das rostige Geländer steigen kannst.

Aber dann würde dir der Spott deiner älteren Cousine Ngahuia entgegenschlagen: »Angsthase, elender Feigling!« Also drehst du dich nicht um und gehst nicht zurück. Auf keinen Fall! Du willst dich nicht dem Gespött und Gelächter aussetzen. Du machst weiter, während dieses wunderbar schaurige Gefühl in der Magengrube immer stärker wird – du schaffst das –, und neigst dich nach vorne, immer weiter und weiter, bis du den entscheidenden Moment erreichst.

Hana liebte dieses Gefühl.

Ab diesem Moment hast du keine Kontrolle mehr, dann liegt alles in Gottes Hand, ist alles der Schwerkraft überlassen, dann ist deine ganze Existenz einer Macht ausgeliefert, die sehr viel größer und unbegreiflicher ist als dein dünner brauner Teenagerkörper. Es gibt keine Handbremse wie an deinem Fahrrad, und du kannst auch nicht aufs Bremspedal treten, wie dein Dad es dir bei den Fahrstunden um das Rugbyfeld der örtlichen Schule gezeigt hat.

Du bist über den entscheidenden Moment hinaus. Du bist weg.

Und das ist herrlich.

Irgendwann legte sich Hanas Begeisterung für dieses Gefühl. Wenn sie ganz ehrlich ist, kann sie sogar den Zeitpunkt, den Ort und das Ereignis benennen, als sich die Dinge für sie änderten, als der Fluss ihres Lebens einen anderen Verlauf nahm. Das Davor, diesen einen entscheidenden Moment und das Danach. Davor war Hana das intelligente, sportliche Mädchen aus dem Dorf, das in die große Stadt gezogen war und erfolgreich seinen Weg ging, das als Klassenbeste die Polizeischule absolvierte und den gut aussehenden Pākehā-Jungen mit dem breiten Lächeln kennenlernte. Dann, nach diesem einen entscheidenden Moment, wurde sie ein anderer Mensch. Man begann, hinter ihrem

Rücken zu tuscheln, wenn sie im Marae ihres Heimatdorfes zu einer *Tangi* oder Familienhochzeit auftauchte. Einmal hörte sie, wie ihre Cousine Ngahuia in der Küche des *Wharekai* über sie redete, ohne zu merken, dass Hana in der Tür stand. Ngahuia hatte damals zwei Kinder; eines davon balancierte sie auf ihrer Hüfte, während sie das Geschirr von einem *Hākari* abtrocknete. Zwar hatte ihr Körper nach der Geburt der Kinder etwas weichere Formen angenommen, aber sie war immer noch so scharfzüngig wie das schnippische Mädchen auf der Brücke, das jeden beschimpfte, der sich nicht zu springen traute.

»Ihr habt sie doch im Fernsehen gesehen, oder?«, hörte Hana sie zu einigen ihrer Cousinen sagen. »Auf diesem Berg, in ihrer blauen Uniform, bei dem Einsatz gegen Māori. Sie hat sich gegen ihre eigenen Leute gewandt. Scheiß Verräterin. Sie hat sich entschieden. Keine Ahnung, warum sie überhaupt noch hierher zurückkommt.«

Kurz darauf kehrte Hana nicht mehr zurück.

Sie ist mittlerweile seit Jahren nicht mehr in ihrem Heimatdorf gewesen. Und sie hat das auch nicht vor. Es ist einfach zu deprimierend, verletzend und schmerzhaft. Jetzt, wo ihre Eltern tot sind, wo man über sie redet und ihre Erfolgsgeschichte plötzlich zu einer Geschichte der Schande geworden ist. Sie konzentrierte sich damals ganz auf ihren Beruf, darauf, die Erwartungen zu erfüllen, die sie in der Polizeischule geweckt hatte. Sie stieg immer weiter die Karriereleiter empor, erwarb sich einen Ruf als hartnäckige, unerschrockene Ermittlerin, und das Dorf wurde zu einem Ort, an dem sie früher einmal gelebt hatte. Ihr Zuhause war nun die große Stadt.

Wie beim Sprung von der Brücke gab es ein Davor, diesen einen entscheidenden Moment und ein Danach. Und Hana hat das Gefühl, als würde sie jetzt wieder vor einem entscheidenden Moment in ihrem Leben stehen.

Da sind dieser bizarre, mysteriöse Mord und die Verantwortung, die auf ihr lastet, als leitende Ermittlerin und als Adressatin des Videos. Und da ist ihre großartige, willensstarke und temperamentvolle Tochter, die Hana erst wieder kennenlernen muss, bevor es zu spät ist. Außerdem muss die Scheidung von Jaye endlich vollzogen werden – etwas, was sie trotz der bereits Jahre zurückliegenden Trennung aus irgendeinem Grund nie getan haben, was Jaye aber jetzt, wo er mit Marissa zusammenlebt, endgültig zum Abschluss bringen will. Und dann wäre da noch das drohende Unheil durch den Jurastudenten und seinen Anwalt, diese Katastrophe, die langsam, aber unaufhaltsam auf Hana zurollt, obwohl die Vorwürfe völlig haltlos sind.

Sie hat das Gefühl, als stünde sie wieder auf der Brücke, am Ende des langen Balkens, kurz bevor sie vornüberfällt. Doch diesmal verspürt sie keine Freude, sondern Angst, dass man sie von hinten in die Tiefe stoßen könnte, diesmal überlässt sie sich nicht bereitwillig dem herrlichen Sog der Schwerkraft, diesmal ist sie das Opfer dieser unkontrollierbaren Gewalt und stürzt widerstrebend und hilflos ins kalte Wasser weiter unten.

»Was denken Sie gerade, Detective Senior Sergeant?«, fragt Dr. Silao mit sanfter Stimme.

Hana hat schon seit ein paar Minuten nichts mehr gesagt, was ihr durchaus bewusst ist. Doch sie hat es keineswegs eilig, das zu ändern. Ihre Beteiligung an dieser lächerlichen Veranstaltung ist schon wieder beendet, sobald sie einen Fuß in das Büro der Polizeipsychologin gesetzt hat. Danach geht es nur noch darum, ihre Zeit abzusitzen, die Minuten zu zählen, bis sie wieder gehen kann.

Sie fährt mit dem Finger über eine Naht des hellgrünen Sofas, auf dem sie hockt. Die Möbel, die billigen, nichtssagenden Drucke abstrakter Kunst an der Wand und selbst die Lampenschirme – alles in diesem Büro soll eine beruhigende, entspannende Wirkung haben. Aber Hana ist weder ruhig noch entspannt, sondern lediglich ein wenig verärgert über den Mangel an Kunstverstand und Geschmack.

Sie will einfach nur wieder in den achten Stock zurück, zurück zu ihrer Ermittlung.

»Kein Cop, der durch diese Tür kommt, will hier bei mir sein«, sagt Dr. Silao. »Cops sind Tatmenschen. Ihr löst Fälle. Nehmt Verhaftungen vor. Ihr sitzt nicht herum und redet über eure Gefühle. Bedauerlicherweise.«

Das ist keineswegs als Zurechtweisung oder Vorwurf gemeint. Dr. Silao ist ein freundlicher Mensch. So freundlich, dass es kaum auszuhalten ist. »Ich muss über jede unserer sechs Sitzungen einen Bericht schreiben«, sagt sie. »Es hängt von Ihnen ab, ob in den Berichten steht: ›DSS Westerman war sehr daran interessiert, ihre Probleme zu benennen und in Angriff zu nehmen.‹ Oder: ›Sie hat sich sehr für die Uhr an der Wand interessiert.‹«

Für einen kurzen Augenblick fragt Hana sich, was wohl passieren würde, wenn sie dieser liebenswürdigen Psychologin von diesem einen entscheidenden Moment in ihrem Leben erzählt. Von dem Fernsehbericht, den Ngahuia gesehen hatte. Davon, wie der Einsatz auf dem Berg vor achtzehn Jahren alles verändert hatte. Von dem Gefühl in ihrer Magengrube, als würde sie jeden Augenblick in die Tiefe stürzen, weil sie so dicht am Abgrund steht, dass sie manchmal kaum noch Luft bekommt und nur darauf wartet, dass man ihr von hinten einen kräftigen Stoß versetzt.

Vom Davor. Diesem einen entscheidenden Moment. Und dem Danach.

Aber noch bevor sie den Gedanken überhaupt zu Ende gebracht hat, weiß sie, dass sie dieser Frau nicht davon erzählen wird. Scheiß auf sie.

»Ich habe den Typen nicht angerührt«, sagt sie. »Ich bin hier, weil mein Chef es so will, nicht weil das mein Wunsch ist. Und ganz bestimmt nicht, weil ich irgendein Problem habe.«

Mit diesen Worten verlässt sie das in gedämpften Farbtönen eingerichtete Büro. Diese freundliche Frau wird in ihrem Bericht schreiben, was sie für richtig hält. Das ist ihr Job.

Aber Hana muss sich um ihren eigenen Job kümmern.

Das Video vom Palace ist sehr konkret. Es beginnt mit einer Totale und zoomt dann auf die Wohnung im ersten Stock, sodass man genau weiß, wo man suchen muss. Da Hana bereits eine Stunde verloren hat, stürzt sie sich mit frischem Elan in die Arbeit. Sie sitzt zusammen mit Stan im Großraumbüro und vergleicht die beiden Videos, die parallel auf seinem Laptop laufen.

Sie spielt erneut das zweite Video ab, von der Innenstadt Aucklands. »Es zeigt die ganze Stadt«, sagt sie. »Mit Tausenden von Gebäuden, Wohnungen und Büros, Hunderttausenden von Menschen. Wonach sollen wir suchen? Was sollen wir sehen?«

Das Video beginnt wieder von vorne, und Hana schaut es sich ein letztes Mal an. Doch in Gedanken ist sie bereits bei den Dutzenden von Punkten, über die ihre Teammitglieder sie auf den neuesten Stand bringen müssen, und bei der nachmittäglichen Besprechung bezüglich der neuen Spuren, denen sie nachgehen sollen. Hana muss sich jetzt anderen Dingen zuwenden.

Doch plötzlich weckt etwas auf dem Monitor ihre Aufmerksamkeit.

Das rhythmische Flackern eines roten Blinklichts.

»Vergrößern Sie das mal«, sagt sie zu Stan und deutet auf das Blinken. Stan klickt ein paarmal mit der Maus. Er muss nicht mal die Perspektive verändern, das rote Blinklicht befindet sich genau in der Mitte. Die Gebäude auf dem Bildschirm werden immer größer und pixeliger, bis ein einzelnes verspiegeltes Gebäude das Bild ausfüllt.

Es ist das Bürohochhaus, an dem Hana und Stan auf dem Weg zum Polizeipräsidium jeden Morgen vorbeikommen. Das Blinklicht befindet sich am Antennenmast auf dem Dach, es ist die rote Flugwarnleuchte.

Von dem Gebäude ist erst vor Kurzem ein Mann zwanzig Stockwerke tief in den Tod gestürzt.

Durch den dunklen, kalten Flur unter dem größten Krankenhaus der Stadt hallen Schritte. Hana und Stan sind in Begleitung einer Pathologin und eines weiteren Polizeibeamten, DSS Summers – ein älterer Mann mit grauem Haar, der die Ermittlungen wegen des Selbstmords leitet. Sie steigen die Betonstufen hinunter, weiter hinab in die Dunkelheit.

Einen Moment später gehen in der Leichenhalle, vier Stockwerke unter der Erde, die grellen weißen Lichter an.

Der fensterlose Raum wird auf einer Seite von einer Reihe matter Metalltüren gesäumt, die wie Kühlschranktüren aussehen. Und genau das sind sie. Die Pathologin öffnet eine davon, und das kalte Stahlblech gleitet auf seinen Rollen heraus. Stan beginnt zu zittern, was nicht nur an den eisigen Temperaturen in der Leichenhalle liegt. Der Körper ist vollständig von einem Tuch bedeckt.

»Wir sind zwar alle Profis«, sagt die Pathologin. »Aber trotzdem. Es war ein langer Sturz. Seien Sie also gewarnt«, sagt sie, während sie das Tuch entfernt.

Hana verzieht keine Miene. Obwohl sie allen Grund dazu hätte. Es mangelt ihr keineswegs an Mitgefühl. Aber nach zwanzig Jahren in ihrem Job hat sie gelernt, an der Tür zur Leichenhalle ihre Gefühle zu kontrollieren. Wenn man vor diesen Stahlblechen steht, muss man mit den Augen eines Ermittlers nach Hinweisen suchen. Vor allem darf man den Leichen nicht zu genau ins Gesicht sehen, sich nicht den Ausdruck darauf vorstellen, wenn der Tote geredet hat, oder die Fältchen um die Augen, wenn er gelächelt hat.

Man darf die Eindrücke nicht zu sehr an sich heranlassen, damit man nachts nicht von Albträumen heimgesucht wird.

»Daniel Waterford. Sechzig Jahre alt. Er war der Geschäftsführer einer Baufirma«, sagt Summers, der am Ende des Metallblechs mit den sterblichen Überresten des Toten steht. Nach ihrer Ausbildung zum Detective arbeitete Hana für etwa ein Jahr mit Summers zusammen, und er hatte, wie sie jetzt für Stan, die Rolle des Mentors übernommen. Sie stehen sich beide sehr nahe. Aber heute wirkt Summers genervt. Er ist verärgert, weil er eine bereits abgeschlossene Ermittlung noch einmal aufrollen muss, vor allem da er in wenigen Monaten in den Ruhestand geht.

»Die Baufirma hat ihre Büros im achtzehnten und neunzehnten Stockwerk«, erklärt er.

»Gab es einen Abschiedsbrief, Gary?«, fragt Hana. »Einen letzten Anruf? Irgendeinen Hinweis?«

»Nein, nichts. Es war für alle offenbar ein Schock. Andererseits … vielleicht auch nicht.«

Waterfords Frau hat Summers erzählt, dass bei ihrem Mann

vor Kurzem Prostatakrebs im fortgeschrittenen Stadium diagnostiziert worden sei. Das war ein schwerer Schlag für ihn. Er war sehr sportlich. Er hat an Triathlons und Schwimmwettkämpfen im offenen Meer teilgenommen. Trotz seiner sechzig Jahre zog er jeden Tag nach der Arbeit seine Laufausrüstung an, machte auf dem Dach im Sonnenuntergang seine Dehnübungen und joggte dann die neun Kilometer nach Hause.

Hana holt ihren Zeichenblock hervor und wählt einen Bleistift aus. Dann geht sie um das Blech aus rostfreiem Stahl herum und zeichnet mit präzisen Strichen, was sie sieht.

»Langsam dahinzusiechen«, sagt Summers. »Das wäre für einen Mann wie Waterford die Hölle auf Erden gewesen. Ein kurzer, schneller Sturz war für ihn vielleicht die erträglichere Alternative. Zumindest hat seine Frau das gesagt.«

Während Hana weiterzeichnet, wirft Summers Stan einen Blick zu. Die Sache mit dem Zeichnen hatte Hana sich erst später angewöhnt, als sie bereits seit einem Jahr Zivilfahnderin war. Auf diese Weise hält sie mit Grafit und Blei fest, was sie mit ihren eigenen Augen sieht, denn das kann sich, wie sie immer wieder festgestellt hat, stark von dem unterscheiden, was die flachen Kamerabilder zeigen. Stan weiß, dass ein Cop alter Schule wie Summers für Zeichenblock und Bleistift nicht viel übrig hat.

»Alles Wissenswerte steht hier drin.« Summers reicht Stan eine Kopie seiner Aktennotizen. »Das geht an den Leichenbeschauer«, sagt er und fügt demonstrativ hinzu: »Das heißt, wenn wir hier fertig sind.« Hana bemerkt den Tonfall in der Stimme ihres Freundes. Sie hat mit Summers eng genug zusammengearbeitet, um zu wissen, dass er kein Blatt vor den Mund nimmt. Er kann ziemlich gereizt und schroff werden, wenn er das Gefühl hat, dass man ihn für dumm verkauft. Aber sie ist noch nicht fertig. »Haben Sie ein Paar Handschuhe für mich?«, fragt sie die Pathologin.

Summers lehnt sich nur wenig begeistert gegen eine der Metalltüren. Ganz offenbar ist das hier nicht so schnell zu Ende.

Hana streift ein Paar OP-Handschuhe über. »Können wir den Kopf ein wenig drehen?«, fragt sie die Pathologin. »Ist das okay?«

Die Pathologin tritt zu Hana und hilft ihr dabei. Es ist ein nicht ganz leichtes Unterfangen, denn der Kopf des Toten weist starke Verletzungen auf. In Kürze soll der Leichnam der Familie übergeben werden, aber selbst der geschickteste Präparator kann beim besten Willen nicht dafür sorgen, dass Daniel Waterford im offenen Sarg bestattet wird.

Nachdem die beiden den Kopf in eine etwas andere Position gedreht haben, betrachtet Hana die Stirn des Toten. Die Haut ist durch den Sturz aufgeplatzt. In den zwei Bereichen, die auseinandergerissen wurden, kann sie jeweils eine Vertiefung sehen. Beide verlaufen vollkommen gerade. Mit äußerster Vorsicht schiebt sie die beiden Hautfetzen zusammen, bis sie sich wie vor dem Sturz wieder berühren. Die zwei Vertiefungen bilden jetzt eine gerade Linie.

»Können Sie diese Wunde bitte abmessen?«, fragt sie.

Die Pathologin holt ihr Maßband. »Elf Zentimeter.«

»Der tödliche Schlag beim Opfer im Palace stammte von einer Waffe mit einer geraden, zehn bis elf Zentimeter langen Spitze. Die Vertiefungen sind fast identisch«, sagt Hana und zieht die Handschuhe aus. Dann beginnt sie, die Wunde auf der Stirn zu skizzieren.

»Können wir mal unter vier Augen sprechen?«, fragt Summers. »Draußen?« Er ist genervt und gibt sich keine Mühe mehr, das zu verbergen.

»Wir können auch hier reden, Gary.«

Summers nickt. »Wenn man zwanzig Stockwerke in die Tiefe stürzt, hat man alle möglichen Verletzungen. Gerade, gezackte, jede Art von Verletzungen. Sieh dir den Typen doch mal an.«

»Ich überprüfe verschiedene Möglichkeiten. Das ist mein Job.«

»Du stellst irgendeine absurde Verbindung zwischen einem Mord und einem Selbstmord her.«

»Ich sage nicht, dass es eine Verbindung gibt«, erklärt Hana. »Ich gehe nur einer Theorie nach.«

»Du mischst dich in meine Ermittlungen ein. Das ist respektlos. Das gefällt mir nicht.«

»Es tut mir leid, wenn du das so empfindest. Du bist mich wieder los, sobald ich hier fertig bin«, sagt sie und zeichnet weiter.

Summers hat genug. »Ich hab gehört, was du deinem Team gesagt hast«, blafft er. »Dass diesmal eins und eins nicht zwei ergibt. Dass deine Leute an ungewöhnlichen Orten nach Hinweisen suchen sollen. Dazu diese verdammten Kritzeleien in deinem Zeichenbuch. Ich mache das hier jetzt schon eine ganze Weile, und ich weiß, ob jemand auf der richtigen Fährte ist oder ob ein Hund nur ein vorbeifahrendes Auto anbellt.«

Hana richtet sich auf. Das hat gesessen. »Gary. Wir haben uns immer mit Respekt behandelt. Sei nicht so herablassend.« Die beiden starren sich über den zerschmetterten Körper hinweg einen Moment lang an und liefern sich mit ihren Blicken einen stummen Machtkampf.

Schließlich wendet sich Summers ab und geht nach draußen, um dort zu warten, bis Hana mit ihrer Zeichnung fertig ist.

Über der Innenstadt geht gerade die Sonne unter, als Stan Hana ins Treppenhaus folgt und weiter hinauf zum Dach des Bürogebäudes. In der Ferne nimmt der Himmel eine rötliche Färbung an, über den Waitākere Ranges, die den Großraum Auckland von den Naturstränden an der Westküste trennen.

Es ist jetzt kurz nach sechs. In den Straßen zwanzig Stockwerke weiter unten stauen sich Personenwagen und Busse, während die Stadt am Ende des Arbeitstages die werktätige Bevölkerung wieder ausspuckt. Genau um diese Zeit ist Daniel Waterford in die Tiefe gestürzt, denkt Hana.

Stan hat die Akte mit Arbeitsnotizen dabei, die Summers ihm gegeben hat. Er geht über das Dach und liest die Akte mit der polizeilichen Rekonstruktion des tödlichen Sturzes durch. Zusammen mit Hana tritt er an den westlichen Rand des Daches, von dem Waterford heruntergefallen ist. Es gibt dort ein hüfthohes Geländer. Stan und Hana blicken in die Tiefe. Bis nach ganz unten ist es ein weiter Weg.

Hana wendet sich ab. Sie versteht, warum Waterford seine Dehnübungen auf der Westseite des Gebäudes gemacht hat, wo die letzten Strahlen der untergehenden Sonne sein Gesicht wärmten. Sie hätte das auch getan.

Sie lässt ihren Blick über das Dach wandern. Es gibt hier Reihen von Klimaanlagen. Den großen Antennenmast mit dem roten Blinklicht auf der Spitze. Und rings um das Dach mehrere Mobilfunkmasten.

»Wenn Sie seine Gewohnheiten gekannt und gewusst hätten, dass er jeden Tag nach Feierabend zur selben Zeit hier raufkommt, und Sie hier oben auf ihn gewartet hätten … wo hätten Sie sich versteckt?«

Auf der anderen Seite des Daches befindet sich ein Geräteschuppen, ungefähr so groß wie ein Gartenhäuschen. Hana versucht, die Tür zu öffnen. Doch sie ist mit einem Vorhängeschloss gesichert. Stan holt sein Schweizer Taschenmesser hervor, und nachdem er eine Weile daran herumgestochert hat, springt es schließlich auf. Hana betritt das dunkle Häuschen, dreht sich um und blickt durch die Tür. Man hat von hier aus freie Sicht auf die Westseite des Gebäudes. »Können Sie zu der Stelle zurückgehen, von der aus er in die Tiefe gestürzt ist?«, fragt sie Stan.

Stan stellt sich vor das Geländer am westlichen Dachrand, wo Daniel Waterford wahrscheinlich gestanden hat. Hana zieht die Tür des Schuppens fast ganz zu und späht durch den schmalen Spalt. Stan ist bestens zu sehen. Langsam öffnet sie die Tür und geht zügig über das Dach. »Es sind höchstens fünfzehn oder zwanzig Schritte. Ich brauche für die Strecke fünf, vielleicht sechs Sekunden. Ich komme näher. Er hört mich, dreht sich um ...«

Sie hebt eine imaginäre Waffe in die Höhe. Stan fährt herum. Und Hana lässt die Waffe herabsausen. »Ein Schlag«, sagt sie. »Auf die Stirn. Falls er noch nicht tot ist, gibt ihm der Sturz den Rest.«

Stan räuspert sich. Es ist ein unbehagliches, verlegenes Räuspern.

Hana bemerkt, dass er genauso unsicher wirkt wie sonst in der Gegenwart ihrer Tochter. Wobei das Unbehagen, das er gegenüber Addison empfindet, ihm gleichzeitig ein gewisses Vergnügen bereitet. In diesem Moment ist der Ausdruck in Stans Augen jedoch anders. In seinem Blick liegt so etwas wie Mitleid.

»Raus damit«, fordert Hana ihn auf. »Sagen Sie schon, was Sie denken.«

»Ich will damit nicht sagen, dass Sie falschliegen ...« Stan verstummt.

»Doch, das wollen Sie.«

»Tut mir leid, Boss. Aber *warum*? Warum sollte jemand einen obdachlosen Junkie töten und am nächsten Tag einen wohlhabenden Bauunternehmer? Was für eine Verbindung gibt es zwischen den beiden?«

»Ich habe keine Ahnung«, sagt Hana freiheraus. Denn sie weiß es nicht. Es gibt absolut keine Verbindung zwischen den beiden Opfern.

Stan kommt sich wie ein Sechstklässler vor, der dem Mathelehrer erklärt, dass die fünfte Dezimalstelle der Zahl Pi nicht stimmt. »Wir haben einen Mann, der großen Wert auf körperliche Fitness legt«, sagt er. »Der jeden Tag an seine Grenze geht, der den Adrenalinkick und Muskelkater braucht. Dann erfährt er, dass sein Körper ihn im Stich lässt. Man muss nur eins und eins zusammenzählen. Manchmal ergibt das tatsächlich zwei.«

Hana weiß, dass sie getan hat, was sie von ihrem Team verlangt. Sie ist ihrem Instinkt und ihrer Intuition gefolgt, hat nach ungewöhnlichen Anhaltspunkten gesucht. Aber was ist, wenn das nur eine höfliche Umschreibung dafür ist, dass man absolut keine Ahnung hat, dass man im Nebel stochert?

»Ein Hund, der ein Auto anbellt«, sagt sie.

»Summers hat sich wie ein Arschloch aufgeführt. Dafür gab es keinen Grund.«

Weit unten im Straßengewirr gehen jetzt flackernd die Laternen an. Hana stößt einen Seufzer aus. »Diese Sache mit Patrick Thompson«, sagt sie leise. »Wenn er weitere Schritte unternimmt, muss Jaye mich von dem Fall abziehen. Er versucht es zwar abzuwenden – mit diesen verdammten Therapiesitzungen –, aber wenn der Anwalt offiziell Beschwerde einreicht, bleibt Jaye keine andere Wahl. Wenigstens kann ich dann etwas Zeit mit Addison verbringen.«

Das ist kein Selbstmitleid. Nur ein nüchterner, schonungsloser Blick auf die Realität. Dennoch macht es Stan sehr traurig.

Hana läuft zur Tür, die ins Treppenhaus führt, und Stan geht zurück zum Schuppen, um ihn wieder abzuschließen. Er will gerade die Tür zuziehen, als er in den letzten Strahlen des rötlichen Abendlichts an der Rückwand etwas bemerkt.

»*Scheiße*. Boss.«

Hana registriert den Unterton in Stans Stimme und eilt zu ihm.

»Sehen Sie mal«, sagt Stan.

Als Hana eben im Schuppen stand, hat sie sich ganz auf den Blick aus dem Inneren konzentriert, auf die Stelle am Rand des Gebäudes, von der aus Daniel Waterford in die Tiefe gestürzt ist. Jetzt sieht sie in die entgegengesetzte Richtung, in den Schuppen hinein, und entdeckt ein Zeichen, das fein säuberlich in den Beton geritzt ist. Es besteht aus vielen Löchern, die mit einem sehr spitzen Gegenstand, einem dünnen Meißel oder einem geschliffenen Messer, hineingebohrt wurden.

Sie hat dieses Zeichen schon einmal gesehen. Stan ebenfalls. Beim ersten Mal leuchtete es violett in der Dunkelheit.

Die Spirale. Die aussieht wie etwas, das aus der Natur stammt, wie die makellose Windung einer Muschel, wie das Symbol eines Wirbelsturms auf einer Wetterkarte.

Das gleiche Symbol war auch auf dem Sockel der Parkbank vor dem Palace. Aber diesmal ist es nicht nur *eine* Spirale.

»Mein Gott«, sagt Stan mit zitternder Stimme. »Zwei. Es sind zwei.«

Während es in der Innenstadt von Auckland allmählich Nacht

wird, starrt Hana auf zwei identische Spiralen, die nebeneinander in die Betonwand gebohrt wurden.

Sie lag mit ihrer Vermutung richtig. Der Obdachlose im Palace war Opfer Nummer eins. Der Geschäftsführer ist Opfer Nummer zwei.

Sie ermittelt jetzt nicht nur wegen *eines* Mordes.

Sie jagt eine Person, die zwei Menschen getötet hat.

Eine Person, die vielleicht wieder töten wird.

UM VIEL WAR'S SCHLECHT BESTELLT

»Kommt dritter Gang, Laertes! Hört, Ihr spielt nur! Ich bitt Euch, stoßt nur zu nach besten Kräften; ich fürchte fast, dass Ihr mich nur verwöhnt.«

Der Darsteller, der den Hamlet spielt, ist recht klein und verdankt seine Bühnenpräsenz nicht seiner Körpergröße. Er ist schlank und drahtig, aber er verströmt die Arroganz und bedrohliche Aggressivität eines in die Ecke getriebenen Straßenkämpfers. In seinem Blick liegt wilde Verzweiflung, und seine durchtrainierten, tätowierten Oberarme spannen sich, während er leichtfüßig über die Bühne springt und mit wirbelndem Schwert dem unglückseligen Laertes wie ein Irrer hinterherstürzt. Die Inszenierung hat den Schauplatz Helsingør in das heutige Auckland verlegt, und Hamlet und Laertes liefern sich ihr Duell auf einem Müllcontainer; Aug in Aug stechen sie mit ihren blitzenden Schwertern aufeinander ein.

»Jetzt seht Euch vor!«, brüllt Laertes, macht einen Satz nach vorne und bohrt Hamlet die vergiftete Spitze seines Schwertes in die Brust. Die zwei Männer stürzen vom Container zu Boden und verlieren dabei ihre Waffen. Hamlet ist als Erster wieder auf den Beinen und greift unbeabsichtigt nach dem vergifteten Schwert seines Gegners. Laertes schnappt sich Hamlets Waffe und setzt sich erbittert zur Wehr. Doch Hamlet hat jetzt die Oberhand. Er drängt Laertes unter einem Parkverbotsschild gegen eine Straßenlaterne, und im gespenstischen Flackern der kaputten Natriumdampflampe blitzen ihre Klingen auf.

Hamlet stürzt hervor, stößt seinem Widersacher das Schwert in die Schulter und vergiftet, ohne es zu wissen, Laertes mit demselben Gift, das auch ihn selbst bald töten wird.

Noch während er Laertes verspottet – »Nein, kommt! Nochmals!« –, sinkt seine Mutter Gertrude auf den mit Müll übersäten Betonweg. Sie hat weißen Schaum vor dem Mund. Das Gift aus dem Kelch, von dem sie irrtümlicherweise getrunken hat, zeigt seine Wirkung.

Bald werden Mutter und Sohn, umgeben von unzähligen Toten, beide sterben.

»Die Leichen nehmt«, beschwört Prinz Fortinbras mit den letzten Worten des Stücks seine Männer. »So sieht's wohl aus im Feld. Doch hier zeigt es: Um viel war's schlecht bestellt. Geht, heißt die Truppen feuern.«

Die Soldaten tragen die Toten mit ernster Miene von der Bühne, und die Scheinwerfer gehen aus. Nur die Natriumdampflampe flackert noch ab und zu auf. Schüsse ertönen, insgesamt zehn, einer für jeden Toten dieser blutigen Tragödie, und als der letzte Schuss verklungen ist, herrscht Stille.

Das gelbliche Licht der Straßenlaterne flackert ein letztes Mal auf und erlischt. Dann ist es dunkel.

Einen Moment später gehen die Scheinwerfer wieder an und beleuchten die Darsteller, die jetzt Hand in Hand am Bühnenrand stehen. Das Publikum bricht in begeisterten Beifall aus für diese spektakuläre und ungewöhnliche Aufführung.

Hamlet und Gertrude stehen, eingerahmt von ihren Schauspielerkollegen, nebeneinander auf der Bühne und genießen mit strahlenden Gesichtern den stürmischen Applaus.

Blutrot verfärbtes Wasser ergießt sich auf den Boden der Dusche.

Der Darsteller des Hamlet summt leise vor sich hin, während das Wasser das Theaterblut von seinem Körper wäscht. Das Lied, das Simon Masterton summt, hat weder einen Text noch eine Melodie. Es ist eine Mischung aus buddhistischem Gesang und einem Kinderlied, an das er sich vage erinnert. Dieses Mantra hilft Masterton, die Energie und Wut, die Erregung und Verzweiflung einer Rolle wie Hamlet hinter sich zu lassen und in den Alltag zurückzukehren. Er hat heute Nachmittag eine schöne Aubergine gekauft. Dunkellila, fast schwarz, nicht zu fest und nicht zu weich. Er weiß schon, wie er sie zubereiten wird, wenn er nach Hause kommt. Er wird sie in zwei Zentimeter dicke Scheiben schneiden, panieren und in reichlich Olivenöl langsam frittieren.

Nach dem Ende der Aufführung hat der Darsteller des Laertes alle noch auf ein paar Drinks in seine Stammkneipe eingeladen. Die jüngeren Darsteller stecken diesen ganzen Trubel besser weg als Masterton, die allabendlichen Aktivitäten nach der Aufführung, wenn sie bei jeder Menge Alkohol einander Geschichten erzählen und anschließend vielleicht mit jemandem im Bett landen, nur um dann den Rest der Spielzeit die unerfreulichen Auswirkungen ihrer Affäre wieder zu bereinigen. Das ist etwas für Nachwuchsschauspieler. Masterton lässt das Drama lieber dort, wo es hingehört: auf der Bühne.

Er trocknet sich ab und zieht Hemd und Hose an, setzt sich vor den Schminkspiegel, nimmt seine Kontaktlinsen heraus und befördert sie vorsichtig in den Plastikbehälter.

In diesem Moment öffnet sich hinter ihm leise die Tür zum Umkleideraum. Masterson dreht sich zu der Gestalt im Türrahmen um. Ohne seine Brille kann er sie nur verschwommen sehen. Wie zum Teufel haben kurzsichtige Darsteller vor Erfindung der Kontaktlinse kunstvoll choreografierte Schwertkämpfe aufgeführt?

»Peter, ich werde heute nicht mitkommen«, sagt er, denn er nimmt an, dass der Darsteller des Laertes ihn erneut auf ein paar Drinks einladen will. »Ich werde einen Happen essen und dann mit dem Hund Gassi gehen. Trink einen für mich mit.«

Keine Antwort. Die Tür schließt sich, aber die undeutliche Gestalt steht immer noch da. Masterton hört ein Klicken, als die Tür des Umkleideraums verriegelt wird.

»Peter?«, sagt er, verärgert über das Schweigen. Was hat er jetzt schon wieder Schlimmes angestellt? Vielleicht hat sich die versenkbare Plastikklinge des Schwertes nicht in den Griff geschoben. Oder er ist ihm ins Wort gefallen, und sein neurotischer Bühnenpartner wird ihm diese Kränkung bis an sein Lebensende nicht verzeihen.

Masterton greift nach seiner Brille. Ein teures italienisches Modell aus Schildpatt, das er sich zu Beginn der Spielzeit gegönnt hat; wenn man den Hamlet spielt, ist das ein Grund zum Feiern. Während er sie aufsetzt, bemerkt er im Spiegel flüchtig eine Bewegung, von einem Gegenstand, der auf seinen Kopf niedersaust, eine Bewegung ähnlich wie die der Schwerter vor ein paar Minuten auf der Bühne.

Der Geschmack von Blut füllt seinen Mund. Und das hier ist kein Theaterblut.

In seinen letzten Momenten bei Bewusstsein realisiert der Schauspieler, dass er unsanft auf den Boden seines Umkleideraums befördert wurde. Er trägt immer noch seine Brille, aber eines der Gläser ist gesplittert. Alles um ihn herum ist merkwürdig unscharf, da sind die Risse in dem kaputten Glas und auf dem anderen die roten Spritzer von seinem Blut.

Er versucht, eine Hand auszustrecken, um aufzustehen, doch aus irgendeinem Grund kann er seinen Arm nicht mehr bewegen. Er will etwas sagen, protestieren gegen das, was gerade passiert ist, aber der harte, präzise Schlag gegen seine Schläfe hat seinen Schädel zertrümmert und den frontalen Kortex, wo das Sprachzentrum sitzt, irreversibel geschädigt. Falls Masterton das hier überleben sollte, könnte er nur noch Laute von sich geben, die große Ähnlichkeit mit dem mantraartigen Summen hätten, das er zur Entspannung unter der Dusche angestimmt hat. Er wäre nie wieder in der Lage, den Beruf auszuüben, in dem er sein ganzes Leben lang gearbeitet hat. Oder Auto zu fahren. Er würde nur mühsam lernen, wieder seinen eigenen Namen zu schreiben. Mit sehr viel Glück könnte er sich nach Jahren intensiver Physiotherapie eines Tages wieder humpelnd fortbewegen.

Aber Simon Masterton wird das hier nicht überleben.

Erneut saust die Waffe durch die Luft. Dann ein schrecklicher dumpfer Schlag. Und es wird dunkel.

Nachdem er für die Toten, für die vor langer Zeit und die kürzlich Verstorbenen, ein Gebet gesprochen hat, nachdem er das Blut von der Spitze seiner Waffe gewischt und sie erneut in die Flachsmatte gewickelt hat, betrachtet er seine Hände. Sie zittern.

In seinen Eingeweiden verspürt er eine diffuse Übelkeit. Das ist eine heftige Abwehrreaktion seines Körpers, weil sein Unterbewusstsein gegen die Entscheidungen ankämpft, zu denen ihn seine grundlegenden Überzeugungen geführt haben, gegen den Weg, den er eingeschlagen hat.

Mit schierer Willenskraft, in einem Akt äußerster Konzentration, wie es ihm seine Mutter auf der Jagd beigebracht hat, als er mit zitternden Händen ein Tier ins Visier nahm, kontrolliert er jetzt seinen Atem.

Er schließt die Augen.

Und erinnert sich daran, wie er die Hand seiner Mutter gehalten hat, als sie im Sterben lag.

Er erinnert sich daran, wie sie bei lebendigem Leib innerlich aufgefressen wurde. Nicht wie Hamlets Mutter, die aus einem Kelch Gift getrunken hat; seine Mutter wurde von einem anderen Gift verzehrt, von dem Krebs, der ihren Körper befallen hatte. Und vom Gift der Verzweiflung. Weil sie die Hoffnung verloren hatte, dass man das Unrecht, das man ihrem Volk in früheren Generationen angetan hatte, je wiedergutmachen und den nachfolgenden Generationen Gerechtigkeit zuteilwerden lassen würde. Sie war vergiftet von einer Trauer, die nie erlosch, die erst erlosch, als sie starb. Das Gift der Verzweiflung, das seine Mutter verzehrt hat, frisst jetzt auch ihn innerlich auf – so wie das Gift, das Gertrude getrunken hat.

Er atmet ein und wieder aus, vertreibt die Gedanken an seine Mutter.

Sein Herz schlägt allmählich wieder in einem halbwegs normalen Rhythmus.

Er öffnet die Augen. Seine Hände haben aufgehört zu zittern.

Er verstaut die Waffe in seinem Seesack.

Bis morgen früh hat er noch so viel zu erledigen.

10

IN DIE HAUT GERITZT

Hana hat sich vorhin erst gar nicht schlafen gelegt.

Als Stan sie zu Hause absetzte, war es weit nach Mitternacht, und an Schlaf war nicht mehr zu denken. Also ist sie in ihre Laufschuhe geschlüpft. Es ist zwar nicht unbedingt ratsam, um zwei Uhr morgens 10,13 Kilometer zu joggen, statt sich aufs Ohr zu hauen, aber für Hana ist das besser als die Alternative. Besser, als im Bett zu liegen und die Decke anzustarren, während sie versucht, die verschiedenen Teile dieses merkwürdigen Puzzles zusammenzufügen.

Ihre Tochter und PLUS 1 waren in Addisons Zimmer und schnitten auf einem Laptop das Video zu ihrem neuen Song. »Ihr solltet schlafen gehen«, meinte Hana zu ihnen.

»Das sagt ja die Richtige«, erwiderte Addison.

Hana läuft jetzt die dunklen nächtlichen Straßen entlang, während ihr die Ereignisse der letzten Stunden durch den Kopf gehen. Die abendliche Besprechung, bei der sie ihrem Team erklärte, dass sie ab sofort zwei einzelne, miteinander verbundene Morde untersuchen würden. An dem Whiteboard hängen mittlerweile zwei Fotos – von Daniel Waterford, dem Geschäftsführer eines Bauunternehmens, einem Mann, der in einem der besten Viertel der Stadt ein zehn Millionen Dollar teures Haus besitzt. Und von Terrence Sean McElvoy, einem Crackjunkie ohne einen Cent in der Tasche, der wegen der fahrlässigen Tötung seiner eigenen Tochter im Gefängnis saß.

»Es gibt zwischen diesen beiden Männern irgendeine Verbindung«, erklärte Hana ihrem Team. »Wir wissen zwar nicht, welche das ist. Aber wir werden es herausfinden.«

Sie sprach diese Worte in einem Tonfall völliger Gewissheit aus, mit jener Souveränität und Zuversicht, die eine Führungspersönlichkeit ihren Untergebenen vorleben muss. Aber der Fall ist verwirrend. Welche Verbindung könnte es zwischen diesen zwei völlig unterschiedlichen Personen geben? Irgendein Drogennetzwerk, mit dem Geschäftsführer an der Spitze und dem Junkie am Ende der Hierarchie? Oder eine Form von sexueller Perversion, einer der Hauptgründe für Gewaltverbrechen, ein Menschenhändlerring für abseitige Vorlieben? Sie haben ein Dutzend Möglichkeiten in Betracht gezogen und die Überprüfung der verschiedenen Theorien unter den Detectives des ständig größer werdenden Teams aufgeteilt.

Nachdem Hana auf dem Dach die zwei Symbole entdeckt hatte, waren die Zweifel an ihren Führungsqualitäten auf einmal wie weggeblasen. Eine erstaunliche Mischung aus Instinkt und logischen Schlussfolgerungen hatte sie zu dem Geräteschuppen auf dem Dach des Hochhauses geführt. Jeder Beamte im achten Stock des Polizeipräsidiums zollte der Teamleiterin aufs Neue Respekt.

Während der Besprechung saß Jaye die ganze Zeit neben ihr. Denn der Fall ist für alle Beteiligten Neuland. Plötzlich haben sie es mit dem größten Mordfall ihrer Laufbahn zu tun, und Jaye wird sich als Leiter der Kriminalpolizei aktiv an den Ermittlungen beteiligen. Aber Hana ist klar, dass es noch einen anderen, unausgesprochenen Grund für seine Anwesenheit gab – jenes Ereignis, das für sie noch zum Problem werden könnte. Der Zwischenfall mit dem Jurastudenten. Ihr droht ein Prozess, und falls man sie anklagt, wird man sie mitten in den laufenden Ermittlungen suspendieren. Jaye war dort an ihrer Seite, damit die Untersuchungen im schlimmsten Fall nahtlos fortgesetzt werden können. Sollte Hana in einer Woche nicht mehr das Team leiten, kann er sofort einspringen.

Hana bleibt im Licht eines 24-Stunden-Imbisses stehen, und ihr weht der Geruch von ranzigem Rapsöl entgegen, in dem schon viel zu viele Pommes frittiert wurden. Sie greift nach ihrem Telefon, um ihre Mails abzufragen, was sie zuvor schon alle fünfzehn … nein … alle zehn Minuten getan hat. Der Mörder überlegt sich sehr genau, welche Informationen er preisgibt, und das macht sie wahnsinnig. Zum einen sind da die zwei Videos, die sie zu den beiden Leichen geführt haben. Zum anderen hat er die beiden Tatorte blitzeblank zurückgelassen, es gab weder einen Teilabdruck noch irgendwelche DNS-Spuren. Hana wünschte, man würde ihr ein weiteres anonymes Video schicken. Einen neuen Hinweis, dem sie folgen kann.

Plötzlich ist leises Schluchzen zu hören. An der Wand des Imbisses lehnt eine Frau mittleren Alters. Sie ist ziemlich betrunken, und die Tränen, die an ihren Wangen herunterlaufen, verschmieren ihre Wimperntusche zu zufälligen, abstrakten Mustern. Hana ist lange genug Streife gefahren, um zu wissen, dass es keinen Zweck hat, sich eine halbe Stunde lang ihr trübseliges Geplapper über Liebeskummer und geplatzte Träume anzuhören.

»Können Sie mir Ihre Adresse sagen?«, fragt Hana. Die Frau nennt ihr lallend eine Straße und eine Hausnummer.

Hana nimmt sie am Arm und bringt sie zu einem Taxi, drückt dem Fahrer einen Zwanzig-Dollar-Schein in die Hand und nennt ihm die Adresse. Während der Wagen in der Dunkelheit verschwindet, wirft Hana erneut einen Blick auf ihr Handy.

Im Posteingang sind immer noch keine neuen Nachrichten.

Bei Hanas Rückkehr brennt in Addisons Zimmer kein Licht mehr. Doch als sie sich im Schlafzimmer auszieht, um zu duschen, steckt Addison den Kopf zur Tür herein. »Alles okay, Mum?«

»Ja, sicher. Mir geht's gut. Und dir?«

Addison ist völlig aufgedreht. Sie glaubt, dass der neue Song, an dem sie gerade arbeiten, einschlagen wird wie eine Bombe. »Der Auftritt in der Sailor Bar«, sagt sie. »Wirst du auch kommen können?«

Hana lächelt. »Ich werd's versuchen.«

Doch Hanas Gesichtsausdruck verrät Addison, dass ihre Mum es auf keinen Fall schaffen wird. Sie betritt das Zimmer und setzt sich neben sie aufs Bett. »Du arbeitest gerade an einem großen Fall, oder? An einem echt großen Fall.«

Hana nimmt ihre Tochter in den Arm und hält sie lange fest.

In Addisons Alter war Hana sportlich und durchtrainiert. Wie ihre Tochter war sie ein aufgewecktes Mädchen und neugierig auf die Welt. Und sie war verdammt mutig, eine geborene Anführerin. Kurz nachdem sie ihren Führerschein bekommen hatte, fuhr sie mit ihren Freunden zum Kino in der zwanzig Kilometer entfernten Stadt. Auf dem Rückweg kamen sie an einem Auto vorbei, das von der Straße geraten war. Hana hielt sofort an. Ihre Freundinnen, die mit ihr im Wagen saßen, hatten große

Angst, aber Hana kletterte ohne zu zögern die Böschung hinunter und zog den Fahrer aus dem Wagen. Er war betrunken, und seine Stirn, mit der er die Windschutzscheibe durchschlagen hatte, blutete heftig. Als sich die anderen beruhigt hatten und ebenfalls herunterkamen, um ihr zu helfen, hatte sie den Mann bereits in die stabile Seitenlage gebracht, ein Stück Erbrochenes aus seinem Mund entfernt und die Blutung gestoppt.

Als Mädchen besuchte sie manchmal ihren Großonkel in seinem Haus. Er war für ihre Familie so etwas wie eine Legende. Er hatte mit dem 28th Māori Battalion am Zweiten Weltkrieg teilgenommen, mit jener Einheit junger Māori-Soldaten, die in Europa und Afrika für den Staat kämpfte, der die Heimat der Māori kolonisiert und ihnen ihr Land gestohlen hatte. Die Einheit bestand ausschließlich aus Freiwilligen, denn Māori wurden nicht zum Wehrdienst eingezogen. Aber man konnte junge Männer wie ihren Großonkel nicht davon abhalten, sich freiwillig zu verpflichten, und sie meldeten sich scharenweise zur Armee.

Die britischen Befehlshaber schickten das 28th Māori Battalion meistens als Erste an die Front. Als Kanonenfutter. Man kann den Kolonialherren zwar ihre Kolonie wegnehmen, aber man kann ihre Mentalität nicht ändern.

Kein Wunder, dass das Māori Battalion extrem hohe Verluste zu beklagen hatte. Doch seine Soldaten waren berühmt für ihre Unerschrockenheit, und dank ihrer Tapferkeit brachten sie in zahlreichen Schlachten immer wieder die entscheidende Wende. Allerdings kämpften diese jungen Soldaten weniger für König und Vaterland. Das war nicht der Grund, warum Männer wie Hanas Großonkel sich freiwillig gemeldet hatten. Sie hatten sich verpflichtet, um das Abenteuer ihres Lebens zu wagen. Um ans andere Ende der Welt zu reisen, um etwas Aufregendes und Außergewöhnliches zu tun. Sie kämpften für ihre Freunde und ihre Whānau, sie kämpften für die Menschen, die von den Nazis vernichtet wurden. Sie kämpften gegen die Bösen.

Als Hana ernsthaft darüber nachzudenken begann, was sie mit ihrem Leben anfangen wollte, war eine Laufbahn bei der Polizei die naheliegende Wahl. Ein Beruf, der körperlichen Einsatz, Mut und Intelligenz erfordert. Als sie achtzehn Jahre alt war – ein paar Monate älter als Addison jetzt –, bewarb sie sich bei der Polizei. Es war der perfekte Job für jemanden wie sie, für jemanden, der im Dunkeln eine Böschung hinunterkletterte, um ein blödes, betrunkenes Arschloch davor zu bewahren, an seiner eigenen Kotze zu ersticken.

Für jemanden, der wusste, wie wichtig es war, die Bösen von ihren Taten abzuhalten.

Hana gibt Addison einen Kuss auf den Kopf und fährt mit dem Finger über die kleinen Unebenheiten ihres kahl geschorenen Schädels. »Deine wunderschönen Haare. Wirst du sie je wieder wachsen lassen?«

Und dann, sehr leise, beantwortet sie die Frage, die Addison ihr zu den Ermittlungen gestellt hat.

»Ja, mein Schatz. Es ist ein großer Fall. Ein sehr großer Fall.«

Kurz darauf steht Hana unter der Dusche. Sie hat das heiße Wasser fast ganz aufgedreht, und obwohl der Sauglüfter auf Hochtouren läuft, füllt sich das Badezimmer immer mehr mit Dampf. In ihrem Zeichenbuch gibt es jetzt mehrere Seiten mit der Spirale – dem Symbol, das am einen Tatort mit Blut gemalt war und am anderen mit einem spitzen Gegenstand in die Wand des Schuppens gebohrt wurde. Sie streckt die Hand aus und malt mit dem Zeigefinger das Symbol sorgfältig und akkurat auf die Glaswand der Dusche. Sie muss dazu nicht in ihr Skizzenbuch schauen; mit sanften Bewegungen zeichnet ihre Fingerspitze die Spirale auf die Scheibe, wobei der Strich nach innen immer dünner wird.

Plötzlich erregt etwas ihre Aufmerksamkeit.

Ihre Reflexion im Spiegel vor der Dusche. Während sie sich darin betrachtet, scheint es, als würde die Spirale, die sie in den Wasserdampf gezeichnet hat, ihre Wange bedecken. Der merkwürdige Anblick erinnert sie an das zufällige Muster aus Wimperntusche im Gesicht der betrunkenen Frau. Es wirkt fast wie eine Tätowierung.

Hana hält inne und betrachtet sich erneut im Spiegel. Es sieht haargenau wie eine Tätowierung aus.

Eine Gesichtstätowierung.

Das Schwarz-Weiß-Foto zeigt das Gesicht eines Mannes, in dessen Haut sich die scharfe Schneide eines geschliffenen Steinmeißels bohrt. Blut läuft von seiner Wange. In einem heiligen Ritual erhält er das Tā Moko, die traditionelle Tätowierung der Māori. Jedes von ihnen ist so unverwechselbar und einzigartig wie ein Fingerabdruck. Diese Gesichtstätowierung enthält genauso viele Informationen über den Träger wie die Helix seiner DNS – über seine Herkunft, die Iwi, denen er angehört, über seine Vorfahren und das, was er im Leben erreicht hat, über den sozialen Status und das Ansehen, das er genießt.

Ein Moko ist sehr viel mehr als eine Tätowierung. Ein Moko ist ein lebendiges Buch. Aber es ist nicht auf Papier gedruckt, sondern in die Haut geritzt.

Hana und Stan sitzen jetzt schon seit einigen Stunden im

Lesesaal des Museums. Sie sind von einem stetig wachsenden Berg aus Recherchematerial umgeben. Als Erstes haben sie sich die Bücher und Manuskripte über die Kunst des Tā Moko vorgenommen. Die Bibliothekarin war ganz versessen darauf, den beiden Beamten mit den beeindruckenden Polizeiausweisen behilflich zu sein, und schleppte pausenlos alte Bücher an – sämtliche Bücher mit Fotos oder Bildern der traditionellen Tätowierungen, in denen sie die Seiten von Interesse mit Streifen aus säurefreiem Papier markierte. Zuvor hatte sie den beiden weiße Handschuhe ausgehändigt und ihnen eingeschärft, sie die ganze Zeit anzubehalten.

Wenn Hana und Stan auf ein Tā Moko stoßen, das Ähnlichkeit mit der Spirale hat, fotografiert Stan das Bild, lädt es auf seinen Laptop und legt es über die Fotos von den Symbolen im Palace und auf dem Dach des Hochhauses. Obwohl die Spirale oder Koru-Form in den Schnitzereien und Tätowierungen der Māori häufig vorkommt, ist jedes Koru einzigartig und individuell. Viele der hochgeladenen Muster ähneln den Symbolen von den zwei Tatorten, aber keines stimmt exakt mit ihnen überein.

Hana ist mit der Sammlung von Schwarz-Weiß-Fotos jetzt fertig und nimmt sich ein weiteres Buch vor. Mit Reproduktionen wunderschöner Ölgemälde aus dem neunzehnten Jahrhundert von *Kaumātua* und *Kuia*, den weiblichen und männlichen Ältesten. Nicht nur Männer tragen ein Moko. Das filigrane Moko Kauae der Frauen wird in das Kinn geritzt, nicht in das ganze Gesicht. Das Moko Kauae war früher unter Māori-Frauen weitverbreitet, die blaugrünen Tätowierungen signalisierten nicht nur Ansehen und Status, sondern waren eine Zierde von großer Anmut und Schönheit.

Während Hana das Buch durchblättert, widersteht sie der Versuchung, sich die beeindruckenden Bilder der längst verstorbenen Ältesten länger anzusehen.

Stan greift nach einem weiteren Buch und schlägt es an der Stelle auf, die die Bibliothekarin markiert hat. Aber das Bild darin scheint nicht von Bedeutung zu sein. Er will das Buch schon wieder zuklappen und auf den Stapel legen, der ins Regal zurückgebracht werden kann, als Hana ihn unterbricht. »Warten Sie mal.« Ihr ist etwas ins Auge gefallen, und sie geht zu Stan und stellt sich hinter ihn. Das Buch ist auf einer Seite mit einem großformatigen Foto aufgeschlagen, einem Gruppenfoto aus dem neunzehnten Jahrhundert.

Es zeigt einen Trupp englischer Kolonialsoldaten, die unter einem großen Baum stehen. Aber bei genauerem Hinsehen wirkt das Bild plötzlich äußerst makaber. Von dem Baum hinter den sechs Soldaten hängt ein nackter Körper. Ein Māori. Er ist schon etwas älter, vielleicht in den Fünfzigern. Er ist tot und hat eine Schlinge um den Hals. Sein Körper und sein Gesicht sind mit Tā Moko bedeckt.

»Seine Hände und seine Füße«, sagt Hana leise. Jetzt sieht auch Stan, was ihre Aufmerksamkeit erregt hat. Die Hände und Füße des hingerichteten Gefangenen sind auf dieselbe Weise gefesselt wie die des Mannes, den sie im Palace gefunden haben.

In diesem Moment tritt die Bibliothekarin zu ihnen. Sie ist neugierig, was ihr Interesse geweckt hat. »Das ist eine Sammlung von Daguerreotypien«, erklärt sie. »Die Bilder stammen aus der Anfangszeit der Fotografie. Es sind die Arbeiten eines Künstlers aus dem neunzehnten Jahrhundert, der von der britischen Armee nach Neuseeland entsandt wurde. Er war eine Art Vorläufer der heutigen Kriegsfotografen.«

Rasch macht Stan ein Foto von dem toten Māori auf der Daguerreotypie. Er lädt das Bild auf seinen Laptop und vergrößert das Tā Moko auf Körper und Gesicht des Mannes.

»Die Daguerreotypie wurde Anfang der 1860er-Jahre aufgenommen«, sagt die Bibliothekarin.

»Und wo?«, fragt Hana.

»In Auckland. Hinter dem Hafen. Auf dem Mount Suffolk.«

Als Hana den Namen des Vulkans hört, wird sie plötzlich nervös. Sie kennt den Mount Suffolk nur zu gut. Mit ihm verbindet sie eine gemeinsame Geschichte.

»Sehen Sie«, sagt Stan mit aufgeregter Stimme und vergrößert einen bestimmten Bereich des Tā Moko, ein markantes Detail des Musters im Gesicht des Toten. Es handelt sich um eine Spirale.

Ein Koru.

Er legt das Symbol aus dem Moko des Toten über die Tatortfotos der Spiralen. Sorgfältig passt er Größe, Neigung und Ausrichtung der Bilder an. Es ist eine knifflige, mühselige Arbeit, behutsam gleicht er die Bilder an, nimmt eine Korrektur vor und stimmt sie erneut aufeinander ab.

Während Stan beschäftigt ist, betrachtet Hana das merkwürdige Foto auf der Seite des Buches. Den Schnappschuss dieses schaurigen Moments. Der gedemütigte, tote Rangatira hängt mit einem Seil um den Hals nackt an einem Baum. Unter ihm stehen die Männer, die ihn getötet haben, aufrecht und stolz, die Messingknöpfe ihrer Uniformen auf Hochglanz poliert, als würden sie für adlige Gäste eine Parade abhalten.

Stan nimmt eine letzte Korrektur vor, dann liegen die beiden Bilder genau übereinander, und er schaut zu Hana.

»Sie sind identisch, D Senior«, sagt er. »Sie stimmen exakt überein.«

Hana streift ihre weißen Handschuhe ab und reibt sich den Kiefer. Er ist völlig verkrampft, wie jedes Mal, wenn sie unter Stress steht. Von allen Orten auf der Welt müssen ihre Ermittlungen sie ausgerechnet zu diesem Ort führen. Dem letzten Ort, an den sie je wieder zurückkehren wollte.

Mount Suffolk.

ABSTAMMUNGSLINIEN

Von den verspiegelten Hochhäusern des Geschäftsviertels aus gesehen liegt der Mount Suffolk auf einer Landzunge direkt hinter dem Hafen. Der Berg ist fünf Kilometer Luftlinie vom Polizeipräsidium entfernt, aber wenn man nicht die Fähre nimmt oder eines der unzähligen Boote in einem der Jachthäfen rings um den Hafen besitzt, dann muss man mit dem Auto eine zwanzig Kilometer lange Strecke voller Umwege zurücklegen, über die Harbour Bridge und weiter durch die Vororte an der Nordküste.

Als Stan über die Brücke fährt, sieht Hana in der Ferne die charakteristischen Umrisse des Vulkans. Sie versucht, sich zu erinnern, wie es war, als sie das letzte Mal dorthin gefahren ist. Das war mit einem Aufgebot von fast hundert Beamten. Wie genau sind sie dorthin gekommen? Sind sie mit Mannschaftswagen gefahren? Oder wurden die jüngeren Polizisten wie Hana mit Bussen dorthin gebracht? Fuhren sie im Konvoi, und die Fahrzeuge erleuchteten mit ihren roten und blauen Lichtern wie in einem Film die Harbour Bridge in der morgendlichen Dunkelheit kurz vor Sonnenaufgang?

Sie kann sich nicht erinnern. So vieles, was an diesem Tag passiert ist, hat sie in einen dunklen Winkel ihres Bewusstseins verbannt. Komischerweise weiß sie noch, was sie gefrühstückt hatte. Vielleicht liegt es daran, dass sie zu dieser Zeit äußerst empfindlich auf Gerüche reagierte. Nach fast zwei Jahrzehnten erinnert sie sich ausgerechnet an … das Rührei, das Jaye ihr an diesem Morgen zubereitet hatte.

Sie war gerade erst im dritten Monat. Sie trank keinen Kaffee mehr, weil ihr von dem Geruch, den sie früher so sehr liebte, schlecht wurde. Sie mochte auch keinen Fisch mehr, weshalb sie auf den Räucherlachs verzichtete, den Jaye zu seinen Eiern aß.

Hana hatte auf ihrem Revier noch keinem erzählt, dass sie ein Kind erwartete. Es war erst der Anfang der Schwangerschaft; sie und Jaye wollten nichts überstürzen und sichergehen, dass alles in Ordnung war.

An diesem Tag begann ihre Schicht extrem früh, und die Vorgesetzten ließen sie über die Art des Einsatzes im Dunkeln. Niemand aus ihrer Schicht wusste, was sie erwartete. Jaye war in einer anderen Einheit und hatte seinen freien Tag. Trotzdem stand er früh auf und machte ihr Rühreier mit Toast. Und schenkte ihr statt des Kaffees, der ihr nicht mehr schmeckte, einen Saft ein.

Sie erinnert sich daran, wie sie ihre Eier aß und Jaye sie vor dem Revier absetzte. Es war immer noch dunkel, als er ihr einen Abschiedskuss gab. »Ich wünsche dir einen schönen Tag«, sagte er.

Ihnen war nicht bewusst, dass dieser Tag alles verändern würde. Für Hana. Für sie beide.

Hana weiß noch, wie sie auf dem Parkplatz unterhalb des Gipfels von Mount Suffolk stand und wartete. Von dort konnten sie und ihre Kollegen das Lager der Demonstranten hundert Meter weiter oben sehen. Die Siedlung aus Zelten und Wellblechhütten. Die flatternden, rot-weiß-schwarzen Tino-Rangatiratanga-Flaggen. Die großen, handbemalten, farbenfrohen Plakate, die die Kinder mit Gänseblümchen und Sonnenblumen dekoriert hatten, Plakate, die mit ernsten und eindringlichen Botschaften beschriftet waren.

RESPEKTIERT DEN TREATY

MAUNGA WHAKAIROIRO IST MĀORI-LAND

GEBT ZURÜCK, WAS IHR DEM TE TINI-O-TAI GESTOHLEN HABT

Während Stan jetzt durch die teuren Wohnorte zum Mount Suffolk fährt, spürt er Hanas wachsende Anspannung.

»Was da oben passiert ist, Senior, da oben auf dem Berg. Diese spektakuläre Protestaktion«, sagt er zögerlich. »Ich muss damals fünf Jahre alt gewesen sein, höchstens. Aber ich habe darüber gelesen. Ich habe gehört, dass Sie auch dort waren.«

»Ja«, sagt Hana. »Ich war dort.«

Stan fährt an dem Marae am Fuß des Berges vorbei, dem Zuhause des hier ansässigen Iwi, des Te Tini-o-Tai. An dem Versammlungshaus mit den wunderschönen Schnitzereien. Mit der *Tekoteko* am Giebel, der geschnitzten Darstellung des Urahnen, jenes Anführers, der sein Volk mit Doppelrumpfkanus über die unendlichen Weiten des unbekannten Ozeans geführt hatte. Auf einer Reise, die unerhörten Mut und unfassbare Tollkühnheit erforderte – eine sturmumtoste Seefahrt über Tausende von Kilometern zu diesen Inseln im Süden des Pazifiks.

»Der Iwi hat das Land vom Verteidigungsministerium zurückgefordert, oder?«, fragt Stan, während der Wagen die schmale Zufahrtsstraße zum Gipfel hinauffährt. »Sie haben eine Barackensiedlung errichtet und wollten erst wieder abziehen, wenn man ihnen ihr Land zurückgibt. Die Sache wurde für die Regierung ziemlich unangenehm, weil sie sich gezwungen sah, die Ordnung wiederherzustellen. Die Polizei hat das Lager gestürmt, um die Leute gewaltsam zu vertreiben.« Er schaut zu Hana auf dem Beifahrersitz hinüber. »Ich habe gehört, dass man die Māori-Cops zuerst reingeschickt hat.«

Hana antwortet nicht.

Der Wagen biegt auf den Parkplatz in der Nähe des Gipfels. Er ist verlassen, aber vor achtzehn Jahren waren hier Dutzende junger Polizisten wie Hana. Dazu etwa zwanzig erfahrene leitende Beamte, die den Einsatz koordinierten. Hana weiß noch, wie sie die anderen jüngeren Kollegen ansah, als man die Kampfausrüstung verteilte. Lange Schlagstöcke und Schutzschilde. Da waren so viele junge Māori-Gesichter, Gesichter wie ihres. Die Māori-Cops schauten einander an und dann zu den Demonstranten oben im Lager, und erst im letzten Moment begriffen sie, was die Polizeiführung vorhatte. Dass sie diese Entscheidung getroffen hatte, ohne mit denjenigen, die am meisten davon betroffen waren, Rücksprache zu halten.

Man hatte Māori-Cops entsandt, um eine Landbesetzung durch Māori aufzulösen.

Man wies Māori-Cops an, friedliche Māori-Demonstranten zu verjagen.

»Unsere Vorgesetzten haben uns einfach übergangen«, erwidert Hana schließlich auf Stans Frage. »Sie sagten, es liege jetzt an uns. Wir seien am besten dafür geeignet. Wir seien die richtigen Leute für diesen Job ...«

Sie öffnet ihren Sicherheitsgurt.

»Das ist einfach falsch«, sagt Stan aufrichtig. »Das ist völliger Schwachsinn, Boss.«

Auf der Daguerreotypie ist der Pūriri-Baum auf dem Gipfel des Mount Suffolk gut zehn Meter hoch, ein kräftiger junger Baum, der aus den alten Sträuchern ringsum emporragt. Inzwischen wurden die anderen Bäume gefällt. Der Pūriri-Baum ist jetzt mindestens doppelt so groß, aber er ist inzwischen ein alter Mann. Das ehemals dichte Blattwerk wächst nur noch unregelmäßig, als hätte er im Laufe der Jahre langsam eine Glatze bekommen. Seine knorrigen und verdrehten Äste hängen herunter, als wollte der alte Mann seine Arme nicht länger zur Sonne ausstrecken, als suchte er am Boden nach einer geeigneten Ruhestätte. Anderthalb Jahrhunderte voller Stürme, Blitzeinschläge und Angriffe durch Opossums und Insekten waren nicht gerade zuträglich.

Der alte Pūriri-Baum steht zwar noch, aber seine Tage sind gezählt.

Stan klopft gegen die morsche Rinde des riesigen Stamms. »Der hat auch schon bessere Zeiten gesehen.«

Hana hält etwas Abstand. Nachdem sie das schreckliche Bild von dem Toten gesehen hat, der an genau diesen Ästen hing, ist sie vorsichtig.

Sie läuft um den Gipfel herum. Unter ihr erstreckt sich der Hafen von Auckland. Zwischen den verschiedenen Anlegestellen fahren mehrere Fähren hin und her, und ein zwölfstöckiger Koloss von einem Kreuzfahrtschiff wird zum Terminal in der Innenstadt gelotst. Hana wendet sich ab und schaut über die Inseln im Golf hinweg auf das offene Meer.

Als der Te Tini-o-Tai sich vor fast tausend Jahren auf diesem Gipfel niederließ, nannten sie den Vulkan Maunga Whakairoiro – nach dem großen, gefleckten Orca, der laut ihrer Überlieferung die Kanus über das Meer an diesen Ort geführt hatte, sich an den Strand wälzte und in diesen heiligen Berg verwandelte. Als neu eingetroffene englische Siedler das junge neuseeländische Parlament ersuchten, sie beim Erwerb dieses wertvollen Stück Landes zu unterstützen, wurde es mithilfe der Kolonialtruppen in Besitz genommen. Die Einwände der Māori gegen die gewaltsame Landnahme wurden ignoriert, und aus dem Berg, der ihrem Schutzpatron – dem Orca – geweiht war, wurde der weniger poetische Mount Suffolk.

Aufgrund des Ausblicks, den man von der Landzunge aus hat, übernahm das Verteidigungsministerium während zweier Weltkriege die Verfügungsgewalt über dieses Gebiet, um dort Beobachtungs- und Verteidigungsposten zu errichten sowie Geschützbunker für den äußerst unwahrscheinlichen Fall, dass die Deutschen mit ihren U-Booten die fünfzehntausend Seemeilen weite Reise auf sich nahmen, um in das verschlafene Auckland einzumarschieren.

Das war nahezu ausgeschlossen. Aber die Neuseeländer sind ein vorsichtiges Völkchen.

Unterhalb des Nordhangs kann Hana eine dicht begrünte Fläche sehen. Zwischen den Sträuchern und Büschen ist undeutlich eine Betonkonstruktion zu erkennen.

Während Hana und Stan den Hang hinunterlaufen, erzählt sie ihm, dass man darunter ein Labyrinth aus Tunneln gegraben hat, als das Gebiet ein Jahrhundert lang in Besitz des Verteidigungsministeriums war. Sie dienten als Lagerräume für Munition, Waffen und technisches Gerät. Als die Demonstranten versuchten, sich den Berggipfel zurückzuholen, standen die Tunnel längst leer, und die Eingänge waren versiegelt.

Hana schiebt sich durch die Büsche auf die Betonkonstruktion zu. Es ist ein Tunneleingang. Sie tritt aus dem Gestrüpp hervor.

Die Wand ist mit Graffiti bedeckt und die Metalltür mit einer rotbraunen Rostschicht überzogen. Hana bemerkt sofort, dass man die Schweißnähte, mit denen die Tür versiegelt wurde, mit einem Schneidbrenner durchtrennt hat. Sie fährt mit dem Finger über das frei liegende Metall an den vier Außenseiten. Die Spuren sind noch frisch, und der Rost wurde weggeflämmt. Beiden Detectives ist klar, dass man erst vor Kurzem in diesen Tunnel eingebrochen ist.

Die Tür ist schwer, und die Scharniere quietschen. Gemeinsam schaffen sie es, die Tür zu öffnen.

Dahinter erstrecken sich die dunklen Tunnel der Katakomben.

»Ich hole die Taschenlampen aus dem Wagen«, sagt Stan. Aber Hana will nicht warten.

Sie tritt aus dem Sonnenlicht in die Dunkelheit, und Stan folgt ihr. Im Inneren ist es kalt, plötzlich sinkt die Temperatur gleich um mehrere Grad. Hana zieht den Reißverschluss ihres Anoraks zu. Während sich die Augen der beiden an die Dunkelheit gewöhnen, erkennen sie, dass der Tunnel ziemlich schmal ist und eine hohe Decke hat. Die Wände sind mit Moos übersät, und es ist die ganze Zeit tropfendes Wasser zu hören.

Hana und Stan schalten die Taschenlampen-Apps ihrer Handys ein, und das Licht spiegelt sich in den Pfützen auf dem unbehauenen Felsboden. Langsam gehen sie in die Dunkelheit.

Während sie sich behutsam vorwärtsbewegen, leuchten sie mit ihren Handys in Spalten und Nischen. Überall liegt rostige Armeeausrüstung herum. Der Tunnel macht immer wieder eine Biegung, und es gibt hier jede Menge dunkle Ecken, in denen man sich verstecken kann.

Die beiden gehen weiter in den Tunnel hinein. Stan kennt Hana inzwischen gut genug, um nicht zu fragen, wonach sie suchen.

Einige Cops betrachten ein Verbrechen wie Mathematik, versuchen es wie eine Rechenaufgabe zu lösen, den Teiler von x und y zu finden, und kommen auf logischem Weg zu einem Ergebnis. Doch für Hana ist die Ermittlungsarbeit keine Mathematik, sie folgt ihrem Instinkt.

Das Licht ihrer Handy-Apps ist nicht so stark wie das der Polizeitaschenlampen. Es reicht nur ein paar Meter weit in den dunklen Tunnel hinein. Stan bleibt neben einem rostigen Metallrohr stehen, das man vor langer Zeit in einer Felsspalte zurückgelassen hat. Vielleicht haben ein paar Straßenkinder den Tunnel in Beschlag genommen, um hier Klebstoff zu schnüffeln und zu feiern. Er eignet sich auch, um hier seine Drogengeschäfte abzuwickeln. Stan nimmt das Metallrohr. Nur für alle Fälle.

Während Hana auf eine Gabelung zugeht, überprüft Stan seinen Handyempfang. »Wir haben hier kein Netz, Senior. Wir sind zu tief unter der Erde.«

»Wollen Sie eine Pizza bestellen?«, fragt Hana und leuchtet in seine Richtung.

»Mein Akku ist fast alle«, sagt er. »Die Taschenlampe verbraucht eine Menge Strom. Ich will nicht, dass mein Akku mitten unter diesem verdammten Berg den Geist aufgibt.«

Sie stehen einen Moment schweigend da und merken erst jetzt, wie still es hier ist. Ringsum ist Wasser zu hören – *tropf-tropf-tropf* –, das unablässig von der Decke tropft.

»Ein Streifenbeamter vom örtlichen Revier kann die Tunnel später gründlich absuchen«, sagt Hana. »Um nachzusehen, dass sich hier keine Obdachlosen einquartiert haben. Dann können sie die Tür wieder versiegeln.«

Als Stan den Weg zurückgeht, den sie gekommen sind, bleibt

Hana noch kurz stehen. Sie lässt den Lichtstrahl über eine der Abzweigungen gleiten. Ein letzter aufmerksamer Blick. Nichts.

Tropf-tropf-tropf.

Während sie dort allein in der Dunkelheit steht, fällt ihr plötzlich etwas ein. Sie hat oft daran denken müssen seit jenem Tag, an dem man sie auf diesen Berg geschickt hatte. Wenn sie ihren Vorgesetzten mitgeteilt hätte, dass sie schwanger war, hätte sie Bürodienst verrichtet. Man hätte sie auf keinen Fall zum Einsatz an vorderster Front abkommandiert.

Aber das lässt sich nicht mehr ändern.

Sie wendet sich der anderen Abzweigung zu, um einen letzten Blick hineinzuwerfen, bevor sie geht. Das Handylicht gleitet über eine Pfütze am Boden, zwanzig Meter entfernt. Dort ist der Umriss eines Gegenstands zu erkennen, der hineingefallen ist. Sie geht auf die Pfütze zu und nimmt den Gegenstand aus dem Wasser.

»Boss?« Stan kommt zurückgeeilt. Hana zeigt ihm, was sie gefunden hat.

Eine Schildpatt-Brille. Ein sehr teures italienisches Modell.

Eines der Gläser ist gesplittert.

Doch Stan hat den Blick inzwischen auf etwas anderes gerichtet, etwas, was Hana bisher nicht aufgefallen ist. Sein Handy erleuchtet die Tunnelwand direkt hinter ihr.

Dort hängt die Kopie eines Fotos. Genau genommen handelt es sich nicht um ein Foto, sondern um eine Daguerreotypie. Hana und Stan haben dieses Bild schon einmal gesehen. Es zeigt sechs Männer in der Uniform der britischen Kolonialtruppen. Sie stehen in einem Halbkreis unter dem Pūriri-Baum, und über ihnen hängt die Leiche des Rangatira, den sie kurz zuvor getötet haben.

Hana bewegt ihr Handy und nimmt die Wand genauer in Augenschein. Unter der Kopie der Daguerreotypie kleben drei weitere Bilder auf dem Fels. Von einem der Soldaten auf dem Foto führt eine Schnur zu einem aktuellen Zeitungsausschnitt.

In dem Artikel geht es um den ungelösten Mord im Palace. Ein Foto zeigt das Opfer, das Hana und Stan in dem versiegelten Raum gefunden haben.

Ein zweiter Soldat ist ebenfalls durch eine Schnur mit einem weiteren Bild an der Wand verbunden. Es wurde fein säuberlich aus dem Prospekt einer Baufirma ausgeschnitten, die ihren Sitz in der Innenstadt von Auckland hat. Das Foto zeigt den Geschäftsführer, der vom Dach des Bürogebäudes zwanzig Stockwerke in die Tiefe gestürzt ist.

Hana betrachtet die Bilder, die die Männer, die vor hundertsechzig Jahren gelebt haben, mit den zwei aktuellen Mordopfern in Verbindung bringen.

»Woran erinnert Sie das?« Hanas Stimme hallt von den Felswänden wider.

»An einen Stammbaum«, sagt Stan.

Hana macht ein finsteres Gesicht. »Das ist ein Whakapapa. Das sind Abstammungslinien.«

Eine dritte Schnur spannt sich von einem dritten Soldaten zu einem Flyer, zu einer Ankündigung für eine *Hamlet*-Aufführung. Sie zeigt den Hauptdarsteller, der mit einem Schwert in der Hand und wutentbranntem Gesicht hinter Laertes herstürzt.

»*Hamlet*«, sagt Hana ruhig. »Wird das nicht gerade gespielt?«

Mit einem leisen Piepen verabschiedet sich Stans Akku. Der Tunnel wird jetzt nur noch von Hanas Handy erleuchtet, und es scheint, als würde die Dunkelheit immer näher kommen. Stan umklammert das rostige Eisenrohr in seiner Hand.

In diesem Moment fällt Hana unter dem Flyer etwas ins Auge. In das Moos an der Wand ist etwas fein säuberlich eingeritzt. Eine Reihe filigraner Symbole. Mehrere Spiralen, die an eingerollte Farnwedel erinnern. Das Koru-Symbol.

»Gleich drei«, sagt Stan.

Hana macht ein paar Fotos von der Wand, und als sie das Telefon näher an den Flyer hält, bemerkt sie noch etwas anderes. Vorsichtig berührt sie mit einem Finger den Flyer und zieht ihn wieder weg.

Ihre Fingerspitze ist jetzt rot.

Als sie das Blut auf dem Flyer fotografiert, fällt von oben ein roter Tropfen herab – *plop!* – und spritzt auf das Display.

Hana ringt nach Luft, lässt das Handy fallen, und es landet auf dem harten Boden, worauf das Display erlischt.

Es herrscht jetzt völlige Dunkelheit.

Während sie nach ihrem Telefon tastet, wandert Stans Blick über die vagen Umrisse der Tunnelöffnungen und Abzweigungen. Beide geben keinen Ton von sich und lauschen, ob sie irgendeine Bewegung hören können. In der tiefen Dunkelheit dieses Labyrinths gibt es unzählige Ecken, in denen man sich verstecken kann.

Und sie haben zu ihrer Verteidigung nur zwei Handys und ein rostiges Rohr.

Hanas Finger tasten auf dem kalten, feuchten Felsboden umher. Schließlich spürt sie das Plastikgehäuse ihres Telefons und drückt auf den Einschaltknopf. Doch nichts passiert. Scheiße, ist es kaputt? Sie drückt erneut auf den Knopf, und dann noch einmal, und schließlich …

Leuchtet das Display auf. Sie öffnet die Taschenlampen-App und schaut zu Stan. Sie wissen beide, dass der Blutstropfen von irgendwo über ihnen kam.

Hana richtet das Licht ihres Handys nach oben.

»Mein Gott, D Senior. Scheiße.«

Zwei Meter über ihren Köpfen befindet sich ein Felsvorsprung. Daran hängt der gefesselte Darsteller des Hamlet. Hana kann die tiefe Wunde an seiner Schläfe sehen, von der das Blut tropft. Im trüben Schein ihres Handys ist die Wunde nicht genau zu erkennen. Aber Hana muss nicht den Bericht des Rechtmediziners abwarten, um zu wissen, wie Simon Masterton umgebracht wurde.

Stumpfe Gewalteinwirkung, verursacht durch den Hieb mit einer unbekannten Waffe. Einer Schlagwaffe mit einer zehn bis elf Zentimeter langen Spitze.

12 WIR SEHEN UNS WIEDER

Für das Wort *Utu* gibt es im Englischen und anderen europäischen Sprachen keine genaue Entsprechung. Denn in der westlichen Kultur oder Rechtsauffassung existiert kein Konzept, das damit exakt übereinstimmt. Die Begriffe »Gleichgewicht« oder »Erwiderung« kommen dem vielleicht nahe, aber Utu meint nicht einfach nur Rache, Auge um Auge. Es geht dabei um ein Geben und Nehmen, darum, einen Zustand der Ausgeglichenheit und Harmonie aufrechtzuerhalten – im Positiven wie im Negativen.

Wenn man ein Geschenk bekommt, muss man sich zur Wahrung des *Mana*, des Ansehens und Status, mit einem gleichwertigen oder noch größeren Geschenk revanchieren. Bringt jemand zu einem Abendessen zum Beispiel eine ausgezeichnete Flasche Prosecco mit, überreicht man ihm beim Gegenbesuch ebenfalls einen guten Prosecco oder sogar eine Flasche Champagner. Wenn eine Gruppe einer anderen eine große Ehre erweist, sollte das mindestens mit dem gleichen Respekt erwidert werden. Andernfalls bringt man dauerhaft Schande über sich.

Wird hingegen jemand ungerecht behandelt oder verletzt, beleidigt oder gar getötet, dann lädt man Schuld auf sich. Es entsteht ein Ungleichgewicht. Man muss das Unrecht wiedergutmachen, um in einen Zustand der Harmonie und Ausgeglichenheit zurückzukehren.

Dabei entspricht das Utu keineswegs der westlichen Version der Strafjustiz. Wenn in Europa jemand einem anderen Menschen Schaden zufügt, wird allein diese Person für die Tat zur Rechenschaft gezogen. Doch so wie beim Utu Ansehen und Status von allen geteilt werden, trägt man auch die Schuld gemeinsam – eine Gruppe, ein Iwi, eine Familie. Nicht nur derjenige, der einem anderen Menschen Schaden zugefügt hat. Wiedergutmachung kann auch von jenen erlangt werden, die niemandem etwas getan haben, die keine Schuld an dem Verbrechen trifft.

Besser das Blut Unschuldiger vergießen, als gar keins. Und die Schuld verblasst mit der Zeit nicht.

Sie ist erst getilgt, wenn das Gleichgewicht wiederhergestellt wird.

Flapp-flapp-flapp. Ein Helikopter kreist tief über dem Pūriri-Baum, und die Druckwelle der Rotoren weht Blätter über den Gipfel. »Das soll wohl ein Witz sein«, brüllt Jaye wütend in sein Funkgerät. »Dieser ganze Bereich ist Sperrgebiet. Was haben die hier verloren?«

In der offenen Tür des Fernsehhubschraubers kniet eine Kamerafrau und schwenkt den Gipfel ab. Dort wimmelt es von Beamten, die systematisch das Gelände absuchen. Forensiker in weißen Overalls betreten oder verlassen mit ihrer Ausrüstung den Tunnel, und uniformierte Polizisten bewachen sämtliche Zugangswege zum Berghang. Die Aufnahmen der Kamerafrau werden live in den Abendnachrichten übertragen.

Jaye muss in sein Funkgerät brüllen, um die Helikopterrotoren zu übertönen. »Sagt ihnen, dass sie verdammt noch mal verschwinden sollen, und zwar sofort!« Schließlich kommt seine Botschaft an. Der Helikopter steigt empor und hält über dem Hafen seine Position – gerade weit genug vom Sperrgebiet entfernt, aber immer noch nah genug, um großartige Panoramaaufnahmen für die Sechs-Uhr-Nachrichten zu liefern.

»Beschissene Parasiten«, murmelt Jaye und unterdrückt das Verlangen, dem Hubschrauber den Stinkefinger zu zeigen. Das würde im Fernsehen keinen guten Eindruck machen. Außerdem sollen die Medien unter keinen Umständen Wind davon bekommen, dass die Polizei gewaltig unter Druck steht, dass der laufende Fall für die Beamten eine Herausforderung bisher ungekannten Ausmaßes darstellt.

Auf dem Parkplatz in der Nähe des Gipfels wurde ein Einsatzlager errichtet; dort stehen mehrere Zelte, umgeben von den großen weißen Trucks der Spurensicherung. Jaye steigt zu Hana in einen der Trucks. Die Fotos, die sie in den Tunneln gemacht hat, wurden inzwischen von ihrem Telefon auf einen Laptop hochgeladen. Jaye hat sie sich bereits Dutzende Male angeschaut, war unten in den Tunneln und hat mit eigenen Augen das dritte Opfer gesehen, das von einem Felsvorsprung hängt, sowie die Daguerreotypie mit den Abstammungslinien. Aber egal, wie oft er diese grausigen Bilder betrachtet, sie verlieren nichts von ihrem Schrecken.

Noch beunruhigender ist der Grund für die Taten. Bei jeder Ermittlung ist das Motiv von entscheidender Bedeutung, in neun von zehn Fällen ist es der Schlüssel zur Lösung. Sie haben jetzt ein Motiv, etwas, was die Morde an diesen drei Personen miteinander verbindet, die einander nicht kannten. Doch das Motiv ist überaus bizarr und verstörend.

»Drei Morde«, sagt Jaye. Er kann immer noch nicht fassen, was sie gerade herausgefunden haben. »Von jedem der sechs Soldaten wird ein Nachfahre getötet. Bleiben noch drei übrig.«

Es ist erst fünf Stunden her, dass Stan und Hana, ihrer Intuition folgend, die Tunnel betreten haben, und inzwischen hat die Ermittlung eine völlig neue Richtung eingeschlagen. Weitere Detectives wurden für den Fall abgezogen. Ein Expertenteam aus Ermittlern arbeitet mit einer Gruppe Ahnenforscher und Historiker daran, die sechs Soldaten zu identifizieren und das komplexe Geflecht aus Abstammungslinien von der Mitte des neunzehnten Jahrhunderts bis zu den noch lebenden Nachfahren zu rekonstruieren und eine Liste mit allen potenziellen Opfern zu erstellen.

»Rache nach einhundertsechzig Jahren, acht Generationen später«, sagt Jaye. »Warum?«

Hana wirft erneut einen Blick auf das Foto von der Daguerreotypie an der Tunnelwand, mit den Abstammungslinien der drei Soldaten. Die drei anderen müssen noch vervollständigt werden.

»Rache ist nicht das richtige Wort«, sagt Hana leise. »Das ist Utu.«

Die Polizisten, die am Fuß des Berges Wache halten, sehen, wie eine alte Frau, gefolgt von etwa zwanzig weiteren Personen, auf sie zukommt. Die Kuia trägt eine gebügelte, strahlend weiße Bowlingmontur. Im Rasenbowlingverein war heute Damentag; sie warf gerade ihren »Jack« für den zweiten Durchgang, als ihr Enkelsohn dort auftauchte.

»Auf dem Maunga tut sich irgendwas, Oma«, sagte er.

Sie hatte nicht mal die kleine Zielkugel aufgehoben und ihre ausgebeulte, alte Ledertasche mit ihren Bowlingkugeln einfach stehen lassen. Sie stieg in den Wagen ihres Enkels und fuhr direkt zum Marae am Fuß des Berges. Mehrere Dutzend Mitglieder ihres Iwi waren dort bereits versammelt. Sie waren verwirrt, weil sie von den uniformierten Beamten, die die Zufahrtsstraße bewachten, keinerlei Informationen bekamen.

»Sie wollen uns nichts sagen, Whaea.«

Die alte Dame knöpfte ihre weiße Strickjacke zu. »Das ist unser Maunga«, sagte sie mit der stillen Würde und Autorität einer respektierten Ältesten, einer Anführerin ihres Iwi. Und dann marschierte sie durch das Tor des Marae auf die Polizeiautos zu.

An der Absperrung erklären die Polizisten der alten Frau jetzt, dass gerade ein Einsatz durchgeführt wird und die Öffentlichkeit keinen Zugang zum Gipfel hat. Die Frau, die sich am Arm ihres Enkels festhält, steht mit erhobenem Kopf aufrecht da und sagt in einem gefassten, ernsten Tonfall: »Das ist *unser* Maunga.«

Mit diesen Worten geht sie an den Polizeiautos vorbei.

Sofort verständigen die uniformierten Kollegen das Einsatzlager auf dem Gipfel. »Aus dem örtlichen Marae kommen etwa zwanzig Personen zu euch hoch. Sie haben sich geweigert, stehen zu bleiben. Sollen wir sie festnehmen?«

»Lasst sie durch«, sagt Hana.

Zusammen mit Jaye wartet sie, bis die Gruppe eingetroffen ist.

Die alte Frau braucht einen Moment, um zu verschnaufen, was ihr die Gelegenheit gibt, sich auf dem Berg umzuschauen. Hier oben sind unzählige Polizisten und Forensiker.

»Was ist passiert?«, fragt sie.

»Das können wir Ihnen nicht sagen«, erklärt Hana. »Tut mir leid.«

»So viel Polizei«, sagt die alte Frau. »Wenn jemand gestorben ist, gibt es für uns einiges zu tun. Der Berg muss abgesperrt, das Tapu respektiert werden. Wir werden Sie nicht von der Arbeit abhalten. Aber wir haben ebenfalls etwas zu erledigen. Das unterscheidet sich zwar von Ihrer Arbeit. Aber deshalb ist es nicht weniger wichtig. Sie müssen uns sagen, was passiert ist.«

»Ja. Es ist jemand gestorben.«

Der Blick der alten Frau fällt auf den Ausweis mit Hanas Namen, den sie um den Hals trägt. Dann schaut sie ihr ins Gesicht. Ein kurzes Funkeln in ihren Augen verrät Hana, dass die Frau sie wiedererkannt hat.

Die Alte umklammert die Hand ihres Enkelsohns. »Das Mauri des Berges wurde abermals verletzt«, sagt sie mit zitternder Stimme. »Die Gewalt ist zu unserem Maunga zurückgekehrt. Wieder ist ein Mensch gestorben.«

Mehrere der Angehörigen ihres Iwi fangen an zu weinen. Unter ihnen sind noch weitere ältere Frauen. Einige schluchzen, trauern still um die Seele des Verstorbenen.

Hana hat eine Kopie von der Daguerreotypie dabei. Sie faltet sie auseinander und gibt sie der alten Frau. »Der Mann auf dem Foto«, sagt sie. »Können Sie uns etwas über ihn erzählen?«

Der Enkel nimmt die Kopie und hält sie seiner Großmutter hin, damit sie sie genauer betrachten kann. »Hat das hier etwas mit unserem Tupuna zu tun?«, fragte die alte Frau.

»Was auch immer Sie uns sagen können«, erklärt Hana, »es hilft uns zu verstehen, was hier passiert ist.«

Die Kuia schaut zum Pūriri-Baum hinauf. Dann umklammert sie die Hand ihres Enkels und geht, gefolgt von den anderen, die etwa hundert Meter vom Parkplatz nach oben. Der Gelände ist ziemlich steil, doch die Frau lässt sich davon nicht aufhalten. Als sie den Baum schließlich erreicht, streckt sie die

Hand nach dem dicken, alten Stamm aus. Ihre zerfurchte Haut berührt sanft die zerfurchte Rinde.

»Detective Westerman«, sagt sie.

»Detective Senior Sergeant«, sagt Hana. Sie lag richtig, die alte Frau hat sie wiedererkannt.

»Sie wollten etwas über unseren Tupuna erfahren.« Die Kuia wischt sich ein paar Tränen aus den Augen. »Ich werde Ihnen von ihm erzählen. Ich werde Ihnen alles erzählen.« Sie hält sich am Arm ihres Enkelsohns fest. »Der Te Tini-o-Tai lebt seit Jahrhunderten in dieser Gegend«, sagt sie. »Nach der langen Reise über das Meer haben wir auf diesem Berg unser Pā errichtet. Unsere Kinder wurden hier geboren, wurden alt und sind hier gestorben. Eine Generation nach der anderen. Auf unserem Land. Unserem Boden. *Hier.*«

Die Kuia schaut zum Hafen hinüber. Überall auf dem Wasser sind kleine Segelboote zu sehen. »Dann kamen sie. In ihren Schiffen mit großen weißen Segeln. Die Engländer, die Pākehā. Sobald sie einen Fuß auf unser Land gesetzt hatten, wollten sie es in ihren Besitz bringen. Allerdings wollten unsere Leute es nicht verkaufen. Aber die Siedler, die es auf unseren Berg abgesehen hatten, um die Bäume zu fällen und dort ihre Farmen und stattlichen Häuser zu errichten, akzeptierten unsere Antwort nicht.«

Die Kuia verstummt und schweigt einen Moment. »Der Name unseres Vorfahren ist Hahona Tuakana«, sagt sie schließlich mit leiser, ehrerbietiger Stimme. Ihr Enkel tätschelt sanft ihre Hand, doch sie will nicht getröstet werden. »Die weißen Siedler steckten mit Pflöcken das Land ab«, fährt sie fort. »Aber Hahona Tuakana befahl seinen Leuten, nicht mit Gewalt zu reagieren. Die Pākehā seien vernünftige, zivilisierte Menschen, sagte er. ›Wenn wir ihnen erklären, dass dies ein heiliger Ort ist, werden die

Pākehā auf uns hören. Wenn wir unsere Besucher mit Würde und Respekt behandeln, werden sie uns genauso behandeln.‹«

Die Kuia lächelt traurig über diese naive Vorstellung, eine Vorstellung, die kurz darauf vom Verlauf der Geschichte widerlegt wurde. »Die Pākehā hörten nicht auf uns. Männer in Uniformen mit Messingknöpfen, bewaffnet mit Eisengewehren, kamen den Siedlern zu Hilfe. Trotzdem weigerte sich Tuakana, zu den Waffen zu greifen. Er wollte nicht, dass seine Leute kämpften. Er leistete auf seine ganz eigene Weise Widerstand. Nachdem die Pākehā tagsüber mit ihren Pflöcken das Land abgesteckt hatten, zog Tuakana sie nachts wieder heraus.«

Die Kuia lässt ihren Blick über den Gipfel wandern. »Als die Siedler dann hier ihre Ställe bauten«, sagt sie, »als ihre Pferde auf den heiligen Boden kackten, begriff Hahona Tuakana schließlich: Diese Besucher würden seine Leute nicht mit Würde und Respekt behandeln. Sie waren keine vernünftigen, zivilisierten Menschen. Sie wollten dieses Land um jeden Preis in ihren Besitz bringen, und nichts würde sie davon abhalten.« Sie hält einen Moment inne, um Atem zu schöpfen.

»Können Sie später zum Marae kommen, wenn meine Großmutter sich ausgeruht hat?«, fragt der Enkel.

»Nein«, sagt die Alte. »Detective Senior Sergeant Westerman hat nach unserem Tupuna gefragt, und ich möchte, dass sie seine Geschichte kennt. Mein Tupuna hat dann die Gebäude niedergebrannt«, fährt sie fort. »Er hat sich mit einem Dutzend Männern in einen dunklen, weiter entfernten Wald zurückgezogen. Von dort aus führten sie ihren Kampf. Aber es war ein Kampf des Ungehorsams, des Widerstands, kein gewalttätiger Kampf. Ein Kampf, bei dem sich eine Seite weigerte, Waffen zu tragen. Als die Siedler dann auf diesem Berg ein Gebäude errichteten, wurde es niedergebrannt. Die Truppen machten monatelang Jagd auf meinen Tupuna. Aber er hielt sich tief im dunklen Wald versteckt und kehrte von dort aus immer wieder zu ihnen zurück. Er und seine Männer hielten die mächtige britische Armee zum Narren. Doch schließlich wurde er geschnappt.«

Die Kuia richtet den Blick auf den Baum, der über ihr emporragt. Sie sucht nach der Stelle, an der ihr Vorfahre hing.

»Oktober 1863«, sagt sie mit leiser Stimme. »Da hat man meinen Tupuna erhängt. Hier, keine drei Meter von mir entfernt.« Sie holt tief Luft. »*Das* ... das ist die Geschichte zu Ihrem Foto. Nā te ahi ka tahuna he ahi anō. Gewalt führt zu noch mehr Gewalt. Dies ist ein Ort mit einer Geschichte der Gewalt. Bis zum heutigen Tag. Sie müssten das nur zu gut wissen, Detective Senior Sergeant Westerman.«

Sie wendet sich von dem großen Baum zu Hana um.

»Als Sie das letzte Mal hier waren, haben Sie eine Uniform getragen«, sagt sie. »Damals haben Sie es nicht für nötig gehalten, mich nach der Geschichte dieses Ortes zu fragen. Ihr kamt mit euren Helmen und Schlagstöcken. Und habt getan, was ihr eben getan habt. Dieses Land hat nicht vergessen, was passiert ist. Und wir haben es auch nicht vergessen. Wir erinnern uns daran, was die Menschen in Uniformen vor hundertsechzig Jahren getan haben. Und daran, was die Menschen in anderen Uniformen vor achtzehn Jahren getan haben.«

Sie sieht Hana unverwandt an. »Wir erinnern uns.«

Hana hält ihrem Blick stand. Doch sie muss all ihre Willenskraft aufbringen angesichts der starken Emotionen, die sich im Gesicht der alten Frau spiegeln.

Schließlich gibt die Kuia die Fotokopie wieder an Jaye zurück und streicht den Kragen ihrer weißen Strickjacke glatt. »Was auch immer hier passiert ist«, sagt sie zu Jaye, »unsere Leute werden Sie unterstützen. Wir werden alles tun, um der Polizei zu helfen. Aber Detective Senior Sergeant Westerman ist hier nicht willkommen.«

Auf der Pressekonferenz herrscht diesmal so großer Andrang, dass alle stehen müssen. Schulter an Schulter wetteifern die Journalisten um die besten Plätze. Lautes Stimmengewirr erfüllt den Raum, Spekulationen über die neuen Ermittlungen auf dem Mount Suffolk sowie über die Ereignisse der letzten Tage machen die Runde.

Jaye bleibt vor der Tür des Presseraums stehen, um mit Hana einen Moment ungestört zu reden. »Wir müssen die Sache unter Verschluss halten«, sagt er. »Die Öffentlichkeit darf nicht erfahren, was ihr dort im Tunnel gefunden habt. Der Täter will die Menschen in Furcht und Panik versetzen. Er will, dass sie sich die Abstammungslinien ansehen, um herauszufinden, wer noch als Opfer in Betracht kommt. Dass sie sich fragen, ob sie als Nächstes dran sind. Aber das werden wir verhindern. Wir werden auf Hochtouren daran arbeiten, den Täter ausfindig zu machen und zu verhaften.«

Durch die Glasscheibe in der Tür können sie sehen, dass die Journalisten langsam ungeduldig werden.

Jaye wendet sich wieder Hana zu. »Alles in Ordnung?«, fragt er. »Ich meine, wegen der Sache oben auf dem Berg. Mit der alten Frau.«

»Sie kann uns nicht vorschreiben, wie wir unsere Ermittlungen zu führen haben«, sagt Hana.

»Das wird sie auch nicht. Denn wir haben einen Job zu erledigen. Wir müssen den Täter finden und für lange Zeit wegsperren.

Wenn das bedeutet, dass jemand anders mit dem Iwi sprechen muss, damit wir unserer Arbeit nachgehen können, dann ist das eben so. Aber das meinte ich nicht«, fährt Jaye fort. »Ich wusste, dass es nicht leicht werden würde, an diesen Ort zurückzukehren.«

Hana ist überrascht.

Das ist nicht der Vorgesetzte, der da aus ihm spricht. Das ist jemand, der sie kennt, der ihre Geschichte kennt, der weiß, was es für sie bedeutet hat, auf den Berg zurückzukehren. Jemand, der weiß, wie sich ihr Leben durch den Einsatz als junge Polizistin verändert hat.

Als Jaye hinter dem Pult steht, vor den unzähligen Mikrofonen und Kameras, hält er sich strikt an die besprochene Marschroute. Er bestätigt, dass im Tāmaki Makaurau District drei eigenständige Mordermittlungen laufen. Das sei zwar eine große Herausforderung für die Kriminalpolizei, aber in allen Fällen gebe es vielversprechende Ansätze. »Wir bitten die Bevölkerung um ihre Unterstützung und fordern jeden auf, der zu einem der Fälle Informationen hat, sich zu melden – es geht um das Verbrechen im Palace, den Toten vor dem Bürogebäude in der Innenstadt und die Leiche, die in dem Tunnel unter dem Mount Suffolk gefunden wurde.«

Während Jaye weiterspricht, bemerkt Hana, die alles von hinten beobachtet, dass eine Welle der Bewegung durch die versammelten Journalisten geht. Ihre Handys vibrieren, SMS und E-Mails werden geöffnet, die Journalisten werfen einander Blicke zu und beginnen zu murmeln.

»Hast du das auch bekommen?«

»Du auch?«

»Scheiße.«

Hana betritt den Raum, um einen Blick auf eines der Handys

zu werfen. Darauf läuft ein Video. Die Szene ist ihr nur allzu vertraut. Das Video, das jetzt auf allen Displays zu sehen ist, wurde im Tunnel aufgenommen. Es zeigt die Daguerreotypie an der Wand und die Abstammungslinien zu den drei Mordopfern. Genau die Informationen, die Jaye aus den Medien heraushalten wollte.

Einer der Journalisten hebt seine Hand. »Entschuldigung, Detective Inspector, als Sie sagten, dass es drei eigenständige Mordermittlungen gibt, meinten Sie damit, dass die Ermittlungen in keinem Zusammenhang zueinander stehen?«

»Es gibt drei getrennte Ermittlungen«, wiederholt Jaye.

»Zwischen den drei Morden besteht also keine Verbindung?«, fragt der Journalist. »Die Morde haben also nichts mit einer lange zurückliegenden Hinrichtung zu tun?«

Bevor Jaye überhaupt Gelegenheit hat, die Fangfrage zu beantworten, hakt eine Fernsehreporterin nach: »Gibt es Beweise, die darauf hindeuten, dass die drei Morde zusammenhängen? Dass sie von derselben Person begangen wurden? Von der Person, die dieses Video geschickt hat? Ja oder nein?« Sie tritt hervor und zeigt Jaye das Display ihres Tablets. »Das hier wurde gerade an alle wichtigen Nachrichtenagenturen geschickt«, sagt sie, während die Kameras weiterlaufen.

Jaye sieht sich die Aufnahme an. Das Video, das er unter allen Umständen zurückhalten wollte, steht jetzt sämtlichen Nachrichtenagenturen zur Verfügung. Und wird heute Abend über jeden Fernseher im ganzen Land flimmern.

Die Journalisten im Raum beginnen wild durcheinanderzurufen.

»Wissen Sie, wer das Video verschickt hat?«

»Wer sind die Personen auf dem alten Foto?«

»Was haben die Soldaten mit den Morden zu tun?«

»Warum bestreitet die Polizei, dass es eine Verbindung zwischen den drei Morden gibt, und behandelt die Journalisten und Bürger wie Idioten?«

»Was sollen wir der Öffentlichkeit erzählen, Detective Inspector? Ist das Leben einfacher Bürger in Gefahr?«

Als Hana und Jaye von der chaotischen Pressekonferenz in den achten Stock zurückkehren, läuft auf den Bildschirmen dort bereits das Video, das an die Medien verschickt wurde. Der größte Fernsehsender des Landes strahlt eine Sondersendung aus.

»Wir haben die Kontrolle über die verdammten Ermittlungen verloren«, sagt Jaye aufgebracht. »Dieser Wichser bestimmt, wo's langgeht. Er will, dass alle seine Taten bewundern.«

Als von dem Video zu einer Hubschrauberaufnahme des Berges geschnitten wird, klingelt Hanas Telefon. Es ist eine Privatnummer. Sie hebt ab. »DSS Hana Westerman.«

»Ich wollte Ihnen eigentlich erst das Video aus dem Tunnel schicken. Um Ihnen einen kleinen Hinweis zu geben. Schließlich haben Sie meine anderen Botschaften in kürzester Zeit entschlüsselt. Aber diesmal waren Sie schneller als ich.« Die Stimme am anderen Ende klingt ruhig und beherrscht. »Ich bin beeindruckt.«

Hana drückt den Ton weg und fordert die anderen eindringlich auf, still zu sein, worauf im Büro Ruhe einkehrt.

Sie schaltet Mikrofon und Lautsprecher ein, während Jaye zu ihr tritt. »Haben Sie Informationen zu den Morden?«, fragt sie.

Es entsteht eine lange Pause. »Korero Māori mai«, sagt der Anrufer.

»Wir wollen nicht, dass noch weitere Personen zu Schaden

kommen«, entgegnet Hana. »Ich möchte wissen, was Sie wollen, wie wir das hier zusammen beenden können. Würden Sie sich mit mir treffen?«

»Wie ich gerade sagte … wenn ich Ihre Fragen beantworten soll«, unterbricht sie der Mann, »sprechen Sie unsere Sprache.« Sämtliche Augen sind jetzt auf Hana gerichtet.

»Wer ist da?«, fragt sie auf Te Reo. »Was wissen Sie über die Morde?«

»Sie haben unsere Sprache also noch nicht verlernt. Immerhin. Aber Ihre Herkunft als Māori haben Sie schon vor langer Zeit verleugnet.«

Hanas Telefon piept, als eine E-Mail eingeht.

»Ich habe Ihnen gerade eine Nachricht geschickt«, sagt der Mann. »Öffnen Sie sie.«

Hana tippt auf das E-Mail-Symbol. Die Nachricht enthält ein Bild, den Screenshot eines alten Fernsehbeitrags über die Proteste vor achtzehn Jahren. Blau uniformierte Polizisten rücken in mehreren Reihen auf das Lager der Demonstranten am Gipfel des Mount Suffolk vor. In der vordersten Reihe kann Hana ihr Gesicht erkennen.

»Haben Sie sich entdeckt, Detective Senior Sergeant?«, fragt der Mann.

Unten auf der Straße ertönt die Sirene eines vorbeifahrenden Wagens.

»Sehen Sie hin. Sehen Sie sich selbst genau an. Empfinden Sie dabei keine Scham, Detective?«

In der darauffolgenden Stille ist am anderen Ende der Leitung ein Geräusch zu hören. Eine Sirene. Alle Beamten begreifen gleichzeitig – es ist dieselbe Sirene wie eben! Stan und die anderen Detectives stürzen zu den Fenstern und schauen zu dem

Polizeiwagen hinunter, der mit eingeschalteten Blinklichtern die Straße entlangrast.

In diesem Moment meldet sich der Mann am anderen Ende wieder zu Wort. »*Ka tūtaki anō tāua.*«

Dann ist die Leitung tot.

Stan, der immer noch am Fenster steht, hat etwas entdeckt. »Da!« Acht Stockwerke weiter unten eilt eine Person über die Straße, steckt ein Handy in die Tasche und steuert auf eine Seitenstraße zu.

Hals über Kopf rennen die Beamten zu den Fahrstühlen. Während einige Detectives auf die Aufzugknöpfe drücken, stürzen Hana, Jaye und Stan durch die Treppenhaustür und dann weiter die Stufen hinunter, wobei sie jedes Mal vier auf einmal nehmen. Im Erdgeschoss sprinten sie am Empfangstresen vorbei hinaus auf die Straße. Der jüngere und sportlichere Stan läuft voraus zu der Seitenstraße, in der die Person verschwunden ist.

Während weitere Detectives und uniformierte Beamte aus dem Gebäude geeilt kommen, erreicht Stan das Ende der Seitenstraße, wo diese sich zu einer größeren Durchgangsstraße erweitert. Es ist früher Abend, und die Gehwege sind voller Menschen, die nach der Arbeit zu den öffentlichen Verkehrsmitteln unterwegs sind oder um etwas trinken zu gehen. Während Pkws und Busse an ihnen vorbeifahren, suchen Hana, Jaye und Stan die belebten Straßen ab. Aber der Mann ist verschwunden.

»Wir sehen uns wieder.«

»Boss?«

»Das hat er als Letztes gesagt: ›Ka tūtaki anō tāua‹«, erklärt Hana. »Wir sehen uns wieder.«

Sie hält immer noch ihr Telefon in der Hand. Auf dem Display ist das Standbild zu sehen, das sie vor all den Jahren auf dem

Mount Suffolk zeigt. »Der Mann kennt mich. Darum hat er die Videos an mich geschickt«, sagt sie zu Jaye. »Er wollte, dass *ich* herausfinde, was er getan hat.«

Plötzlich fügt sich alles zusammen.

»Er war vor achtzehn Jahren dort. Als ich ebenfalls da oben war. Er war auf dem Berg.«

FEUER UND RAUCH

Für einen Moment wird die Videoaufnahme zu langsam, nur in Zeitlupe wiedergegeben. Alles wirkt wie in einem Traum.

Auf dem Bildschirm sind die Demonstranten zu sehen, die sich in der Nähe des Pūriri-Baums versammelt haben. Umgeben von ihren provisorischen Wellblechhütten und den handbemalten Protestplakaten. Mehrere Reihen von Polizisten marschieren im Gleichschritt den Hang zum Gipfel hinauf. Sie nähern sich den Demonstranten von allen Seiten, nehmen sie in einer koordinierten Aktion in die Zange. Sie sind bewaffnet mit langen Schlagstöcken und Gummiknüppeln. Einige Demonstranten feuern mit Megafonen die Menge an, die Parolen skandiert und Gesänge anstimmt. Die Polizisten rücken weiter vor, erhalten den Befehl, ihre Schlagstöcke zu zücken. Die Sprechchöre und Gesänge der Demonstranten werden immer lauter, während die Einsatzleitung ihnen Anweisungen zuruft: »Sie halten sich unrechtmäßig auf öffentlichem Grund und Boden auf. Ziehen Sie sofort ab, oder wir werden das Lager gewaltsam räumen!« Die Polizisten rücken weiter näher. »Vorwärts, vorwärts, los, los!

Der Sichtungsraum ist ein grauer Betonbunker, der sich tief in den Eingeweiden des Film- und Fernseharchivs befindet. Wie im gesamten Archiv ist es hier unten kalt – es wird auf einer konstanten Temperatur gehalten, um das alte Film- und Videomaterial zu konservieren.

Es ist für Hana äußerst schmerzvoll, sich die Aufnahmen anzusehen. Dennoch widersteht sie der Versuchung vorzuspulen. Sie schaut sich die vielen Stunden Videomaterial in normaler Geschwindigkeit an, um sich den Tag wieder ins Gedächtnis zu rufen, den sie nach Kräften so lange verdrängt hat. Ihr bleibt keine Wahl. Vier Wörter haben alles verändert.

»Ka tūtaki anō tāua.« Wir sehen uns wieder.

Ein Satz, ruhig und bedächtig ausgesprochen. Durch diesen einen Satz ist die Polizeiaktion gegen die Demonstranten auf dem Mount Suffolk und Hanas Beteiligung daran plötzlich untrennbar mit den aktuellen Mordermittlungen verbunden.

Den Blick auf den Bildschirm gerichtet, durchstöbert Hana ihre verdrängten Erinnerungen genauso gründlich wie die Videoaufnahmen. Sie hält nach Gesichtern Ausschau und versucht, sich an einzelne Personen zu erinnern, daran, was genau passiert ist. Sie weiß noch, dass sie damals dachte, wie ruhig die Demonstranten waren, als die Polizisten auf sie zumarschierten. Die Männer, Frauen und Kinder, die alten Leute. Es war keineswegs still, im Gegenteil. Da waren die Gesänge und Sprechchöre, und hin und wieder rief man ihnen Beleidigungen zu, vor allem den Māori-Cops; man beschimpfte sie als Speichellecker und Kollaborateure. Aber es fällt auf, wie ruhig die Demonstranten waren. Es wäre für die Polizei leichter gewesen, wenn sie aggressiv und gewalttätig gewesen wären. Doch das war nicht der Fall. Einige von ihnen hatten sich an Zäune gekettet, und man musste die

Ketten durchsägen. Andere saßen einfach nur mit verschränkten Armen auf dem Boden.

Plötzlich fällt Hana etwas ein, woran sie seit Jahren nicht mehr gedacht hat: Sie sah damals, wie auf der Südseite des Gipfels zwei Kinder den Polizisten Gänseblümchen entgegenhielten. Sie kann sich wieder an das Gefühl erinnern, das sie bei diesem Anblick empfand.

Diese Szene nahm sie mehr mit als irgendeine Beleidigung.

Für die Māori-Cops war es der reinste Albtraum. Dein ganzes Leben lang lernst du, die Ältesten mit Respekt zu behandeln, anderen voller Achtung zu begegnen, im Gespräch eine Lösung zu finden, so wie es im Marae praktiziert wird. Und dann wachst du eines Morgens auf und ziehst deine Uniform an. Der Mann, der dich liebt, macht dir Rührei auf Toast, ohne Lachs, weil du im dritten Monat schwanger bist und keinen Fisch mehr magst. Du wirst zur Arbeit gefahren, und an diesem Morgen begreifst du, dass deine persönliche Geschichte, deine Herkunft, all die Dinge, die man dir im Marae beigebracht hat, dass das alles bedeutungslos ist. Du bist ein Mensch in Uniform. Mit Schlagstock. Mehr nicht.

Hana weiß noch, dass einige der Māori-Cops, die schon etwas länger als sie dabei waren, mit ihren Vorgesetzten zu reden versuchten und sie baten: »Bitte zwingen Sie uns nicht dazu.« Aber die Vorgesetzten wollten davon nichts hören. »Für so etwas wurdet ihr ausgebildet«, sagten sie. »Diese Leute verstoßen gegen das Gesetz, sie haben jeden Gerichtsbeschluss missachtet, den man ihnen zugestellt hat. Es geht um die öffentliche Ordnung und die Hygiene, diese klapprigen Hütten stellen eine Gefahr für Leib und Leben dar. Macht einfach euren Job.«

Macht einfach euren Job.

Auf dem Bildschirm wird jetzt eine Szene abgespielt, die Hana nur allzu vertraut ist. Der Ausschnitt wurde immer und immer wieder im Fernsehen gezeigt, in den Tagen, Wochen und Monaten nach der gewaltsamen Auflösung der Protestaktion. In der Aufzeichnung ist ein Feuer zu sehen. Die provisorischen Hütten werden mit schwerem Gerät dem Erdboden gleichgemacht, und kurz davor ist offenbar eine Petroleumlampe umgekippt. Die Flammen fressen sich rasend schnell durch Laken, Bettdecken und Sperrholzwände. Im Hintergrund sind Feuer und Rauch zu sehen, und schwarzer Qualm steigt zu den Ästen des Pūriri-Baums empor.

Direkt vor der Kamera legt Hana einer Frau mittleren Alters in einer Strickjacke mit Regenbogenmuster Handschellen an. Die Frau ist mindestens dreißig Jahre älter als Hana, und ihr graues Haar ist zu einem Dutt hochgesteckt.

Die Kamera verharrt auf den beiden. Die Frau weint. Aber sie weint nicht einfach nur, sie gibt kehlige Klagelaute von sich, als würde sie auf einer Tangi neben einem Sarg sitzen und den Tod eines geliebten Menschen betrauern, ihrem Schmerz mit Tränen und inbrünstigen Schreien Luft machen. Immer wieder versucht Hana, sie auf die Beine zu hieven und sie zu überreden, sich aus freien Stücken zu den Mannschaftswagen auf dem Parkplatz zu begeben. Doch die Frau lässt sich fallen, widersetzt sich, weigert sich mitzukommen, außerstande, sich zu bewegen. Hinter ihnen steigen Feuer und Rauch in den blauen Himmel empor, als die klapprigen Unterkünfte direkt neben den brennenden Hütten ebenfalls in Flammen aufgehen. Die Kamera nähert sich Hana und der Frau, und schließlich begreift Hana, dass sie keine Wahl hat, dass sie ihren Job machen muss. Sie nimmt ihren Schlagstock und schlingt ihn der Frau von hinten um den Oberkörper. Als sich die Frau daraufhin zur Wehr setzt, schleift Hana sie gewaltsam an den brennenden Hüten vorbei zu den Mannschaftswagen weiter unten.

Das waren die Aufnahmen, die Hanas Cousine Ngahuia gesehen hatte. Davon hatte Ngahuia in der Küche des Marae erzählt, ohne zu wissen, dass Hana sie hören konnte.

Die Kamera war Hana und der Frau in der Strickjacke mit dem Regenbogenmuster nicht zum Parkplatz gefolgt. Sie schwenkte zu dem Flammenmeer, das im Nu weitere Hütten verschlang, und dann zu anderen Māori-Cops, die Māori-Demonstranten wegzerrten. Wenn die Kamera Hana gefolgt wäre, hätte sie etwas anderes gefilmt. Dann hätte ihre Cousine Ngahuia etwas anderes gesehen. Nachdem Hana die weinende Frau in einen Mannschaftswagen verfrachtet und die Gittertür geschlossen hatte, sodass keiner der Demonstranten im Inneren sie sehen konnte, blieb sie einen Moment stehen. Sie hatte Tränen in den Augen.

Aber nur für einen kurzen Moment.

Dann wischte sie mit dem Ärmel ihrer blauen Polizeiuniform die Tränen fort und machte sich wieder an die Arbeit. Lief erneut den Hang hinauf und schleifte einen weiteren Demonstranten fort. Und dann noch einen. Und noch einen.

Feuer und Rauch. Dieselben Aufnahmen laufen zur gleichen Zeit auch auf einem Laptop, allerdings in einem anderen Raum. Er ist in Schatten und Halbdunkel getaucht. Boden und Wände des fensterlosen Raums bestehen aus ungleichmäßigen Holzbrettern, und auf der Rückseite gibt es eine zweite Tür. Sie ist mit einem schweren Riegel verbarrikadiert. Als sollte hier etwas weggesperrt werden. Oder irgendjemand.

Der Raum ist mit Werkzeug und Ausrüstung vollgestopft. Ein Kabel, das mit einem Sonnenkollektor verbunden ist, versorgt den Laptop und die schwachen Glühbirnen, die das Innere erhellen, mit Strom. Auf einer Werkbank liegt ein Seesack mit einer zusammengerollten Matte, und in der Matte steckt ein Speer mit zwei Spitzen.

Sie sind zehn bis elf Zentimeter lang.

An der Wand über der Werkbank hängt eine alte Daguerreotypie von sechs Soldaten der Kolonialtruppen, die feierlich in die Kamera blicken. Sie lächeln nicht, denn hat Jesus auf da Vincis *Letztem Abendmahl* etwa gelächelt? Über den sechs Männern hängt von einem hohen Ast – mit einer Schlinge um den Hals, gefesselt an Händen und Füßen – ein nackter Körper.

Der Bildschirm des Laptops zeigt jetzt Feuer und Rauch, die in den Himmel emporsteigen. Auf dem Mount Suffolk herrscht Chaos; da sind weinende Demonstranten und Männer und Frauen in blauen Uniformen, die sie gewaltsam fortschleifen. Die Kamera zoomt auf zwei Personen. Eine junge Māori-Polizistin und eine Frau mittleren Alters in einer regenbogenfarbenen Strickjacke. Die Polizistin drückt einen langen Schlagstock gegen die Brust der Frau, hievt sie auf die Beine und zerrt sie fort.

In dem Raum mit den Wänden aus ungleichmäßigen Holzbrettern drückt eine Hand auf die Pause-Taste, und die Aufnahme hält an.

Während der Mann auf den Laptop schaut, zeichnet sich vor dem hellen Bildschirm seine Silhouette ab.

Feuer und Rauch. Brennende Hütten. Auf dem Boden mit bunten Blumen dekorierte Protestplakate. Eine junge Māori-Polizistin, die eine Demonstrantin verhaftet.

Im Raum ist es still. Die einzigen Geräusche kommen von jenseits der verschlossenen Holztür.

Das Geräusch eines entfernten Flusses. Das Krächzen eines Vogels, der sich in die Luft erhebt.

»Ich hätte DSS Westerman in der Tiefgarage nicht zur Rede stellen sollen. Ich weiß, das war falsch. Ich weiß nicht, was ich mir dabei gedacht habe. Ich schätze ... nun, ich war aufgebracht. Nach allem, was man über mich gesagt hat. Ich wollte ihr erzählen, was ich im Gericht nicht sagen konnte. Wie sehr das alles meine Familie beeinträchtigt hat. Sicher, mein Name darf in den Medien nicht erwähnt werden. Aber Mums und Dads Freunde wissen Bescheid. Natürlich! Und meine Großmutter kann mir nicht mehr in die Augen sehen.«

Das Besprechungszimmer im Büro des District Commanders befindet sich zwei Stockwerke über den Räumen der Kriminalpolizei. Man hat von hier einen spektakulären Blick auf die Stadt. Der District Commander sitzt am Tischende und trägt, dem ernsten Anlass entsprechend, seine Dienstuniform. Neben ihm hat ein leitender Justiziar der Polizei Platz genommen. Patrick Thompson gegenüber sitzen Hana und Jaye und links und rechts von dem jungen Mann sein Vater und sein Anwalt. Hana fällt auf, dass Vater und Sohn beide ein elegantes, maßgeschneidertes Leinenhemd tragen. Und ihr entgeht auch nicht, dass Thompsons Mutter nicht erschienen ist.

»Ich hätte nicht in die Tiefgarage gehen sollen. Das war dumm. Und unüberlegt. Ich schätze, ich wollte Ihnen einfach nur sagen: ›Man hat mich bestraft. Man hat mich mehr bestraft, als Sie sich vorstellen können.‹ Aber das hätte ich nicht tun sollen. Es tut mir leid. Ich entschuldige mich dafür. Ich bitte Sie persönlich dafür um Entschuldigung.«

Thompson faltet die Hände vor seinem Körper. Er ist fertig.

Hana spürt, wie der Disctrict Commander und der Justiziar sie in Erwartung einer Antwort anblicken. Sie auffordern, ihr Fehlverhalten einzugestehen und den Streit beizulegen.

Aber sie sagt keinen Ton.

Der Anwalt verteilt an die Anwesenden die Kopie eines Schriftstücks.

»Das hier ist eine Klage auf Schmerzensgeld«, sagt er und erhebt sich, als wäre er im Gerichtssaal. Als Patrick Thompson sich gerade bei Hana entschuldigt hat, tat er das mit zitternder Stimme und kämpfte gegen seine Gefühle an. Sein grauhaariger Anwalt hingegen spricht in einem nüchternen, geschäftsmäßigen Tonfall. »Mein Klient hat eine ausführliche eidesstattliche Erklärung zum Hergang der Ereignisse abgegeben«, sagt er. »Wie Sie gerade gehört haben, übernimmt er für sein unbedachtes Verhalten gegenüber DSS Westerman die volle Verantwortung. Aber er hat ziemlich klar zum Ausdruck gebracht, dass er die Beamtin nicht körperlich angegriffen hat und dass dies auch nicht seine Absicht war. Als mein Klient die Tiefgarage betrat, nahm Detective Senior Sergeant Westerman ihn sofort in den Schwitzkasten und schlug seinen Kopf gegen einen Betonpfeiler. Aufgrund dessen erlitt mein Klient eine Prellung, mehrere Platzwunden und eine Beeinträchtigung des Sehvermögens, die womöglich dauerhaft bestehen bleibt.«

Der Anwalt hält inne und greift nach seinem Einstecktuch, worauf eine dramatische Pause entsteht.

»Mein Klient beteuert, dass er der Beamtin zu diesem Verhalten keinerlei Anlass gegeben hat«, fährt er fort. »Seiner Ansicht nach war DSS Westerman verärgert über den Ausgang des Prozesses, und weil sie das Strafmaß für unangemessen hielt, wollte sie selbst für Gerechtigkeit sorgen.«

Er verweist die Anwesenden auf die letzte Seite der Klageschrift.

»Mein Klient fordert ein Schmerzensgeld, dessen Höhe zwischen den beiden Parteien noch ausgehandelt werden muss. Sowie eine öffentliche Entschuldigung durch den Polizeipräsidenten. Und eine persönliche und unmissverständliche Entschuldigung von DSS Westerman.«

Der Anwalt nimmt wieder Platz. Alle Augen richten sich jetzt auf Hana.

Jaye bemerkt ihren Gesichtsausdruck. Er kennt diesen Ausdruck nur zu gut. Er wendet sich dem Polizeijustiziar zu. »Können wir ungestört reden«, sagt er, »damit DSS Westerman eine angemessene rechtliche Beratung bekommt, bevor sie etwas darauf erwidert?«

»Danke, DI Hamilton. Das ist nicht nötig«, sagt Hana. »Ich werde mich entschuldigen.«

Eine Woge der Erleichterung geht durch die Polizeibeamten im Raum.

»Ich entschuldige mich bei der Frau, deren Leben Sie zerstört haben«, sagt Hana. »Und ich entschuldige mich bei ihrer Familie. Ich habe ihnen versprochen, dass sie Gerechtigkeit bekommen würden, wenn Ria erzählt, was Sie ihr angetan haben. Bei ihrer Familie entschuldige ich mich.«

Jaye, der neben Hana sitzt, hat seinen Blick auf die glänzende Holzplatte des langen, ovalen Tisches gerichtet. Er weiß, dass er nicht verhindern kann, was jetzt kommt. Er kennt diese Frau nur zu gut, er weiß, dass sie jetzt nichts und niemand mehr aufhalten kann.

Dies ist kein plötzlicher Gefühlsausbruch, keine spontane Reaktion. Hana hat sich das alles gut überlegt. »Ich entschuldige mich bei all den anderen Mädchen, denen Leid zugefügt wird, weil selbstgerechte Soziopathen wie Sie mit allem ungestraft davonkommen. Aber ich werde mich nicht bei Ihnen entschuldigen.«

Wir beide wissen, dass ich Sie nicht angerührt habe. Und jetzt ficken Sie sich.«

Das Treffen wird beendet. Man verzichtet auf höfliches Händeschütteln, und der Anwalt lässt die Kopien der Klageschrift auf dem Tisch liegen. Nachdem sich die Tür hinter Thompson und seinen Begleitern geschlossen hat, setzt der District Commander seine Mütze auf, rückt sie zurecht und blickt auf die Stadt hinaus. Heute sind im Hafen keine Segel zu sehen. Aus dem Norden rollt ein Sturm heran.

»Es ist mir scheißegal, dass Sie diese Mordermittlungen leiten«, sagt er zu Hana. »Es ist mir egal, dass Sie die größte Untersuchung leiten, die es in dieser Gegend je gab. Sie sind eine erstklassige Ermittlungsbeamtin, sicher, aber kein Cop ist wichtiger als die Polizeibehörde, in deren Dienst er steht. Niemand ist unersetzbar. Wenn Sie sich nicht im Griff haben, werden Sie für uns zu einer Belastung.« Er geht Richtung Tür.

»Sir«, sagt Jaye, und er kennt bereits die Antwort auf seine Frage, ehe er sie gestellt hat. »Was bedeutet das?«

»Was zum Teufel glauben Sie wohl?«, blafft der District Commander. »Sie sind suspendiert, Detective Senior Westerman. Ich schicke Sie bis auf Weiteres in unbezahlten Urlaub. Ich ziehe Sie von dem Fall ab und will Sie in diesem Gebäude nicht mehr sehen. Und zwar ab sofort.«

AUTOWASCHANLAGE

Eine Tankstelle in der Innenstadt. Spät am Abend. An den Zapfsäulen stehen mehrere Taxis, und vor der Kasse hat sich eine Schlange gebildet. Unter den Wartenden ist ein groß gewachsener, drahtiger Mann. Ein Māori. Er ist Ende vierzig, hat wachsame Augen und ein akkurat gestutztes Ziegenbärtchen.

Auf einem Fernseher hinter der Kasse laufen stumm die Nachrichten. Der Mann hat den Blick auf den Bildschirm gerichtet, über den gerade die Hubschrauberaufnahmen von dem Polizeieinsatz auf dem Mount Suffolk flimmern. Durch den unteren Teil des Bildes läuft eine Texteinblendung: DIE WHAKAPAPA-MORDE. Dieses Schlagwort hat sich bei der Presse als Bezeichnung für die drei Morde rasch durchgesetzt. Der Mann erreicht das vordere Ende der Schlange. »Säule sechs«, sagt er. »Und einmal Auto waschen. Ach, und ich nehme einen von den Kuchen. Ich habe einen Mordshunger.«

»Sie sind das da, oder?«, fragt der Kassierer.

»Kommt drauf an, was Sie meinen«, erwidert der Mann.

Vor dem Kassierer auf dem Tresen liegt die aufgeschlagene

Zeitung des heutigen Tages. Neben einer Kolumne ist das Bild des Verfassers, Grant Wirapa, abgedruckt. Der Mann auf dem Foto hat dieselben wachsamen Augen wie der Kunde, dasselbe Ziegenbärtchen.

»Ich bin ein Fan Ihrer Kolumne. Ich versäume es nie, sie zu lesen«, erklärt der Kassierer. »Sie sagen genau, wie es ist. Das, was gesagt werden muss.«

Wirapa hält seine Kreditkarte an das Lesegerät. Er hat absolut keine Lust auf ein Gespräch. Der Kassierer deutet auf den Fernseher. Darauf läuft jetzt das Video aus dem Tunnel unter dem Mount Suffolk, mit der Daguerreotypie und den Abstammungslinien.

»Was denken Sie über die ganze Sache?«, fragt der Kassierer. »Über die Whakapapa-Morde?«

Wirapa steckt seine Quittung ein. »Das ist eine ziemlich hochtrabende Bezeichnung für diese kaltblütigen, feigen Morde. Warum wertet man diese Geschichte so auf? Das ist nichts weiter als ein Irrer, der in die Medien will. Der auf eine kranke, perverse Weise Aufmerksamkeit sucht. Und dieses Arschloch bekommt von uns genau das, was es will.«

»Sie haben recht«, sagt der Kassierer. »Dieses Arschloch bekommt genau das, was es will.«

Doch der Journalist geht bereits wieder zurück zu seinem Wagen.

Kurz darauf rollt sein SUV in die Waschanlage. Die Anzeige in der Anlage springt auf Rot, und die Walzen senken sich herab. Die Stereoanlage im Wagen läuft auf voller Lautstärke, während Grant Wirapa sich auf seinem Handy durch eine Nachrichten-App klickt und summend seinen Kuchen auspackt. Die zylinderförmigen Walzen mit den Plastikbürsten beginnen zu rotieren, und von der Decke der Waschanlage gleitet an einer Schiene ein Sprühkopf herab und verteilt rotes Reinigungsmittel über den gesamten Wagen. Aus Hochdruckdüsen ergießen sich aus allen Richtungen gleichzeitig Unmengen von Wasser auf das Fahrzeug. Ein dumpfes Dröhnen ertönt, als das Wasser auf Metall trifft. Wirapa hat zwar noch nie selbst einen Taifun erlebt, aber vielleicht fühlt sich das hier ein wenig so an. Für einen flüchtigen Moment fragt er sich, was wohl passieren würde, wenn er die Tür öffnet und aussteigt. Diese Walzen verfügen wahrscheinlich über Sensoren, und wenn sie auf etwas Ungewöhnliches wie einen Menschen oder einen Hund treffen, weichen sie bestimmt zurück. Andererseits, das hier ist eine Waschanlage. Wie viel Spitzentechnologie kommt hier tatsächlich zum Einsatz? Würde die Anlage einfach weiter Wasser verspritzen und rotieren? Würde sie ihn zu Tode waschen?

Während Wirapa von seinem Kuchen abbeißt, fragt er sich, was seine Kollegen wohl zu der Schlagzeile sagen würden: *Preisgekrönter Journalist von Waschanlage getötet.*

Er will gerade erneut von dem Kuchen abbeißen, als er einen Geruch bemerkt. Nur ganz schwach. Den süßlichen Geruch einer Chemikalie. Kommt das vom Reinigungsmittel? Es verströmt bestimmt nicht diesen chemischen Geruch; das wäre nicht gut für den Lack.

In diesem Moment registriert er auf der Rückbank eine Bewegung.

Aber ehe er überhaupt reagieren kann, schnellt eine Hand mit einem Lappen nach vorne. Sie presst ihm den Lappen auf Mund und Nase und drückt seinen Kopf fest gegen die Nackenstütze. Draußen vor der Anlage bleibt das, was im Inneren des Wagens geschieht, hinter den rotierenden Walzen und den Wasserstrahlen verborgen.

Der Journalist setzt sich zur Wehr. Doch die Hand, die den chloroformgetränkten Lappen gegen sein Gesicht drückt, ist kräftig. Der Waschvorgang ist noch nicht ganz abgeschlossen, als Grant Wirapas Körper schließlich erschlafft.

Die Walzen hören auf zu rotieren und heben sich in die Höhe. Die Anzeige springt auf Grün. Und der SUV rollt aus der Anlage. Glänzend, sauber und frisch gewachst. Während der Wagen wartet, um sich in den Verkehr einzufädeln, erleuchten für einen Moment die Scheinwerfer eines vorbeifahrenden Autos das Gesicht des Fahrers.

Er hat kein Ziegenbärtchen.

Schließlich fährt der SUV von der Tankstelle und verschwindet in der Nacht.

DER SCHREIENDE JUNGE

Beim Laufen geht es für Hana um Kontrolle.

Du schnürst deine Allbirds-Laufschuhe, startest die Stoppuhr und gehst raus auf die Straße. Jeden Tag dieselben 10,13 Kilometer mit dem gleichmäßigen Anstieg auf den ersten dreihundert Metern, dann die Abkürzung über die Fußgängerbrücke und weiter durch das Straßengewirr der Innenstadt zum hell erleuchteten Sky Tower. Du kennst die Strecke so gut, dass du sie mit geschlossenen Augen laufen könntest, und während du dich die Steigungen hinaufquälst, bewegt sich die Pulsanzeige auf der Uhr genau in der Mitte des orangefarbenen Balkens, und die Werte für Fettverbrennung und Ausdauer sinken nur selten in den gelben Bereich und schon gar nicht in den grünen. Kontrolle über deine Herzfrequenz, den Rhythmus deiner Schritte, deinen Atem. Ein durch die Nase, aus durch den Mund.

Kontrolle.

Hana läuft weiter. Gibt alles. Ringt keuchend nach Luft. Ihr Herz und ihre Gedanken rasen.

»Was zum Henker ist das, Mum?«

Ein paar Stunden zuvor, nach dem Treffen mit dem Anwalt und Patrick Thompson, bei dem Hana offen ihre Meinung sagte und der District Commander sie daraufhin sofort suspendierte, hatte Stan sie nach Hause gefahren. Als er am Straßenrand hielt, sagte er zu ihr: »Boss, ich weiß, wir kennen uns noch nicht so gut. Und Sie wollen jetzt im Moment wahrscheinlich nicht darüber reden, aber wenn Sie …«

»Sie haben recht, ich will nicht darüber reden«, blaffte Hana und stieg aus dem Wagen. Aber sie hatte nicht mal zwei Schritte aufs Haus zugemacht, da bereute sie ihre Reaktion auch schon wieder. Sie drehte sich um und trat zu Stan ans Fenster, um sich zu entschuldigen.

»Es gibt keinen Grund, sich zu entschuldigen, Boss. Die ganze Situation ist echt beschissen.«

Er drückte vorsichtig ihre Hand, mit der sie sich im offenen Fenster abstützte. Und im gleichen Augenblick war es ihm auch schon wieder peinlich. Aber Hana war dankbar dafür. Es war wahrscheinlich das erste Mal, dass sie einander berührten, seit sie ihm bei ihrer ersten Begegnung vor einem Jahr die Hand geschüttelt hatte. Damals, als man ihr Stan nach seinen hervorragenden Prüfungsergebnissen als Partner zugeteilt hatte. Hana erwiderte seine Geste. Legte ihre andere Hand auf die von Stan. Trotz des großen Unterschieds hinsichtlich Alter, Dienstgrad und Lebenserfahrung sind sie so etwas wie Freunde.

Als Stan schließlich wegfuhr, hörte Hana, noch bevor sie die Haustür öffnete, aus dem Inneren laute Geräusche.

Auf ihrem Laptop lief ein Video.

Es waren die Sprechchöre und Gesänge von Demonstranten zu hören. Vermischt mit weiteren Stimmen. Durch Megafone verstärkte Stimmen. Eindringlich und drohend. »Sie halten sich unrechtmäßig auf öffentlichem Grund und Boden auf. Ziehen Sie sofort ab, oder wir werden das Lager gewaltsam räumen!«

Hana öffnete die Tür, und Addison schaute mit kreidebleichem Gesicht von dem Laptop auf.

»Was zum Henker ist das, Mum? Was hast du nur getan?«

Als Addison von der Uni nach Hause gekommen war, hatte sie festgestellt, dass ihr Tablet nicht funktionierte, und stattdessen den Laptop ihrer Mutter benutzt. Hana hatte sich in jeder freien Minute immer wieder das Video vom Mount Suffolk angeschaut, weil sie glaubte, dass irgendwo auf den Aufnahmen der Mörder zu sehen war. Als Addison den Laptop aufklappte und einschaltete, wurde ein Standbild des achtzehn Jahre alten Nachrichtenvideos angezeigt. Sie sah sich dann die Aufnahmen von Hana an, die darauf nur ein paar Jahre älter war als sie selbst. Trotz der inzwischen vergangenen Zeit konnte sie das Gesicht ihrer Mutter eindeutig erkennen. Es war ihre Mutter in einer blauen Polizeiuniform. Die protestierende Māori fortschleifte.

»Warum hast du mir nicht …?« Addison beendete den Satz nicht. »Blöde Frage. Ist schon klar, warum du mir nicht davon erzählt hast. Du hast dich deswegen geschämt.«

Hana, die immer noch im Türrahmen stand, zögerte. Sie versuchte, sich eine Erklärung zurechtzulegen, die für ihre Tochter plausibel war. Für diese junge Frau, deren Musik und Überzeugungen sich gegen all das richten, was ihre Mutter auf den körnigen Archivaufnahmen tat, die sie gerade gesehen hatte.

»Zumindest hoffe ich, dass du dich schämst. Du *solltest* dich verdammt noch mal schämen, Mum.«

»Du verstehst nicht …«

»Oh doch. Es ist alles in dem Video zu sehen.«

»Ich war eine junge Polizistin, ich stand ganz unten in der Hierarchie. Wir hatten unsere Befehle, wir hatten keine Wahl.«

Addison starrte ihre Mutter mit einem entgeisterten Lächeln an. »Keine Wahl? Glaubst du wirklich, was du da sagst?« Nachdem Addison ihre Mutter auf den Aufnahmen erkannt hatte, suchte sie im Internet nach Informationen zu der Landbesetzung und dem Polizeieinsatz. »Das waren unschuldige Demonstranten auf ihrem Iwi-Land, auf dem Land, das ihre Leute jahrhundertelang bewohnt hatten, bevor man es ihnen mit Waffengewalt weggenommen hat.«

»Sie haben gegen das Gesetz verstoßen.«

»*Wessen Gesetz?*« Addisons kaum unterdrückter Wutausbruch erschreckte sie beide. Hana brauchte einen Moment, um sich wieder zu sammeln.

»Mein Gott, Addison, halt mir keinen Vortrag, nicht heute.«

»Eine Māori mit Polizeimarke. Die ihren eigenen Leuten so etwas antut.« Addison knallte den Laptop zu. »Du bist eine beschissene *Kūpapa*.«

Das Wort hallte einen Moment durch den Raum, brutal wie ein Faustschlag. Für Addison war das die schlimmste Beleidigung, die sie ihrer Mutter an den Kopf werfen konnte. Als Kūpapa wurden jene Māori bezeichnet, die während der Land Wars im neunzehnten Jahrhundert mit den Kolonialtruppen kollaborierten und gegen andere Māori kämpften, die in einem letzten verzweifelten Versuch ihren heiligen Grund gegen die mächtigste Streitmacht der Erde, die britische Armee, verteidigten.

Schließlich marschierte Addison auf die offene Haustür zu und blieb neben ihrer Mutter noch einmal stehen.

»Ich übernachte heute bei PLUS 1.«

Sie wischte sich mit dem Ärmel über die Augen.

Dann trat sie durch die Tür.

Hana sprintet jetzt über die Fußgängerbrücke und riskiert dabei eine Knöchelverletzung, weil sie drei Stufen auf einmal nimmt. Eine Hupe ertönt, als sie, ohne auf den Verkehr zu achten, über die Straße rennt. In einer der Seitenstraßen ist eine Laterne ausgefallen, und nach den hell erleuchteten Hauptstraßen kommt es Hana vor, als liefe sie in ein schwarzes Loch. Trotzdem drosselt sie nicht das Tempo und rennt blindlings weiter. Obwohl es kalt ist, kommt sie ins Schwitzen.

Sie läuft über einen vierspurigen Highway und treibt sich mit zusammengepresstem Kiefer weiter an. Sie ist kurz davor schlappzumachen, aber sie heißt den Schmerz in ihren knirschenden Gelenken willkommen, das Brennen der Milchsäure in ihren Waden. Sie hüpft auf eine Verkehrsinsel in der Mitte der Straße, eine zwanzig Zentimeter hohe Erhebung, die sie seit Jahren jeden Morgen mühelos meistert, doch diesmal ist sie schneller unterwegs als sonst, und sie schätzt die Entfernung falsch ein. Sie gerät ins Straucheln und stürzt mit dem Gesicht voran auf die Verkehrsinsel, schürft sich auf dem rauen Beton Knie und Handflächen auf und kann sich gerade noch abfangen, ehe sie vor einem Auto landet.

Sie rappelt sich wieder hoch und schaut auf die Pulsanzeige. Sie ist oben im roten Balken.

Plötzlich fällt Hanas Blick auf ihre Reflexion in einem Schaufenster auf der anderen Straßenseite. Sie bemerkt das Blut an ihrem Knie, das von einer Straßenlaterne beschienen wird. Ihre Brust hebt und senkt sich, und ihr Herz rast. Sie ist kurz davor, sich zu übergeben, sie hat sich völlig verausgabt.

Für Hana geht es beim Laufen um Kontrolle. Doch dieser Morgen bringt keine Kontrolle.

In diesem Moment klingelt ihr Handy. Es ist Jaye. Aber sie geht nicht dran.

Als Hana wieder zu Hause ist, geht langsam die Sonne auf, und sie pflückt von ihrem Kava-Kava-Strauch ein paar Blätter, um damit einen Tee zuzubereiten. Sie ritzt die Blätter ein wenig ein, damit sie ihr pfeffriges Aroma in das kochende Wasser abgeben. Dann setzt sie sich in die Küche und zwingt sich, auf ihrem Laptop erneut die achtzehn Jahre alten Aufnahmen anzusehen.

Auf diese Weise denkt sie nicht daran, wie Addison sich mit dem Ärmel die Tränen aus dem Gesicht gewischt hat. Dass man sie von dem Fall abgezogen hat.

Aber das ist nicht der einzige Grund.

Der Mörder war damals auf dem Berg. Er ist irgendwo auf dem Video zu sehen. Hana ist zwar nicht mehr Teil der Ermittlungen sowie beruflich und privat an einem Tiefpunkt angelangt. Doch das heißt nicht, dass sie die ganze Sache nichts mehr angeht. Dass sie nicht alles daransetzen will, diesen Mistkerl zu finden.

Sie lässt das Archivmaterial von dem Polizeieinsatz mit halber Geschwindigkeit laufen. Auf dem Berg waren über hundert Leute, und es gab Dutzende von Verhaftungen. Sie betrachtet eingehend die Gesichter der Demonstranten, die an den Fernsehkameras vorbeigeschleift werden. Einige von ihnen leisten fluchend erbitterten Widerstand. Doch die meisten bleiben ruhig und ernst. Viele von ihnen weinen.

»Wir sehen uns wieder.« Er war dort. Aber wo?

Die Demonstranten, die damals fünfzig oder älter waren, müssen inzwischen mindestens siebzig sein. Sie wären körperlich nicht in der Lage, das zu tun, was dieser Typ getan hat. Er geht äußerst gewissenhaft vor. Und er ist stark. Er weiß genau, was er tut. Er weiß, wie man in Häuser einbricht, und ist ein erfahrener Jäger.

Er ist *äußerst* erfahren im Umgang mit seiner Waffe.

Während Hana sich die Aufnahmen ansieht, muss sie an das Telefonat mit ihm denken.

Die Person am anderen Ende war sehr wortgewandt. Sehr gebildet. Sie klang wie einer ihrer Onkel – jene stolzen Männer, die ein besseres Englisch als die Engländer sprachen. Männer, die in beiden Welten zu Hause waren, sich mühelos und ungezwungen unter den Māori und Pākehā bewegten.

Hana hält das Video an. Aus der Wunde an ihrem Bein, die sie sich bei dem Sturz zugezogen hat, tropft Blut. Ihr Körper reagiert auf das Gefühlschaos, das in ihrem Inneren tobt.

»Empfinden Sie dabei keine Scham, Detective?«

»Du *solltest* dich schämen, Mum.«

Sie haben fast dieselben Worte benutzt. Der Mörder. Und ihre Tochter.

Scham.

Ja, Hana empfand nach dem Einsatz auf dem Mount Suffolk tiefe Scham.

Aber das war nicht alles. Die Ereignisse auf dem Berg an jenem Tag haben sie verändert. Man hat ihren Namen in den Schmutz gezogen, ihr Gesicht war auf jedem Bildschirm zu sehen, und ihre Cousinen tuschelten hinter ihrem Rücken. In ihr ist etwas zerbrochen. Und um ganz ehrlich zu sein, ist auch ihre Beziehung zu Jaye daran zerbrochen.

Jaye stand zu ihr. War für sie da. Er war die ganze Zeit in ihrer Nähe, in ihrem gemeinsamen Haus, in ihrem gemeinsamen Bett und wenn sie sich beide um ihr Baby kümmerten. Er tat, was er konnte. Doch es war nicht das, was Hana brauchte.

»Wir müssen das alles hinter uns lassen«, sagte er. »Wir haben beide einen Job. Wir müssen uns unauffällig verhalten. Weitermachen. Den Blick nach vorne richten.«

Als hätte es je ein »Wir« gegeben.

Jayes Gesicht war nicht im Fernsehen und in den Zeitungen zu sehen, er war nicht das öffentliche Symbol für das brutale Vorgehen der Polizei gegen friedliche Demonstranten. Jaye war nicht dort – und selbst wenn, dann hätte es einen entscheidenden Unterschied gegeben. Die Hautfarbe. Er hatte nicht dieselbe Hautfarbe wie die Demonstranten.

Aber Hana schon.

Jaye war keineswegs blind für Hanas Schmerz. Er tat sein Bestes. Doch er verstand nicht, wie sehr sie litt. Sie hatte ihre Befehle befolgt, den Demonstranten Handschellen angelegt, diese Māori verhaftet, die für ihre Rechte kämpften, sie mit dem Schlagstock bedroht und weggezerrt. Und damit eine Grenze überschritten. Das war Jaye nicht klar, er verstand nicht, wie verzweifelt sie war. Deshalb wusste er auch nicht, was er tun musste, damit ihre Wunden wieder heilten.

Und Hana wusste es auch nicht.

Sie zog in Erwägung zu kündigen. Sie dachte lange und gründlich darüber nach. Einfach hinzuschmeißen. Das wäre die einfache, aber falsche Lösung gewesen. Für Hana war die Arbeit bei der Polizei nicht bloß ein Job. Sie hatte nie etwas anderes machen wollen. Seit sie als junge Frau furchtlos die Böschung hinuntergeklettert war, um den betrunkenen alten Mann aus seinem

Autowrack zu retten. Und dann fügt dir der Beruf, für den du bestimmt bist, so viel Leid zu. Tiefes Leid. Aber weil dein Weg vorbestimmt ist, weil du dir keinen anderen Beruf vorstellen kannst, lernst du, mit diesem Leid zu leben.

Mit dieser Verzweiflung.

Wie Jaye ihr geraten hatte, richtete sie den Blick nach vorne. Machte weiter. Sie kehrte nicht mehr ins Marae zurück. Blieb den Tangi und Hochzeiten in ihrem Heimatdorf fern. Sie ertrug es nicht, wenn ihre Cousinen sie freundlich anlächelten und dann in der Küche hinter ihrem Rücken tuschelten. Hana verhielt sich unauffällig und konzentrierte sich auf ihre Arbeit. Sie verwandte all ihre Energie darauf, beruflich voranzukommen, ihre Prüfungen zu absolvieren, Karriere zu machen und es an die Spitze zu schaffen.

Und sie hörte auf, den Blick auf die Vergangenheit zu richten.

Nach den Ereignissen auf dem Mount Suffolk waren Hana und Jaye noch knapp zwei Jahre zusammen. Sie hatten ein gemeinsames Kind, sie teilten Tisch und Bett. Dabei waren sie einander vertraut und gleichzeitig fremd. Jaye konnte nie wirklich verstehen, dass sich seit jenem Tag auf dem Mount Suffolk ein dunkler Schatten auf ihre Seele gelegt hatte. Wie sollte er auch?

Und wenn er das nicht verstand, wie sollte er sie dann jemals *wirklich* kennen?

Und dann kam jener schicksalhafte Morgen. Sie lagen zusammen im Bett, zwischen sich die kleine Addison, und Jaye starrte die Risse in der Decke an, während Hana ihm erklärte, dass es aus sei.

Hana, die jetzt immer noch am Küchentisch sitzt, holt tief Luft.

Sie zwingt sich, ihr Augenmerk wieder auf das Video zu richten.

Sie hat Stan gebeten, die Namen der auf dem Mount Suffolk Verhafteten mit den Personen und Firmen abzugleichen, die beim Film- und Fernseharchiv das Material von dem Polizeieinsatz angefordert haben. Der Mann am Telefon besaß eine Kopie der Aufnahmen. Falls er über das Archiv an das Material gekommen ist, lässt sich das zurückverfolgen.

Hana spult sich durch das Video und konzentriert sich jetzt auf die jüngeren Demonstranten, die Männer vom Teenageralter an aufwärts. Sie müssten jetzt Mitte dreißig und älter sein. Es sind so viele Gesichter.

Dann erscheint erneut ihr eigenes Gesicht, die Aufnahme, die Addison sich vor ein paar Stunden voller Entsetzen angeschaut hat. Als Hana sie mit halber Geschwindigkeit abspielt, bemerkt sie etwas, was sie zuvor nicht gesehen hat oder was ihr zumindest nicht aufgefallen ist. Sie hält das Video an und spult zurück. Verlangsamt die Wiedergabe auf ein Zehntel der Geschwindigkeit. Während sie der Frau mit aller Kraft den Schlagstock gegen die Brust drückt und sie an der Kamera vorbeizerrt, ist im Hintergrund etwas zu erkennen. Nur ganz kurz, lediglich für ein paar Sekunden – etwas, das bei normaler Geschwindigkeit unscharf vorbeiwischen würde.

Doch bei einem Zehntel der Geschwindigkeit nimmt der verschwommene Fleck Gestalt an. Eine menschliche Gestalt. Es ist ein Gesicht.

Ein Gefühl des Unbehagens schnürt Hana die Brust zu.

Es ist ein Junge. Kein Teenager, er ist jünger. Er streckt die Hand nach der Frau aus, die Hana fortzerrt.

Er schreit.

In diesem Moment klingelt Hanas Telefon. Es ist erneut Jaye. Und diesmal nimmt sie vor dem zweiten Klingeln ab.

»Jaye, da ist ein Junge, der mir bisher nicht aufgefallen ist«, sagt sie. »Er müsste jetzt Ende zwanzig …«

»Sein Name ist Poata Raki«, fällt Jaye ihr ins Wort. »Ich wünschte, du würdest an dein verdammtes Telefon gehen. Er war damals zwölf und ist jetzt dreißig. Die Frau, die du verhaftet hast, war seine Mutter.« Jaye kann die Aufregung in seiner Stimme nicht verbergen. »Raki hat vor einem Jahr vom Archiv eine Kopie der Aufnahmen angefordert.«

Hana bekommt kaum Luft. Sie erinnert sich erneut daran, was der Mörder am Telefon zu ihr gesagt hat. »Ka tūtaki anō tāua.« Wir sehen uns wieder.

»Wir sind in fünf Minuten vor deinem Haus. Halt dich bereit.« Mit diesen Worten legt Jaye auf.

Hana starrt auf ihren Kava-Kava-Tee. Der emporsteigende Dampf wabert anmutig im Sonnenlicht umher, das durchs Küchenfenster fällt, bevor ein Windhauch, der durch die offene Tür weht, ihn vertreibt.

Endlich. Ein Name.

Poata Raki.

Das Büro der Dekanin befindet sich im obersten Stock der juristischen Fakultät. Es ist überaus imposant. Aber noch imposanter ist der Blick, den man von dort hat. Man schaut auf die Stadt und den Hafen dahinter. Hana steht jetzt am Fenster. Der Hof der Universität zehn Stockwerke weiter unten ist fast menschenleer. Es ist noch sehr früh, und nur ein paar besonders eifrige Studenten sind auf dem Weg zur Bibliothek.

»Als Juraprofessorin muss ich Sie bitten, mir den Durchsuchungsbefehl zu zeigen«, sagt die Dekanin mit einem ironischen Lächeln. Sie ist noch jung, Hana schätzt sie auf höchstens Ende vierzig. Sie hat Hana, Jaye und Stan beim Betreten des Büros mit einem kräftigen Händedruck begrüßt und ihnen dabei direkt in die Augen geblickt. Ihre Hose und ihr Jackett sind maßgeschneidert, aber dezent.

Stan händigt ihr den Durchsuchungsbefehl aus. Die Dekanin überfliegt das Dokument; es verlangt die Herausgabe sämtlicher digitaler und physischer Aufzeichnungen zu ihrem ehemaligen Juradozenten Poata James Raki sowie seines persönlichen Eigentums. Die Dekanin schaut zu Hana. »Wenn ich Sie fragen würde, warum Sie sich für Mr. Raki interessieren, würden Sie mir das wohl nicht sagen, oder?« Es ist eine rhetorische Frage, und die Dekanin stellt sie mit demselben ironischen Lächeln wie eben, denn sie weiß sehr genau, dass die Detectives ihr darauf keine Antwort geben werden. Allerdings entgeht Hana der Umstand nicht, dass die Frage an sie gerichtet war. Sie mag diese Frau.

»Warum wurde Mr. Raki entlassen?«, fragt Jaye.

»Offiziell ist er nur beurlaubt«, erwidert die Dekanin. »Seit September letzten Jahres. Kurz darauf sollte eine Anhörung der Fakultät stattfinden. Ich schätze, sie hätte einen Verweis und seine Kündigung zur Folge gehabt. Aber die Anhörung fand nie statt.«

»Warum nicht?«, fragt Jaye.

»Die Fakultät hat mehrfach versucht, mit ihm Kontakt aufzunehmen. Aber wir haben seit sechs Monaten nichts mehr von ihm gehört.« Die Dekanin macht eine Pause. Hana spürt, dass sie großes Bedauern empfindet über das, was mit Poata Raki passiert ist. Vielleicht sogar Trauer.

»Ich weiß, dass das nicht leicht ist«, sagt Hana. »Aber Sie müssen uns alles erzählen, was Sie über Mr. Raki wissen.«

Die Dekanin gießt aus einem Krug auf ihrem Schreibtisch

Wasser in ein Glas und lässt sich dabei viel Zeit. Hana begreift, dass sie ihre Worte genau abwägt. »Bevor er zu uns an die Fakultät kam«, sagt sie schließlich, »war Poata ein brillanter Anwalt. Er war spezialisiert auf Treaty-Ansprüche. Auf die Landrechte der Māori. Ein außergewöhnlicher Mensch. Ich verwende dieses Wort nicht leichtfertig. Spricht fließend Reo, hat einen schwarzen Gürtel in Kendo und mehrere Jahre als Reservist in der Armee gedient.«

Die drei Detectives tauschen Blicke aus. Der Mann, den sie suchen, ist im Kampf ausgebildet. Und spricht fließend Māori.

»Er hat als Jahrgangsbester seinen Abschluss gemacht«, fährt die Dekanin fort. »Er war einer der jüngsten Absolventen des Landes, und eine auf Landrechtsansprüche spezialisierte Kanzlei hat ihn direkt eingestellt. Er hat als leitender Anwalt die Landansprüche seines Iwi vertreten. Dem Vernehmen nach hat er erstklassige Arbeit geleistet. Seine Recherchen waren gründlich, und er verfügte über umfassende Kenntnisse der mündlichen Überlieferungen und des Whakapapa. Er trug seine Argumente vor Gericht eloquent und leidenschaftlich vor. Nachdem er seinen Iwi drei Jahre lang mit allen Mitteln vor Gericht vertreten hatte, gewann der Te Tini-o-Tai den Prozess. Aber die Einigung …«

Vom Fenster aus kann Hana den Mount Suffolk hinter dem Hafen sehen. Das Land des Te Tini-o-Tai. Es kommt ihr vor, als würden sich die verschiedenen Stränge dieses Falls wie ein riesiges Spinnennetz vom Gipfel des Berges in sämtliche Richtungen ausbreiten.

»Die endgültige Vereinbarung umfasste lediglich zwei Prozent des Landes, das ihnen aufgrund des Treaty of Waitangi zustand.« Die Dekanin lässt die Bedeutung ihrer Worte einen

Moment wirken. »Der Öffentlichkeit ist nicht bewusst«, sagt sie, »dass zwei Prozent üblich sind. Das ist der durchschnittliche Prozentsatz bei fast allen Vereinbarungen. Die Angehörigen des Iwi wurden anderthalb Jahrhunderte traumatisiert, getötet und mit Waffengewalt ihres Landes beraubt. Und dann erhielten sie lediglich zwei Prozent dessen, was ihnen rechtmäßig zustand. Als wir mit Poata das abschließende Einstellungsgespräch führten, drückte er es folgendermaßen aus: ›Der Iwi hatte Anspruch auf eine hohe Geldsumme und eine Entschuldigung, aber stattdessen hat man uns mit ein paar Brotkrumen abgespeist.‹«

Die Dekanin rückt ihre Brille zurecht.

»Poata nahm bei dem Einstellungsgespräch für die Dozentenstelle kein Blatt vor den Mund«, fährt sie fort. »Er erzählte uns, dass er nach seiner Erfahrung zutiefst desillusioniert sei. Mehr als das. Er benutzte Wörter wie ›untröstlich‹ und ›entmutigt‹. Er habe innerhalb des Rechtssystems für die Ansprüche der Māori, seines Iwi, gekämpft, und er habe gewonnen. Aber zwei Prozent dessen, was dem Iwi rechtmäßig zustünde ... das sei kein Erfolg. Das sei eine Beleidigung.«

»Also hörte er auf, als Anwalt für Landrecht zu arbeiten?«

»Er war der Ansicht, dass das Rechtssystem völlig unzulänglich sei«, erklärt die Dekanin. »Dass sich etwas ändern müsse. Er wollte auf die nächste Generation Einfluss nehmen, er wollte die zukünftigen Anwälte, die er unterrichtete, dazu ermutigen, das System zu ändern.«

Die Dekanin erhebt sich von ihrem Stuhl und geht zu einer Wand mit Fotos. Mit fünfzehn gerahmten Porträts. Hanas Blick wandert über die Bilder. Jedes von ihnen zeigt einen Mann. Einen weißen Mann.

»Das sind die fünfzehn Dekane der juristischen Fakultät aus den letzten hundertzwanzig Jahren«, sagt die Dekanin. »Einhundertzwanzig Jahre. Ich bin die erste Frau in diesem Büro. Ich weiß, was es bedeutet, gegen den Strom zu schwimmen. Für Veränderungen in einem System zu kämpfen, das nicht das geringste Interesse hat, sich zu verändern. Einige der älteren Lehrkräfte fühlten sich nicht wohl bei dem Gedanken, Poata einzustellen. Aber ich fand seine Ansichten äußerst bemerkenswert, seine Leidenschaft ansteckend. Es hat in der Fakultät zuvor niemanden wie ihn gegeben. Niemanden, der auf diese Weise zu den Studenten gesprochen hat. Sicher, das war nicht ohne Risiko. Aber ich fand, dass wir das Risiko eingehen sollten.«

In diesem Moment öffnet sich die Bürotür, und es erscheint ein Sicherheitsmann. Die Dekanin gibt Stan den Durchsuchungsbefehl zurück, und für einen Moment herrscht Schweigen. Ein nachdenkliches Schweigen. Als die Dekanin erneut das Wort ergreift, nimmt ihre Stimme einen für sie ungewöhnlich zweifelnden Tonfall an.

»Aber nach allem, was passiert ist, und so wie sich die Sache entwickelt hat, muss ich sagen, dass ich mich vielleicht geirrt habe.« Sie fordert die Detectives mit einer Handbewegung auf, dem Sicherheitsmann zu folgen. »Vielleicht war das Risiko zu groß«, sagt sie, während sie Richtung Aufzug gehen.

Mit einem Klingeln öffnen sich die Aufzugtüren zum Keller der Fakultät, und sie folgen dem Sicherheitsmann, der inzwischen die schwere Tür zum Archiv entriegelt.

Während er einen Zahlencode in ein Tastenfeld tippt, denkt Hana an den heutigen Morgen zurück. Stan hatte mit dem Wagen vor ihrem Haus gehalten, und sie war aus Gewohnheit zum Beifahrersitz gegangen. Aber der war schon belegt. Von Jaye. Also nahm sie auf der Rückbank Platz. Sobald sie im Wagen saß, fragte sie Jaye: »Was mache ich hier? Ich bin suspendiert.«

Es dauerte einen Moment, bevor er antwortete.

»Du stehst im Mittelpunkt dieses ganzen Falls. Das ist bisher unser größter Durchbruch. Ich will dich dabeihaben. Ich will nicht, dass mir womöglich etwas entgeht, was dir sofort auffallen würde. Ich brauche dich dort. Was der District Commander nicht weiß, macht ihn nicht heiß.«

Stan warf Hana im Rückspiegel einen Blick zu. »Ich hab dem Detective Inspector gesagt, dass Sie eigentlich vorne sitzen«, grinste er.

»Ach ja?«, sagte Hana zu Jaye. »Und was hast du geantwortet?«

Die Mundwinkel ihres Ex-Manns zogen sich zu einem Lächeln hoch. »Du stehst zwar im Mittelpunkt dieses Falls«, sagte Jaye. »Aber es gibt Grenzen.«

Die Dekanin folgt jetzt dem Sicherheitsmann, der die Reihen mit Archivmaterial absucht. In schlichten Kisten, die sich in Regalen über die gesamte Länge des Raums stapeln, lagern Unterlagen aus mehreren Jahrzehnten. »Ich weiß, dass ich Ihre Frage noch nicht beantwortet habe, Detective Inspector«, sagt die Dekanin. »Warum Poata beurlaubt wurde.«

»Das stimmt«, sagt Jaye.

»In seinen drei Jahren an der Fakultät unterrichtete Poata präkoloniale und koloniale Geschichte sowie ihre Auswirkungen auf das Rechtssystem in Neuseeland. Seine Vorlesungen waren legendär. Er konnte selbst die skeptischsten Studenten für das Thema begeistern. Aber er bewegte sich dabei auf einem schmalen Grat. Er wurde oft polemisch, dogmatisch und tendenziös.«

»Was meinen Sie damit?«, fragt Hana.

»In einigen seiner Seminare durfte nur Māori gesprochen werden. Er hielt Kurse zum Thema Separatismus ab. Zum Recht auf Selbstbestimmung. Zur Tino Rangatiratanga. Einige seiner Studenten ließen sich davon mitreißen. Es war wie in den Sechzigern. Mit erhobener Kämpferfaust wollten sie die bestehende Ordnung auf den Kopf stellen. Andere Studenten hingegen beschwerten sich. Mir war klar, dass das ein Ritt auf der Rasierklinge war. Aber genau deshalb hatte ich ihn eingestellt. Was Poata unterrichtete, stand in keinem Lehrbuch. Es beruhte allein auf seiner Erfahrung. Auf der Erfahrung seiner Vorfahren. Seiner Erfahrung als Māori.«

Der Sicherheitsmann bewegt sich mit einer Schiebeleiter auf Rädern an den Regalreihen entlang und durchsucht die Kisten. Das Knirschen der Räder auf dem Betonboden hallt durch den Raum.

»Dann änderten sich die Dinge«, sagt die Dekanin.

»Inwiefern?«

»Vor etwa einem Jahr schlug er in seinen Seminaren einen anderen Tonfall an. Ich fürchtete, dass seine Kritik zu einem konkreten Engagement führen könnte. Er ermunterte die Studenten, Online-Gruppen beizutreten, Foren von Politaktivisten und Protestgruppen, die für Landrechtsansprüche kämpfen und sich an der Grenze zur Legalität bewegen. Man kann zwar die bestehenden Verhältnisse infrage stellen, aber es gibt Dinge, mit denen eine Fakultät nicht in Verbindung gebracht werden darf. Und dann fand diese Exkursion statt. Er suchte mit seinen Studenten das Hauptquartier einer Gang auf.«

»Die Unterkunft einer Straßengang?«, fragt Hana.

Die Dekanin nickt. Sie kann es immer noch nicht glauben. »Er hat die Fakultät darüber nicht vorab informiert. Denn das wäre nie genehmigt worden. Anschließend musste er sich vor einem Disziplinarausschuss dafür verantworten. Letztlich begründete er die Exkursion damit, dass er einer Gruppe privilegierter Jurastudenten zeigen wollte, welche langfristigen Folgen die Entrechtung der Menschen durch den Kolonialismus hat. Aber das Ganze war ein völliges Desaster.«

»Was ist passiert?«, fragt Jaye.

»Ein junges Gangmitglied begrapschte eine der Studentinnen. Als Poata das mitbekam, ging er dazwischen. Worauf das Gangmitglied handgreiflich wurde und Poata ihn zu Boden warf. Beinahe wäre es zu einer Massenschlägerei zwischen einer Gruppe Jurastudenten im dritten Studienjahr und einer der meistgefürchteten Gangs des Landes gekommen. Der Disziplinarausschuss erteilte Poata daraufhin eine Rüge. Allerdings wusste keines der Fakultätsmitglieder, dass er zu diesem Zeitpunkt seine sterbende Mutter pflegte. Sie hatte Leberkrebs im Endstadium. Wenn wir das gewusst hätten, hätten wir anders entschieden. Wir hätten Poata in Pflegeurlaub geschickt. Und gegebenenfalls Hilfe und psychologische Unterstützung für ihn organisiert. Wir hätten mehr Verständnis für ihn aufgebracht. Aber wir wussten das nicht.«

Für einen Moment schießt Hana ein Bild durch den Kopf. Die Fernsehaufnahmen. Im Hintergrund Feuer und Rauch. Ihr jüngeres Ich, das die Frau wegzerrt.

Als sie aufschaut, bemerkt sie, dass Jaye sie beobachtet. Er weiß, was sie gerade denkt.

»Und dann brachte ein weiterer Vorfall das Fass endgültig

zum Überlaufen«, fährt die Dekanin fort. »Ein Pākehā-Student gab eine Arbeit ab, in der er den Advokaten des Teufels spielte und eine hypothetische Rechtfertigung für die historische Enteignung der Māori lieferte. Poata hielt die Arbeit für unangemessen.«

»Inwiefern?«

»Er hat sich damit buchstäblich den Arsch abgewischt«, sagt die Dekanin. »Als der Student die Arbeit zurückbekam, war darauf mit menschlichen Fäkalien die Note ›ungenügend‹ geschmiert. Das war vor sechs Monaten. Poata wurde sofort suspendiert, bis zum Termin der Anhörung. Uns blieb keine Wahl. Wir rieten ihm, sich professionelle Hilfe zu suchen, und brachten den Studenten dazu, keine Anzeige zu erstatten. Später fanden wir heraus, dass sich dieser Vorfall eine Woche vor dem Tod seiner Mutter ereignet hatte. Seitdem haben wir nichts mehr von ihm gehört.«

»Raki, Poata. Den suchen Sie?«, fragt der Sicherheitsmann. Er steigt mit einer Kiste, auf der Rakis Name steht, die Leiter hinunter und trägt sie zu einem Tisch am Ende des Raums.

»Das sind die Sachen aus seinem Büro«, erklärt die Dekanin. »Die IT-Abteilung wird Ihnen Zugriff auf seine E-Mails und sämtliche Dateien in seinem Benutzerkonto gewähren.«

Jaye öffnet die Kiste. Sie ist voller Tacker, Stifte, Papierklemmen und weiterer nichtssagender Büroutensilien. Er nimmt einen Stapel Fotos heraus. Eines zeigt Martin Luther King, der vor dem Lincoln Memorial in Washington zu einer riesigen Menschenmenge redet. Ein anderes den einsamen Demonstranten, der sich auf dem Platz des Himmlischen Friedens einem Panzer entgegenstellt. Und ein weiteres den buddhistischen Mönch, der sich 1963 in Saigon in Brand gesteckt hat und regungslos im

Lotussitz verharrt, während er von den Flammen verschlungen wird.

Auf dem Boden der Kiste liegen mehrere Papierschnipsel. Jaye holt sie ebenfalls heraus und fügt sie auf dem Tisch zusammen. »Soweit ich weiß, hat man das in seinem Papierkorb gefunden«, erklärt die Dekanin. Es ist Poata Rakis zerrissenes Diplom.

Jaye nimmt die restlichen Gegenstände aus der Kiste. Darunter ein gerahmtes Foto, wie man es sich auf den Schreibtisch stellt. Es zeigt eine Frau. Hana erkennt sie sofort wieder. Es ist die Frau, die sie auf dem Mount Suffolk verhaftet hat, Poata Rakis Mutter. Jaye greift nach Rakis Universitätsausweis.

Hana tritt zu ihm, und sie betrachten beide den Ausweis. Der Mann auf dem Foto ist dreißig Jahre alt. Er ist frisch rasiert, wirkt freundlich und aufgeschlossen. Er hat ausdrucksvolle, eindringliche Augen, und man sieht ihm an, dass er intelligent ist. Es ist das Gesicht des schreienden Jungen auf dem Berg. Nur dass es achtzehn Jahre älter ist.

»Hana«, sagt Jaye leise.

Ganz unten in der Kiste ist noch etwas anderes. Die Fotokopie einer alten Daguerreotypie aus dem neunzehnten Jahrhundert. Es zeigt die englischen Soldaten unter dem großen Pūriri-Baum. Über ihnen hängt mit einer Schlinge um den Hals der nackte, leblose Körper des Rangatira.

Grant Wirapa kommt auf einem Boden aus ungleichmäßigen Holzbrettern zu sich. Ihm dröhnt der Schädel, als hätte er den schlimmsten Kater aller Zeiten. Irgendwo draußen in der Ferne ist das Plätschern eines Flusses zu hören. Und Vogelgeschrei.

Er versucht sich zu bewegen und stöhnt auf, als ein stechender

Schmerz seine Handgelenke durchzuckt. Er schaut an sich herunter und stellt fest, dass seine Hände mit Kabelbindern gefesselt sind. Während er gegen seine Panik ankämpft, richtet er den Blick auf die Tür. Es handelt sich um eine verstärkte, schwere Holztür. Ohne Griff oder Riegel.

Abgesehen von einem Plastikeimer und einer Wasserflasche ist der Raum leer.

Wirapa muss schlucken. Seine Kehle ist völlig ausgetrocknet. Das Letzte, woran er sich erinnert, ist, wie sich in der Waschanlage die Walzen herabsenkten. Und dann war da dieser süßliche Geruch einer Chemikalie. Er hat diesen Geschmack jetzt im Gaumen und verspürt einen Brechreiz.

Nachdem er diesen Geruch bemerkt hatte, wurde um ihn herum alles schwarz.

Während er seine Angst unterdrückt, rappelt er sich hoch und geht langsam auf die Tür zu. Mit den gefesselten Händen greift er nach den Ecken und in die Einkerbungen der Bretter. Doch die Tür lässt sich nicht bewegen.

Sie ist von außen verriegelt. Er ist hier gefangen.

Mit zitternden Händen greift er nach der Wasserflasche. Gierig trinkt er davon, so durstig war er noch nie. Aber er trinkt zu viel auf einmal und erbricht eine dünne, übel riechende Mischung aus Galle und Wasser.

Auf der anderen Seite der Tür ist jetzt ein Geräusch zu hören. Ein Schlüssel wird herumgedreht, ein schwerer Riegel zur Seite geschoben. Wankend tritt Wirapa zurück. Möglichst weit weg von der Tür. Er wischt die Spucke und etwas Erbrochenes fort. Richtet sich auf. Fest entschlossen, sich nicht anmerken zu lassen, dass er Angst hat, dass er um sein Leben fürchtet.

Lautlos öffnet sich die Tür, und eine Gestalt betritt den Raum.

Ein Mann mit eindringlichen, intelligenten Augen. Wirapa hat keine Ahnung, wer das ist. Er hat das Gesicht noch nie gesehen.

Es ist dasselbe Gesicht, das Hana auf dem Ausweis im Archiv der Universität wiedererkannt hat.

Es ist Poata Raki.

NUMMER VIER

Mit blinkenden Lichtern und heulender Sirene rast Stans Wagen durch den dichten Innenstadtverkehr zu der Uferstelle, wo der Polizeihubschrauber stationiert ist. Jaye spricht sich über Funk mit dem Leiter der Spezialeinheit für den südlichen Polizeibezirk Auckland ab. Sie haben jetzt eine Adresse zu Poata Raki. Die Adresse des Hauses, in dem er mit seiner Mutter gewohnt hat. Es liegt in einer abgeschiedenen, ländlichen Gegend südlich der Stadt.

Über Funk teilt der Leiter der Einheit Jaye mit: »Zehn Kilometer von dem Haus entfernt gibt es ein Rugbyfeld. Dort wartet eine bewaffnete Einheit auf euch.«

»Ihr unternehmt nichts, bevor wir da sind«, sagt Jaye. »Niemand nähert sich seinem Haus.«

Stan überquert mit dem Wagen die zweispurige Gegenfahrbahn. Vor ihnen taucht jetzt der Helikopter auf, seine Rotorblätter drehen sich bereits.

Während er sich in die Luft erhebt, legt Hana den Sicherheitsgurt an. In der Hand hält sie den Ausweis aus der Archivbox. Sie betrachtet Poata Rakis Gesicht. Das Gesicht des Mannes, den sie für einen Dreifachmörder hält. Des Mannes, der drei weitere Menschen umbringen wird.

Falls sie ihn nicht aufhalten.

Grant Wirapa umklammert mit den gefesselten Händen ein Telefon. Der andere Mann hat es dem Journalisten stumm überreicht und die Kamera-App gestartet. Ohne ein Wort. Ohne ihm in die Augen zu blicken.

Wirapas Handgelenke bluten, die Kabelbinder schneiden tief in die weiche Haut. Aber er bittet nicht darum, dass man sie entfernt. Er stellt auch keine Fragen. Er fragt nicht: *Wer bist du? Warum tust du das?* Oder: *Was zum Teufel willst du von mir?* Er sagt keinen Ton, nichts, was diese schreckliche, heillos verworrene Situation noch schlimmer machen könnte.

Er steht schweigend da, während er mit dem Handy den Mann filmt.

Schließlich hebt der andere den Blick und beginnt auf Te Reo in einem feierlichen Tonfall zu sprechen, als hielte er von der *Paepae* aus eine Rede.

»Mā āku mahi ka whakamaumaharatia, ka whakamanahia tōku tupana a Hahona Tuakana. Ka whāia ōna tapuwae e au. Ngā tapuwae ā tō tātou Ariki.« (Mit meinen Taten gedenke ich meines Vorfahren Hahona Tuakana. Ich folge dem Pfad meines Vorfahren, des großen Rangatira.)

Er macht eine Pause und schaut in die Kamera. Mit eindringlichem, aufrichtigem Blick. Als wollte er durch das Objektiv nach den Adressaten seiner Botschaft greifen. Aber nicht, um sie zu beschimpfen oder zurechtzuweisen, sondern um ihnen sein Anliegen darzulegen, um eine Verbindung zu ihnen herzustellen, damit sie ihn besser verstehen.

Dann fährt er fort.

»Was hat sich geändert, seit mein Vorfahre auf brutale Weise hingerichtet wurde? Wir Māori müssen immer noch um die Rückgabe unseres eigenen Grund und Bodens betteln. Man hat uns nur einen Bruchteil unseres Landes zurückgegeben. Und wie eine Herde Lämmer nehmen wir das hin. Die Arbeitslosigkeit unter den Māori ist doppelt so hoch wie unter den Pākehā. Und wir erhalten für dieselbe Arbeit nur etwas mehr als die Hälfte ihres Lohns. Aber wie eine Herde Lämmer nehmen wir das hin. Wir haben einen schlechteren Zugang zum Gesundheits- und Bildungssystem. Und in den Gefängnissen sitzen zwanzigmal mehr Māori als Weiße. So viele Menschen wie von keinem anderen indigenen Volk auf der Erde. Außerdem haben wir eine zehn Jahre geringere Lebenserwartung. Aber wie eine Herde Lämmer nehmen wir das hin.«

Seine Stimme ist eindringlich, aber nicht schrill. Er spricht in einem melodischen Tonfall, manchmal hebt er die Stimme, manchmal zieht er eine Silbe in die Länge, um einer Aussage mehr Nachdruck zu verleihen. »Mein Vorfahre wurde ermordet, an einem heiligen Pūriri-Baum erhängt, umringt von sechs Männern in britischen Uniformen. Dieses Schicksal bleibt den Māori zwar inzwischen erspart, aber in den anderthalb Jahrhunderten seit dem Tod meines Vorfahren hat sich kaum etwas geändert.«

Als Wirapa das hört, beginnen seine gefesselten Hände zu zittern. Sollte er noch irgendeinen Zweifel gehegt haben, wer ihn gefangen genommen hat, daran, welche Verbrechen sein Entführer begangen hat, dann sind sie in diesem Moment ausgeräumt. Der hingerichtete Rangatira. Die sechs Soldaten. Die alte Daguerreotypie, die er zuletzt in jeder Zeitung und Nachrichtensendung gesehen hat. Wirapa hat jetzt nur noch ein einfaches, klares Ziel vor Augen. Er muss tun und sagen, was nötig ist, um am Leben zu bleiben. Zwar weiß er nicht, wie der Mann heißt, den er filmt. Aber er weiß, was der Mann getan hat.

Auf der Ausfallstraße tief unter den kreisenden Rotorblättern des Helikopters staut sich der Verkehr. Im Gegensatz zu einem Auto, mit dem man bei hoher Geschwindigkeit bis zum Treffpunkt am Rugbyfeld neunzig Minuten unterwegs ist, braucht der Helikopter, der hoch über die Fahrzeuge hinwegfliegt, nur fünfzehn Minuten. Doch Stan bedrängt den Piloten, es in zehn Minuten zu schaffen. Jaye, der vorne sitzt, steht in Funkkontakt mit der Spezialeinheit und vergewissert sich, dass es für jeden der Detectives Waffen gibt. Er kann sich jetzt keine Gedanken um die möglichen Konsequenzen machen, die die Beteiligung der suspendierten Hana an einem bewaffneten Einsatz nach sich zieht. Es gibt jetzt nur eins, was zählt: Sie müssen Poata Raki finden und verhaften, bevor er erneut töten kann.

Der Pilot fliegt von der Schnellstraße Richtung Süden, wo die Vororte von Auckland in Ackerland übergehen. Erneut knackt das Funkgerät, und der Leiter der Spezialeinheit meldet sich zu Wort.

»Wir haben auf einem Hügel gegenüber dem Haus zwei Scharfschützen postiert«, sagt er. »Sie können durch ihre Hochleistungsferngläser in einem der Zimmer eine Bewegung ausmachen.«

»Unsere Vorfahren wussten, dass die Natur nach Harmonie strebt. Aber Menschen, denen man alles gestohlen hat, was ihnen etwas bedeutete, können nicht in Harmonie leben. Alles, was ihnen teuer und heilig war.«

Der ruhige Tonfall des Mannes überrascht Wirapa. Dies ist nicht das wirre Geschwafel eines gequälten, psychisch labilen Menschen. Trotz seiner Angst registriert der Journalist den ruhigen, klaren Ausdruck in den Augen des Mannes. Seine Worte sind wohlüberlegt, durchdacht und artikuliert.

»Man hat uns ein System aufgezwungen, in dem Harmonie keine Rolle spielt. Man hat bei uns das Rechtssystem eines zwanzigtausend Meilen entfernten Landes installiert, Gesetze, die nicht auf Gleichheit und Wiedergutmachung, nicht auf Respekt und Harmonie abzielen, sondern dafür sorgen, dass eine Volksgruppe zu Wohlstand kommt und die andere weiter in Armut lebt. Aber wie eine Herde Lämmer haben wir das hingenommen.«

Poata Raki macht einen Schritt auf das Handy zu. Sein Gesicht füllt jetzt das ganze Display aus.

»Die Zeit als Lämmer ist vorbei«, sagt er. »Meine Taten sind nur der Anfang. Es ist Zeit, die Tradition wiederzubeleben. Das Utu. Zu rächen, was bisher nicht gerächt wurde. Uns das zurückzuholen, was man uns in den letzten zwei Jahrhunderten gestohlen hat.«

Von den Kabelbindern, die in Wirapas Handgelenke schneiden, tropft Blut. Und sein Mund ist trocken.

»Besser das Blut Unschuldiger vergießen, als gar keins.« Raki verneigt sich. Er ist fertig.

Wirapa nimmt das Telefon herunter und ringt keuchend nach Luft. Denn er weiß, dass er diesen Raum nur durch ein Wunder wieder lebend verlassen wird.

Der Polizeihubschrauber fliegt tief über die Hauptstraße einer Kleinstadt hinweg. Auf dem Rugbyfeld warten zwei schwarze, umgebaute Nissan Patrol, zwei schwere Geländewagen mit verstärkten Fenstern und riesigen Frontschutzbügeln. Der Helikopter hat kaum aufgesetzt, als Jaye, Hana und Stan heraushüpfen und durch die offene Hecktür in einen der Wagen springen.

Im Heck des Allradfahrzeugs ziehen sich die drei kugelsichere Westen an, und man händigt ihnen Pistolen aus. Neben ihnen sitzen vier Mitglieder der Spezialeinheit, im Wagen dahinter acht weitere.

Der Leiter der Einheit hat auf seinem Handy ein Foto von Poata Raki, das von dem Bild in seinem Universitätsausweis gemacht wurde. »Ist er das?«, fragt er. »Wissen wir, dass dies unser Mann ist?«

»Ja«, sagt Hana. »Er ist unser Mann.«

Im Raum ist es still. Nur die Vogelschreie draußen sind zu hören. Raki ist fertig. Er nimmt Wirapa das Telefon ab und beendet die Aufnahme.

Zum ersten Mal blickt Wirapa ihm in die Augen. Er muss sich beherrschen, um nicht laut aufzustöhnen.

»Was ist das hier?«, fragt Raki und zeigt auf sein Ohr. »Wie heißt das auf Māori?« Er deutet auf seine Haare. Dann auf seine Nase. »Und das hier. Und das hier.«

Wirapa schluckt. »Ich kenne meine Vorfahren. Einer meiner Onkel beschäftigt sich mit Ahnenforschung.« Seine Stimme zittert. »Ich habe europäische Vorfahren, wie alle anderen. Es gibt niemanden mehr, der zu hundert Prozent Māori ist. Aber ich bin nicht mit einem dieser sechs Soldaten verwandt, das schwöre ich«, stößt er hervor. »Ich schwöre es.«

»Sechs«, sagt Raki. »Was ist das Wort für ›sechs‹ in unserer Sprache?«

Wirapa antwortet nicht. Er kann nicht. Er kennt die Antwort nicht. Er kennt das Wort nicht.

Raki holt etwas aus seiner Tasche. Mehrere Zeitungsausschnitte mit dem Foto des Verfassers, des Mannes, der vor ihm steht. Er gibt Wirapa einen der Artikel. »Lies vor«, sagt er. »Lies vor, was du geschrieben hast.«

Der Journalist nimmt den Artikel, über dem sein Name steht. Da er keine Wahl hat, fängt er mit zitternder Stimme an zu lesen. »Während ... während geldgierige Iwi bei den Land Courts eine Eingabe nach der anderen machen, stellt niemand die Frage, die auf der Hand liegt. Haben wir deshalb das Recht, jeden Quadratzentimeter dieses Landes zu beanspruchen, nur weil ... weil unsere entfernten Verwandten zufällig als Erste auf diese Inseln gestoßen sind?«

Raki nimmt einen weiteren Artikel und reicht ihn Wirapa. »Den hier. Lies.«

»Bevor die Engländer die Zivilisation hierher brachten, waren wir ...« Der Journalist zögert, er ist ganz bleich im Gesicht. »Bevor die Engländer die Zivilisation hierher brachten, waren wir ungebildete Mörder, die fest entschlossen waren, sich gegenseitig auszurotten. Ist es etwa ein Grund, stolz zu sein, keine Schriftsprache zu haben? Wir sind nur ein paar Generationen vom Kannibalismus entfernt. Was wir Māori brauchen, sind Fleiß und Selbstdisziplin und nicht auf jedem Straßenschild unsere tote Sprache.«

Raki nimmt den Artikel. Er hält noch ein Dutzend weitere in der Hand. Aber es ist klar, worauf er hinauswill. »Du bist ein Māori, der nur deshalb Karriere gemacht hat, weil er als Māori mit Freude auf andere Māori einprügelt«, sagt er. »Der Te Reo Māori als nutzlose Sprache einer untergegangenen Kultur verunglimpft. Der den Māori vorwirft, dass sie es nicht schaffen, den Teufelskreis der Armut selbst zu durchbrechen. All diese Schmähungen, diese Boshaftigkeit und Hetze gegen deine eigenen Leute … und du kennst nicht mal das Wort für deine Nase?«

Wirapa taumelt gegen die Wand. Schließlich geben seine Beine nach, und er sinkt zu Boden. In schnellem Rhythmus hebt und senkt sich seine Brust, während er keuchend nach Luft ringt. Auf seiner Hose breitet sich ein Fleck aus. Er hat sich eingenässt. Raki mustert ihn. Wie er gedemütigt und elend dahockt. Trotz allem empfindet Raki bei seinem Anblick keine Freude. Das hier bereitet ihm kein Vergnügen.

Wirapa braucht einen Moment, bis sich sein Atem wieder so weit beruhigt, dass er reden kann. »Werden Sie mich töten?«

Seine Stimme ist kaum zu verstehen, die Vögel draußen übertönen seine Worte. Raki blickt seinem Gefangenen eindringlich in die Augen.

»Hast du den Tod denn verdient?«

Die schwarzen Wagen der Spezialeinheit fahren einen Hügel hinauf und passieren eine Polizeiabsperrung. Mit ausgeschalteten Blinklichtern rollen sie einen Hang hinunter und biegen in eine lange Auffahrt. Sie wird von Pinien gesäumt, die sich im Wind wiegen.

Ein Stück von dem lang gestreckten Farmhaus entfernt kommen die Fahrzeuge zum Stehen. Die Türen gleiten auf, und wortlos springen die schwarz gekleideten Mitglieder der Spezialeinheit zügig ins Freie. Der Leiter der Einheit gibt ihnen Handzeichen, worauf die Beamten ausschwärmen und sich koordiniert und lautlos auf die Haustür zubewegen. Hana, Jaye und Stan folgen ihnen.

Hana verlagert das Gewicht der Pistole in ihrer Hand. Sie ist auf alles vorbereitet.

Der Anführer gibt jetzt mit erhobenen Fingern das Zeichen für den Zugriff. Drei, zwei, eins … und RUMMS! Einer der Männer lässt eine Ramme hervorsausen, und die Tür zersplittert. Er geht zur Seite, und ein anderer Beamter tritt die Reste der zertrümmerten Tür weg.

In mehreren Gruppen rennen die Männer mit gezückten Waffen durchs Haus und brüllen: »Polizei, wir sind bewaffnet!« Jede Tür wird eingetreten. Hana, die ihnen zusammen mit Jaye folgt, sieht, dass die Zimmer leer sind. Die beiden vordersten Beamten erreichen die letzte Tür am Ende des Flurs. Einer von ihnen tritt die schwere Holztür ein, und der Anführer macht mit seinem Sturmgewehr im Anschlag einen Schritt vorwärts. »Zeigt eure Hände! Keine Bewegung! Keine Bewegung!«

Weitere Beamte gehen im Türrahmen in Position. Sie haben ihre Waffen schussbereit in den Raum gerichtet. »Ist sonst noch jemand hier?«, brüllt der Anführer. »Ist noch jemand anders im Haus?«

Von weiter hinten im Flur kann Hana sehen, wie sich die Schultern der Beamten entspannen. Sie lassen ihre Waffen sinken. Einer nach dem anderen kommen sie zurück und inspizieren erneut die Zimmer, um sich zu vergewissern, dass sie nichts übersehen haben.

Aus dem Raum am Ende des Flurs ist verängstigtes Schluchzen zu hören. Der Anführer gibt Hana und Jaye ein Zeichen, und sie kommen zu ihm. Es handelt sich um ein Schlafzimmer. Auf dem Bett hocken dicht aneinandergekauert zwei Teenager, beide etwa fünfzehn Jahre alt; sie sind halb nackt, und ihre Kleidung ist um sie herum verteilt. Sie zittern und sind verwirrt.

»Wir wollten nichts Falsches tun«, sagt der Junge weinend. »Wir … wir kommen hier nur her, um … um allein zu sein …«

Das Mädchen bedeckt seinen Körper, an seinem geröteten Gesicht laufen Tränen herunter.

Hana wendet sich dem Anführer zu. »Ich mach das schon.«

Die anderen verlassen das Zimmer. Hana hebt die verstreuten Kleidungsstücke auf und hilft dem Mädchen, sich anzuziehen.

»Bitte, bringen Sie uns nicht um«, sagt das Mädchen.

»Euch wird niemand etwas tun«, sagt Hana. »Schon gut, Schätzchen, euch wird nichts passieren.«

Hana lässt die beiden allein, damit sie sich von dem Schreck erst einmal erholen können, und geht zu Jaye und Stan in den Flur. Das Haus ist voller Staub. Überall liegen Bierdosen, Schnapsflaschen und Zigarettenpackungen herum, von den Jugendlichen, die hier im Haus Partys gefeiert haben, nachdem der frühere Bewohner es aufgegeben hat.

Poata Raki ist seit Monaten nicht mehr in diesem Haus gewesen.

Der SUV des Journalisten fährt durch die dunklen Straßen im Süden Aucklands. Auf der Rückbank liegt Wirapa mit verbundenen Augen, gefesselt und geknebelt. Er kann sich weder bewegen noch sprechen noch etwas sehen. Aber er ist am Leben.

Der SUV kommt zum Stehen, und Raki öffnet die hintere Tür. Dann nimmt er den Zigarettenanzünder und hält einen Nagel an die rot glühende Spirale. Zügig und präzise brennt er mit dem heißen Nagel ein Symbol in die Kunststoffverkleidung der Wagentür. Ein Symbol, das er schon öfter benutzt hat. Ein Koru. Immer wieder erhitzt er den Nagel, und schließlich zieren vier makellose Koru-Symbole die Verkleidung. Raki nimmt Wirapa die Augenbinde ab. Als der Journalist die vier Symbole sieht, weiß er genau, was sie zu bedeuten haben.

Raki hält jetzt sein Telefon in der Hand. Er hat das Video, das sie in dem verriegelten Raum aufgenommen haben, an eine E-Mail angehängt, die an alle wichtigen Nachrichtenagenturen und Websites des Landes adressiert ist.

Der SUV steht vor einem Elektronikladen. Durch das Sicherheitsgitter vor dem Schaufenster sind mehrere Breitbildfernseher zu sehen. In diesem Moment bemerkt Raki, dass auf ihnen die Spätnachrichten laufen. Es wird ein Foto von dem Bild aus seinem Universitätsausweis eingeblendet. Er runzelt die Stirn. Keineswegs erschrocken oder entsetzt.

»Das ging wirklich schnell, Detective Westerman«, murmelt er beeindruckt.

Er schaut zu Wirapa auf der Rückbank des SUV. »Du bist nichts weiter als ein beschissener Botenjunge. Du bist nie etwas anderes gewesen. Du verbreitest bösartige Botschaften voller Hass und Lügen. Ausnahmsweise verbreitest du jetzt mal die Wahrheit.«

Raki verschickt die E-Mail. Dann beantwortet er endlich die Frage, die der Journalist ihm bereits vor ein paar Stunden gestellt hat.

»Ich werde dich nicht töten.«

Er legt etwas auf den Boden des SUV. Eine Kopie der alten Daguerreotypie, mit einer weiteren Abstammungslinie, die von dem vierten Soldaten zu dem Foto eines jungen Mannes mit langem, strähnigem blondem Haar führt. Dann schließt Raki die Tür und läuft hinaus in die Nacht.

Es gelingt Wirapa, sich hochzurappeln. Er wirft einen Blick durch das Heckfenster. Abgesehen von Raki, dessen schemenhafte Gestalt für einen kurzen Moment von einer Straßenlaterne erleuchtet wird, ist die Straße leer. Und dann ist er verschwunden. Plötzlich bemerkt der Journalist, dass auf dem Sitz neben ihm noch etwas anderes liegt. Stöhnend wälzt er sich herum, um zu sehen, was es ist.

Sein Schrei wird durch den Knebel in seinem Mund gedämpft. Verzweifelt versucht er, sich von seinen Fesseln zu befreien, wegzurollen von dem, was dort neben ihm liegt. Aber es ist zwecklos, er kann nichts tun.

Neben ihm liegt eine weitere Person, eingewickelt in ein Stück Stoff, wie in ein Leichentuch. Auf der Oberseite ragt ihr Kopf heraus. Und strähniges blondes Haar, das mit rotem Blut verklebt ist. Dort, wo sich der Hinterkopf befindet, zeichnet sich auf dem Stoff ein dunkler Fleck ab. Er stammt von einer Wunde, die durch den Schlag mit einer Waffe verursacht wurde.

Die blutige Wunde ist elf Zentimeter lang.

WILDE KERLE

Addison hat jedes Zeitgefühl verloren.

Sie hat keine Ahnung, wie lange sie schon von PLUS 1 umschlungen hiersteht, während die beiden einander in dem gesprungenen Spiegel im Waschraum anstarren. Vielleicht fünf Minuten. Vielleicht fünfundzwanzig. Vielleicht fünf Stunden. Sie weiß es nicht, und es interessiert sie auch nicht. Sie könnte bis in alle Ewigkeit mit ihrer wunderschönen Begleitung hierstehen. Ohne etwas zu sagen. Einfach nur da sein.

Die Tür geht auf, und die dröhnende Musik von der Tanzfläche brandet auf Addison ein wie eine warme, freudige Welle. Jemand kommt herein, hält einen Augenblick inne, lächelt sie an. »Du warst faszinierend da oben. Einfach unglaublich. Superwoman. Die Königin der Sailor Bar.«

Addison lächelt das Mädchen an. »Oh Babe, danke. Das bedeutet mir wahnsinnig viel.«

Addison strahlt, als das Mädchen in eine der Toiletten geht. Es ist wahr, sie weiß, dass es wahr ist. Die Nummer heute Abend war anders. Es gibt einen Punkt, denkt sie, an dem man nicht mehr nur die einzelnen Bewegungen durchführt, sondern völlig vergisst, wie man auf der Bühne wirkt – einen Punkt, an dem man die nächste Bewegung, den nächsten direkten Kontakt zum Publikum nicht mehr planen muss. Es gibt einen Punkt, an dem man nicht mehr denkt, an dem man nicht mehr plant, an dem man nicht einmal mehr bewusst vor anderen auftritt. So ist es jetzt für Addison, wenn sie da oben ist, das Licht der Bühnenscheinwerfer in den Augen, wenn sie das Publikum eigentlich gar nicht mehr sehen kann, sondern nur noch dessen Wärme spürt, die Freude, die Verbundenheit, als stünde sie mitten an einem heißen Tag an ihrem Lieblingsstrand im Meer, und eine mächtige, starke, allumfassende Woge hüllt jeden Zentimeter ihres Körpers ein. Genau so war es heute Nacht. Man ist niemand, der auftritt. Man ist keine Rapperin, keine Sängerin.

Man ist einfach nur. Ja, verdammt, man ist nur.

»Ja, verdammt, man ist … was?«, murmelt PLUS 1.

Addison betrachtet sich und PLUS 1 im Spiegel. »Oh, Scheiße, hab ich das etwa laut gesagt?«

PLUS 1 lächelt. »Du hast einen Ohrring verloren.«

Addisons Blick wandert träge zu ihrem Ohr, und sie begreift, dass PLUS 1 recht hat: In einem der winzigen Löcher in ihrem Ohr befindet sich nichts. Berufsrisiko, wenn man sich auf der Bühne so vollkommen vergisst: Man kann dabei sogar die Dinge verlieren, die man direkt am Leib trägt – Dinge, an denen man hängt. PLUS 1 greift sich in die Dreadlocks und entfernt vorsichtig einen der eigenen Ohrringe, ein tanzendes Federgebilde. Die beiden schieben Addisons Kopf zur Seite und befestigen den Ohrring in einem der winzigen Löcher. Sie mustern einander im Spiegel. Zueinanderpassende Ohrringe. Zueinanderpassendes Lächeln. Alles passt.

Addison sagt: »Wenn einer von uns dazu neigen würde, sich zu verlieben, würde es gefährlich.«

PLUS 1 dreht sie zu sich. »Auch das hast du laut gesagt.«

Addison nickt. Puuh!

PLUS 1 küsst sie auf die Nase. Sanft. »Dann ist es ja gut, dass bei keinem von uns diese Gefahr besteht, hmm?«

Addison lächelt. Ja. Eine gute Sache. Obwohl gerade hier und jetzt, da sie beide so zusammen sind und fühlen, was sie fühlen, niemand absolut sicher sein kann, ob diese Gefahr nicht doch besteht.

Addison greift in die Tasche der Tarnjacke von PLUS 1. Sie holt ein paar pinkfarbene Tabletten heraus.

Auf der Bühne der Sailor Bar zu singen war für Addison eine Verwandlung. Und so ist es immer. Über allem dahintreiben. Von dem Zeug singen, das ihr so viel bedeutet; so viel, dass es wehtut. Die großen Ideen. Verbindung aufnehmen mit der Musik, mit dem Publikum, mit den Dingen, an die sie glaubt. Aber heute Nacht ging auch noch etwas anderes in ihr vor. Es ging nicht nur um eine Verbindung. Es war ebenso eine Möglichkeit, nicht über das nachzudenken, was sie auf dem Laptop ihrer Mutter gesehen hatte. Die alte Videoaufnahme.

Ihre Mutter, die in Polizeiuniform protestierende Māori wegzerrt.

Addison betrachtet die pinkfarbenen Pillen in ihrer Hand.

Jetzt, da sie nicht mehr auf der Bühne ist und die Musik nicht mehr hämmernd durch ihren Körper dringt, kommen die Bilder vom Laptop zurück. Sie möchte diese Bilder wirklich nicht im Kopf haben.

Sie schiebt PLUS 1 eine pinkfarbene Pille in den Mund. Und dann eine in ihren eigenen.

»Zwei in einer Nacht. Das passt gar nicht zu dir.«

Sie schluckt ihre Pille. »Das bin ich auch nicht. Ich bin die Königin der Sailor Bar.«

Draußen in der Bar ändert sich die Musik. PLUS 1 geht zur Tür. Zeit zu tanzen. »Wir sehen uns draußen.«

Als sie alleine im Waschraum ist, wird Addisons Mund plötzlich trocken. Sie beugt sich zum Hahn über dem Becken und nimmt einen großen Schluck Wasser. Als sie sich wieder aufrichtet …

Argh. Ein plötzliches Schwindelgefühl. Schlieriger Dunst zieht vor ihren Augen auf. Sie kichert. Scheiße. Doch dann, einen Moment später, ist es nicht mehr so komisch. Sie hält sich an der Kante des Waschbeckens fest, fast sacken ihr die Beine weg. Sie geht in eine der Toiletten. Verriegelt die Tür. Klappt den Toilettendeckel herunter. Muss nur einen Augenblick sitzen, muss nur sitzen.

Dann … *WHOMP.*

Als säße sie in einem startenden Flugzeug, strömt ihr schlagartig alles Blut aus dem Kopf. Bevor sie auch nur begriffen hat, dass sie stürzt, liegt sie schon auf dem Boden. Sie versucht aufzustehen, doch auch nur den Kopf zu heben, lässt den Dunst immer dichter werden, bis er einem schweren Nebel gleicht, der sich in ein Tal senkt und sie von allen Seiten umgibt. Ihr wird klar, dass sie nicht aufstehen kann. Sie versucht, nach jemandem zu rufen, doch ihre Stimmbänder funktionieren nicht mehr.

»Zwei in einer Nacht. Das passt gar nicht zu dir.« Scheiße.

Sie sieht ihr Handy, das ihr aus der Tasche gefallen ist. Sie streckt die Hand aus, und nach mehreren Versuchen bekommt sie es zu fassen. Mit langsamen, schmerzenden Bewegungen öffnet sie ihr Telefonverzeichnis, sucht die Nummer von PLUS 1 heraus und drückt das Anrufsymbol.

Draußen vor der Bühne hat PLUS 1 die Augen geschlossen und bewegt sich in Trance zum Rhythmus der Musik. In der Jackentasche leuchtet Addisons Anruf auf dem Handydisplay. Doch das Telefon ist stumm geschaltet. PLUS 1 bekommt nicht einmal etwas davon mit.

Auf dem Boden der Toilette versucht Addison noch einmal, PLUS 1 zu erreichen. Wieder meldet sich nur die Voicemail. Ein weiteres Mal versucht sie, sich aufzurappeln, doch sie steht bereits kurz davor, das Bewusstsein zu verlieren. Das Telefon umklammernd, sinkt sie zu Boden.

Sie weiß, dass sie in Schwierigkeiten steckt.

Stans Wagen hält vor der Sailor Bar. Er eilt zum Vordereingang. Der Türsteher mustert ihn von oben bis unten. »Ich weiß nicht, ob du hier richtig bist, Bro.« Stan zieht seinen Ausweis, schiebt sich an dem Mann vorbei, hinein in die dröhnende Musik.

Er war gerade im Begriff einzuschlafen, als sein Telefon zu summen begann und Addisons Name auf dem Display erschien. Er dachte kurz daran, nicht zu antworten. Sosehr er auch ihr von Neckereien und kleinen Sticheleien geprägtes Verhältnis genoss – ein Anruf so spät in der Nacht war ein wenig zu viel.

Schließlich hatte er doch abgenommen. »Addison? Du weißt, dass es ein Uhr ist, oder? Ein Uhr wie in *ein Uhr nachts*?« Am anderen Ende der Verbindung nur Schweigen. Stan konnte Musik hören, wummernde Bässe, aber etwas entfernt und wie durch eine Wand verzerrt. »Addison? Was ist los?« Noch immer keine Antwort. Weil er annahm, dass die Verbindung versehentlich zustande gekommen war, wollte er sie gerade beenden, als …

»Stan …« Ihre Stimme war kaum lauter als ihr Atem. Fast unmöglich zu hören bei der gedämpften Musik. Aber Stan konnte die Angst spüren.

»Addison. Wo bist du?«

Die Verbindung wurde unterbrochen. Sofort rief er sie zurück. Keine Antwort. Plötzlich war Stan besorgt. Er dachte daran, wie sie ihn ein paar Tage zuvor spöttisch eingeladen hatte. »Ich gebe nächsten Donnerstag ein Konzert in der Sailor Bar.«

In der Bar herrscht schummriges Licht. Einhundert attraktive Menschen bewegen sich gleichzeitig, die Lichter und die Musik hüllen einen vollkommen ein, wenn man hier ist, um zu tanzen – und sie sind chaotisch, wenn man jemanden sucht, der, wie man vermuten muss, Hilfe braucht. Stan schiebt sich an den Tanzenden vorbei, ignoriert die unbeeindruckten Blicke und das höhnische Grinsen über seine Kleidung, die zwar perfekt zum achten Stock des Polizeireviers passt, hier aber absolut fehl am Platz ist.

Er sieht sich um. Nirgendwo ein Hinweis auf Addison. Er denkt daran, wie die Musik geklungen hat, als sie ihn, offensichtlich in einer Notlage, angerufen hat. Gedämpft. Wie durch eine Wand. Er sieht das Schild für die Damentoiletten.

Er bleibt davor stehen. Das will er wirklich nicht tun. Aber er hat keine Wahl. Er geht hinein. Glücklicherweise ist niemand sonst im Waschraum. Er überprüft die Türen der einzelnen Toiletten, eine davon ist verschlossen. »Addison? Bist du hier?« Er drückt gegen die Tür. Heftig. Bricht sie auf und sieht …

Addison auf dem Boden. Um sie herum eine Pfütze Erbrochenes. Flackernd öffnen sich ihre Augen. Matt. Sie sieht zu ihm auf. Ihre Hand hebt sich kraftlos. Sie formt ihre Finger zu einer Pistole. *Peng.*

Stan greift nach einem Papierhandtuch, wischt Addison das Gesicht ab und hebt sie mit beiden Armen hoch. »Na komm schon, du kleiner Freak.«

In dem Zimmer, in dem überall an den Wänden Hanas Bilder hängen, sitzen Hana und Jaye rechts und links auf Addisons Bett. Addison fühlt sich schlechter als jemals zuvor. Stan hatte Hana auf dem Weg in die Klinik angerufen, Jaye kam kurz darauf dorthin. Jeder, dem noch nie der Magen ausgepumpt wurde, sollte sich das Ekelhafteste vorstellen, was er jemals erlebt hat, und es dann mit zehn multiplizieren. Addison würde liebend gerne die letzten Stunden aus ihrem Leben streichen. Es ist still im Haus. Addison wirft einen Blick auf eine Zeichnung an der Wand. Es ist eine der älteren, sie alle drei zusammen auf einem Bild.

»Dad?«

»Ja?«

»Das Buch, aus dem du mir immer vorgelesen hast? Das mit Max?«

Während Hana nach dem lange vergessenen Buch sucht, gibt Jaye Addison ein weiteres Glas Wasser zu trinken. Nachdem sich dort so viel hinab- und dann wieder hinaufbewegt hat, ist ihre Speiseröhre ganz wund und tut höllisch weh, doch Addison schluckt das Wasser. Es dauert ein, zwei Minuten.

Hana findet das Buch unter einem Berg von Romanen und kriminologischen Texten verstaut, seit einem Jahrzehnt oder vielleicht schon länger ungelesen. Sie reicht es Jaye. Natürlich hat sie bemerkt, dass Addison Jaye um das Buch gebeten hat und nicht sie. In der Klinik hielt Addison ihre Hand umklammert, während ihr der Schlauch zum Auspumpen des Magens einge- führt wurde. Sie ließ zu, dass Hana sie tröstete, ihr über den Kopf strich, während diese schreckliche Angelegenheit ihren Lauf nahm. Doch der Blick, dessen Zeuge Hana wurde, nachdem Addison von der Aufnahme auf ihrem Laptop aufsah, hat sich nicht verändert. Jetzt bleibt die Frage unausgesprochen, aber sie ist immer noch da in den Augen ihrer Tochter.

»Was zum Henker ist das, Mum? Was hast du nur getan?«

Jaye schlägt die abgegriffenen Seiten auf. Addison lächelt, als er dieselbe lächerliche Stimme für die einzelnen Figuren benutzt wie damals, als sie noch in dem Alter war, das sie auf der Zeich- nung hat. Er liest etwas über den listigen Max in seiner selbst ge- machten Wolfsverkleidung vor, der mit den unheimlich ausse- henden Monstern spielt, den wilden Kreaturen, die in Wahrheit gar nicht unheimlich sind, sondern die süßesten Wesen auf die- sem Planeten, die nur schrecklich missverstanden werden.

Hana sieht von der Tür aus zu, bis sich die Augen ihrer im Bett liegenden Tochter schließen.

Tequila ist schon immer der bevorzugte Drink der beiden ge- wesen.

Hana und Jaye waren sich zum ersten Mal bei einigen Tequi- las auf einer wild ausufernden Party nähergekommen, mit der ihre Kohorte den Abschluss des ersten Semesters an der Polizei- hochschule feierte. Alte Gewohnheiten sterben nur langsam. Hana hat immer eine Flasche in ihrem Gefrierfach für den Fall, dass sich – etwa einmal im Monat – die Arbeit nachts einfach nicht abschütteln lässt, obwohl sie ihre 10,13 Kilometer gelaufen ist. Doch inzwischen ist es eine bessere Marke, die fünfmal so viel kostet wie der Tequila, den Jaye und sie als Anfänger bei der Polizei getrunken haben.

»Sie war nicht dabei, Hana. Sie weiß gar nichts. Die Dinge, über die sie spricht, die Dinge, von denen sie singt … das ist nichts als Theorie. Sie sind nicht selbst erlebt. Sie ist siebzehn.«

Die beiden sitzen draußen auf den Stufen von Hanas Haus und blicken in die blattlose Dunkelheit ihres Hinterhofs. Jeder mit einem Schuss Tequila. On the rocks, wie immer schon. Oben in ihrem Zimmer schläft Addison tief und fest, erschöpft von den Dingen, die ihr Körper durchgemacht hat. Hana hat Jaye erzählt, was geschehen ist. Wie sie zufällig dazukam, als Addison an ihrem Laptop saß. Der Blick in Addisons Augen. Die Gewalt des Wortes, das sie benutzte.

Kūpapa.

Verräter.

»Das ist achtzehn Jahre her. Du hattest keine Wahl«, sagt Jaye.

Hana sieht hinab auf ihren Tequila. Das Wort brennt. Sie möchte glauben, dass es wahr ist, was Jaye sagt, dass sie auf dem Berg keine Wahl hatte. Jahrelang hat sie sich daran festgeklammert. Sie schenkt ihnen beiden nach. Sie trinken, blicken hinaus in die Nacht.

»Ich werde nie vergessen«, sagt Jaye leise, »wie sie geboren wurde. Sie hat vielleicht zehn Sekunden lang geschrien. Und das war's dann. Es war fast so, als würde sie nur eine Pflicht erfüllen. Als wüsste sie, dass ein Baby schreien muss. Als wäre das etwas, das einfach verlangt wird. Sie brachte es hinter sich, und dann war es vorbei. Ich hielt sie, während die Nabelschnur durchtrennt wurde. Sie starrte zu mir hoch. Ich meine, ich weiß Bescheid über dieses ganze Zeug ... dass Neugeborene überhaupt nichts sehen können, dass ihre Augen zu diesem Zeitpunkt wie die von Baby-Delfinen sind oder so, es gibt nur Licht oder Dunkelheit für sie. Und trotzdem war es so, als würde sie mich anschauen. Hallo sagen.«

Hana bemerkt, dass Jaye weint.

Sie kann sich nicht daran erinnern, ihn jemals weinen gesehen zu haben. Es ist ein lautloses Weinen. Eher hier und da eine Träne als etwas Dramatisches. Und trotzdem ist es furchtbar schwer mitanzusehen.

Sie hält ihn. Sie sitzen zusammen auf der obersten Stufe in der Dunkelheit.

Wenn jemand sie später danach fragen sollte, würde keiner von beiden wissen, wie es geschehen ist. Hat Hana Jaye das Tequilaglas aus der Hand genommen, oder war es Jaye, der ihr Glas nahm? Hat Jaye Hana geküsst? Oder war es umgekehrt? Keiner der beiden würde es einem sagen können, doch bevor einer von ihnen hätte nachdenken oder innehalten oder alles abwägen können, sind sie plötzlich in Hanas Zimmer, ohne dass ein Wort gefallen wäre.

Über die Jahre hinweg hatte Hana immer wieder Liebhaber gehabt. Nicht so viele, dass es sie in Verlegenheit gebracht hätte, was ohnehin nie der Fall gewesen wäre – denn es ist keine Schande, ein Mensch zu sein. Mit einem von ihnen, einem Landschaftsarchitekten, hatte die Beziehung drei Jahre lang gehalten. Sie hatten denselben trockenen Humor gehabt und es beide gleichermaßen genossen, dunkle Erde in Welten von überwältigendem Grün zu verwandeln. Aber es gab auch Dinge, die sie nicht teilten. Er wollte Einfachheit. Er wollte aus Auckland wegziehen, irgendwohin an die Küste. Hana versuchte, sich diese Theorie, diese Idee vorzustellen. Ein Haus mit einem wundervollen Garten und einem Blick über die anbrandenden Wellen und die Sanddünen. Vielleicht sollte sie versuchen, eine Stelle bei einer lokalen Polizeibehörde zu bekommen, wieder Uniform tragen und am Rand eines Straßenabschnittes, auf dem nur fünfzig Kilometer pro Stunde erlaubt waren, Posten beziehen; dort würde sie dann die örtlichen Farmer herauswinken und verwarnen und dasselbe eine Woche später wiederholen. Jeden Tag, jede Woche dasselbe, immer und immer wieder, wie die endlos heranrollenden Wogen, die an den Sanddünen unter dem gemeinsamen Garten nagen würden.

Einfachheit. Sein Traum. Nicht ihrer.

Vor wenigen Jahren hatte sie eine Dating-App heruntergeladen. Jemanden aus einer Bar abzuschleppen, ist nicht ihr Stil. Die Idee lässt sie kalt, weshalb sie immer dann, wenn sie sich ruhelos oder einsam fühlt oder auch nur das Bedürfnis nach einer ganz bestimmten Form von Entspannung hat, die App öffnet – auf der Suche nach jemandem, der intelligent und freundlich erscheint – und auf dem Handy nach rechts wischt. Für sie ist das mehr als genug. Sie hat schon lange begriffen, dass sie keinen anderen Menschen braucht, um sich vollständig zu fühlen.

Was in dieser Nacht mit Jaye passiert, ist weder eine Romanze noch das Gegenteil davon – was auch immer das sein mag. Sie sind zwei Menschen, die durch unsichtbare Knoten und Bänder miteinander verknüpft sind; eine Verbindung, die niemals gelöst werden kann. Zwei Menschen unter dem erbarmungslosen und immer weiter steigenden Druck ihrer beruflichen Welt. Zwei Menschen, die nur wenige Stunden zuvor von einem bewaffneten Einsatzteam begleitet in ein Haus eingedrungen sind, in dem sie das Versteck eines gefährlichen Serienkillers vermuteten, und die wie jeder Cop, der eine Waffe zieht, wussten, dass dieser Tag für sie selbst und für die Menschen an ihrer Seite vielleicht kein gutes Ende nehmen würde. Eltern, die in jener Nacht ihre unbezähmbare, bemerkenswerte Tochter in einem Krankenhausbett haben liegen sehen und denen klar geworden ist, dass jede Angst, die sie jemals um sich selbst hatten, nichts ist im Vergleich zu der Angst, die sie um ihre Tochter empfinden.

Zwei Menschen, die sich umeinander kümmern und die einander lieben. Und das auch immer tun werden.

Es ist schnell vorbei. Nicht ohne Leidenschaft, das zu behaupten würde nicht der Wahrheit entsprechen. Aber ohne Hoffnung. Sogar ihre Körper finden nach so langer Zeit auf eine Art zusammen, die zugleich tief vertraut und vollkommen fremd ist. Beide wissen, dass dies nie wieder geschehen wird, nie wieder geschehen kann – dass es auch jetzt nicht geschehen sollte.

Aber keinem gelingt es, die Sache zu beenden.

Hinterher zieht Jaye sich rasch an. Hana knöpft ihre Kleidung zu, streicht sich das Haar glatt. Es gibt einen Augenblick, in dem sie einander unter anderen Umständen zum Abschied geküsst hätten. Aber beide wissen, dass ein solcher Kuss jetzt genauso schlecht wäre wie das, was gerade passiert ist.

Nein, es wäre sogar noch schlimmer.

»An jenem Morgen, als Addison noch ein Baby war«, sagt Hana sehr leise. »Als ich dir gesagt habe, dass es vorbei ist. Du hast nicht geweint. Du hast nicht um uns gekämpft.«

»Wenn ich gekämpft hätte«, fragt Jaye, »hätte das irgendetwas geändert?«

Hana antwortet nicht.

Sie greift unter das Bett, holt die Kiste hervor, die sie dort aufbewahrt, und zieht aus dem Stapel von Stromrechnungen und

Steuerforderungen das amtliche Dokument heraus. »Marissa ist eine gute Frau«, sagt sie. Sie gibt Jaye die Scheidungsunterlagen. Sie hat sie bereits unterschrieben. »Das gerade eben ist niemals passiert, Jaye.«

Jaye wäscht sich im Bad das Gesicht. Er steigt die Stufen hinauf und küsst Addison, die schnarcht wie ein Lastwagenfahrer.

Dann geht er.

DIE FALSCHE FRAGE

»Wissen Sie was? Ich bewundere ihn.«

Grant Wirapa sitzt auf der Kante seines Bettes. Es ist früh am Morgen. Er ist zur Beobachtung in der Klinik, um sicherzugehen, dass von dem starken und schnell wirkenden Beruhigungsmittel, das er bei seiner Entführung bekommen hat, keine unerwünschten Nebenwirkungen zurückbleiben. Ein uniformierter Polizist sitzt neben der Stationstür. Nur für alle Fälle.

Jaye wirft Hana einen Blick zu. Beide sind überrascht angesichts der ungewöhnlichen Wortwahl. Inzwischen sind sie seit einer halben Stunde hier. Wirapa hat ihnen alles berichtet, was er über die Entführung sagen kann, über den Ort, an dem er festgehalten wurde. Der Raum, in dem er sich befand, war kahl, eine verschlossene Tür, keine Fenster. Er war bewusstlos, als man ihn dort hineingeschleift hat; bevor er wieder weggebracht wurde, hatte Raki dieselbe Chemikalie benutzt, um ihn außer Gefecht zu setzen. Das einzig Nützliche, was er ihnen bisher erzählen konnte, ist die Tatsache, dass er in der Ferne das Geräusch von fließendem Wasser hatte hören können. Es kam nicht von Ebbe und Flut, es war nicht der Ozean. Es war vielmehr ein eintöniges, ununterbrochenes Geräusch. Ein großer Fluss.

Das ist etwas. Aber es ist nicht viel. Neuseeland ist ein Land, das aus Bergen und Flüssen besteht.

»Was meinen Sie damit?«, fragt Jaye. »Mit dem Wort ›bewundern‹?«

Wirapa blickt durch die von Dunst überzogene Fensterscheibe. Draußen tropft unaufhörlich Regen aus einer kaputten Dachrinne herab. »Er hasst alles an mir. Alles, was ich mache. Alles, woran ich glaube. Und am meisten hasst er mich deswegen.« Er rollt den Ärmel seines Krankenhausnachthemds hoch und streckt seinen Arm aus. Im fahlen Morgenlicht schimmert die Haut dunkelbraun. »Weil meine Haut diese Farbe hat. In seinen Augen, so wie seine Synapsen feuern, sollte ich es besser wissen. Er hasst mich für das, was ich denke. Er hasst mich wegen allem, worüber ich schreibe. Er hasst *mich*.«

Seine Stimme verliert sich. Er wischt sich über seinen nackten Unterarm. Tief in Gedanken.

»Er hasst mich. Aber er hat mich nicht umgebracht. Er hätte es tun können. Es gab nichts, womit ich ihn hätte aufhalten können. Er hatte mich in der Hand. Er hat mich nicht umgebracht, weil er bestimmte Moralvorstellungen hat. Er spielt nach einer Reihe von Regeln … Regeln, die er nicht brechen wird.«

Jaye und Hana wissen, dass der Mann vor ihnen eine der traumatischsten Erfahrungen durchgemacht hat, die ein Mensch überhaupt nur machen kann. Entführt von einem Serienkiller. Betäubt. In das Versteck des Killers gebracht. Er musste aus guten Gründen damit rechnen, das nächste Opfer des Killers zu werden. Man würde es ihm nachsehen müssen, wenn er nicht mehr klar denken könnte. Und dennoch.

»Er hat vier Menschen umgebracht«, sagt Jaye leise. »Er hat vor, zwei weitere umzubringen. Für mich gibt es nichts, was man daran bewundern könnte.«

Nachdem Jaye am Abend zuvor ihr Haus verlassen hatte, hatte Hana die Nacht hindurch bei Addison gewacht. Auf den Rat des Notarztes hin hatte sie ihre Tochter in regelmäßigen Abständen geweckt, damit diese etwas trank. Der Arzt hatte den beiden erklärt, dass aufgrund der Magenspülung und der Tatsache, dass Addison sich bereits zuvor heftig erbrochen hatte, eine weitere Vergiftungserscheinung außerordentlich unwahrscheinlich sei. Sie würde sich mehrere Tage lang schrecklich fühlen, und Schlaf sei während der nächsten vierundzwanzig Stunden die beste Medizin.

Dann hatte Hana früh am Morgen einen Anruf von Jaye erhalten. Er hatte ihr von der Entführung und der Freilassung des Journalisten berichtet und von der Leiche, die im SUV des Journalisten zurückgelassen worden war. Es handelte sich um den in ein Stück Stoff gewickelten Körper des jungen Mannes mit dem wuchernden blonden Haar. Joseph Donald Camden. Ein Nachkomme des vierten Soldaten. Ein kleiner Dealer, der selbst billige Metamphetamine konsumierte. Camdens Verschwinden eine Woche zuvor war kaum jemandem aufgefallen, seine Bekannten nahmen an, dass er sich von einer Überdosis erholen würde oder sich vielleicht aus dem Staub gemacht hatte, um den Folgen eines schiefgegangenen Deals zu entgehen.

Für Hana und Jaye überschattete das Auffinden dieses vierten Opfers den Durchbruch, den die Entdeckung von Poata Rakis Identität darstellte. Und die Entführung des Journalisten, um ihn zu erniedrigen und ihn zum Überbringer der öffentlichen Erklärung dessen zu machen, was Raki tut und aus welchen Gründen er es tut, verrät ihnen nichts anderes, als dass der Killer immer kühner und entschlossener wird.

Aber Jaye hatte Hana auch deshalb angerufen, um ihr mitzuteilen, dass sie beide im Büro des District Commanders zu erscheinen hätten. Und zwar sofort.

Im Aufzug, der sie zu der Besprechung brachte, herrschte angespanntes Schweigen zwischen ihnen. Über das, was in der Nacht zuvor geschehen war, würde nicht mehr gesprochen werden. Beide wussten das. Weder zwischen ihnen noch mit irgendjemandem sonst, Marissa eingeschlossen. Eine Folge von Ereignissen, die auf alle wie ein Autounfall wirkte, hatte dazu geführt, dass sie sich am Ende in Hanas Bett wiederfanden. Darüber zu sprechen hieße, einer Sache Sauerstoff und Raum zu verschaffen, die niemandes Leben verändern durfte, die die vielen Menschen nicht verletzen durfte, die es betraf.

Beide wussten, es würde nie wieder passieren. Keiner würde zulassen, dass es wieder geschah.

Und beide mussten mit dem Bewusstsein dessen leben, was sie getan hatten.

Als Hana aus dem Aufzug trat, hatte sie bereits eine ziemlich genaue Vorstellung von dem, was geschehen würde. Jaye hatte einseitig entschieden, ihre Suspendierung zu ignorieren, um sie bei der Razzia einer bewaffneten Spezialeinheit dabeizuhaben. Angesichts der streng hierarchischen Ordnung bei der Polizei würde der District Commander ihm das nicht einfach so durchgehen lassen. Aber wie die Konsequenzen genau aussehen würden, wussten weder Hana noch Jaye.

Als sie in das Büro des District Commanders geführt wurden, waren zu ihrer Überraschung bereits mehrere andere Personen anwesend. Patrick Thompsons Mutter und Thompsons Anwalt. Hana hatte die Frau mehrere Male im Gericht gesehen, doch die beiden hatten nie einen Grund gehabt, sich miteinander zu unterhalten. Hana erinnerte sich an die Augenblicke, nachdem das Urteil über den Sohn gesprochen worden war und die Mutter sich im Gerichtssaal umgesehen und für einen kurzen Moment dem Opfer direkt in die Augen gesehen hatte. Sie erinnerte sich deutlich daran, wie die Frau ihren Blick auf den Boden richtete, obwohl ihr Sohn und ihr Mann einander jubelnd umarmten.

Der Anwalt räusperte sich. »Mein Mandant hat mir gegenüber erklärt, dass seine Mutter eine Aussage machen will.«

Mrs. Thompson schob ihren Stuhl zurück. Sie stand auf. Ihre Stimme war kräftig. Unmissverständlich. Sie sah Hana direkt ins Gesicht. »Nachdem mein Sohn festgenommen wurde, während er vor Gericht stand und als schließlich das Urteil fiel, haben Sie und ich kein einziges Mal miteinander gesprochen. Ich wollte das nicht. Ich dachte, Sie wären der Feind, Detective. Jetzt habe ich eingesehen, dass ich unrecht hatte.«

Sie berichtete Hana davon, dass sie die Mordermittlungen verfolgt hatte – natürlich hatte sie das, genau wie das ganze Land. Sie sah die Arbeit, der Hana nachging, und begriff, wie wichtig diese Arbeit war. Aber das war noch nicht alles. »Ich weiß, Sie sind eine gute Ermittlerin. Und ehrlich.« Sie wusste, dass Hana die Wahrheit über ihren Sohn herausgefunden hatte, wie unangenehm und verheerend sie auch immer sein mochte. »Wenn Sie wegen meiner Familie von diesem Fall abgezogen werden, wird die Scham, die ich über das empfinde, was mein Sohn getan hat, noch hundertmal größer sein.«

Der Anwalt meldete sich zu Wort. »Die Familie Thompson zieht die Beschwerde gegen Sie zurück, Detective Senior

Sergeant.« Das war kein Augenblick, den er genoss. Es mochte durchaus sein, dass Gesetzen in eleganten Gerichtssälen Geltung verschafft wurde und man sich dabei in zurückhaltender und höflicher Juristensprache äußerte, doch in Wahrheit ging es um eine blutige Auseinandersetzung. Einen Fall gegen einen profilierten Senior Detective aufzugeben würde über Monate hinweg Stoff für Schlagzeilen liefern und wäre unweigerlich schmerzvoll.

Doch die Mutter war noch nicht fertig. »Die Vorwürfe, die mein Sohn gegen Sie erhoben hat …«

»Mrs. Thompson …« Der Anwalt versuchte einzuschreiten und zu verhindern, dass sie aussprechen würde, was sie – wie er wusste – sagen wollte. Sie warf ihm einen vernichtenden Blick zu. Und ignorierte ihn.

»Ich glaube Ihnen, Detective. Es tut weh, Ihr Wort über das meines eigenen Sohnes zu stellen, aber ich weiß, Sie haben ihn nicht angegriffen.«

Jetzt hatte sie alles gesagt, was sie sagen wollte. Sie kam um den Tisch und blieb vor Hana stehen. Sie gab Hana die Hand, und dann gingen sie und der Anwalt.

»Das ändert überhaupt nichts.« Der District Commander hatte kaum ein Wort gesagt, solange sich Mrs. Thompson und der Anwalt noch im Raum befanden. Sobald sie gegangen waren, war das Büro wieder ausschließlich sein eigenes Reich. »Das ist eine Disziplinarangelegenheit. Sie sind wegen Ihres erschreckend unprofessionellen Verhaltens suspendiert worden.« Er wandte sich an Jaye. »Und dann ignorieren Sie fünf Minuten später meine direkte Anweisung und lassen zu, dass eine suspendierte Beamtin gemeinsam mit Ihnen die Razzia einer bewaffneten Spezialeinheit leitet.«

Jaye war darauf vorbereitet. »Ich hab's vermasselt. Da gibt es nichts schönzureden.« Er zog etwas aus seiner Tasche und legte es auf den Schreibtisch des District Commanders. Einen Umschlag.

»Was ist das?«, fragte der District Commander, obwohl er die Antwort bereits kannte.

»Sie selbst, Sir, sagten, dass niemand wichtiger ist als diese Aufgabe. Niemand ist unersetzlich. Das gilt für Detective Senior Sergeant Westerman, den Menschen im Herzen dieses Falls und die Polizistin, die ihn tatsächlich lösen kann. Und das gilt auch für mich. Das hier ist meine Kündigung.«

Bevor Jaye den Aufzug erreichen konnte, hatte der District Commander ihn eingeholt.

»Wenn das irgendeine andere Situation wäre … irgendein anderer beschissener Fall.«

Er schob den Umschlag zurück in Jayes Hände. Wandte sich mit wütendem Blick an Hana.

»Finden Sie ihn. Halten Sie ihn auf.«

Im Krankenzimmer schlägt der sintflutartige Regen mit voller Wucht gegen das Fenster, sodass es sich anhört, als prasselten harte Metallkügelchen gegen das Glas. Geistesabwesend streift Wirapa mit zitternden Händen den Ärmel seines Nachthemds herunter.

»Mir ist klar, dass das schwer ist«, sagt Hana. Sie kennt sich mit posttraumatischen Belastungsstörungen aus und weiß, dass Wirapa noch monatelang unter den Nachwirkungen dessen leiden wird, was geschehen ist. Vielleicht sogar jahrelang, vielleicht sogar für den Rest seines Lebens. »Es tut mir leid«, sagt sie sanft. »Wir müssen Ihnen noch ein paar Fragen stellen. Welchen Eindruck hatten Sie von ihm?«

»Sie haben das Video gesehen. Und genau so war er. Das war keine Show. Das war keine mühsam auswendig gelernte Rede. Was er sagte, kam direkt aus seinem Herzen.«

Natürlich hat Hana das Video gesehen, und sie muss seiner Einschätzung zustimmen. Wenn Raki im Fernsehen eine parteipolitische Rede über die globale Erwärmung halten würde, würde man ihn als »glaubwürdig«, »aufrichtig« und »leidenschaftlich« beschreiben. Aber er ist kein Politiker. Er spricht nicht über den Klimawandel. Er ist ein Mörder, der seinen Mitmenschen erklärt, warum er mordet.

»Es gibt Dinge, die wir auf dem Video nicht sehen können. Ich muss wissen, was Sie gesehen haben, als Sie ihn direkt vor sich hatten.«

Mehr als alles andere muss Hana etwas über Rakis Geisteszustand erfahren. Ob seine geistige Gesundheit noch an einem seidenen Faden hängt. Oder ob dieser Faden bereits gerissen ist. »Ist er agitiert? Gibt es etwas Ungewöhnliches an seiner Art zu sprechen? Augenblicke der Irrationalität? Hat er ein explosives Temperament? Verhält er sich unberechenbar?«

Der Journalist denkt über ihre Fragen nach. »Er hat das genaue Gegenteil eines explosiven Temperaments. Er ist so ruhig, als ob das Blut in seinen Adern mit halber Geschwindigkeit fließen würde. Er ist so, wie ich mir einen dieser Typen vorstelle, die Kampfjets fliegen.«

Doch Wirapa versteht, was Hana eigentlich wissen will. »Meine Schwester«, sagt er. »Sie hat ihr ganzes Leben lang an paranoider Schizophrenie gelitten. An ihrem einundzwanzigsten Geburtstag ist sie von der Grafton-Brücke gesprungen. Ich weiß, worauf Sie hinauswollen. Ich konnte keine Hinweise auf eine Psychose erkennen. Er war ruhig, konzentriert. Er war eloquenter, abwägender und umsichtiger in seinen Worten und Taten, als ich es in einem Dutzend Zeitungskolumnen je sein könnte. Er wusste, was er sagen wollte. Er wusste, was er tun würde. Als ich ihm in die Augen geschaut habe, habe ich keinen Verrückten gesehen. Ich habe jemanden gesehen, der sich einer Sache hingibt. Der sich ganz und gar, vollkommen und unwiderruflich einer Sache hingibt.«

Hana fällt das Wort »unwiderruflich« auf.

Schließlich wendet sich Wirapa vom Fenster ab. Er sieht Hana und Jaye an.

»Ich glaube, dass Sie die falsche Frage stellen, wenn Sie wissen wollen, ob er geistig gesund ist«, sagt er.

Wirapas Blick ist entspannt. Merkwürdig ruhig.

»Und was wäre die richtige Frage?«, will Jaye wissen.

»Wer ist der Nächste?«, antwortet Wirapa schließlich.

Am Eingang des Krankenhauses bleiben Jaye und Hana in der Tür stehen. Der Regen hat etwas nachgelassen. Jetzt ist er nicht mehr so heftig, sondern fällt langsam und gleichmäßig. »Ich hoffe, er hat recht«, sagt Jaye. »Ich hoffe, Raki hat so etwas wie ein Wertesystem. Ich hoffe, er ist geistig gesund. Was auch immer ›geistig gesund‹ bedeuten mag, nachdem er vier Menschen umgebracht hat.«

Er berichtet Hana von den beunruhigenden Erkenntnissen, die die Kollegen von der digitalen Forensik gewonnen haben, nachdem es ihnen gelungen ist, Poata Rakis Google-Suchverlauf der letzten Monate zu knacken. Er hat intensiv über die Verwendung von Plastiksprengstoff recherchiert. Alle möglichen Sprengstoffe. Aber es kommt noch schlimmer. »Während des langen Wochenendes vor vierzehn Tagen wurde eine Kiste mit hochexplosivem Sprengstoff samt Zündern von einer Baustelle in Otorohanga gestohlen. Sie wurde bisher nicht wiedergefunden.« Seine Miene ist grimmig. »Die Menge reicht aus, um einen ganzen Wohnblock in die Luft zu jagen.«

Und jetzt versteht Hana, warum Jaye so verzweifelt hofft, dass Wirapas Einschätzung von Raki zutrifft. Ein geistig gesunder Mensch mit einem gewissen Wertesystem ist wenigstens eine berechenbare Größe. Doch ein instabiler Mensch, der psychisch immer mehr aus der Bahn gerät; jemand, der auf unvorhersehbare Weise von ursprünglich sechs geplanten, konkreten Opfern abweicht; jemand, der möglicherweise eine große Menge Plastiksprengstoff gestohlen und die Absicht hat, sie einzusetzen – das würde alles verändern.

Sie knöpft ihren Mantel zu und bereitet sich darauf vor, nach draußen zu treten.

»Der Umschlag in deiner Tasche«, sagt sie leise. »War da wirklich deine Kündigung drin? Oder nur eine alte Stromrechnung?«

»Es war meine Kündigung.«

»Danke.«

Ein paar letzte Tropfen riffeln eine Pfütze vor ihnen auf dem Boden, und schließlich hört es ganz auf zu regnen.

»Es ist gut, dass du wieder dabei bist«, sagt Jaye.

SIND SIE OKAY?

Plus 1 hat Addisons verschwundenen Ohrring gefunden.

Als Stan in der Sailor Bar hektisch nach Addison suchte, war PLUS 1 auf der Tanzfläche, verloren in einer eigenen Welt, einer Welt intensiv pulsierender Lichter, die durch die Wirkung der schönen pinkfarbenen Pillen auf die Sehnerven gebeugt wurden; einer Welt wuchtiger Basstöne, die die Trommelfelle zu umgehen und direkt in die Rückenmarksflüssigkeit einzudringen schienen; einer Welt voller Bewegung und Emotionen und der Liebe zu jeder Lebensform. PLUS 1 war eine Energiemaschine, schlank und auf natürliche Weise fit, und als Stan mit Blaulicht durch die dunklen Straßen der Stadt raste, um Addison in die Notaufnahme zu bringen, war PLUS 1 sich dieser Tatsache auf beglückende Weise nicht bewusst und tanzte, als gäbe es kein höheres Ziel im Leben, als die perfekten Wellen der Beats zu reiten, die aus den Lautsprechern kamen und von den Chemikalien, die durch den Körper strömten, noch verstärkt wurden. PLUS 1 tanzte, als wäre dies die Art, in der die Welt enden würde – und das wäre wirklich gar nicht so schlecht, das ginge schon in Ordnung. PLUS 1 konnte sich damit abfinden.

Dann war es drei Uhr nachts. Die normale Beleuchtung ging an. Die magische Welt aus Musik und gebeugtem Licht verwandelte sich von einem Herzschlag auf den anderen in einen öden Raum mit holzverkleideten Wänden, der DJ packte zusammen, der Türsteher in seinem schwarzen, bis oben zugeknöpften Hemd sagte PLUS 1, dass es Zeit sei aufzubrechen.

»Ich muss zuerst meine Freundin finden.«

»Addison? Sie ist schon gegangen.« Alle kannten Addison.

»Sie ist gegangen? Was? Wann? Wie? Mit wem?«

Der Türsteher wollte nichts weiter, als dass alle so schnell wie möglich verschwanden, damit er nach Hause gehen konnte. Er war nicht daran interessiert, eine Erklärung über den Kerl abzugeben, der ziemlich genau wie ein Bullenschwein aussah und Addison, die kaum bei Bewusstsein war, nach draußen getragen hatte. PLUS 1 nahm an, dass Addison selbst eine Möglichkeit gefunden hatte, nach Hause zu gelangen. Als der Türsteher die letzten Gäste nach draußen drängte, bemerkte PLUS 1 etwas Glänzendes auf dem Boden der Bühne.

Ein Lächeln erschien auf dem Gesicht von PLUS 1. Es war Addisons verlorener Ohrring.

»Ich hab deinen Ohrring gefunden, Babe.«

Oben in Hanas Haus sitzt PLUS 1 neben Addison auf dem Bett. Als Addison sich gut genug gefühlt hatte, um anzurufen und zu erzählen, was geschehen war – wie Stan sie gefunden und ins Krankenhaus gebracht hatte, wie ihr der Magen ausgepumpt wurde und was für einen schrecklichen Tag sie hinter sich hatte –, war PLUS 1 zu ihr geeilt. Während sie vorsichtig den

Ohrring in das kleine Loch gleiten lassen, läuft ein Video auf Addisons Tablet. Rakis Video. PLUS 1 hat es ganz kurz gesehen; es wurde ausgestrahlt und hochgeladen und unzählige Male geteilt. Aber Addison, die im Schlaf die Nachwirkungen der Sailor Bar hinter sich lassen wollte, wusste nichts darüber, bis PLUS 1 mit ihrem verlorenen Ohrring auftauchte und meinte, sie solle auf YouTube gehen.

»Die Zeit als Lämmer ist vorbei«, sagt Raki. »Meine Taten sind nur der Anfang. Es ist Zeit, die Tradition wiederzubeleben. Das Utu. Zu rächen, was bisher nicht gerächt wurde. Uns das zurückzuholen, was man uns in den vergangenen zwei Jahrhunderten gestohlen hat.«

Addison hat nichts gegessen. Ihre entzündete, malträtierte Speiseröhre kommt bisher noch mit nichts anderem zurecht als mit Wasser, nach dem sie ein großes Verlangen verspürt, obwohl sie beim Schlucken schreckliche Schmerzen hat. Bereits das Sprechen tut ihr weh. »Das glaube ich einfach nicht«, krächzt sie.

Die beiden starren den Mann auf dem Bildschirm an. Der eindringliche Blick aus dunklen Augen. Die beiden kennen dieses Gesicht.

Addison und PLUS 1 sind Poata Raki früher schon begegnet.

Vor ein paar Monaten hatte es eine Kundgebung im Hof der Universität gegeben, einen Protestauftritt, um die Einrichtung spezieller Toiletten für Menschen dritten Geschlechts überall auf dem Campus zu unterstützen – eine Forderung, welche die Universitätsleitung aufgrund von Mittelkürzungen entschieden ablehnte. Addison und PLUS 1 und ihre Gruppe traten auf, und zwischen den Songs griff Addison zum Mikrofon, um die Haltung der Universität anzugreifen.

»Überall auf dem Campus werden die Cafeterien für die Mitarbeitenden renoviert, um Barista-Stationen einzurichten. Aber wenn nicht-binäre Studierende nach ihrem offiziellen Status in dieser Universität fragen, ist plötzlich nur noch die Rede von Mittelkürzungen, während für unsere Dozentinnen und Dozenten genügend Geld da ist, damit sie sich zwischen den Vorlesungen und Seminaren einen Espresso genehmigen können. Wie zum Teufel soll das funktionieren?«

Addisons Augen funkelten, während sie die Hand von PLUS 1 hielt. »Wenn PLUS 1 nicht dieselben Rechte hat wie ich, das Recht auf Würde, das Recht auf einen gesicherten Bereich, das Recht, nicht-binär zu sein, sich so identifizieren zu dürfen und auch als nicht-binär anerkannt zu werden, sind alle meine eigenen Rechte einen Scheiß wert!«

Jubel von allen Seiten: von Heteros, LGBTQIA+ und anderen gleichermaßen. Als Addison einen weiteren Song anstimmte, fiel ihr im hinteren Bereich der Menge ein Gesicht auf. Der Mann, der die Vorgänge intensiv beobachtete, war ein wenig älter als die Leute vor der Bühne.

Nach der Veranstaltung stellte sich der Mann mit dem eindringlichen Blick vor. »Ihr solltet zu einer meiner Vorlesungen kommen«, sagte Poata Raki, indem er Addison und PLUS 1 auf Te Reo ansprach. Er ging davon aus, dass die Vorstellungen, von denen er sprach, diesen jungen, politisch aktiven Māori, die eine Stimme und ein Publikum besaßen, etwas bedeuten könnten.

Er hatte recht.

Eine Woche später schlüpften PLUS 1 und Addison während einer von Rakis Vorlesungen in eine der hinteren Sitzreihen. Er war eine schattenhafte Gestalt vorn im abgedunkelten Hörsaal, während seine Worte durch den Raum hallten.

»Indem er beständig Akte exzessiver Brutalität und Gewalt einsetzt, ist der Kolonialismus die Abschaffung des Rechts auf Selbstbestimmung der indigenen Völker sowie ihres Rechts auf Regierung und Bewahrung ihres Landes. Die Schlüsselworte? ›Brutalität‹ und ›Gewalt‹.«

Auf der Projektionsleinwand im vorderen Bereich des Hörsaals erschienen eine Reihe von Dias. Krasse, schreckliche historische Aufnahmen. Bilder von Kriegen um Land im neunzehnten Jahrhundert. Dörfer in Flammen, in Brand gesteckt von Soldaten in der Uniform der Kolonialtruppen. Leichen von Männern, Frauen und Kindern, Alten und Säuglingen. Allesamt Māori.

»Das Wort für ›Land‹ ist Whenua«, sagte Raki. »Aber Whenua hat noch eine weitere Bedeutung. Es bedeutet auch Plazenta. Der Verlust des Landes stellt einen tiefen Schmerz dar. Einen spirituellen Schmerz. Māmāe. Schmerz, der von einer Generation an die nächste weitergegeben wird. So wenig gemildert wie der Schmerz, den ein Kind beim Verlust seiner Mutter oder seines Vaters empfindet.«

Der Hörsaal glich jedem anderen Hörsaal der Universität. Graue Wände, mehrere Whiteboards, Sitze zum Herunterklappen mit schmutzabweisender Oberfläche. Unauffällig. Gewöhnlich. Doch für Addison war diese Vorlesung alles andere als gewöhnlich. Als sie Poata Raki beobachtete und seine Stimme hörte, die so gemessen und ruhig klang – trotz der Dinge, über die er sprach –, begriff sie, dass dies kein gewöhnlicher Dozent war. Sie musste sich sogar ermahnen, das Atmen nicht zu vergessen, während sie hinten im Saal zuhörte.

»Als im Jahr 1840 Te Tiriti o Waitangi unterzeichnet wurde, war das, so denke ich, für die britische Krone nichts weiter als eine bequeme Fiktion. Unsere Vorfahren sollten nicht überleben, das gehörte nicht zum Plan der Krone. Und um ein Haar hätte es funktioniert. Als das Abkommen unterzeichnet wurde, gab es fast einhunderttausend Māori und wenige Tausend britische Siedler. Zwanzig Jahre später übertraf die Zahl der Einwanderer die der Māori. Im Jahr 1900 zählten wir fünfunddreißigtausend Menschen, und die Zahl fiel rasch. Ein Volk wurde geschlagen, vergewaltigt, ermordet. Eine Kultur, die durch Krieg, eingeschleppte Krankheiten und Armut brutalisiert war. Von der man erwartete, dass sie verschwinden würde wie der Moa oder das Mammut. Aber wir besaßen die unerhörte Kühnheit zu überleben.«

Addison lauschte Rakis Eloquenz. Wurde Zeuge seines Feuers, seines Engagements, seiner Leidenschaft.

Ihn anzusehen war als betrachte man jemanden, der man selbst sein möchte.

Gegen Ende der Vorlesung hob eine junge Pākehā-Studentin die Hand. »Was früher geschehen ist, war nicht fair. Nein, es war sogar beschissen, wenn Sie den Ausdruck entschuldigen wollen.«

An der Markenkleidung, die sie trug, und an ihrem Akzent erkannten PLUS 1 und Addison sofort, dass die junge Frau genauso wie die überwältigende Mehrheit der anderen Studenten genau die richtige Schule besucht hatte. Keine Schule, auf die PLUS 1 oder Addison gegangen waren. »Ich wette, ich weiß sogar, aus welchem Vorort sie kommt«, flüsterte PLUS 1.

Die Pākehā-Studentin fuhr fort. »Aber inzwischen haben sich die Verhältnisse doch radikal geändert, oder? All die Stipendien, die es nur für Māori-Studenten gibt; akademische Bevorzugung; Quoten dafür, wer überhaupt studieren darf; Auszeichnungen, für die sich niemand sonst bewerben kann. Auch das ist nicht fair.«

»Ms. Herrick, nicht wahr?« Raki trat zu der jungen Frau.

»Ja. Paula.«

»Ihre Wurzeln reichen zurück bis in die Herrick-Familie, die im Hochland eine Farm betrieben hat?« Raki war vertraut mit dem Nachnamen, da er zu historischen Vertragsansprüchen recherchiert hatte. »In den Sechzigerjahren des neunzehnten Jahrhunderts hat Ihre Familie Tausende Hektar Land für ein paar Hundert Pfund erworben.«

»Damals war ich noch nicht auf der Welt.«

»Ich zeige Ihnen gerne, wo Sie die historischen Dokumente finden können, falls es Sie interessiert.«

Rakis Ton war weder aggressiv noch vorwurfsvoll. Es war eine Erklärung, keine Anklage. Er berichtete der jungen Frau, dass ihr Vorfahre für die mickrige Summe, die er den Māori jener Gegend bezahlt hatte, einen großen Teil des besten Landes im ganzen Staat bekommen hatte. Doch der Iwi, von dem er das Land erwarb, dachte, damit würde nur eine Pacht bezahlt, wodurch die Pākehā-Familie zum Wohle aller das Recht erwarb, das Land mit ihnen zu teilen. »Die Vorstellung eines individuellen Besitzes ist eine Pākehā-Idee. Sie wurde von außen hier eingeschleppt, wie die Grippe. Für die Māori kann Land immer nur gemeinsam besessen werden. Um eines höheren Zieles willen. Land gehört einem nicht, sondern man sorgt für das Land. Kein Besitz, sondern etwas, das einem in Obhut gegeben wurde. Vormundschaftliches Wachen über die Erde und ihre Ressourcen zum Wohle aller, um der Zukunft willen.«

Die Māori hatten die Vorstellung begrüßt, mit den Neuankömmlingen vom anderen Ende des Planeten zu teilen, fuhr Raki fort. Es war nur fair, dass die neu eingetroffenen Familien wie die Herricks Geld verdienen und Nahrungsmittel anbauen konnten. Doch als die Māori begriffen, dass sie mit ihrer Unterschrift ihr angestammtes Land weggegeben hatten, war es zu spät. Jeder Versuch, den Fehler rückgängig zu machen, wurde mit juristischen Gegenmaßnahmen beantwortet, die Teil eines ausländischen Rechtssystems waren, das sie nicht verstanden. Und wenn sie es wagten, auf ihrer Position zu beharren, waren Waffen der nächste Schritt.

»Zwei Jahrhunderte später haben wir folgende Situation … Wissen Sie, wie hoch das aktuelle Durchschnittsvermögen eines Māori-Bürgers ist, Ms. Herrick?«

Sie wusste es nicht.

»Einst befand sich jedes Fleckchen dieses Landes in Māori-Obhut. Jetzt beträgt der Wert des durchschnittlichen Besitzes weniger als zwanzigtausend Dollar. Weniger, als es kosten würde, wenn ein Paar in der Business Class nach London und wieder zurückfliegen wollte. Der durchschnittliche Wert von Pākehā-Besitz? Mehr als einhundertdreißigtausend Dollar.«

Addison umklammerte die Tischkante, während sie zuhörte.

»Ihre Familie kann es sich leisten, Sie auf diese Universität zu schicken. Ihr Vorfahre wurde reich, weil er Māori-Land auf eine Art und Weise erworben hatte, die, simpel und einfach gesagt, beschissener Betrug war, wenn Sie meine Ausdrucksweise entschuldigen wollen. Māori, die Stipendien brauchen, um eine Ausbildung zu bekommen, würden dieselbe hübsche Kleidung tragen wie Sie, wenn sie von den Erträgen des Landes leben könnten, das rechtmäßig ihnen gehört. Sie würden in der Business Class nach London fliegen, anstatt sich damit abzumühen, ihre Familie zu ernähren. Vielleicht würden Sie dann von einem Stipendium leben, Ms. Herrick, und wenn das der Fall wäre, würde ich hoffen, dass der Māori-Student, der dann auf Ihrem jetzigen Platz säße, die Tatsache begrüßen würde, dass Ihnen die Möglichkeit gegeben wurde, hier zu sein.«

Nach der Vorlesung sprach Raki noch einen Augenblick mit Addison und PLUS 1 und dankte den beiden für ihr Kommen.

»Angesichts der Dinge, von denen Sie sprechen, Matua«, sagte Addison, »würde ich am liebsten mit der Faust gegen eine Wand schlagen.«

»Genau das ist die Absicht.« Raki lächelte. Aber Addison konnte sehen, dass sich in seinen Augen echter Schmerz verbarg. »Māori sind zu unendlicher Liebe fähig«, sagte er. »Und ebenso sind sie in der Lage, unendliche Traumen und Wut zu empfinden. Ich möchte jeden Tag gegen die Wände hämmern. Ich würde gerne sehen, wie die Städte, die auf unserem Blut errichtet wurden, dem Boden gleichgemacht würden. Aber solche Gefühle verwandle ich in das hier.«

Mit »das hier« meinte er seine Vorlesungen.

Er begrüßte PLUS 1 mit einem *Hongi*. Dann tat er dasselbe mit Addison: die Nasen reiben, den Atem teilen. »Sie machen dasselbe wie ich. Sie verwandeln Wut in Handeln. Ich glaube, wir sind nicht besonders verschieden.« Es fühlte sich wie das größte Kompliment an, das man ihr machen konnte.

Im folgenden Semester trugen sich Addison und PLUS 1 für Rakis Vorlesungen ein, doch schon am ersten Tag wurde die Veranstaltung abgesagt.

Er war vorübergehend suspendiert worden.

Das Video auf dem Tablet ist zu Ende; als Letztes erscheint Rakis Gesicht mit ruhigem Blick auf dem Bildschirm. Nach allem, was Addison und PLUS 1 inzwischen wissen, wirkt das Bild beunruhigend. Unheimlich.

»Als ich damals in seiner Vorlesung war«, sagt PLUS 1 und kauert sich neben Addison aufs Bett, »und mir angehört habe, was er zu sagen hatte, wäre ich ihm bis ans Ende der Welt gefolgt. Ich hätte alles getan, wozu er mich aufgefordert hätte, alles geglaubt, was er sagte. Aber, mein Gott, vier Menschen. Ermordet. Der Typ ist vollkommen durchgeknallt.«

Addison starrt Poata Rakis Gesicht auf dem Bildschirm an. Dieser Mensch schien damals so viele Dinge auszusprechen, an die auch sie glaubte. Dinge, die sie zutiefst fühlte, aber nie hatte in Worte fassen können. Was soll sie jetzt nur glauben, wenn er behauptet, dass dies der Weg ist, um das schreckliche Unrecht der Vergangenheit wiedergutzumachen?

Sie hat keine Ahnung, wie sie diese Frage beantworten soll.

PLUS 1 küsst Addison auf die Stirn. »Für dich gibt es keine zweiten Pillen mehr. Nie wieder. Ich hatte solche Angst.«

Als PLUS 1 gegangen ist, holt Addison ihr Handy aus der Tasche und scrollt sich durch die Liste ihrer Kontakte. Nach der Vorlesung hatten sie ihre Nummern ausgetauscht. »Wann immer Sie mit jemandem sprechen wollen.«

Sie tippt eine Textnachricht.

Matua, ich verstehe nicht, was vor sich geht.

Sie löscht die Nachricht und gibt einen neuen Text ein.

Ich bin hier, wann immer Sie mit jemandem sprechen müssen.

Sie löscht auch diese Nachricht.

Sind Sie okay, Matua?

Sie überlegt, ob sie auch diese Nachricht löschen soll.

Sie löscht sie nicht. Sie drückt auf »Senden«.

Sie starrt auf das Handy.

Es kommt keine Antwort.

BEGRABE MICH NICHT IN DER ERDE

Tief im Wald peitscht ein heftiger Wind durch die hohen Wipfel der Bäume. Unten am Boden steht ein Mann. Er dreht sich um, reckt und bewegt sich voller Anmut und Kontrolle wie ein Tai-Chi-Großmeister, in seinen Händen ein Taiaha mit langem Griff. Der Speer ist aus uraltem, hartem Holz geschnitzt, in seine bedrohlichen Spitzen ist scharfkantige Nephrit-Jade eingelassen.

In einer bogenförmigen Bewegung lässt Raki einen schnellen, harten Schlag niedergehen, der einen Ast sauber durchtrennt und das siebeneinhalb Zentimeter dicke Holz so problemlos zerteilt wie ein Schlachtermesser eine Gurke. Er hält den Taiaha vor sich. Feierlich legt er ihn auf die Whāriki, die Matte, die sie gemacht hat. Die letzte, die sie geschaffen hat, bevor der Schmerz in ihren Fingern zu groß wurde und sie sich nicht mehr lange genug auf das Flechten der gefärbten Flachsstreifen konzentrieren konnte.

Er kniet sich neben die Whāriki. Seine Finger folgen einem bunten Streifen.

»Versprich es mir«, hatte sie zu ihm gesagt. Ihre Stimme wurde von einem schmerzhaften Stocken unterbrochen und strömte zwischen Wogen der Agonie aus ihrem Mund, die sie jeden Augenblick zu überwältigen und ihr den Atem zu rauben drohten. »Versprich es mir. Begrabe mich nicht in der Erde.«

Sie war Anfang sechzig, als ihr Leben zu Ende ging. Noch immer jung. Es hätte noch so vieles geben müssen, worauf sie sich hätte freuen können. In den Jahren, die vor ihr lagen, hätte er eines Tages ein neugeborenes Kind zu ihr bringen können, sodass sie noch die Gelegenheit gehabt hätte, ihr *Mokopuna* in den Armen zu halten. Vielleicht hätte sie das Kind gelehrt, wie man Hirsche jagt, genau wie sie es ihn gelehrt hatte. Vielleicht hätte sie ihm beigebracht, wie man webt. Sie trug einen solchen Reichtum an Wissen in ihrem Kopf und ihrem Herzen, so viel, was sie hätte weitergeben können. Doch er wusste, dass diese Dinge, die er sich vorstellte, nie Wirklichkeit werden würden. Sie würde nie ein Enkelkind sehen. Sie lebte nicht lange genug.

Und Raki weiß jetzt, dass er selbst nie ein eigenes Kind in den Armen halten wird. Auch er wird nicht lange genug leben.

»Schwöre es mir. *Schwöre es.*« Er erinnert sich daran, wie schwer es ihr gefallen war, nicht zu schreien; den Schrecken, die ihr Körper erlitt, keine Stimme zu geben. Er versuchte, so stark zu sein wie sie. Aber er war nicht so stark, nicht einmal ansatzweise. Er weinte, als sie seine Hand nahm. »Lass mein Fleisch nicht verrotten in der Erde, die sie uns gestohlen haben. Versprich es mir. *Versprich es mir.*«

Er sieht einen Tropfen Feuchtigkeit auf der geflochtenen Matte. Seine eigene Träne, die gefallen ist, ohne dass er es bemerkt hat, so sehr war er in seiner Erinnerung versunken. Er wischt die feuchte Stelle trocken. Rollt den Taiaha mit den zwei Spitzen in die Matte und bindet die Whāriki an seinen Seesack.

Schweiß rinnt ihm über das Gesicht, als er mit großen Schritten einen langen Hang hinaufeilt. Schnell und stumm rennt er durch den großen Wald. Den Seesack auf den Schultern, treibt er sich immer weiter an. Vor ihm ragt ein riesiger Kahikatea auf, fünfzig Meter hoch und mit unverwechselbaren roten Beeren bedeckt – jener Baum, den seine Mutter den »Dinosaurierbaum« nannte, denn die uralten Steineiben gab es hier schon vor dem Jura-Zeitalter. Plötzlich hört er etwas. Lautlos und mit einer einzigen flüssigen Bewegung sinkt er auf ein Knie unter dem Dinosaurierbaum und lauscht. Wieder hört er das Geräusch. Ein vertrauter Klang, der von der anderen Seite der Erhebung kommt. Indem er sich im Schatten des Unterholzes hält, schleicht er sich langsam Schritt für Schritt auf die Hügelkuppe.

Durch eine Lücke zwischen den Farnen sieht er das Tier, das er gehört hat.

Leise öffnet er seinen Seesack und holt die andere Waffe heraus, die er darin aufbewahrt. Ein Gewehr mit einem Hochleistungs-Zielfernrohr.

Langsam, ganz langsam hebt er das Gewehr, wie er es bei der Armee gelernt hat. Er drückt den Schaft fest gegen die Schulter, um ihn sicher zu verankern, legt den Finger um den Abzug, ohne Druck auszuüben oder gar abzudrücken. Stattdessen umschließt er den Abzug auf vorsichtige Art immer fester.

Der Hirsch ahnt nicht im Geringsten, dass er beobachtet wird. Wunderbar arglos ist er sich nicht bewusst, dass in wenigen Augenblicken eine winzige, aber tödliche Bleikugel in seinen Körper eindringen wird.

Raki hält inne. Sein Finger umschließt den Abzug nicht weiter.

Er denkt an den Prozess. Die drei Jahre, die er als leitender Anwalt für Te Tini-o-Tai, seinen Iwi mütterlicherseits, verbracht hat. Es war eine Gelegenheit, die Dinge in Ordnung zu bringen, die unerledigt und ungeklärt geblieben waren, seit man dem Iwi das Land gestohlen hatte – bis zu dem Tag, an dem er als Kind mitansehen musste, wie seine Mutter von der Protestaktion auf dem heiligen Berg weggeschleift wurde. Und an all den dunklen Tagen dazwischen.

Als er den Fall für seinen Iwi vertrat, fühlte er die Last der Geschichte genauso deutlich, wie er jetzt den Druck seiner Waffe spürt, deren Schaft sich in seine Schulter gräbt. Es war eine Last, die er gerne annahm, die er willkommen hieß. Er war überzeugt, er *wusste* sogar, dass dieser Fall von entscheidender Bedeutung war.

Er erinnert sich noch immer an den Tag, an dem er im Laufe seiner erschöpfenden Untersuchungen das Bild fand. Die anderthalb Jahrhunderte alte Daguerreotypie, die den Vorfahren des Iwi zeigte, der mit einer Schlinge um den Hals an einem Baum auf dem heiligen Berg hing. Das Bild war so verheerend, so mächtig, ging einem so sehr nach. Das verblichene Foto wurde zum entscheidenden Teil seiner Argumentationsführung. Es war etwas Greifbares und Sichtbares, auf das er immer wieder zurückkommen konnte, ein bewegendes und eindeutiges Symbol der Jahrzehnte der Gewalt und des Landraubs, über die offiziell nie gesprochen wurde und die in diesem Prozess und der dazugehörigen Vereinbarung und Wiedergutmachung nun endlich korrigiert werden sollten.

Er tat sein Bestes. Legte all seine Hingabe und sein Engagement in diese Arbeit, denn er glaubte, dass dem Iwi seiner Mutter Gerechtigkeit zuteilwerden würde.

Der Hirsch hebt den Kopf. Sieht sich um. Doch Raki erkennt, dass es nur eine gewohnheitsmäßige Bewegung ist, mit der das

Tier in seiner Umgebung Ausschau nach Bedrohungen hält. Er weiß, dass das Tier ihn weder gesehen noch gehört noch gerochen hat. Dazu ist er viel zu vorsichtig. Er könnte jetzt schießen. Doch er bleibt ruhig und konzentriert. Denn die Dinge zu überstürzen führt fast unweigerlich zu einem schlechten Ergebnis.

Geduld ist nicht nur eine Tugend. Geduld ist alles.

Wobei die Geduld, die der Iwi in den Verhandlungen um eine Wiedergutmachung gezeigt hatte, ihm am Ende leider nichts nutzte.

Als das Gericht seine Entscheidung bekannt gab, belief sich die Entschädigungssumme auf viele Millionen. Bestimmte Teile des Landes wurden zurückgegeben. Doch für Raki war das keine Wiedergutmachung. Es war eine neue Demütigung, die zu den früheren noch hinzukam. Der Gesamtwert dessen, was zurückgegeben oder wofür eine Entschädigung gezahlt wurde, entsprach nicht einmal einem Fünfzigstel dessen, was geraubt worden war. Einem Fünfzigstel.

Und am niederschmetterndsten – für den Iwi, für Raki, für seine Mutter – war die Tatsache, dass der heilige Berg nicht zurückgegeben wurde. Dieses Land sollte in öffentlichem Besitz bleiben, in einer Partnerschaft zwischen der Krone und dem Iwi. Raki wusste, was das hieß. Die Regierung hatte nicht den Mut, den Leuten zu sagen, dass sie nicht unter dem Baum picknicken sollten, an dem sein Vorfahre gestorben war. Das Bild, von dem er geglaubt hatte, es würde so viel Gewicht besitzen – der große Rangatira gehängt, von sechs Soldaten umringt, die ihn verspotteten –, es bedeutete nichts. Der heilige Berg, der so lange missachtet und entweiht worden war, wurde ein weiteres Mal beleidigt. Er wurde würdelos und voller Verachtung behandelt.

Nach der Verhandlung hatte er die vielen Kisten mit dem

Material zu seinen genealogischen Forschungen und den juristischen Fallgeschichten weggepackt, die das greifbare Zeichen der jahrelangen Arbeit waren, mit der er und sein Team versucht hatten, ihre Forderungen zu begründen. Er wusste, er würde nie wieder einen Fall vertreten, in dem es um die Rückübertragung von Land ging. Er wusste, dass er gegenüber einem Rechtssystem, das sein Volk zwei Jahrhunderte lang betrogen hatte und noch immer betrog, nie wieder Glauben oder Vertrauen aufbringen konnte. Und so wurde das Bild seines hingerichteten Vorfahren mehr als nur ein mächtiges Symbol, das man in einer juristischen Argumentation verwendete. Es wurde zu einem Unrecht, das der Gerichtsprozess nicht gesühnt hatte.

Ein Unrecht, das gesühnt werden sollte.

Raki sieht durch das Zielfernrohr, dass der Hirsch ein weiteres Mal seinen Kopf hebt. Aber diese Bewegung ist anders. Der Wind hat gedreht. Der Hirsch mustert dieses Ding, dessen Geruch der Wind zu ihm getragen hat. Für einen kurzen Augenblick starren Mensch und Tier einander an. Geduld ist nicht nur eine Tugend. Geduld ist alles. Doch irgendwann kommt der Moment, in dem es an der Zeit ist zu handeln. Rakis Finger strafft sich. *Bumm.* Zwischen ihm und dem Hirsch liegen zweihundert Meter. Die Kugel trifft das Tier direkt zwischen die Augen.

Raki senkt die Waffe. Er atmet tief aus.

Raki hatte etwas weniger als drei Jahre an der Universität unterrichtet, als seine Mutter ihren letzten Atemzug tat. Der Ort, den er für sie fand, lag tief im Wald, fernab der Wanderstrecken oder der Routen, welche die Jäger nahmen, fern von Radwegen und Farmland. Ein Ort, wo nur Vögel oder Bäume ihren Körper stören würden. Denn sie mussten eine Aufgabe erledigen – genauso, wie sie es bei den Toten in früheren Zeiten getan hatten. Als Leichentuch nahm er ein unfertiges Stück ihrer Whāriki. Im Schatten der Zweige eines Rimu-Baums befestigte er ein Seil und zog den Whāriki-Sack mit ihrem Leichnam hoch in die Luft.

Der Rimu stand in voller Blüte. Satte rote Blüten. In Südafrika ist Rot für viele Stämme die Farbe der Trauer. Die Blüten würden die Vögel anlocken. Sie würden den Sack mit den sterblichen Überresten seiner Mutter finden. Die Vögel, die Insekten und das Wetter würden ihre Arbeit tun.

Dort, unter dem Leichnam seiner Mutter, dachte Raki zurück.

Er dachte zurück an Māmāe, an die tiefe Trauer und den spirituellen Schmerz, der sein Volk über Generationen hinweg heimgesucht hatte. An Māmāe bei der Beschlagnahmung seines Landes, bei der Hinrichtung seines Rangatira, bei der Polizeigewalt gegen friedliche Proteste über Generationen hinweg, über Jahrzehnte hinweg. Er dachte an die Demütigung, die die Einigung mit sich brachte, an den Bruchteil dessen, was geraubt worden war. Die letzte Beleidigung des heiligen Berges, der noch immer nicht zurückgegeben worden war.

Dort, im Schatten des Leichnams seiner Mutter, weinte er.

Er dachte an das Gewicht des Schmerzes, der in den gebrochenen Worten seiner gebrochenen Mutter Ausdruck gefunden hatte, in ihrem Flehen: »Lass mein Fleisch nicht verrotten in der Erde, die sie uns gestohlen haben.«

Er weinte.

Der erste Vogel landete auf dem Whāriki-Sack. Voller Neugier, was er darin wohl finden würde, spähte er in die Öffnung. Raki, der zum Leichnam seiner Mutter zwischen den Ästen aufsah, dachte noch einmal an das Foto.

Der tote Rangatira. Die sechs Soldaten, die unter dem geschändeten Körper posierten.

Māmāe. Schmerz, von einer Generation an die nächste weitergegeben.

So wenig gemildert wie der Schmerz, den ein Kind beim Verlust seiner Mutter oder seines Vaters empfindet.

Plötzlich begriff er. In jenem Augenblick wurde ihm unmissverständlich klar, was er zu tun hatte.

Nachdem er die Gebete gesprochen hatte, atmete er lange und tief ein. Seine Lunge füllte sich mit der reinen Luft des Waldes, wie sich die Lunge eines Säuglings beim ersten Schrei mit dem Atem des Lebens füllt. Er sah auf in die Wipfel der Bäume und gab seiner Mutter leise ein Versprechen.

»Sobald deine Knochen rasseln, werde ich handeln.«

PFLICHT

Ein grauer, bedeckter Himmel hängt über den beiden weit aufragenden Rollen aus Stacheldraht, die sich um das obere Ende der zwanzig Meter hohen Sicherheitszäune ziehen.

Stans Wagen nähert sich den Toren, die den Haupteingang des Gefängnisses bilden. Zwei Zivilfahrzeuge der Polizei folgen ihm. Die verstärkten Doppeltore öffnen sich, und Stans Wagen rollt hindurch. Wieder folgen ihm die beiden anderen Fahrzeuge. Die Tore schließen sich, die Detectives zeigen einem Gefängnisbeamten ihre Ausweise.

Hana sieht zu, wie die nächsten automatischen Tore zur Seite gleiten, und der Konvoi fährt auf den inneren Parkplatz.

Genealogie ist ein seltsames Gebiet.

Einige der besten Forscher, die sich mit den historischen Verbindungen verschiedener Familien befasst haben, besitzen nicht einmal einen Universitätsabschluss. Für viele sind ihre Recherchen ein Hobby, dem sie mit einer beunruhigenden Besessenheit nachgehen. Ihre Fähigkeiten haben sie perfektioniert, indem sie sich durch die finsteren Bereiche der Online-Welt gegraben haben. Wobei es ihnen oft gelingt, obskure Dokumente und lange vergessene Mikrofiches zutage zu fördern, indem sie von einer Datenbank zur nächsten ziehen, von denen viele auf der ganzen Welt in kurzer Zeit eingerichtet wurden, weil zahllose Menschen ihre Leidenschaft dafür entdeckt haben, einen Blick in die dunklen Ecken ihrer eigenen DNS zu werfen.

Nachdem Hana die Kopie der Daguerreotypie in den Tunneln unter dem Mount Suffolk gefunden, sich dem kaum Denkbaren gestellt und verstanden hatte, dass jemand eine Serie von Hinrichtungen vornahm und Rache übte, indem er den Stammbäumen der Beteiligten durch acht Generationen hindurch folgte, wurde ihr klar, dass Genealogie eine entscheidende Waffe in ihren Ermittlungen sein würde und sie den besten und geschicktesten Genealogen würde anheuern müssen, der zu finden war. Die Kirche der Heiligen der Letzten Tage erwies sich rasch als unerwartet mächtige Verbündete, denn sie benutzte ihre labyrinthischen Dokumente über ihre Vorfahren, um diese posthum im Sinne des mormonischen Glaubens zu taufen.

Bei den meisten der sechs Mitglieder der Einheit gab es keinen Mangel an Nachkommen. Sofern einer der Soldaten auch nur eine relativ kleine Familie mit drei Kindern hatte, von denen jedes drei weitere Kinder zeugte, würde dies über die vielen Jahre hinweg zu buchstäblich Tausenden von möglichen Opfern führen. Und im neunzehnten Jahrhundert waren die Familien in der Regel größer. Doch die Abstammungslinien des Hauptmanns waren versiegt. Er hatte nur ein Kind gehabt, was möglicherweise darauf zurückzuführen war, dass er die Flasche mehr liebte als seine Frau – und die Nachkommen dieses Einzelkindes waren ebenfalls außerordentlich zurückhaltend, wenn es darum ging, Nachwuchs in die Welt zu setzen. Das Genealogen-Team hatte nichts als leere Hände vorzuweisen. Vielleicht war es eine besondere darwinistische Auswirkung: Diese Blutlinie hatte nicht das Recht bekommen, zu wachsen und zu gedeihen. Andererseits war das ein Grund zur Erleichterung. Wenn es keine Nachkommen gab, gäbe es einen Mord weniger.

Aber an jenem Morgen, am Tag, nachdem Hana ihre Position als leitende Ermittlerin zurückerhalten hatte, ging eine Meldung über die Hotline ein. Der Hauptmann der Einheit hatte doch einen Nachfahren. Sein Blut war an einen Menschen – einen einzigen – weitergegeben worden, der heute noch lebte. Es gab einen Grund, warum die Genealogen bei ihrer fieberhaften Suche zuvor keinen Treffer hatten landen können. Der einzige Nachfahre war eine Frau – eine Betrügerin, die ihre Spuren mit mehreren Tarnidentitäten verschleiert hatte. Ihr ursprünglicher Name lautete Jonelle Kennedy, doch sie hatte ihn zweimal in Form einer offiziellen Absichtserklärung geändert, um massiv geschädigten Gläubigern zu entkommen, die möglicherweise die Absicht hatten, durch direktere Methoden zu versuchen, an das ihnen zustehende Pfund Fleisch zu gelangen, als dies in einem milderen und weitestgehend erfolglosen Zivilprozess möglich wäre.

Mit den genauen Kenntnissen über die Einzelheiten der Geburt dieser Frau konnten die Genealogen rasch ihre familiäre Verbindung zu dem trunksüchtigen Hauptmann bestätigen. Hana und Jaye wussten sofort, dass sie ein Problem hatten. Kennedy befand sich in einem Gefängnis mit minimaler Sicherheitsstufe. Bei einer so geringen Stufe stehen den Häftlingen größere Freiheiten zu, und es gibt deutlich mehr Verbindungen zu der Welt draußen. Tutoren kommen ins Gefängnis, um die Häftlinge in

Fächern zu unterrichten, in welchen die Mehrheit von ihnen in jüngeren Jahren niemals Unterricht erhalten hatte; es gibt Ausbildungsprogramme mit spezialisierter Anleitung, welche die Häftlinge auf das Leben in Freiheit vorbereiten sollen; Besucher kommen und gehen jeden Tag. Die Leitung der Polizei beschloss daraufhin, die Frau in eine der Arrestzellen im Präsidium zu überführen. Die Zellen befinden sich tief im Gebäude hinter einer schier endlosen Folge von Sicherheitsschleusen und umgeben von buchstäblich Hunderten von Polizisten. Es dürfte so ziemlich der sicherste Ort der Stadt sein.

Die Besuchszeit im Gefängnis beginnt erst in ein paar Stunden, und der Besucherraum ist leer. Als Kennedy hereingeführt wird, entschuldigt sich Hana dafür, dass der Frau Handschellen angelegt werden müssen. »Vorschrift. Tut mir leid.« Die Frau lässt sich Zeit. Sie mustert Hana von oben bis unten. Hana hat den Eindruck, dass ihr Gegenüber immer auf diese Weise vorgeht. Das Radar einer erfahrenen Betrügerin ist stets eingeschaltet und auf der Suche nach einer Möglichkeit, einen Weg durch die Schutzmauern des Menschen zu finden, den sie vor sich hat, um etwas von ihm zu bekommen. Eine lebenslange Gewohnheit.

Schließlich streckt sie die Hände aus, damit ihr die Handschellen angelegt werden können, und schenkt Hana ein entwaffnendes Lächeln, das genau das sein soll – entwaffnend.

»Kein Problem, Schätzchen«, sagt sie. »Ich vergebe dir.«

Auf der Autobahn herrscht dichter Verkehr. Die letzten Morgenpendler strömen in die Stadt, auch wenn man den Eindruck haben könnte, dass die Nachzügler heute noch länger brauchen als üblich. Die drei Zivilfahrzeuge der Polizei kriechen im Schneckentempo dahin, Stans Wagen zwischen den beiden anderen.

»Zentrale, AV Charlie 8, hier ist dichter Verkehr«, sagt Stan in sein Funkgerät. »Wir werden wenigstens eine halbe Stunde später kommen.«

Auf dem Beifahrersitz studiert Hana die Alias-Namen der Frau. Aus Jonelle Kennedy wurde Jillian King. Manchmal auch Jane Kilmartin. Oder Jennifer Kendall. Eine Liste mit einem weiteren Dutzend Namen nach demselben Muster. So verschieden, dass sie ihre Verfolger von ihrer Spur abbringen konnte, und ähnlich genug, damit es ihr selbst gelang, den Überblick zu behalten.

»Wie lange muss ich in dieser Arrestzelle bleiben?«, fragt Kennedy. »Ich habe mich im Gefängnis vorbildlich verhalten. Ich habe das Recht auf eine anständige Behandlung verdient. Die Zellen dort sind für Legehennen.«

Stan sagt ihr, dass sie das nicht genau wissen können. Aber da sie die einzig bekannte Nachfahrin ihrer Blutlinie ist, wird sie dort am sichersten sein.

Kennedy zuckt mit den Schultern. »Solange Sie Ihren Teil des Deals einhalten.«

»Welcher Deal?«, fragt Stan.

»Sie werden ein gutes Wort für mich einlegen, sobald es um meine Bewährung geht, wenn ich kooperiere.«

Hana und Stan wechseln einen Blick. Sie wissen beide, dass keiner von ihnen dieses Angebot gemacht hat und auch nie machen würde. Hana wendet sich der Frau auf der Rückbank zu. »Wir verlegen Sie zu Ihrem eigenen Schutz. Hier geht es nicht um irgendeinen Tauschhandel.«

Kennedys Blick wandert zwischen den beiden Detectives hin und her. »Was soll dieser Bullshit? Als die Polizei angerufen hat, hieß es, bei der nächsten Anhörung zu meinem Bewährungs-

antrag würde meiner Akte eine entsprechende Notiz hinzuge-
fügt. Eine besonders hilfreiche Notiz.«

Wenn das ein weiterer Betrugsversuch sein soll, denkt Hana,
dann gelingt es Kennedy, dabei ein bemerkenswert aufrichtiges
Gesicht zu machen. Ihre Verärgerung wirkt echt.

»Wir haben Sie nicht angerufen«, sagt Stan. »Sie haben uns
angerufen.«

»Natürlich habe ich angerufen«, sagt Kennedy. »Nachdem
dieser Cop letzte Nacht mich angerufen hat. Er hat mir erzählt,
dass Sie die Verbindung zu diesem Soldaten gefunden hätten.
Ich sollte im Präsidium anrufen und sagen, wer ich bin. Um die
nächsten Schritte würden Sie sich kümmern.«

Hana und Stan haben beide gleichzeitig denselben Gedanken.
»Dieser Anruf von der Polizei. Kam der von einer Frau oder
einem Mann?«, fragt Hana, obwohl sie die Antwort bereits kennt.

»Wenn Sie den Deal platzen lassen, dann schwöre ich, ich
werde …«

»Eine Frau oder ein Mann?«

»Ein Mann.«

Die beiden Detectives beobachten den Verkehr. Sie kommen
nur quälend langsam voran. Rechts und links von ihnen sind
Fahrzeuge, vor und hinter ihnen ebenfalls. Vor ihnen taucht eine
Überführung auf, eine der vielen quer zur Autobahn. Es gibt
zahllose Stellen, von denen ein Angreifer zuschlagen könnte.
Besonders bei so träge fließendem Verkehr. Hana muss Stan
nicht erklären, wovon sie überzeugt ist. Er ist ebenfalls davon
überzeugt. Es war Poata Raki, der die Frau angerufen hat. Angesichts seiner Erfahrung mit dem Recherchieren von Stammbäumen und dem Studieren von Gerichtsakten zum Landbesitz hat
er ebenso guten Zugang zu den entscheidenden Dokumenten

wie die Genealogen, mit denen Hana zusammenarbeitet. Er betreibt seine Nachforschungen ebenso geschickt wie sie, und er hatte einen Vorsprung. Er hat die eine Nachfahrin des Hauptmanns vor der Polizei gefunden. Und jetzt hat diese Nachfahrin das Gefängnis verlassen und steckt mitten in einem Stau auf der Autobahn. Sie alle sind ebenso leichte Ziele wie still dasitzende Enten. Außer dass eine Ente, die still dasitzt, die Flügel ausbreiten und davonfliegen kann, wenn sie begreift, dass es nötig ist. Diesen Luxus haben Stan und Hana nicht. Hana schaltet das Blaulicht ein und meldet sich über Funk bei den anderen Fahrzeugen. »Wir nehmen die nächste Ausfahrt. Ich wiederhole, wir nehmen die nächste Ausfahrt.«

Die Frau auf der Rückbank spürt die plötzliche Veränderung der Atmosphäre im Wagen und ist verwirrt. »Was? Was ist los?«

»Kein Grund, besorgt zu sein«, versichert ihr Stan.

»Scheiße, Mann, ich glaube Ihnen nicht. Versuchen Sie niemals, eine Betrügerin zu verarschen.«

Mit Blaulicht und heulenden Sirenen überqueren die Polizeifahrzeuge mehrere Fahrspuren und halten auf die nächste Ausfahrt zu.

Ohne dass sie es bemerken, folgt ihnen ein weiterer Wagen.

Die Polizeifahrzeuge haben die Autobahn verlassen und rasen durch ein Industriegebiet. Während Stan fährt, ist Hana am Funkgerät und bespricht mit der Zentrale ihre Optionen. Sie wirft einen Blick auf ihre Waffe. Der Blick ist diskret, aber Kennedy auf der Rückbank bemerkt ihn.

»Mehrere Einheiten plus Eagle sind bereits unterwegs«, informiert sie die Zentrale. »Suchen Sie einen Ort, an dem Sie eine sichere Position beziehen können, und geben Sie sie uns durch.«

Die Stimme eines der Detectives aus dem vorderen Wagen ist zu hören. »Ein Containerhof, fünfhundert Meter vor uns, auf zehn Uhr.«

Die Fahrzeuge werden langsamer. Hana mustert die Gegend. Hoch aufeinandergestapelte Container wie die Wände eines Canyons, mit freien Stellen zwischen den einzelnen Reihen, an denen der Eagle-Hubschrauber landen könnte. Mehrere Gelegenheiten, um die Fahrzeuge abseits der Straße zu verstecken.

»So machen wir es«, sagt sie in ihr Funkgerät.

Mit quietschenden Reifen verlassen die drei Polizeifahrzeuge die Straße und fahren mit hoher Geschwindigkeit auf den Containerhof. »Dort«, sagt Hana und deutet auf eine Ecke, die von drei Seiten geschützt ist. Stan steuert den Wagen an das hintere Ende. Die beiden anderen Fahrzeuge blockieren den Zugang. Stan gibt ihre Position durch, und Hana zieht ihre Glock, die offizielle Polizeipistole. Jetzt versucht sie nicht mehr, vor der Frau zu verbergen, was sie tut. »Keine Bewegung«, sagt sie zu ihr.

Als der Vorarbeiter der Firma herbeieilt, machen sich die anderen Polizisten gerade schussbereit und nehmen ihre Positionen ein, um Stans Wagen zu verteidigen. Hana zeigt dem Vorarbeiter ihre Dienstmarke. »Wie viele Leute arbeiten hier?«

»Nur ich und die Damen im Büro. Was haben Sie …«

»Holen Sie die anderen. Gehen Sie in die Teeküche«, fordert sie den verwirrten Mann auf. »Schließen Sie die Tür. Kommen Sie nicht heraus. Los, gehen Sie.«

Während der Vorarbeiter sich rasch ins Büro zurückzieht, verriegelt Stan die Autotüren. Die Handschellen tragende Frau auf dem Rücksitz kann sich nur ratlos umsehen; sie hat keine Ahnung, was vor sich geht. Die Detectives warten neben den anderen Fahrzeugen. Sehen sich um, ohne dass ein Wort fällt.

Stan spricht sehr leise. »Noch fünfzehn Minuten, bis der Eagle eintrifft.«

Dann hört Hana etwas. Die Alarmanlage eines Autos.

Das Geräusch kommt ganz aus der Nähe. Von irgendwo auf dem Containerhof. Ihr Blick wendet sich in Richtung des Geräuschs, aber von ihrer Position aus kann sie nichts erkennen. Sie weiß, um wen es sich handelt. Sie kann es fühlen wie eine plötzliche Kälte, die ihr bis ins Mark dringt. Sie entsichert die Glock.

»Boss?«, fragt Stan besorgt.

Sie gibt ihm durch eine Geste zu verstehen, dass er bei der Frau bleiben soll. Dann geht sie auf den Alarm zu.

Sie bewegt sich schnell und lautlos, schiebt sich zwischen den Containern hindurch, durchquert vorsichtig eine freie Strecke zwischen zwei Containerreihen, überprüft ihre Umgebung, rückt immer näher in Richtung des Alarms vor.

Sie schiebt sich seitlich durch einen besonders engen Spalt und späht nach draußen durch die Lücke.

Sie kann das Auto sehen. Die Türen stehen offen, es ist leer.

Kauernd geht sie in Deckung. Mit intensivem Blick sucht sie den oberen Bereich der Container ab, von denen jeweils fünf aufeinandergestapelt sind. Aber sie kann niemanden erkennen.

Ein elektronisches Piepsen. Der Alarm verklingt. Stille.

Hanas Handy vibriert. Sie zieht es aus der Tasche. Eine unbekannte Nummer. Sie nimmt das Gespräch an.

»Ich sagte doch, dass wir uns wiedertreffen würden«, bemerkt Raki auf Te Reo.

Sie klemmt das Handy zwischen Schulter und Ohr und hebt die Waffe mit beiden Händen höher, der Lauf sucht die Schatten in jeder Lücke ab.

»Wo bist du, Poata?«

Am anderen Ende der Leitung erklingt Rakis amüsierte Stimme. »Duzen wir uns etwa schon?«

Eine verwischte Bewegung zwischen zwei Containern am anderen Ende des offenen Platzes. Hana richtet ihre Waffe darauf, bereit zu feuern, aber … das Rauschen von Flügeln, und ein Vogel fliegt aus dem Schatten, steigt in den Himmel auf.

Hanas Augen streifen umher. Sie wartet auf ein verräterisches Zeichen. Könnte sie auch nur einen kurzen Blick erhaschen, würde sie schießen, um allem ein Ende zu bereiten. »Poata … Raki … das ist mir egal. Ich werde Sie nennen, wie Sie es wollen. Ich möchte mich unterhalten.« Sie lauscht. Vom anderen Ende der Leitung nur Schweigen. Sie weiß, sie muss es weiter versuchen. »Das alles braucht nicht noch schlimmer zu werden, als es jetzt schon ist. Es gibt immer einen Ausweg. Ich kann helfen. Ich will helfen.«

Eine lange Pause. Schließlich spricht Raki. »Sie versuchen, wie eine Verhandlungsexpertin der Polizei aufzutreten. Wie wäre es, wenn Sie zur Abwechslung mal versuchen würden, wie eine Māori aufzutreten?« Als er weiterspricht, ist seine Stimme leise. Sehr ruhig. »Die Kolonialisierung hat unserem Volk das Land unter den Füßen weggestohlen. Hat uns unsere Rechte entrissen. Hat uns zur Unterklasse gemacht, zur gefangenen Klasse, zur landlosen Klasse. Das ist Ihrem Iwi genauso widerfahren wie meinem. Wie allen Māori. Sie wissen, dass ich die Wahrheit sage. Und doch haben Sie sich gegen andere Māori gewandt. Sie haben sich auf die Seite der Kolonialisten geschlagen.«

Wieder herrscht Schweigen.

Dann – *bumm!* – prallt eine Kugel von einer Containerwand ab, nur wenige Zentimeter von Hanas Kopf entfernt. Fast wäre sie getroffen worden. Sie wirft sich mit erhobener Waffe zu Boden und hält verzweifelt nach Raki Ausschau, doch sie ist sich bewusst, dass sie jetzt seiner Gnade ausgeliefert ist. Sie tastet nach ihrem Handy. Jetzt wird es keine Verhandlungen in ruhigem, beschwichtigendem Ton mehr geben. Hana ist wütend.

»Zeigen Sie sich, Raki. Haben Sie Mumm und zeigen Sie sich!«

Die Telefonverbindung bricht ab. Er hat aufgelegt. Dann, auf der anderen Seite des offenen Platzes …

Tritt er aus der Lücke zwischen zwei Containern.

Er ist vielleicht fünfzig Meter entfernt. Sein Gewehr ist auf Hana gerichtet. Ihre Pistole auf ihn. Ein Patt. Er beginnt, langsam auf sie zuzugehen. Ruhig. Entspannt. Mit sorgfältig platzierten, gleichmäßigen Schritten. Sein Gewehr ist auf die Stelle zwischen den Augen seiner Beute gerichtet. Er spricht beim Gehen mit leiser, unaufgeregter Stimme.

»Als ich zwölf Jahre alt war, Detective Senior Sergeant, wurde ich Zeuge, wie man meine Mutter weggeschleift hat. Ich konnte absolut nichts dagegen tun. Ich war ein Kind. Ich konnte nur zusehen und weinen. Ich möchte wissen, warum. Warum haben Sie es getan?«

Hana richtet sich vorsichtig auf. Ihre Waffe zielt immer noch auf Raki, während er näher kommt. In zwanzig Metern Entfernung bleibt er stehen.

»Ich habe Ihnen eine Frage gestellt. Warum haben Sie es getan?«

Die Ruhe in seinem Gesicht überrascht sie. Und sie sieht noch etwas in seinen Augen. Jemanden, der gegen einen heftigen Schmerz ankämpft. Gegen tiefe Trauer.

»Legen Sie Ihre Waffe weg«, sagt sie.

»Wenn ich es tue, werden Sie dann meine Frage beantworten?« Ein langer Augenblick. Hana nickt. Ja.

Zu ihrer Überraschung legt Raki das Gewehr nieder. Hana schluckt. Sie macht einen Schritt nach vorn, um ihn festzunehmen. Er gibt ihr mit einer Geste zu verstehen, dass sie innehalten soll.

»Ich habe getan, was Sie von mir verlangt haben. Jetzt sind Sie an der Reihe. Warum sind Sie auf diesen Berg gegangen? Warum haben Sie sich gegen Ihr eigenes Volk gewandt? Warum haben Sie meine Mutter weggezerrt? Warum haben Sie es getan?«

Hanas Finger bleibt am Abzug ihrer Pistole. Aber jetzt, da sie Raki direkt gegenübersteht und weiß, dass sie ihn verhaften kann, ihn sogar töten kann, falls sie sich dazu entschließen sollte, und dazu nur abdrücken müsste …

Sie denkt über die Frage nach.

Vor ihrem geistigen Auge erscheint ein Bild. Es ist das Gesicht, das sie auf den Archivaufnahmen gesehen hat, verlangsamt auf ein Zehntel der normalen Geschwindigkeit. Der Junge auf dem Berg, der seine Hände in Richtung der Frau ausstreckt, die die junge Hana wegzerrt. Der schreiende Junge.

Derselbe Junge, der jetzt vor ihr steht, seine Waffe auf dem Boden.

Schließlich beantwortet sie die Frage zum ersten Mal nach achtzehn Jahren. Eine Frage, die sie sich selbst Tausende Male gestellt hat. Eine Frage, die sie nie hatte beantworten können. »Ich war jung. Ich dachte, es sei meine Pflicht, den Anweisungen zu folgen. Ich wünschte, ich hätte die Kraft gehabt, Nein zu sagen. Doch die hatte ich nicht.«

Raki ist von der Aufrichtigkeit ihrer Worte genauso überrascht wie sie selbst.

Doch rasch ist sich Hana jetzt wieder ihrer Pflicht bewusst. »Legen Sie sich auf den Boden. Legen Sie die Hände auf den Rücken.«

Aber Raki rührt sich nicht von der Stelle. Langsam und vorsichtig streckt er ihr seine Hand entgegen, um ihr zu zeigen, was er darin versteckt hat. Ein elektronisches Gerät.

»Das ist ein Zünder.«

Hanas Kiefermuskeln spannen sich.

Die Kiste voller Plastiksprengstoff und die Zünder, die vor ein paar Wochen gestohlen wurden.

»Ihr Detective Constable ist ein Gewohnheitstier. Nach der Arbeit bestellt er bei Denny's in der Innenstadt immer Fischburger mit Pommes. Er braucht zwanzig Minuten, um seine Mahlzeit zu beenden. Gestern Abend war es wie immer. Mehr Zeit als nötig, um auf dem Parkplatz eine Rolle Plastiksprengstoff unter seinem Wagen anzubringen.«

Hana macht einen weiteren Schritt nach vorn. Ihre Augen zucken. »Ich glaube Ihnen nicht.«

»Das sollten Sie aber«, sagt Raki, der nach wie vor den Zünder in der Hand hält. »Wenn Sie mich erschießen, aktiviert sich der Zünder automatisch.«

Hanas Blick wendet sich in die Richtung, aus der sie gekommen ist. Dorthin, wo die anderen Detectives sind … und die Frau in Handschellen im Auto.

»Ich danke Ihnen dafür, dass Sie meine Frage beantwortet haben«, sagt Raki leise, und das meint er auch so. »Ich wünschte mir auch, dass Sie die Kraft gehabt hätten, Nein zu sagen.«

Hana umfasst ihre Waffe mit festem Griff, den Blick auf den Zünder in seiner Hand gerichtet.

»Sie haben dreißig Sekunden«, fährt er fort, »um Ihren Beamten zu sagen, dass sie so schnell wie möglich von dem Fahrzeug verschwinden sollen, Detective Senior Sergeant. Bitte.«

Sie möchte ihm nicht glauben. Aber was ist, wenn er die Wahrheit sagt? Was ist, wenn Stan in diesem Augenblick neben dem Auto steht und sich davon überzeugt, dass es dieser verdammten Frau gut geht? Wenn der tollpatschige, gutherzige, junge Polizist ihr eine Flasche Wasser holt?

Sie trifft eine Entscheidung. Sie dreht sich um und rennt zu den anderen Polizisten, während sie gleichzeitig ihr Funkgerät hervorzieht und den Beamten schreiend Anweisungen gibt. »Unter dem Wagen ist Sprengstoff. Lassen Sie die Frau zurück. Verschwinden Sie von dem Fahrzeug!«

Als Stan ihre Anweisungen hört, dreht er sich um und wirft der Frau auf der Rückbank einen Blick zu. Sie ist hilflos. Eingeschlossen. Während sich die anderen Detectives in alle Richtungen verstreuen und hinter ihren eigenen Fahrzeugen und den Containern in Deckung gehen …

Rennt auch Stan los. Auf seinen Wagen zu.

Als Hana die anderen Polizisten erreicht, sieht sie, dass Stan nur noch zwanzig Meter von seinem Auto entfernt ist und versucht, Jonelle Kennedy zu retten. Sie schreit: »Stan! Nein, stopp!«

Doch ihre Stimme geht in einem viel lauteren Geräusch unter.

In der Lücke zwischen den Containern, wo er gerade noch Hana gegenübergestanden hat, hört Poata Raki die Explosion. Er sieht den Feuerball, der zum Himmel aufsteigt.

Während sich schwarzer Rauch erhebt, wirft er eine Patrone aus seinem Gewehr aus und benutzt deren scharfe Spitze, um fünf Symbole in den Beton zu kratzen. Fünf Spiralen. Die vertraute Koru-Form. Beim Schaben murmelt er mit zusammengebissenen Zähnen: »Unuhia, unuhia. Unuhia I te uru taupu nui a Mate.« Ein Gebet für den *Wairua* des Menschen, dessen Leben er gerade beendet hat. Der fünfte Nachfahre. Er beendet das *Karakia*. Er sieht sich im Fenster seines Autos. In seinen Augen der vertraute Schmerz. Die schreckliche Qual.

Fünf Mal inzwischen. Fünf Mal hat er getötet. Fünf Mal hat er einem Menschen das Leben genommen. Jedes Mal zerstört diese Tat ein Stück seiner selbst. Ohne mit der Wimper zu zucken, starrt er seine Spiegelung im Autofenster an. Er hasst sich selbst für das, was er tut.

Aber zugleich weiß er, dass er beenden muss, was er angefangen hat.

Utu ist nicht Rache, sagt er sich. Er klammert sich an das, was ihn so weit getrieben hat, an dem er sich festhalten muss, damit er weitergehen kann, ohne schwach zu werden oder zu fallen.

Utu ist keine Vergeltung. Utu ist Pflicht.

Eine Pflicht, die er bis zum Ende erfüllen muss.

Als sich der Eagle-Polizeihubschrauber den aus Stans Wagen aufsteigenden Rauchwolken nähert, sieht der Pilot, wie sich Rakis Auto rasch vom Containerhof entfernt. »Sollen wir die Verfolgung aufnehmen?«

Neben Stan versucht Hana hektisch, die Blutungen zu stillen, die seine zahlreichen Wunden verursacht haben. Das Polizeifahrzeug brennt immer noch. Die anderen Beamten versuchen, die Flammen mit Feuerlöschern aus ihren eigenen Wagen zu ersticken und das Inferno unter Kontrolle zu bringen. Für die Frau auf der Rückbank kommt jedoch jede Hilfe zu spät: Sie war sofort tot.

Der Pilot wiederholt: »Sollen wir die Verfolgung des Fahrzeugs aufnehmen?«

Hana schreit in ihr Funkgerät: »Nein! Detective verletzt, Detective in kritischem Zustand. Sie müssen diesen Mann in eine Klinik schaffen, sofort!«

Der Hubschrauber sinkt auf die Szene des Blutbads.

Und Rakis Auto verschwindet in der Ferne.

AUF WELCHER SEITE LIEGT DAS BÖSE?

Die Wucht der Detonation schleuderte Stan volle drei Meter nach hinten, wobei Schienbein und Unterschenkel eines seiner Beine den größten Teil der Explosion abbekamen und sein Kopf hart auf dem Beton des Containerhofs aufschlug, als er stürzte. Doch selbst wenn er sich in diesem Augenblick keine heftige Gehirnerschütterung zugezogen hätte, hätte sein zentrales Nervensystem auf jeden Fall die Führung übernommen und die Blutzufuhr zu seinem Gehirn heruntergefahren, damit sein Körper das Notprogramm anwerfen konnte, um für die beträchtliche Menge an Sauerstoff zu sorgen, die nötig war, damit der schwer verletzte junge Mann die sogenannte entscheidende goldene Stunde würde überleben können – jene sechzig Minuten, die jetzt vor ihm lagen und die darüber entscheiden würden, ob er eine lange Karriere bei der Polizei machen, alt werden und eines Tages seine Pension in einem Ferienhaus am Strand genießen würde. Oder ob eine Woche später ein gerahmtes Foto von Detective Constable Stanley William Riordan in einer Trauerzeremonie an eine Wand des Polizeiverbandes gehängt würde und man des lächelnden, dreiundzwanzig Jahre alten, sommersprossigen Mannes, der noch ein halber Junge war, ebenso gedenken würde wie den anderen Polizisten, die in Erfüllung ihrer Pflicht ums Leben gekommen waren.

Stan ist bewusstlos. Hana weiß, dass er bewusstlos ist. Trotzdem wird sie nicht von der Rettungstrage weichen, die durch den Flur der Notaufnahme geschoben wird. Während die anderen Detectives die Flammen des brennenden Polizeifahrzeugs bekämpft hatten, hatte sie mithilfe ihrer Windjacke einen behelfsmäßigen Druckverband an seinem verstümmelten Bein angelegt; sie war bei ihm, als der Eagle so schnell wie möglich zur Klinik flog, wobei sie darauf achtete, dass der Verband auch weiterhin sicher saß, und die ganze Zeit über sprach sie mit Stan, obwohl sie wusste, dass er sie nicht hören konnte. Doch sie klammerte sich an die Vorstellung, dass eine vertraute Stimme, die ihm versicherte, dass er es schaffen würde, dass er stark und ein Kämpfer sei und geliebt würde, irgendwie zu ihm durchdringen und von entscheidender Bedeutung sein würde.

Die Trage rollt am Vorbereitungsraum vorbei; Stans Wunden sind zu zahlreich. Vor ihnen stehen die Türen zu einem der Operationssäle schon offen, das Chirurgenteam trägt Operationskleidung und ist bereit anzufangen.

»Wir haben hier etwas zu erledigen, Detective. Sie müssen uns jetzt unsere Arbeit machen lassen.« Einer der Mitarbeiter der Notaufnahme in blauer Operationskleidung schiebt Hana, die noch immer bei Stan steht, behutsam beiseite und drückt, ohne dass es zu einer Unterbrechung käme, an ihrer Stelle auf den Verband um Stans Bein.

Hana sieht zu, wie sich die Türen des Operationssaals vor ihr schließen. Sie sinkt auf einen Stuhl.

Der menschliche Blutkreislauf kann bei maximaler Adrenalinausschüttung nur für einen ganz bestimmten Zeitraum funktionieren, und seit die zivilen Polizeifahrzeuge die Autobahnausfahrt genommen haben, kann Hana sich nicht mehr daran erinnern, wann sie zum letzten Mal geschluckt oder geatmet hat. Jetzt, da sie tief Luft holen kann, wird ihr fast schwindelig dabei. Sie umfasst die Armlehnen des Stuhls und betrachtet das Linoleum zwischen ihren Füßen.

Der Augenblick der Klarheit, als sie Raki in die Augen sah, hat sie überrascht. Sie hatte sich oft vorgestellt, wie es wohl sein würde – das geschieht unweigerlich, wenn man den Täter kennt, den man verfolgt, wenn man alle Profile gelesen hat und sämtliche psychologischen Gutachten sowie die Aussagen von Familie, Freunden und Kollegen. Man fängt an, sich vorzustellen, wie es sein wird, wenn man mit dem Täter in einem Raum ist, wenn man das Gesicht des Betreffenden vor sich hat. Wie man vorgehen und wie sich alles entwickeln wird.

Es ist nie so, wie man es sich vorstellt.

Von Angesicht zu Angesicht war Raki einen Augenblick lang nicht der Mörder, den Hana bis dahin verfolgt hatte. Er war zweifellos kein durchgeknallter Killer, kein Psychopath. In dieser Hinsicht hatte der entführte Journalist recht gehabt. Falls Hana seine Körpersprache auch nur halbwegs zu deuten verstand, dann, so schien es ihr, hatte sie einen Menschen vor sich, der fast zerrissen wurde von Trauer und Schmerz. Aber er war nicht verrückt. Er hätte sie mühelos umbringen können; auf diese Entfernung ist ein Gewehr viel genauer als eine Pistole, und sein Leupold-Zielfernrohr hätte seiner Waffe eine tödliche Treffsicherheit verliehen. Hana ist ziemlich sicher, dass die Kugel, die nur eine Handbreit von ihrem Kopf entfernt von der

Containerwand abgeprallt ist, ihrem Leben ein Ende gesetzt haben würde, falls Raki das wirklich gewollt hätte. Er ist ein Mörder, das weiß sie, aber er hatte die bewusste Entscheidung getroffen, sie nicht umzubringen. Der Journalist hatte vermutet, Raki spiele nach seinen eigenen Regeln und folge einem Wertesystem, wie pervers es auch immer sein mochte.

Und dann war da noch seine Frage. Die eine Sache, die er von dem Menschen wissen wollte, dessen Aufgabe es war, ihn zu finden, festzunehmen und für den Rest seines Lebens hinter Gitter zu bringen. »Warum sind Sie auf diesen Berg gegangen? Warum haben Sie sich gegen Ihr eigenes Volk gewandt? Warum haben Sie meine Mutter weggezerrt? Warum haben Sie es getan?«

Hana hatte geglaubt, dass sie auf die zahllosen Fragen, die ihr bei diesem Fall zu schaffen machten, eine Antwort bekommen würde, sobald sie Poata Raki von Angesicht zu Angesicht gegenüberstehen würde. Oder dass sie ihn vielleicht umbringen würde. Oder er sie. Nichts davon war geschehen. Stattdessen hatte er genau die Fragen gestellt, die sie selbst achtzehn Jahre lang gemieden hatte.

Das Linoleum unter ihren Füßen ist von einer überraschend warmen Zitronenfarbe. Ein fröhlicher Kontrast zu den Blutflecken, die ihre Schuhe und ihre Hosenbeine bedecken. Als sie das Blut auf ihrer Kleidung anstarrt, wird ihr klar, dass sie sich nicht von Stan verabschiedet hat, als er so eilends weggebracht wurde. Sofort wischt sie den Gedanken beiseite.

Warum sollte sie sich verabschieden? Es gibt keinen Grund, sich zu verabschieden.

Sie weigert sich zu glauben, dass von ihrem Freund nur noch ein gerahmtes Foto bleiben wird. Stan wird nicht zu den Polizisten gehören, die im Dienst ums Leben gekommen sind.

Addison schleppt sich schließlich aus ihrem Zimmer. Sie fühlt sich körperlich und emotional beschissen. Schon seit achtundvierzig Stunden fühlt sie sich so, seit der zweiten pinkfarbenen Pille und all den schmerzhaften und peinlichen Dingen, zu denen es danach gekommen ist. Die Ärzte haben ihr gesagt, dass sich die Nachwirkungen so anfühlen würden, als würde sie von einem Zweitonner gerammt. Genau. Und es ist ein Zweitonner mit einem gewaltigen Kuhfänger vor der Motorhaube.

Es ist inzwischen ein paar Stunden her, seit PLUS 1 sie besucht und ihr den Ohrring gebracht hat. Seither muss sie gegenüber so vielen Dingen zu einer neuen Einschätzung finden, und das gelingt ihr nicht besonders gut. Zum Beispiel gegenüber allem, was sie aus dem Video über ihre Mutter erfahren hat, in dem Hana als junge Frau unschuldige protestierende Māori wegzerrt. Und gegenüber den Dingen, die sie inzwischen über Poata Raki weiß – einen Menschen, den sie als Vorbild betrachtet hatte, als eine Art Māori-Version von Nelson Mandela oder Martin Luther King. Als einen Visionär.

Raki hat auf ihre Textnachricht nicht geantwortet. Und ehrlich gesagt ist Addison erleichtert. Sie kann sich nicht vorstellen, was sie als Nächstes hätte schreiben sollen. »Nun, Matua, was haben Sie so getan, seit wir uns das letzte Mal gesehen haben?«

Obwohl sie sich immer noch kaum wie ein Mensch fühlt, hat sich unterdessen ein typisch menschliches Bedürfnis bei ihr bemerkbar gemacht. Das Bedürfnis zu essen. Mit reichlich Fett in der Pfanne bereitet sie ein paar Rühreier zu. Benutzt ein großes Schlachtermesser, um eine Avocado und einige Tomaten in Würfel zu schneiden, die sie zu den Eiern gibt. Dann schaltet sie den Fernseher ein. Es läuft ein Musikvideo. Mit der Fernbedienung stellt sie den Ton lauter. Und setzt sich, um zu essen.

Hinter ihr geht die Tür auf. Addison hat nicht erwartet, dass Hana schon nach Hause kommen würde. Sie schaltet den Fernseher auf stumm. Runzelt die Stirn und starrt auf ihre Eier. Sie ist noch nicht bereit, ihrer Mutter in die Augen zu sehen. Seit achtundvierzig Stunden fühlt sie sich schrecklicher als je zuvor in ihrem Leben. Es macht ihr eine Höllenangst, und trotz der nagenden Wut, die sie empfindet, wenn sie an das denkt, was ihre Mutter den Protestierenden auf jenem Berg angetan hat, war es geradezu ein Rettungsanker für sie, als Hana zu ihr ans Krankenbett geeilt kam. Als ihre Mutter ihre Hand nahm und ihr über den Kopf strich, wusste Addison, dass alles wieder gut werden würde.

Jetzt ruht Hanas Hand sanft auf Addisons Schulter. Eine ermutigende Geste, die jedoch nur dazu führt, dass sie erstarrt. Sie hasst dieses Gefühl, das der Fahrt in einer Achterbahn gleicht: Wie kann man jemanden so sehr lieben und ihn gleichzeitig doppelt so sehr verachten? Wie passen diese beiden Dinge zusammen? Wie werden diese beiden Dinge jemals wieder zusammenpassen können?

Und dann begreift sie es.

Die Hand auf ihrer Schulter gehört nicht ihrer Mutter.

»Ich habe auf deine Nachricht nicht geantwortet, aber es geht mir gut«, sagt Poata Raki. »Danke, dass du gefragt hast.«

Er geht an Addisons Stuhl vorbei und setzt sich auf die andere Seite des Küchentischs. Er lächelt. Warmherzig. Sanft. Genau wie nach jener begeisternden, alles verändernden Vorlesung, als sie ein Hongi geteilt und ihre Kontaktdaten ausgetauscht hatten. Aber wie zuvor schon sieht sie auch jetzt in seinen Augen, dass er von etwas heimgesucht wird, und diesmal ist es mehr als eine Andeutung. Diesmal droht dieses Etwas ihn zu verschlingen.

Sie legt die Gabel zurück auf die Rühreier. »Meine Mum wird bald zurück sein.« Was natürlich eine Lüge ist. Sie hat absolut keine Ahnung, wann ihre Mutter zurückkommen wird.

Raki bemerkt ihre Anspannung. Die kaum überraschend ist. Als er fortfährt, spricht er auf Te Reo. »Wenn ich dir wehtun wollte, hätte ich das schon in dem Augenblick getan, als ich durch die Tür gekommen bin. Das ist nicht der Grund, warum ich hier bin, glaub mir.«

»Warum dann?«, bringt Addison mühsam heraus, ebenfalls auf Te Reo.

»Wenn du sprichst, haben deine Worte eine so große Macht. Ich habe es selbst erlebt, als du auf der Bühne gestanden bist. Deine Musik, dein Auftritt … voller Rebellion und Revolution. Du erreichst die Leute. Junge Leute. Diejenigen, auf die es ankommt. Die Menschen, die die Zukunft verändern werden.« Seine Augen sind von Bewunderung erfüllt, die er für sie empfindet. »Du hast mein Video gesehen«, sagt er. »Gut möglich, dass du nicht einverstanden bist mit dem, was ich mache. Aber ich glaube, dass wir beide unter denselben Dingen leiden. Ich denke, dass wir an dieselben Dinge glauben. Wir kämpfen denselben Kampf. Wir sind gar nicht so verschieden.«

Einen Augenblick lang kommen Addison Worte in den Kopf, die an jener Stelle in ihrem Gehirn andocken, wo Ideen für eine kurze Zeit verharren, bevor Lunge und Zunge sie in Sprache verwandeln. Es sind große Worte, die sie sagen möchte. »Sie haben recht. Wir wollen dasselbe.«

Doch irgendetwas in ihrem Inneren verrät ihr, dass diese Worte Realität werden würden, falls sie sie tatsächlich ausspricht, falls sie ihre Gedanken gleichsam Atem holen lässt. Und dass es dann kein Zurück mehr gibt.

Raki sieht, dass sie zögert. »Ich bin nicht der Mensch, für den du mich hältst«, sagt er. »Jedes Mal, wenn ich für meinen Vorfahren Utu erfülle, jedes Mal, wenn ich handle, nimmt mir das ein Stück von mir selbst. Zerstört es ein Stück von mir.«

Sorgfältig wählt er seine nächsten Worte. »Ākuanei ka mate tonu atu ahau. Hei aha, tata pau tōku toiora. Engari mā taku karere e rere tonu atu rā i a koe.« (Ich weiß, dass ich nicht mehr lange leben werde. Ich werde bald sterben. Das ist in Ordnung. Es ist so wenig von mir geblieben, was noch sterben könnte. Aber meine Botschaft kann weitergetragen werden. Durch dich.)

Dann fährt er fort: »All die Dinge, die wir zusammen erreichen könnten.«

Addison schluckt. Sie ist fast bereit, die Worte auszusprechen, die noch immer an jener Stelle in ihrem Kopf festhängen. Fast sagt sie: »Was soll ich machen? Was meinen Sie?« Doch erneut lässt ihr Instinkt sie innehalten.

»Zusammen?«, fragt sie stattdessen.

»Du gibst die Botschaft an junge Māori weiter. Ich folge meinem Weg. Zusammen zeigen wir den anderen Māori, dass wir zurückholen müssen, was uns gehört. Wie immer man das auch erreichen kann.«

Wieder ist Addison bewegt von der Heftigkeit von Rakis Leidenschaft, seiner Überzeugung. Dem Gefühl der Hingabe, das sie in jedem seiner Atemzüge spürt, in jedem seiner Worte. Aber andererseits …

Hinter ihm auf dem Bildschirm fällt ihr etwas auf. Der stumm geschaltete Fernseher läuft immer noch. Der Sender bringt eine brandaktuelle Nachricht. Aufnahmen eines qualmenden Autowracks auf einem Containerhof. Eine Schlagzeile in Großbuch-

staben, die durchs Bild läuft: DETECTIVE BEI BOMBENAN-
SCHLAG SCHWER VERLETZT.

Der Fernseher befindet sich genau hinter Rakis Kopf. Er hat
keine Ahnung von dem, was Addison sieht. Auf dem Bildschirm
erscheinen Aufnahmen eines verletzten Polizisten, der auf eine
Rolltrage gelegt wird. Für einen kurzen Moment zoomt die Kamera so nahe heran, dass Addison das Gesicht des Schwerver-
letzten sieht.

Es ist ihr Freund. Es ist Stan.

Andere Bilder erscheinen. Sie zeigen den Mann, der mutmaß-
lich für die Explosion verantwortlich ist. Der Mann sitzt ihr
genau in diesem Augenblick gegenüber.

Es ist, als würde sie von einer Woge erfasst. Das Bild von Stan
rückt alles zurecht, macht das Theoretische real und wirklich
und schrecklich.

Zu spät sieht sie, dass Raki die Veränderung in ihrem Gesichtsausdruck bemerkt hat.

Er wendet sich gerade noch rechtzeitig dem Fernseher zu, um
das Ende der Meldung mitzubekommen. Als er sich wieder um-
dreht, steht Addison an der Küchenspüle, das Schlachtermesser
in der Hand, mit dem sie die Avocado und die Tomaten geschnitten hat. »Verschwinden Sie von hier, gehen Sie einfach,
bitte, bitte, gehen Sie.«

Raki steht auf. Bewegt sich auf sie zu. Addison streckt ihm das
Messer entgegen. Ihre Hand zittert. »Bleiben Sie weg von mir!«,
sagt sie. »Bitte, gehen Sie einfach, verlassen Sie mein Haus!«
Aber bevor sie begreift, was geschieht …

… umklammert Raki das Gelenk ihrer Hand, in der sie das
Messer hält. Sein Griff ist eisern, so fest, dass es schmerzt. Sein
Blick sucht ihre Augen.

»Zweihundert Jahre der Zerstörung. Ein fast vollständiger Genozid, begangen an unserem Volk. Du, ich, wir haben Glück, dass es uns überhaupt gibt. Und demgegenüber gerade mal sechs Leben. Um uns aus unserer Lähmung aufzurütteln.«

Schockiert sieht Addison die Tränen in seinen Augen. Unverwandt bleibt sein Blick auf sie gerichtet.

»Auf welcher Seite liegt das Böse?«, fragt er.

Es ist, als erwarte er etwas von ihr, eine Art Bestätigung von einem Menschen, den er inzwischen respektiert und bewundert. Doch als er sieht, dass sie ihm nicht geben kann, was er sucht, lockert sich sein Griff um ihr Handgelenk. Er umfasst es jetzt sanfter, als er sie nach vorn zu sich zieht. Er bringt ihre Gesichter zu einem weiteren Hongi zusammen. Wieder diese zutiefst symbolträchtige Geste, bei der einer den Atem des anderen teilt.

»Du wirst eines Tages eine große Anführerin sein«, sagt er zu ihr. Er versucht weder, sie zu überreden, noch sie in eine bestimmte Richtung zu drängen. Es ist die Wahrheit. Es ist das, was er glaubt. Das, was er weiß. »All die Dinge, die wir zusammen erreichen könnten«, wiederholt er.

Und dann geht er.

Addisons Beine zittern vor Angst und sacken unter ihr weg. Sie lässt sich auf einen Stuhl fallen.

Einige Augenblicke später sieht sie, dass Raki etwas zurückgelassen hat. Auf dem Tisch liegt ein großer Umschlag. Sie öffnet ihn. Darin befindet sich eine Kopie der inzwischen bekannten Daguerreotypie. Die sechs Soldaten. Wie er es bei den anderen fünf Nachfahren getan hat, hat er auch hier eine Linie vom letzten Soldaten zu einem anderen Foto gezogen. Das Foto zeigt einen Vater und seine Tochter bei einem Konzert. Die Tochter strahlt, sie ist voller Leben; sie hatte gerade einen Auftritt auf der

Bühne, ihr geschorener Kopf schimmert unter den Scheinwerfern, ihr Gesicht ist schweißüberströmt. Der Vater hat den Arm um sie gelegt, er ist unglaublich stolz auf sein Mädchen.

Der Vater und die Tochter auf dem Foto sind Jaye und Addison.

23
DAS ENDE DES STREBEBALKENS

Du quetschst dich zwischen den rostigen Drähten des Geländers hindurch, das an der Längsseite der alten Brücke entlangläuft.

Als du die verwitterte Holzoberfläche des längsten Strebebalkens unter den Sohlen deiner nackten braunen Füße spürst, fühlst du wieder das vertraute Gefühl in deinem Bauch. Es ist irgendetwas zwischen Begeisterung und Übelkeit, du weißt nicht genau, was. In Wahrheit ist es beides, wohliger Schauer und Angst, die beide untrennbar miteinander verwoben sind, zwei Seiten einer Medaille. Unter dir strömt der blaugrüne Fluss dahin. Das Gefühl in dir wächst, als du den ersten Schritt auf dem Strebebalken machst. Und dann noch einen. Dein Fuß hält unwillkürlich inne. Die Angst in deinem Bauch ist einen Augenblick lang stärker als der wohlige Schauer.

Du sammelst dich.

Du machst einen weiteren Schritt.

Jaye war im Krankenhaus bei Hana, als die Oberschwester der Chirurgie aus dem Operationssaal kam. Stan sei jung und gesund, er werde es schaffen. Hana atmete zum ersten Mal seit jenem Nachmittag erleichtert auf: Gott sei Dank. Doch es gab nicht nur gute Nachrichten. Stans Bein war schwer verletzt. Ein zweites Chirurgenteam würde in Kürze übernehmen, aber es war unmöglich vorherzusagen, ob das Bein gerettet werden konnte. Natürlich würden sie alles tun, was in ihrer Macht stand.

Dann erhielt Hana einen Anruf von Addison.

Sie fanden ihre Tochter mit einem Schlachtermesser in der Hand im Bad eingeschlossen. Als sie ihnen die Kopie der Daguerreotypie zeigte, die Raki zurückgelassen und auf der er eine Abstammungslinie zu Jaye und damit auch zu Addison eingezeichnet hatte, ergab das absolut keinen Sinn. Sowohl Jaye als auch Hana hatten zu Beginn ihrer Ermittlungen ihre eigene Herkunft gründlich erforscht und die Möglichkeit einer Verbindung schon längst ausgeschlossen.

Jaye rief seine Mutter an. Seine Eltern waren ein paar Jahre zuvor auf der Suche nach Linderung der chronischen Arthritis seiner Mutter an die australische Goldküste gezogen, wo ein wärmeres Klima herrschte. Und es war gewiss kein Nachteil, dass sein Vater schon sein Leben lang ein begeisterter Longboard-Surfer gewesen war und ihre neue Wohnung nur wenige hundert Meter von der Stelle entfernt lag, an der sich die großen Wellen brachen.

Als Jaye erklärte, warum er anrief, entstand am anderen Ende der Leitung eine lange Pause. Dann erzählte ihm seine Mutter etwas, von dem sie geglaubt hatte, dass er es niemals würde wissen müssen.

»Dein Dad. Er ist nicht dein leiblicher Vater«, sagte sie schließlich.

Es fiel ihr schwer, so etwas offenbaren zu müssen, aber da sie die Nachrichten über die Serienmorde verfolgte, wusste sie, wie ernst die Lage war. Sie erzählte Jaye, dass sie noch als Teenager mit ihm schwanger geworden war. Es war ein Fehler gewesen, eine impulsive, von Alkohol befeuerte Affäre, eine einzige Nacht mit jemandem, den sie nie geliebt, ja nicht einmal besonders gemocht hatte. Sie hatte auch nie vorgehabt, mit diesem Mann ihr ganzes Leben zu verbringen. Der Mann, den Jaye für seinen Vater hielt, war ein alter Freund, ein echter Freund. Und er war ein guter Mensch. Als Jayes Mutter sich nach seiner Geburt alleine durchschlagen musste, machte er ihr einen Heiratsantrag. Es war nicht nur etwas Äußerliches. Er liebte sie wirklich. Das war vor dreiundvierzig Jahren gewesen, und seither gab es kaum einen Tag, den sie nicht miteinander verbracht hatten.

Der Mann, den Jaye für seinen Vater hielt, hatte ihn offiziell adoptiert. Auf jenem Dokument, das für seine formelle Identifikation nötig war – einer kurz gehaltenen Geburtsurkunde –, wurde die Adoption nicht erwähnt. Diese Tatsache und der Name des leiblichen Vaters fanden sich nur auf der ausführlichen Fassung der Urkunde; es hatte nie einen Grund gegeben, warum Jaye sich diese Version hätte ansehen sollen.

Jaye verband die einzelnen Bruchstücke. Raki hatte aufgrund seines Fachwissens und der schier unbegrenzten Ressourcen bei seinen genealogischen Recherchen die Verbindung entdeckt.

»Es tut mir leid, mein Liebling. Wenn ich das Falsche getan habe, weil ich den Namen deines wahren Vaters verschwiegen habe.«

Hana konnte nicht hören, was Jayes Mutter sagte, doch sie konnte sehen, wie schwer es ihn traf.

»Du hast nichts Falsches getan.« Es ist keine Kleinigkeit, wenn man erfährt, dass man die fundamentalen Fakten des eigenen Lebens und der eigenen Identität von Grund auf neu überdenken

muss. Es ist eine seismische Bewegung, die die innere Landschaft verändert. Doch zugleich verstand Jaye, dass manche Dinge
sich überhaupt nicht geändert hatten. »Ich weiß, wer mein wah-
rer Vater ist, Mum. Der Mann, der sich in diesem Augenblick
wahrscheinlich mit seinem Board auf dem Wasser hin- und her-
treiben lässt und Ausschau nach der letzten Welle des Tages hält.
Sag Dad, dass ich ihn liebe.«

Er legte auf. Hana saß stumm mit ihm zusammen und ließ
ihm Zeit, die Neuigkeit zu verarbeiten.

Auch für Hana hatte sich die innere Landschaft geändert.

Die beiden Menschen, die sie auf dieser Welt am meisten
liebte, konnten die nächsten Opfer werden.

Unter deinen Füßen die gelbliche, unkrautbedeckte Masse im
Fluss, der alte, große Felsen.

Bewusst zwingst du deine Füße weiterzugehen. Nach wie vor
kämpfen Angst und Hochstimmung in dir und dies umso mehr,
als es jetzt nichts mehr gibt, an dem du dich festhalten kannst,
und wenn dir schwindelig wird oder du benommen wirst, gibt es
kein Geländer und keinen Drahtzaun, die verhindern könnten,
dass du die Kontrolle verlierst, ins Taumeln gerätst und brutal
auf der harten Felsoberfläche aufschlägst. Bei den Kids in der
Gegend gibt es eine Geschichte über einen Teenager, der betrunken war und einen mitternächtlichen Sprung riskieren wollte.
Der dabei ausgerutscht und mit dem Kopf voraus auf den Felsen
gestürzt ist und sich dabei den Schädel aufgeschlagen hat. Der
Fluss hat ihn sich geholt, und seine Leiche wurde nie gefunden,
aber wenn man die richtige Stelle kennt, kann man sehen, wo
sein Schädel durch die Wucht des Aufpralls ein kleines Stück aus
dem Felsen geschlagen hat.

Ein weiterer vorsichtiger Schritt. Und dann noch einer. Der Felsen im Wasser liegt jetzt hinter dir. Und jetzt hast du das Ende des Holzbalkens erreicht.

Weit breitest du deine Arme aus. Umschließt mit deinen Zehen die letzte Kante. Du beugst dich vor. Langsam. Langsam. Denn das ist der Beweis, dass du wirklich Mumm hast; einfach nur ans Ende des Balkens zu gehen und zu springen, ohne nachzudenken, ist leicht.

Es langsam zu tun, macht Angst.

Du beugst dich immer weiter vor. Näherst dich dem entscheidenden Punkt, dem optimalen Punkt. Oder vielleicht ist es auch ein schrecklicher Punkt. Du kannst dich nie wirklich entscheiden.

Es ist jedenfalls der letzte Punkt, an dem du noch eine Wahl hast.

Danach wird dir die Entscheidung aus der Hand genommen.

»Du solltest jede Menge Kleider einpacken, Schätzchen. Es könnte eine Weile dauern. Wer weiß, ob es dort eine Waschmaschine gibt, die wirklich funktioniert.«

Es ist die Art von Unterhaltung, die jede Mutter mit ihrer siebzehnjährigen Tochter führen könnte, die zum Campen in den Busch oder zu einem Drum-and-Bass-Festival fährt. Doch Addison wird weder ein Zelt aufbauen noch sich Musik anhören. Hana hilft ihr beim Packen, weil sie sich in ein bewachtes, sicheres Haus zurückziehen soll. Nachdem Raki Jaye und Addison als Nachkommen des sechsten Soldaten identifiziert hat, bleibt ihnen keine andere Wahl. Geplant ist, Vater und Tochter gemeinsam in ein sogenanntes Safe House zu bringen – eines jener anonymen Gebäude, die eigentlich für Informanten vorgesehen sind, die in ein Zeugenschutzprogramm aufgenommen werden sollen. Marissa und ihre beiden Töchter wird man ebenfalls dorthin bringen, denn das Risiko, sie als potenzielle Geiseln zurückzulassen, ist zu groß. Hana wird in ein Hotel umziehen, wo ihr ein bewaffneter Beamter einer Spezialeinheit Tag und Nacht nicht von der Seite weichen wird.

Addison packt ihre Lieblings-Doc-Martens ein, denn schließlich hat man Prioritäten. Sie zieht den Reißverschluss ihrer Tasche zu. Dann stehen beide einen Augenblick da, umgeben von sorgfältig gezeichneten Bildern an den Wänden. Addison als Baby, das heranwächst – zuerst noch ein Kind und dann eine junge Frau.

Hana nimmt ihre Hand. »Ich wollte nie etwas anderes, als dich zu beschützen. Heute habe ich dich nicht beschützt. Ich war nicht für dich da, Schätzchen. Es tut mir so leid.«

Addison schmiegt sich in die Arme ihrer Mutter. Die beiden sind vereint in ihrer Angst. Aber im Schweigen zwischen ihnen liegt auch noch etwas anderes. Etwas Schweres, Unausgesprochenes.

Seit Addison das Video gesehen hat, das Hana auf dem Mount Suffolk zeigt, seit jenem schrecklichen Streit, haben sie nicht mehr richtig miteinander gesprochen. Nicht von Angesicht zu Angesicht, kein »Wir müssen das klären«. Zwar gab es das, was in der Notaufnahme geschehen ist, als Addison zuließ, dass Hana ihr über den Kopf strich. Doch es fühlt sich an, als würde es länger als ein ganzes Leben zurückliegen.

Hana will nicht, dass ihre Tochter geht, ohne dass sie wirklich miteinander gesprochen haben.

»Das Video«, sagt sie. »Ich wünschte, du hättest es nicht auf diese Weise herausgefunden. Es kommt mir so vor, als hätte ich dich auf jede Art im Stich gelassen, die überhaupt nur möglich ist.«

Weil Hana die Arme um sie gelegt hat, kann Addison spüren, wie sich die Brust ihrer Mutter bewegt, während sie mit den Tränen ringt. In den letzten Tagen hat Addison genau dasselbe empfunden. Über Hanas Schulter hinweg blickt sie auf eine der Zeichnungen an der Wand. Es ist eine der jüngsten – entstanden, nachdem aus Jaye und Hana und Addison nur noch zwei Menschen wurden, weil Jaye gegangen war.

»Ich liebe dich«, sagt sie. »Du bist meine Mum. Ich werde niemals aufhören, dich zu lieben.«

Sie löst sich aus Hanas Umarmung, weil sie ihrer Mutter ins Gesicht sehen will. »Ich liebe dich. Aber ich hasse, was du getan hast. Du hast dich dafür entschieden, blau zu sein, nicht braun. Das ist Scheiße, Mum.«

Hana denkt über ihre Mängel nach, über die Dinge, an die sie sich immer geklammert hat, wenn es um das ging, was sie auf dem Mount Suffolk getan hat. *Ich war eine junge Polizistin, ich stand ganz unten in der Hierarchie. Wir hatten unsere Befehle, wir hatten keine Wahl.* Die Antworten, die sie sich selbst immer gegeben hat.

Aber diese Antworten sind keine Antworten mehr.

»Es tut mir leid«, sagt sie. Das ist alles, was sie ihrem Gefühl nach sagen kann.

Jaye kommt an die Tür. Die bewaffneten Beamten, die sie zu dem Safe House begleiten werden, sind bereit aufzubrechen. Addison umarmt ihre Mutter fest. Küsst sie.

»Du hast mich nie im Stich gelassen«, sagt sie. »Aber es könnte sein, dass du dich selbst im Stich gelassen hast.«

Du stehst am Ende des Strebebalkens. Tief unter dir fließt das Wasser. Es gibt kein Zurück. Du kannst nicht umkehren. Du kannst nicht ungeschehen machen, was geschehen ist. Du kannst nur stillstehen, an Ort und Stelle bleiben, wo du bist, die Kante von den Zehen umschlossen.

Oder du kannst einen Schritt weitergehen.

Eine weitere Bewegung.

Mehr braucht es nicht. Dann fügst du dich selbst in alles, was auch immer als Nächstes geschehen wird.

Es liegt nicht mehr in deiner Hand.

»Warum hältst du an?«

Hana antwortet nicht. Sie weiß nicht, warum sie an den Straßenrand gefahren ist.

Dutzende Male, als sie Zeuge genau derselben Situation wurde, ist sie vorbeigefahren. Ein Polizeiwagen am Straßenrand, davor ein heruntergekommenes, billiges Auto, das die Fahrbahn verlassen hat, als die blau-weißen Lichter zu leuchten begannen, und dessen Fahrer jetzt von einer uniformierten Polizistin angesprochen wird. Der Fahrer ist jung, vielleicht ein, zwei Jahre älter als Addison. Und er ist Māori.

Es gibt keinen Grund, warum Hana anhalten sollte. Jaye und Addison sitzen bei ihr im Auto, die bewaffneten Beamten begleiten sie auf dem Weg in das Safe House. Ein Senior Detective hat andere Aufgaben, als sich aus einer augenblicklichen Laune heraus mit einer gewöhnlichen Ordnungswidrigkeit im Verkehr zu beschäftigen. Und doch hat Hana angehalten. Sie steigt aus. Sie geht zu der uniformierten Polizistin. Die Polizistin erkennt sie. Natürlich erkennt sie sie. Sie hat gehört, was geschehen ist, und sagt Hana, dass sie in Gedanken bei Stan und bei ihr ist. »Wenn es irgendjemanden gibt, der diesen Kerl stoppen kann, dann sind Sie das, Boss.«

Hana fragt, warum der Fahrer herausgewinkt wurde. »War er zu schnell? Hat er ein Stoppschild nicht beachtet?« Die Polizistin sagt, dass kein Fehlverhalten vorliegt. Es geht nur um eine Routineüberprüfung. Aber der Mann hat keinen Führerschein, und für das Auto fehlt ein aktueller technischer Nachweis der Fahrtüchtigkeit. Das notiert sie jetzt.

Von Hanas Auto aus beobachtet Jaye verblüfft, was vor sich geht.

Hana wirft einen Blick auf den Fahrer. »Wo wollen Sie hin?« Der junge Mann ist nervös und eingeschüchtert, er versteht nicht, warum plötzlich noch jemand aufgetaucht ist. »Es ist alles in Ordnung«, sagt Hana. Der junge Mann trägt eine Leuchtweste und einen Overall. »Fahren Sie zur Arbeit?«

»Ich habe erst letzte Woche angefangen. Es ist meine erste Stelle«, sagt er. »Die Holzfabrik draußen im Westen. Aber es gibt keine Busse, die in diese Richtung fahren. Ich werde meinen Führerschein machen, Miss. Ich werde das Auto überprüfen lassen. Ich muss nur etwas Geld sparen.«

Inzwischen ist Jaye ausgestiegen.

Hana fordert den Fahrer auf, sich nicht von der Stelle zu rühren. Sie nimmt die uniformierte Polizistin beiseite. Erklärt ihr, dass der Mann vor Gericht kommt, wenn sie eine Anzeige schreibt. Man wird sein Auto abschleppen, und es ist fast sicher, dass er seine Arbeit verliert. Er wird vorbestraft sein. »Ist das wirklich die beste Möglichkeit, wie das hier enden könnte?«

Die uniformierte Polizistin ist nervös, besonders da Jaye, ein Detective Inspector, jetzt zusieht. Verdammt.

»Habe ich etwas Falsches getan?«, fragt sie.

»Sie haben nichts Falsches getan.«

»Was soll ich Ihrer Ansicht nach tun?«

Hana weiß, dass sie eigentlich nicht sagen darf, was sie als Nächstes sagen wird.

Sie sagt es trotzdem.

»Ermahnen Sie ihn, den Führerschein zu machen und das Auto überprüfen zu lassen. Zerreißen Sie die Anzeige. Lassen Sie ihn zur Arbeit fahren.«

Der junge Māori fährt davon. Er ist unendlich erleichtert, dass er nicht schon in der zweiten Woche, in der er eine Stelle hat, zu spät zur Arbeit erscheint. Auch die uniformierte Polizistin fährt weiter, vollkommen verblüfft über das, was da gerade geschehen ist.

Jaye mustert Hana, während sie zum Auto zurückkehrt.

Vor dem Safe House bittet Jaye einen der bewaffneten Beamten, Addison in das Gebäude zu führen und ihn mit Hana einen Augenblick im Auto allein zu lassen.

Er schiebt seinen linken Daumen zwischen Zeigefinger und Daumen seiner rechten Hand und erklärt Hana leise, was sie bereits weiß. Sie hatte kein Recht und keinen Grund einzugreifen, wo es um eine legitime Anzeige wegen Fehlverhalten im Straßenverkehr ging, und sich mit ihrer Entscheidung über eine Polizistin hinwegzusetzen, die sich streng an die Vorschriften hielt und genau die Arbeit erledigte, die sie erledigen sollte. Würde dieser Vorgang jemals untersucht werden, hätten sie es mit einem glasklaren Fall zu tun: ein Senior Detective, der von seinen Befugnissen unangemessenen Gebrauch gemacht hat.

»Was ist los?«

Einen Augenblick lang denkt Hana völlig unerwartet an den Strebebalken über dem Fluss. Daran, wie es ist, an dessen Ende zu stehen und sich langsam vorzubeugen.

»Du hast so viel durchgemacht, Hana. Ich muss wissen, ob du okay bist.«

Sie denkt über Jayes Frage nach.

Ein Mann, der fünf Mal gemordet hat, hat ein Hochleistungsgewehr auf die Stelle zwischen ihren Augen gerichtet. Er hat sich ihrer Tochter in ihrem eigenen Zuhause genähert. Ihr Freund und enger Arbeitskollege hätte fast sein Leben verloren, als sein mit einer Sprengvorrichtung präpariertes Auto in die Luft geflogen ist. Der Gedanke, dass Addison oder Jaye das letzte Opfer sein könnte, erfüllt sie mit Entsetzen. Ja, sie hat eine Menge durchgemacht. Keine Ausbildung der Welt kann einen Polizisten darauf vorbereiten, mit solchen Dingen zurechtzukommen. Keine psychologische Beratung wird die Narben jemals verblassen lassen, den Albträumen ein Ende setzen oder dafür sorgen, dass alles wieder normal ist.

Doch es gibt auch noch andere Dinge, die in Hanas Kopf rumoren und ihr das Gefühl geben, dass sie an einem entscheidenden Punkt angelangt ist, als wäre sie kurz davor, ins Unbekannte zu stürzen.

»Raki. Ich habe ihn sprechen gehört. Und ich habe verstanden, was er sagt. Aber was noch wichtiger ist …« Sie versucht, ihre Gedanken zu klären. »Ich weiß, dass er die Wahrheit sagt.«

»Er ist ein Mörder. Er hätte dich oder unsere Tochter töten können.«

»Ich meine nicht, dass die Dinge, die er tut, richtig sind, Jaye. Um Himmels willen. Seine Taten sind völlig abgedreht. Sie sind so falsch, wie sie nur falsch sein können. Aber das, worüber er spricht, die Dinge, die in diesem Land so verdammt schieflaufen und die schon seit Hunderten von Jahren so schiefgelaufen sind, sodass niemand von uns jetzt eine Vorstellung davon hat, wie sie wieder in Ordnung gebracht werden könnten. Wenn er über diese Dinge spricht … diese Dinge sind wahr.«

Hana hätte nie gedacht, dass sie einmal so etwas sagen könnte.

Aber jetzt, da sie diese Worte ausgesprochen und dem, was die Ermittlungen in ihr ausgelöst haben, eine Stimme gegeben und hinaus in die Welt geschickt hat, ist sie von einem greifbaren Gefühl der Erleichterung erfüllt.

Sie muss weitergraben, bis sie auf den Grund dessen stößt, was für sie so schwer zu fassen ist.

»Achtzehn Jahre lang habe ich verleugnet, wer ich war, wenn ich in den Spiegel gesehen habe. Ich gehöre einem Justizsystem an, das unterdrückt und einschränkt. Die Hälfte unserer Häftlinge sind Māori, obwohl wir nur vierzehn Prozent der Bevölkerung darstellen. Du und ich und unsere Kollegen sorgen dafür, dass die Zahl in den Gefängnissen Tag für Tag größer wird. Das ist unsere Aufgabe. Dieser junge Māori vorhin wollte einfach nur zu seiner Arbeitsstelle gelangen. Wir beide wissen, dass Probleme mit dem Führerschein bei den meisten jungen Māori für den ersten Eintrag in ihrem Vorstrafenregister verantwortlich sind. Wenn sie versuchen, eine Stelle zu bekommen, werden sie als schlechte Menschen betrachtet, und irgendwann wird es leichter für sie, tatsächlich zu schlechten Menschen zu werden, als sich weiter zu bemühen. Ich kenne die Statistiken, du kennst die Statistiken, wir alle kennen sie. Nur habe ich bisher immer so getan, als hätten sie nichts mit mir zu tun.«

In ihrem Kopf ist sie fast schon woanders.

Am Ende des Strebebalkens.

Sie beugt sich vor.

Ist fast bereit zu fallen.

»Ich tue so, als wäre die Justiz farbenblind. Das ist Bullshit. Ich verstehe, was Raki sagt. Wofür er kämpft. Und warum. Ich habe die Mutter dieses Mannes vom Berg heruntergezerrt. Ich habe ihr das Mana genommen, ihr Ansehen, ihre Würde. Denn ich war nicht stark genug, um meinen Vorgesetzten zu sagen, dass sie sich verpissen sollen. Er hat mir in die Augen geschaut und mich gefragt, warum ich das getan habe. Ich habe ihm gesagt, dass ich mir die Kraft gewünscht hätte, Nein zu sagen. Aber ich hatte sie nicht.«

Sie hält einen Augenblick inne, um die richtigen Worte zu finden. »Er hat fünf Mal gemordet. Er wird wieder morden, und du oder Addison könntet das Opfer sein, wenn ich ihn nicht aufhalte. Aber als er mir in die Augen geblickt hat, habe ich mich schuldig gefühlt. *Ich* habe mich schuldig gefühlt.«

Die Zehen umschließen die Kante des längsten Balkens.

Sie beugt sich vor.

Das Wasser unter ihr.

»Addison sagt, ich hätte eine Entscheidung getroffen. Die Entscheidung, blau zu sein, nicht braun.«

»Addison ist noch ein Kind.«

»Nein. Sie hat recht. Sie hat ausgesprochen, was ich mir selbst nie einzugestehen gewagt habe, und du wirst das nie verstehen können, weil du diese Entscheidung niemals treffen musst.«

Sich vorbeugen.

Sich vorbeugen.

Bereit, sich dem Wirken der Schwerkraft zu überlassen.

»Ich verstehe das, was Raki antreibt, besser, als ich meine eigene Arbeit verstehe.«

Der bewaffnete Beamte, der in der Nähe des Fahrzeugs steht, wird unruhig. Jaye muss in das Haus gehen. Er wählt seine nächsten Worte mit Bedacht.

»Die Dinge, mit denen du dich herumschlägst. Sie sind groß, wirklich groß, das ist vollkommen klar. Aber wenn du den Fall aufgeben willst, dann sag mir das bitte jetzt.«

»Ich laufe nicht davon. Ich werde ihn aufhalten«, sagt Hana ohne das geringste Zögern. »Darum geht es hier nicht.«

Jaye lässt seinen Daumen los.

»Ich werde ihn aufhalten, Jaye. Was immer es auch kosten mag.«

Jaye nickt. Gut. »Und danach. Nachdem all das vorbei ist«, sagt er sehr leise. »Was wirst du dann tun?«

Hana weiß keine Antwort auf diese Frage.

Die Arme weit ausgebreitet.

Sich langsam vorbeugen.

Zentimeter für Zentimeter.

Langsam, langsam.

Du näherst dich dem entscheidenden Punkt.

Einen Augenblick verharrst du genau dort. Dann noch einen Augenblick.

Dann beugst du dich noch einen Zentimeter weiter nach vorn.

Und dann bist du fort.

FUSSSPUREN

Der *Karanga*-Ruf hallt aus dem Versammlungshaus bis zu Hana, die an den Toren des Marae wartet. Sie folgt dem Ruf, indem sie den Vorhof bis zu der Stelle durchquert, an der die Mitglieder des hier ansässigen Iwi sie erwarten. Sie weiß, dass man sie mit Respekt und der traditionellen Form folgend begrüßen wird. Die Ruferin, die *Kaikaranga*, deren Aufgabe darin besteht, die Besucher willkommen zu heißen, spricht über das Land, auf dem das Versammlungshaus gebaut wurde, und über die Vorfahren, die dahingeschieden sind. Sie spricht von der Vergangenheit der Besucherin und dem Iwi, der sie jetzt begrüßt. Erzählt von den Verletzungen, denen nie die gebührende Aufmerksamkeit geschenkt wurde.

Hana geht weiter auf die Stufen des mit wunderschönen Schnitzereien verzierten Versammlungshauses zu, das am Fuß des Berges liegt, der erst seit Kurzem Mount Suffolk heißt und in all den Jahrhunderten zuvor Maunga Whakairoiro genannt wurde – Berg des großen Orca, der das Kanu des Iwi über die Meere geführt hat.

Im Versammlungshaus erreicht der Älteste, der die offiziellen Begrüßungsworte spricht, das Ende seiner Rede. Es sind mehrere Dutzend Iwi aus der Umgebung hier, deren Mitglieder zumeist älter sind und die achtzehn Jahre zuvor auf dem Berg gewesen waren. Sie sind gekommen, um sich anzuhören, was Hana zu sagen hat. Sie stimmen in ein *Waiata* ein, ein Lied, das die Begrüßung durch den Ältesten bekräftigen soll. Der Gesang endet, und die Mitglieder der Iwi setzen sich. Stille senkt sich über das Versammlungshaus. Nur noch das Knarren der Dachbalken im Wind ist zu hören.

Hana erhebt sich. Sie steht alleine vor den *Tangata Whenua*, den Menschen dieses Ortes. »Ich bin keine Fremde hier. Viele von euch kennen mich, und die Erinnerungen, die ihr an mich habt, sind nicht die besten.«

Sie räuspert sich. Ohne unsicher zu werden, kann sie vor Dutzenden Reportern, den zahlreichen Mitgliedern ihres Ermittlungsteams und den Fernsehkameras sprechen, die Bilder von ihr an Tausende Zuschauer übertragen. Aber vor dieser Gruppe ruhiger, respektvoller Menschen dieses Ortes zittert ihre Stimme. »Ich kann nicht ungeschehen machen, was euren Vorfahren widerfahren ist. Ich kann den Raub eures Landes nicht ungeschehen machen, obwohl er ein Verbrechen war, das niemals wiedergutgemacht wurde, bis zum heutigen Tag nicht. Und ich kann jene Aktion nicht ungeschehen machen, an der ich vor fast zwanzig Jahren beteiligt war.«

Die Kuia, die ältere Frau, trägt heute nicht die weiße Kleidung, die sie üblicherweise beim Rasenbowling trägt. Vielmehr trägt sie die formelle Kleidung, die diesem Anlass angemessen ist. Hana wendet sich direkt auf Te Reo an sie. »Als ich das letzte Mal hier war, haben Sie von den Männern in Uniform gesprochen, die vor einhundertsechzig Jahren auf Ihren Maunga gekommen sind. Und auch ich bin gekommen, in einer anderen Uniform zwar, aber mit Absichten, die keineswegs freundlicher waren. Sie haben gesagt, dass Sie sich daran erinnern, was ich und meine Kollegen, die bei mir waren, getan haben. Sie sollen sich erinnern. Wie auch ich mich erinnere. Es ist eine Erinnerung, die mich mit Scham erfüllt.«

In der Versammlung erhebt sich Gemurmel. Die Menschen dieses Ortes sind froh, Hanas Worte zu hören und die aufrichtigen Empfindungen, die hinter ihnen stehen.

»Entschuldigungen sind nur Worte«, fährt sie fort. »Worte können das Unrecht nicht wiedergutmachen, das eurem Volk über Jahrhunderte hinweg widerfahren ist. Und auch nicht das Unrecht, das ich auf eurem Maunga begangen habe. Aber ich entschuldige mich trotzdem.«

Die Kuia sieht, dass Hanas Worte nicht nur so dahingesagt sind. Sie erkennt die Scham und den Schmerz in Hanas Augen. In einer kaum wahrnehmbaren Bewegung deutet sie ein Nicken an. Aber Hana sieht es. Sie sieht, dass die Frau wortlos anerkennt, was Hana tut, und auch den Mut, den es Hana gekostet haben muss, hierherzukommen.

Hana fährt fort. Ihre Stimme ist jetzt kraftvoller. »Ihr habt meine Entschuldigung. Und ihr habt mein Versprechen. Der Mann, den ich zu finden versuche, begeht große Verbrechen im Namen eures Tupuna. Ich glaube nicht, dass euer Vorfahre seine Handlungen gutheißen würde. Ich glaube, er würde sie verdammen, wie ihr sie verdammt, das weiß ich. Dieser Mann ist einer von euch. Aber er hat seinen Weg verloren. Ich werde nicht ruhen, bis es mir gelungen ist, ihn aufzuhalten. Ich möchte ihn finden, bevor er anderen ein Leid zufügt oder ich ihm ein Leid zufügen muss.«

Sie steht mit gesenktem Kopf da.

Sie erwartet nichts von diesem Treffen. Sie erwartet keine Vergebung. Wenn ihre Entschuldigung ebenso wenig Gehör findet wie Jahre zuvor die inständigen Bitten dieses Iwi, friedlich demonstrieren zu dürfen, so wäre das nur gerecht. Sie kann nicht verlangen, das zu finden, was sie selbst zu geben nicht bereit war.

Eine Bewegung. Die Kuia erhebt sich, wobei sie sich auf ihren Gehstock stützt, ihren Enkel an ihrer Seite. Sie deutet auf Hana: *komm.* Hana geht zu ihr.

Die Kuia nimmt Hanas Arm. Sie drückt ihre Nase gegen Hanas Nase. So hält sie Hana für einen langen Augenblick. Dann küsst sie sie auf die Wange.

Die Mitglieder des Iwi machen, einer nach dem anderen, das Gleiche.

Im Wharekai teilen die Kuia und die anderen eine Tasse Tee mit Hana, um das zu besiegeln, was sich gerade ereignet hat. Für alle, die sich hier versammelt haben, ist das, was zurzeit vor sich geht – die Dinge, die Raki im Namen eines Vorfahren ihres Iwi tut –, verheerend. »Er ist ein außergewöhnlicher Mensch«, sagt einer der Ältesten in ernstem und beunruhigtem Ton. »Er hat so lange und so hart für uns gekämpft. Aber die Schlachten, die er für diesen Iwi geschlagen hat, haben in seinem Wairua, seinem Geist, eine Dunkelheit hinterlassen. Wie Kriege das so oft machen bei denen, die sie führen. Und jetzt das.«

Als der Enkel der Kuia noch etwas Tee einschenkt, fragt sie, ob Hana eine Kopie der Aufnahme besitzt, die Raki gemacht hat. Hana öffnet das Video auf dem Display ihres Handys. Die Mitglieder des Iwi sehen sich noch einmal Rakis Botschaft an. Überall fließen Tränen.

»Wenn wir nur mit ihm sprechen könnten«, sagt eine alte Frau. »Wenn er nur hierherkommen und uns ins Gesicht sehen würde. Er ist nicht mehr derselbe Mensch, der uns beim Prozess um die Rückübertragung des Landes zur Seite gestanden hat. Ein Schatten hat sich über ihn gesenkt. Wenn er zu uns kommen würde, könnten wir ihm dabei helfen, zu dem Menschen zurückzufinden, der er früher einmal war.«

Als das Video endet, bittet die Kuia Hana, einen Teil davon noch einmal abzuspielen – es geht ihr um eine der Stellen, wo Raki auf Te Reo spricht. »Die Übersetzung dieses Satzes in den Zeitungen und im Fernsehen. Die Leute haben das nicht richtig verstanden. Es wurde übersetzt mit: ›Ich folge dem Pfad meines Vorfahren, des großen Rangatira.‹ Aber das sagt er nicht.«

Um sie herum zustimmendes Nicken. »Er drückt sich sehr präzise aus«, sagt einer der Männer. »Tuakana hat niemals den Pfad der Gewalt oder des Utu eingeschlagen. Er war ein Mann des Friedens. Poata sagt nicht, dass er dem Pfad des Rangatira folgt. Der Rangatira hat diesen Pfad nie genommen.«

»Fußspuren. Das ist es, was er sagt«, erklärt die Kuia. »›Ich trete in die Fußspuren meines Vorfahren, des großen Rangatira.‹«

Es ist bereits dunkel, als Hana aus der Klinik kommt. Sie weicht einer höflichen Unterhaltung mit Gillian aus, der bewaffneten Beamtin, die man ihr zugeteilt hat, seit die Bedrohung durch Raki immer größer geworden ist. Es ist eine melancholisch stimmende Erfahrung, dass ein anderer als Stan sie ins Präsidium fährt. Deshalb hat sie überhaupt keine Lust, sich auf eine nichtssagende Plauderei einzulassen.

In der Klinik wurde ihr nicht gestattet, Stan zu sehen. »Die zweite Operation hat neun Stunden gedauert«, sagte die Ärztin, die Nachtdienst auf der Intensivstation hatte. »Gerade werden zusätzlich zwei kleinere Operationen durchgeführt. Er steht immer noch unter Narkose. Wir hoffen, dass er am Morgen wieder bei Bewusstsein ist.«

»Sein Bein?«, fragte Hana.

Die Ärztin schwieg einen Augenblick. Es war jene Art von Innehalten, das sogar bei den Menschen vorkommt, die sehr erfahren sind, wenn es darum geht, besonders schlechte Nachrichten zu übermitteln. »Wir haben alles getan, was wir konnten, um sein Bein zu retten. Die Verletzungen waren einfach zu gravierend.«

Während des schrecklichen Hubschrauberflugs hatte sie Stan immer wieder beruhigend versichert, dass alles in Ordnung kommen würde. Doch wenn Hana ehrlich ist, muss sie sich eingestehen, dass sie schon damals nicht an ihre eigenen Worte geglaubt hat. Sie war in Gedanken durchgegangen, was sie tun würde, sollte er noch in der Luft einen Herzstillstand erleiden. Sie wusste, wie vorzugehen wäre, und dass der Eagle Sauerstoff und einen Defibrillator an Bord hatte. Aber ebenso gut wusste sie, dass es angesichts der Schwere von Stans Verletzungen und der großen Menge Blut, die er verloren hatte, sehr schnell mit ihm zu Ende ginge, sobald er in eine kritische Phase geraten würde. Dann wäre es so, als wollte sie mit einem bloßen Finger ein Loch in einem Staudamm stopfen. Während sie durch den Flur der Notaufnahme rannte und sich darum kümmerte, dass der Druckverband an Ort und Stelle blieb, war sie in Wahrheit überrascht, dass Stan so lange durchgehalten hatte. Den ganzen zurückliegenden Tag über hat sie sich auf schlechte Nachrichten vorbereitet. Sie weiß, dass alles noch viel schlimmer sein könnte.

Stan wird überleben. Er wird nicht nur ein gerahmtes Foto an der Wand sein.

Aber er hat ein Bein verloren.

Sein Leben wird nicht einmal ansatzweise so sein wie früher.

Bevor Addison in das Safe House gebracht wurde, hatte sie ihr Exemplar von *Wo die wilden Kerle wohnen* eingepackt und Hana gebeten, es Stan ins Krankenhaus zu bringen. »Sag ihm, dass der kleine Freak hofft, dass es ihn an mich erinnert.«

Hana hat das Buch bei den Schwestern gelassen.

»Hier entlang, D Senior.« Gillian nimmt eine Abkürzung über den Rasen, um zu ihrem Auto zu gelangen. Das Gras ist feucht vom Tau, und ihre Schuhe hinterlassen Abdrücke auf dem nassen Boden. Sie schließt das Fahrzeug auf und dreht sich um.

Hana steht regungslos da und starrt das Gras an.

»Boss?«

Hana geht in die Hocke. Streicht mit den Fingern über die Schuhabdrücke. Aufgrund ihrer langen Berufserfahrung erkennt sie mit einem Blick, dass ihre junge Kollegin Größe 6 oder höchstens 6,5 trägt und ein leichtes Problem mit der Einwärtsdrehung ihres linken Fußes hat: Die Abdrücke auf der linken Seite sind nicht gerade. Aber nicht das ist es, worüber sie in diesem Augenblick nachdenkt.

Langsam geht die bewaffnete Polizistin zu Hana zurück. Sie weiß, dass furchtbare achtundvierzig Stunden hinter ihrer Vorgesetzten liegen, und jetzt macht sie sich Sorgen darüber, dass Hana direkt vor ihren Augen zusammenbrechen könnte, während sie mitten in der Nacht auf einem feuchten Rasen kauert.

»Sind Sie okay, D Senior?«

Hana hebt den Blick von den Abdrücken im Gras. Wenn sie

die junge Polizistin besser kennen würde, würde Hana sie vielleicht umarmen. »›Ich trete in die Fußspuren meines Vorfahren, des großen Rangatira.‹«

Die genaue Übersetzung von Poata Rakis Satz.

Jetzt weiß sie, wo sie ihn finden kann.

DIE HÖHLE

Über dem Höhenrücken, der sich in östlicher Richtung ins Landesinnere zieht, erscheint die erste Andeutung eines gelben Schimmers am Himmel. Noch ist es eine Stunde vor Sonnenaufgang. Fünfzig Kilometer südlich des Autobahnnetzes von Auckland sind die Straßen schmal. Es gibt nur noch eine einzige Fahrspur nach Norden und eine nach Süden. Die ländliche Schnellstraße führt zur Küste und durchschneidet dabei einen tiefen Wald, der in diesem weitläufigen, über achtzigtausend Quadratkilometer großen Naturschutzgebiet liegt. Es gibt zahlreiche Gegenden in diesem Land, in denen man sich verirren kann.

Zahlreiche Orte, an denen man sich verstecken kann.

In diesem besonderen Abschnitt der Schnellstraße gibt es keine Beleuchtung. Doch sogar in der Dunkelheit vor Tagesanbruch sind die beiden Fahrbahnen von flackernden roten und blauen Lichtern erhellt. Eine scheinbar endlose Reihe von Polizeifahrzeugen, dazu einige dunkle, gepanzerte SUVs und Armee-Unimogs sowie ein großer, umgebauter Tieflader, auf dem sich ein Container befindet, der als mobile Kommandozentrale fungiert. Mit einer unheimlichen Lautlosigkeit bewegen sich die Fahrzeuge fast Stoßstange an Stoßstange voran. Dringen immer tiefer in die Dunkelheit des Urwaldes vor.

Wenige Stunden zuvor war Hana noch einmal in das mit Schnitzereien verzierte Versammlungshaus am Fuß des Mount Suffolk zurückgekehrt. Immer wieder entschuldigte sie sich bei der Kuia dafür, dass sie sie geweckt hatte. Die Augen der Frau waren verquollen, ungeduldig. Ihr Enkel legte ihr eine Decke um die Schultern und sagte, dass Hana die alte Frau nicht lange beanspruchen dürfe und sich beeilen müsse mit dem, was sie sie fragen wolle.

»Ihr Vorfahre, Hahona Tuakana. Sie sagten, dass er in einen Wald gegangen sei, nachdem er die Gebäude niedergebrannt hatte, welche von den Siedlern auf dem Land seines Iwi errichtet worden waren«, sagte Hana rasch, denn ihr war bewusst, dass ihr die Zeit davonlief. »Sie sagten, er habe sich dort versteckt, in einem geheimen Hauptquartier, von wo aus er seinen Krieg des Ungehorsams geführt hat.«

Die Kuia nickte. Ja.

»Wissen Sie, wo genau sich dieses Versteck befand?«

»In südlicher Richtung. Den genauen Ort kenne ich nicht. Aber irgendwo in der Nähe des Hīwawā-Flusses.«

Hana erinnerte sich daran, was Grant Wirapa über den verriegelten Raum sagte, in den Raki ihn gebracht hatte: Er hatte dort in der Ferne das Geräusch eines Flusses hören können.

»Ich weiß nicht, warum das nicht bis morgen warten kann«, beschwerte sich der Enkel.

»»Ich trete in die Fußspuren meines Vorfahren, des großen

Rangatira‹«, sagte Hana, die sich jetzt sehr sicher war. »Poata hat das nicht als Metapher gemeint, als er diese Worte benutzt hat. Er meinte es wortwörtlich. Seine Füße gehen über denselben Boden, über den Hahona Tuakana gegangen ist. Durch denselben Wald. Auf demselben Land. Dort versteckt er sich. Der Ort, an dem Ihr Vorfahre Zuflucht gesucht hat, als er verfolgt wurde.«

Das Gesicht der Kuia trug einen feierlichen Ausdruck, als sie nach draußen in die Richtung sah, in der die Sonne in ein paar Stunden aufgehen würde. Sie zog ihre Strickjacke enger um ihren Oberkörper.

»Ich bete darum, dass kein Blut vergossen wird, wenn du ihn findest«, sagte sie leise. »Weder seines noch das von irgendjemandem sonst.«

Am Vormittag ist die mobile Kommandozentrale einsatzbereit. Sie liegt mehrere Kilometer von der Hauptverbindungsstraße entfernt flussaufwärts auf einem Parkplatz neben einer Hütte im Naturschutzgebiet. Such- und Bergungsspezialisten haben Dutzende Quadratkilometer dichten Waldes am Fluss in große Abschnitte unterteilt, in denen jeweils zwei Beamte den Auftrag haben, das ihnen zugewiesene Gebiet gründlich zu durchkämmen. Das Ziel ist es, die ersten Abschnitte bis zum frühen Nachmittag vollständig abzusuchen, worauf während der verbleibenden Stunden des Tages eine zweite, weiter flussaufwärts gelegene Zone durchsucht werden soll.

Hanas Partner ist Vince, ein uniformierter Beamter, der von hier stammt. Er ist schon älter und kennt sich in der Gegend hervorragend aus. Sie folgen ihrer Route durch das unwegsame Terrain bis auf eine Anhöhe, die im dichten Busch einen natürlichen Aussichtspunkt bildet. In der Ferne spiegelt sich die Sonne im

Fluss, der nach den jüngsten Regenfällen schlammig-braun dahinströmt. In einigem Abstand bemerkt Hana zwei weitere Polizisten, die mit gezogenen Waffen über eine Lichtung eilen. Effizient bewegen sie sich von einem Punkt zum anderen, wobei sie darauf achten, das offene Gelände so rasch wie möglich zu verlassen.

Bei einer letzten Besprechung vor der ersten Suchaktion waren an jeden Beamten Schusswaffen, Munition und eine kugelsichere Weste ausgegeben worden. Der Kommandant der bewaffneten Spezialeinheit erläuterte die juristischen Bedingungen für den Einsatz von Schusswaffen und gab die entsprechenden Anweisungen. Alles geschah in gedämpftem Ton. Wenn es darum geht, einen Menschen aufzuspüren, will man die eigene Anwesenheit nicht in alle Welt hinausposaunen. Darüber hinaus verriet die Stille jedoch ebenso, wie ernst die meisten Polizisten ihre Pflicht nahmen. Nachdem die Anweisungen erteilt und die mit einem Gittermuster überzogenen Karten ausgegeben worden waren und man die Funkgeräte zweimal überprüft hatte, gab es einen Augenblick des Schweigens. Mehrere Dutzend Männer und Frauen standen regungslos da, während ihnen kleine Atemwolken vor den Gesichtern hingen. In der Nähe rauschte der Fluss. In den Zweigen, die sie von allen Seiten umgaben, ertönte der Gesang einheimischer Vögel. Schräg fiel das Sonnenlicht durch die hohen Bäume und fing gerade an, die Schatten des Waldes zu erwärmen.

Hana sah in die Gesichter ihrer Kollegen. Sie wusste, was in jedem Einzelnen vor sich ging. Es war dasselbe, was sie selbst dachte. Niemand begrüßt den Tag, an dem er mit dem Wissen zur Arbeit gehen muss, dass die Aufgabe, die vor ihm liegt, seinem Leben ein Ende setzen könnte.

Die Suchtrupps machten sich auf in den Wald.

»Jemand hat eine Schusswaffe auf deinen Kopf gerichtet. Überlass den anderen heute die Vorarbeit, Hana. Es ist nicht einmal deine Aufgabe.«

Mitten in der Nacht hatte wenige Stunden zuvor diese schwierige Diskussion stattgefunden. In dem Safe House, in dem Jaye und Addison gemeinsam mit Marissa und ihren Töchtern beschützt werden, saß Jaye am Esszimmertisch und sprach leise in sein Handy, um die anderen nicht zu wecken. Er war die ganze Zeit über in Kontakt mit Hana geblieben, hatte sich aus der Ferne ein Bild der Lage verschafft und alles überwacht. Und er war der Erste, den Hana anrief, als sie die einzelnen Puzzleteile zusammengefügt und beschlossen hatte, die Genehmigung des Commissioners für eine unverzüglich durchzuführende bewaffnete Suchaktion einzuholen.

»Das alles ist jetzt schon viel zu nahe dran an unserer Familie. Um Himmels willen, Hana. Bleib im Kommandotruck. Um unseretwillen.« Jaye hatte nicht bewusst geplant, den Ausdruck »um unseretwillen« zu verwenden.

Aber er meinte es so.

Seit sie im Safe House Zuflucht gefunden hatten, schlief Marissa schlecht. Immer wieder stand sie nachts auf, um nach ihren Mädchen zu sehen, obwohl eine bewaffnete Beamtin rund um die Uhr bei ihnen war. Sie deckte ihre Kinder in jener Nacht fünf- oder sechsmal zu und öffnete dann die Tür zu Addisons Zimmer einen Spaltbreit. Addison war wie üblich eingeschlafen, während auf ihrem Tablet noch immer Netflix lief. Als Marissa Jayes Stimme aus dem Esszimmer hörte, kam sie leise näher, denn sie wollte ihn nicht stören.

»Um Himmels willen, Hana. Bleib im Kommandotruck. Um unseretwillen.«

Die kalte Lichtpfütze der einzelnen Glühbirne, die über dem billigen Resopaltisch hing, erhellte sein Gesicht. Ohne selbst gesehen zu werden, beobachtete Marissa ihn stumm im Schatten der Tür.

»Selbst wenn ich dir eine offizielle Anweisung geben würde, würdest du nicht im Kommandotruck bleiben. Du würdest es nicht tun, oder?«

Sie konnte die tiefe Besorgnis spüren, die Jaye empfand. Und da gab es noch etwas, das sie in seinem Gesicht sah, als er mit Hana sprach.

Etwas, weswegen sie am liebsten geweint hätte.

»Sei vorsichtig«, sagte Jaye. »Bitte.«

Er beendete das Gespräch und blieb, das Handy umklammernd und von Schatten umhüllt, mit gesenktem Kopf am Tisch sitzen.

Marissa beobachtete ihn noch einige Augenblicke lang.

Dann drehte sie sich um, noch immer wortlos, noch immer ungesehen, und ging zurück in ihr Bett.

Die Sonne am Himmel sinkt tiefer, als Hana und der Polizist aus der Gegend sich den Weg durch den dichten Busch zu dem weiter entfernt gelegenen Quadranten bahnen, der an diesem Tag ihren zweiten Abschnitt bildet. In der Ferne verschwinden zwei Beamte, die in der Nähe des Flusses suchen, zwischen dem dichten Flachs und den Bäumen am Ufer. In Hanas Ohrhörer erklingt unablässig das Knacken der eingehenden Meldungen und Bestätigungen, mit denen andere Kollegen darauf reagieren. Von der Kommandozentrale kommt die Meldung, dass das Licht nur noch für eine Stunde ausreichen wird. Zwar verfügen die Mitglieder der bewaffneten Spezialeinheit, die an der Suche teilnehmen, über Wärmebildkameras und Nachtsichtgeräte, doch davon abgesehen reicht die Ausrüstung nicht aus, als dass man nach Einbruch der Nacht die Suche unter sicheren Bedingungen fortführen könnte.

»Alle Gruppen, die ihre Abschnitte noch nicht beendet haben, werden angewiesen, in spätestens zehn Minuten zur Basis zurückzukehren.«

Hana geht an einem großen Baum vorbei, der weit über dreißig Meter hoch ist. Es ist ein Kahikatea. Eine uralte Steineibe, die viele unter dem Namen »Dinosaurierbaum« kennen. »D Senior«, flüstert Vince. Er hat etwas gefunden. Hana eilt zu ihm. Er kniet neben einem Tierkadaver, den Überresten dessen, was einst ein wilder Hirsch war und von dem nur noch der Kopf und der Rumpf mit den heraushängenden Eingeweiden übrig ist. Sorgfältig mustert sie den verwesenden Kopf. Er trägt ein Einschussloch genau zwischen den Augen.

Sie bittet Vince um sein Jagdmesser. Während sie sich bemüht, den Gestank des verrottenden Fleisches zu ignorieren, stochert sie in der Schusswunde nach der Kugel. Sie findet ein Stück Blei und zeigt es dem Polizisten. »Sie sind Jäger, Vince. Das hier stammt von einer .270er, oder?«

Er nickt. Ja.

In dem Quadranten neben Hana bahnen sich zwei Gestalten ihren Weg über eine steile Hügelkuppe. Ein weiblicher Junior Detective namens Bethell und ihr Partner Davison, ein Mitglied der bewaffneten Spezialeinheit. Als sie die letzten einhundert Meter ihres Abschnittes beendet haben, erklingt Hanas Nachricht in ihren Funkgeräten. »Suchgruppe Lima, wir haben einen toten Hirsch im nordwestlichen Quadranten unseres zweiten

Suchabschnitts gefunden, der von einer .270er Kugel getötet wurde. Der Verdächtige hat auf dem Containerhof eine Waffe gleichen Kalibers benutzt.«

Davison und Bethell wechseln einen Blick. Die Gegend ist extrem abgelegen. Jäger würden hier üblicherweise nicht nach Hirschen Ausschau halten. Für einen langen Moment herrscht Funkstille. In der Kommandozentrale werden Entscheidungen getroffen. Dann meldet sich die Einsatzleitung wieder. »Alle Suchtrupps zurück zur Basis. Es bleibt uns zu wenig Zeit bis zum Sonnenuntergang. Wiederhole, alle Suchtrupps zur Basis zurückkehren.«

Es ist unfassbar frustrierend. Genau in dem Augenblick, als sie das Suchgebiet einschränken, sich auf ein kleineres Terrain konzentrieren und möglicherweise die Distanz zu dem Gesuchten verringern können, müssen sie abbrechen. Davison wendet sich in Richtung Kommandozentrale. Junior Detective Bethell hält kurz inne und blickt auf den weiten Hang unter ihr hinab. Sie bemerkt ein Funkeln. Irgendetwas spiegelt sich in der untergehenden Sonne.

»Sehen Sie sich das an. Dort unten«, sagt sie zu ihrem Partner, wobei sie darauf achtet, nicht lauter als unbedingt nötig zu sprechen.

Davison eilt zu ihr zurück an den Rand der Hügelkuppe. Sie holen ihre Ferngläser heraus und richten sie auf die schimmernde Oberfläche unter ihnen.

Es ist ein Sonnenkollektor.

Der Sonnenkollektor ist unauffällig zwischen den Ästen eines Baums angebracht, wo er normalerweise fast unsichtbar wirken muss. Ausgenommen die wenigen Augenblicke, wenn die untergehende Sonne genau im richtigen Winkel auf ihn trifft. Als

Bethell ihre Position durchgibt und die Beobachtung meldet, macht der Beamte der Spezialeinheit einen Schritt nach vorn, um mithilfe seines Fernglases zu erkennen, wohin das Kabel des Sonnenkollektors führt. Er macht einen weiteren halben Schritt …

Plötzlich gibt der Rand der Hügelkuppe unter seinen Füßen nach. Er greift in das Laubwerk und packt einen dünnen Zweig, der jedoch in seiner Hand abbricht. Seine Partnerin muss hilflos zusehen, wie er einen steilen Abhang hinab vierzig Meter in die Tiefe stürzt und am Fuß des Hangs, nur einen Steinwurf von dem Sonnenkollektor entfernt, zusammensackt.

Davison stöhnt. Er weiß, dass sein Bein gebrochen und in einem erschreckenden Winkel verdreht ist. Er schafft es gerade noch, vor Schmerz nicht aufzuschreien, denn er weiß, dass er jetzt keinen weiteren Lärm mehr machen darf. Er betet darum, dass ihn das Geräusch seines chaotischen Sturzes nicht bereits verraten hat. Er sieht sich hastig um. Seine Waffe ist ihm aus den Händen gefallen und liegt mitten auf dem Abhang. Selbst unter den besten Umständen wäre es mühsam, sie zu erreichen, und mit seinem zerschmetterten Bein ist es unmöglich.

Oben auf dem Hügel gibt Bethell ihren Kollegen hektisch ihre GPS-Koordinaten durch und bittet um Unterstützung, während sie so rasch wie möglich nach unten klettert, ohne selbst zu stürzen. Vierzig Meter unter ihr schleppt sich Davison unter Schmerzen hinter einem Baum in Deckung. Er späht in Richtung des Sonnenkollektors. Die meisten elektrischen Kabel, die von dem Gerät wegführen, sind unter Erde und Moos verborgen, doch es gelingt ihm, einen Blick auf eine Leitung zu erhaschen, die in eine Öffnung in der felsigen Oberfläche des Abhangs führt.

Der Eingang einer Höhle.

Hana und Vince sind dem Abschnitt, in dem Davison mit seinem gebrochenen Bein liegt, am nächsten. Hana geht voraus. Sie eilt durch die rasch wachsenden Schatten des Waldes, indem sie den GPS-Koordinaten folgt, die sie an den Fuß des Hangs führen. Vince stolpert über eine Baumwurzel. Seine Waffe fliegt durch die Luft.

Hana bleibt lange genug stehen, um ihm wieder auf die Beine zu helfen, doch dann läuft sie sofort wieder weiter, wobei sie ohne innezuhalten ihre Glock zieht.

Auf halber Höhe des Abhangs nimmt Bethell, die auf ihren verletzten Partner zukriecht, Davisons Waffe an sich, und erreicht ihn in dem Augenblick, als Hana und Vince ebenfalls dort eintreffen. Hana hält einen Finger an die Lippen. Mit einer Geste gibt Davison den anderen zu verstehen, dass eines der Kabel in eine Höhle führt.

Vorsichtig nähert sich Hana der Öffnung im Felshang. Die anderen Polizisten haben ihre Waffen gezogen, um ihr falls nötig Feuerschutz zu geben. Vince macht seine Taschenlampe bereit. Ohne den geringsten Laut von sich zu geben, nickt Hana, und die Taschenlampe geht an.

Vor ihr, nur ein paar Meter vom Höhleneingang zurückgesetzt, befindet sich eine verstärkte Holztür, die den Umrissen der Öffnung genau angepasst wurde. Die drei Polizisten nähern sich langsam. Hana wirft ihren Kollegen einen Blick zu, der eine unausgesprochene Frage darstellt: Sind Sie bereit?

Sie rammt ihre Schulter gegen das Holz, und die Tür, die nicht verriegelt ist, fliegt auf. Mit der Waffe im Anschlag mustert sie das Höhleninnere und ruft: »Polizei! Wir sind bewaffnet!« Bethell und Vince gehen hinter ihr in Stellung. Der Raum ist leer. Hana kann am gegenüberliegenden Ende eine weitere Tür erkennen.

Die Waffe erhoben und schussbereit, schiebt sie die zweite Tür auf, doch auch der Raum dahinter ist leer. Weil sie überzeugt ist, dass sich momentan niemand in dem Versteck aufhält, übernimmt sie die Taschenlampe und leuchtet die dunklen Ecken des ersten, größeren Raums aus.

Dieser Raum ist eine Werkstatt: Es gibt Werkzeuge, eine Werkbank. Der Sonnenkollektor speist mehrere leuchtschwache Lampen, elektrische Sägen und eine Schweißausrüstung. Darüber hinaus befinden sich hier Kochutensilien und Vorräte an Nahrungsmitteln und Wasser. Der Strahl der Taschenlampe trifft etwas, das an der Wand hängt. Es ist die Daguerreotypie der sechs Soldaten und des hingerichteten Rangatira.

»D Senior.«

Vince hat etwas unter dem Tisch gefunden. Eine Kiste. Hana richtet die Taschenlampe auf das Etikett an der Seite. *ACHTUNG. PLASTIKSPRENGSTOFF.* Der Deckel wurde aufgebrochen. Vorsichtig leuchtet Hana hinein.

Die Kiste ist leer.

Eine Stunde später. Im Wald ist es vollkommen dunkel. Am Fuß des Abhangs herrscht hektische Aktivität. Mobile Beleuchtungseinheiten werden aufgebaut. Kriminaltechniker mit ihrer forensischen Ausrüstung zur Untersuchung von Rakis Versteck werden auf Quads herangefahren.

»Er ist überstürzt verschwunden. Hat Nahrungs- und Wasservorräte zurückgelassen.« Hana berichtet Jaye über ihr Telefon.

»Er ist irgendwo da draußen«, sagt Jaye. »Verwundbar. Jetzt hat nicht mehr er das Sagen.«

Hana blickt hinaus in die Dunkelheit des Waldes. Es stimmt, was Jaye sagt. Raki hat kein Versteck mehr. Er ist jetzt auf der

Flucht. Endlich hat die Polizei etwas, das sich wie ein Vorteil anfühlt. Ein Vorteil, der genutzt werden muss. Aber sie feiert nicht, noch nicht.

Ganz im Gegenteil.

Raki hat noch immer seine Waffe. Einen Plan. Und genügend Plastiksprengstoff, um einen Quadratkilometer der Innenstadt von Auckland in die Luft zu jagen.

DIE KLAPPERNDEN KNOCHEN

Im Traum geht seine Mutter von ihm fort.

Sie klettert die lange Seite eines Hügels hinauf. Raki ist einhundert Meter oder noch weiter hinter ihr. Er kann ihr Gesicht nicht sehen, sie ist zu weit weg. Aber er weiß, dass sie es ist.

»Māmā«, ruft er. Er hat dieses Wort nicht mehr benutzt, seit er ein Kind war, aber jetzt scheint es zu passen, scheint es das einzige Wort zu sein, um nach ihr zu rufen. »Māmā, warte!«

Doch seine Mutter bleibt nicht stehen. Ein heftiger Wind peitscht den Hang hinab. Raki hat den Eindruck, dass jeder Schritt, den er macht, um seine Mutter einzuholen, dem Kampf gegen einen eisigen Windstoß gleicht, der nur dazu da ist, um ihn den Hügel hinab und von ihr wegzudrängen.

Wieder ruft er nach ihr und bittet sie, langsamer zu gehen, stehen zu bleiben, auf ihn zu warten. Vielleicht schleudert der Wind die Worte zurück in seine Richtung, denn wenn sie seine Stimme hören könnte, die nach ihr ruft und sie bittet, kurz innezuhalten – wenn sie das hören könnte, würde sie doch gewiss umkehren, würde sie doch gewiss ihre Arme um ihn legen, um ihn zu halten?

Wieder ruft er nach ihr, der Wind peitscht sein Gesicht.

Aber seine Mutter geht weiter.

Abgelegenes Farmland auf sanft geschwungenen Hügeln. Hier gibt es keine Steilhänge und keinen Wald. Das hier ist eine ganz andere Landschaft als die Gegend, in der die Suchtrupps Rakis Unterschlupf entdeckt haben. In diesem tief im rauen Landesinneren befindlichen Gebiet existieren weder Straßen noch Siedlungen. Versteckt in einem dichten Mānuka-Wäldchen steht das Allrad-Auto, das Raki nach der Konfrontation auf dem Containerhof gestohlen hat. Abgebrochene Zweige bedecken sein Dach und verbergen das Auto von oben.

Im Traum wird der Wind immer stärker, schlägt ihm ins Gesicht, lässt seine Augen brennen.

Den Hang hinaufzugehen ist so, als würde man sich durch Öl bewegen. Je mehr er sich bemüht, seine Mutter zu erreichen, umso weniger scheinen seine Füße irgendeinen Halt finden zu können. Immer wieder ruft er nach ihr, immer lauter. Inzwischen ist er verzweifelt. Doch seine Mutter vor ihm geht immer weiter.

Er verdoppelt seine Bemühungen. Erschüttert, verwirrt. Warum bleibt sie nicht stehen?

Er legt sich in den Wind, zwingt sich den anscheinend endlosen Hang hinauf. Pure Entschlossenheit. Die Weigerung, nachzulassen. Je steiler der Hang, je heftiger der Wind, umso mehr treibt er sich selbst an. Es ist jetzt seine Mission, zu seiner Mutter zu gelangen, sein alleiniges Ziel, das Einzige auf der Welt, was jetzt noch zählt.

Er scheint ein wenig an Boden zu gewinnen. Noch immer ruft er nach ihr, und er kommt näher. Aber seine Mutter bleibt nicht stehen. Er ist jetzt so nahe, dass er sie deutlicher sehen kann, doch er bemerkt, dass ihre Hände ihr Gesicht bedecken.

Näher, näher, jetzt ist er nur noch ein paar Schritte hinter ihr, und obwohl sich der Wind in einen Sturm verwandelt hat, der direkt und unerbittlich auf ihn einströmt und ihn umzureißen droht, sodass er den endlosen Hang hinabstürzen würde, gibt er nicht auf.

Das ist das Einzige, was jetzt noch zählt.

Seine Mutter zu sehen. Sie zu halten. Und dass sie ihn hält.

Am Morgen zuvor stand Raki weit oben auf einem Höhenrücken und sah in der Ferne zwei Menschen, bei denen es sich fast mit Sicherheit um bewaffnete Polizisten handelte, die sich an den Ufern des Hīwawā-Flusses durch die Wildnis arbeiteten. Er ließ den Blick durch sein Fernglas über die Landschaft schweifen und erkannte zahlreiche weitere Beamte. Er wartete, bis er Dutzende schwer bewaffneter Polizisten gezählt hatte, die den Busch genau und methodisch absuchten. Wieder hatte DSS Westerman seinen Respekt gewonnen. Aber er hatte keine Zeit, um herauszufinden, wie es ihr gelungen war, ihn aufzuspüren.

Er eilte zurück in seine Höhle. Er suchte alle Dinge zusammen, die er tragen konnte – Dinge, von denen er wusste, dass er sie benötigen würde, um das zu beenden, was er angefangen hatte.

Und er nahm den Whāriki-Sack mit. Den würde er nicht zurücklassen.

»Māmā, halt an!«, ruft er wieder in seinem Traum.

Doch sie geht noch immer nicht langsamer.

Er ist jetzt näher bei ihr, viel näher, aber die Anstrengung, die es ihn gekostet hat, das zu erreichen, hat ihren Tribut gefordert. Er müht sich den erbarmungslosen Hang hinauf, kämpft gegen die grausamen Hiebe des Windes, er ist erschöpft, sein Herz hämmert, seine Kehle brennt, seine Augen sind entzündet, und obwohl er nur ein Dutzend Schritte hinter seiner Mutter geht – so nah! –, hat er kaum noch genügend Kraft, um sich für die wenigen fehlenden letzten Schritte weiter anzutreiben.

Aber er weiß, dass er es muss. Er darf jetzt nicht schwach werden. Wenn er der Erschöpfung nachgibt, die er verspürt, und sei es auch nur für einen Augenblick, dann ist alles verloren.

»Māmā!«

Mit einer letzten Willensanstrengung zwingt er sich weiterzugehen. Er streckt die Hand aus, kommt seiner Mutter immer näher, und endlich berühren seine Finger den Ärmel der regenbogenfarbenen Strickweste.

Seine Finger schließen sich. Er wird nicht loslassen, er kann nicht loslassen, seine ganze Welt hängt davon ab.

Sie bleibt stehen.

Er versucht, sie zu sich umzudrehen, doch sie wendet sich weiter dem endlosen Hang zu. Also geht er um sie herum, wobei er ein weiteres Mal gegen den Wind ankämpft, bis er vor ihr steht. »Zeig mir dein Gesicht, Māmā.«

Ihre Hände bedecken ihre Augen.

»Warum willst du mir nicht dein Gesicht zeigen?«

Im Allrad-Auto hat die Lebhaftigkeit des Traums Raki ruckartig aus seinem unruhigen Schlaf geweckt. Er ist erschöpft. Nachdem er unerwartet aus seinem Versteck hatte fliehen müssen, war er im Laufe vieler Stunden etliche Kilometer auf entlegenen Nebenstraßen und vorsorglich eingerichteten Brandschneisen unterwegs gewesen – eine schwierige und anspruchsvolle Route, dank der er jedoch große Teile des Landes zwischen sich und die Höhle legen konnte, welche die Polizei inzwischen gewiss entdeckt hat.

Dann hatte er diese Stelle zwischen den Mānuka-Bäumen gefunden, die viele Kilometer von irgendwelchen Siedlungen oder Farmgebäuden entfernt zu liegen schien, und dort die Nacht im Auto verbracht. Trotz seiner Erschöpfung war es ihm schwergefallen, Ruhe zu finden, und schließlich war er in den Stunden vor Anbruch der Dämmerung eingeschlafen, nur um von jenem unangenehmen Traum heimgesucht zu werden, den er inzwischen schon so oft gehabt hatte.

Dem Traum von seiner Mutter.

Er schiebt sich unter der dünnen Jacke hervor, mit der er sich über Nacht warmzuhalten versucht hat, und blinzelt in Richtung der Sonne, die gerade über einem fernen Bergrücken aufsteigt. Ein ruhiger Tag, so ganz anders als der Sturm in seinen Träumen.

Auch Monate zuvor war es ein ruhiger und stiller Tag gewesen, als er – wie jedes Mal, wenn er die Möglichkeit hatte – zu dem hohen Rimu-Baum aufgebrochen war, um das Seil zu schütteln. Die Sonne ging gerade unter, und die schräg einfallenden Strahlen des Abendlichts fielen durch die Wipfel der Bäume und die mächtigen Farne. In der Ferne erklang das sanfte Plätschern des Flusses. Die letzten roten Fruchtkapseln hingen noch immer in den hohen Zweigen, fast so, als wolle der Baum sagen: Es ist genug. Es ist an der Zeit, dem Rot ein Ende zu bereiten. Der Wald hat genug von der Farbe der Trauer gesehen.

Er griff nach dem Seil, das am Stamm eines benachbarten Baums festgemacht war und bis in die höchsten Äste des Rimu reichte. Ein Vogel erschien in der Öffnung des Sacks und flog davon, indem er mit träge flappenden Flügeln über den Wald glitt, der den Baum umgab. Raki zog am Seil. Hoch oben bewegte sich der Sack. Aus seinem Inneren …

Ein Geräusch, das dem leisen Klicken von Kieselsteinen am Grund eines rasch dahinströmenden Bachs ähnelte. Ein Geräusch, das er erwartet hatte. Ein Klappern.

Plötzlich fühlten sich seine Beine ganz schwach an und drohten, unter ihm wegzusacken. Er hatte mit diesem Geräusch gerechnet, hatte es sich ebenso vorgestellt wie die Sicherheit, die es mit sich bringen würde. Doch in jenem Moment, als er es tatsächlich hörte, musste er gegen eine Lawine von Gefühlen ankämpfen. Er nahm sich einen Augenblick Zeit, um durchzuatmen. Um zu beten. Tränen strömten ihm aus den Augen.

Dann löste er den Doppelknoten, mit dem das Seil befestigt war. Er ließ den Sack nach unten sinken, bis er nach ihm greifen konnte. Er umschlang ihn mit beiden Armen und legte ihn vorsichtig, so überaus vorsichtig, in das tiefe Moos des Waldbodens.

Es hatte in der Nacht zuvor geregnet. Er schöpfte eine Handvoll Regenwasser aus dem natürlichen Becken, das sich zwischen zwei dicken Rimu-Wurzeln gebildet hatte, und ließ es auf die Öffnung des Sacks tröpfeln. Als Segen. Dann schnitt er ein Stück Seil ab und band damit den Sack zu. Von großer Zärtlichkeit und Respekt erfüllt, hob er ihn hoch und sprach zu den Knochen seiner Mutter in seinen Armen.

»Tāria te wā. Tāria te tau.« (Wir haben gewartet. Die Zeit ist gekommen.)

Jetzt, da er in den blauen Himmel jenseits der Mānuka-Zweige aufblickt, spürt er plötzlich, dass er hungrig ist. Er hat mehr als einen Tag lang nichts mehr gegessen. Die Mahlzeiten, die er sich von dem geschossenen Hirsch bereitet hatte, waren aufgebraucht, und die meisten seiner Vorräte musste er zurücklassen, als er gezwungen war, aus der Höhle zu fliehen. Nachdem der Gedanke erst einmal in seinem Kopf ist, begreift er, dass ihn nagender Hunger quält. Für das, was er tun muss, braucht sein Körper Treibstoff. Er braucht Energie.

Auf der Jagd nach einem Kaninchen, das er auf einem nahe gelegenen Hügel erspäht hat, streift er mit dem Gewehr in der Hand durch das Unterholz. Während er den langen Weg um den Hang herum nimmt, sodass das Tier ihn weder riechen noch sehen kann, denkt er wieder an seinen Traum.

Der Traum endet jedes Mal gleich.

Er holt sie ein. Legt die Hand auf ihren Arm und bringt sie dazu, stehen zu bleiben. Er geht um sie herum, sodass er sie von vorne sehen kann, doch ihre Hände bedecken ihr Gesicht. Er streckt die Arme aus und nimmt ihre Hände sanft in die seinen.

Er spürt, dass ihre Hände feucht sind. Dann zieht er sie von ihrem Gesicht weg.

»Warum weinst du?«

Es ist jedes Mal dasselbe.

Ihr Gesicht ist tränenüberströmt, als sie ihren Sohn ansieht. Weinend.

Er erreicht eine Stelle, die über und hinter dem Tier liegt. Doch um diese Jahreszeit sind Kaninchen oft weitaus unruhiger als Hirsche, und dieses hier spürt die Gefahr. Es blickt sich um. Raki bricht aus seiner Deckung hervor, die Waffe gegen die Schulter gedrückt.

Das Gesicht seiner Mutter, tränenüberströmt.

Er tastet nach dem Abzug, während das Kaninchen so schnell es kann davonläuft.

Warum taucht sie in diesem Traum auf? Gibt es etwas, das sie ihm mitteilen will? Eine Botschaft?

Er hat das Tier mitten im Fadenkreuz seines Zielfernrohrs. Kontrolliert seinen Herzschlag. Blinzelt nicht.

Warum weint sie?

Er schiebt den Gedanken beiseite, konzentriert sich stattdessen auf den Abzug, den er vorsichtig drückt. Er bereitet sich auf den Stoß gegen seine Schulter vor und will gerade schießen, als ...

»Hey! Bro!«

Er erstarrt. Das Kaninchen springt davon, sprintet direkt in eine dichte Baumgruppe.

Zwei Jungen tauchen aus einem Gebüsch auf der anderen Seite des Hügels auf. Raki kann erkennen, dass beide Māori sind. Sie sehen aus wie Brüder. Einer ist ein Teenager, der andere ist etwa neun Jahre alt. Der Jüngere trägt ein totes Kaninchen. Der Ältere hält das Gewehr in der Hand, mit dem er es geschossen hat.

»Das ist die Farm unserer Familie«, sagt der Bruder mit dem Kaninchen. Obwohl er jünger ist, ist er der Mutigere.

»Du kannst hier nicht einfach so rumspazieren, als ob dir das alles gehören würde.«

Seit Raki die Stimmen gehört hat, achtet er darauf, den Kopf gesenkt zu halten. Die Augen auf den Boden gerichtet, ruft er ihnen in bewusst leichtem Ton etwas zu, während er auf sein im Mānuka-Wäldchen verstecktes Auto zugeht.

»Aroha mai. Mein Fehler. Ich gehe.«

»Immer mit der Ruhe, Bro. He Māori koe«, ruft der Jüngere

ihm nach. »Ist ja nicht so, als ob irgendein Pākehā unser Kai stehlen würde.«

Raki beschleunigt seine Schritte. Als er kurz zurückblickt, bemerkt er, dass die Brüder ihn nicht aus den Augen lassen. Raki geht noch schneller. Die Stille hinter ihm ist eine ohrenbetäubende Warnung. Über seine Schulter hinweg hört er leises Flüstern. Er hat einen Moment zu lange gebraucht, um den Kopf zu senken. Tagelang war sein Gesicht auf allen Bildschirmen und in allen Zeitungen des Landes. Die beiden Jungen haben genug gesehen, um zu wissen, wer auf dem Land ihrer Familie Kaninchen zu wildern versucht.

Er umfasst seine Waffe fester, alle seine Nerven sind in Alarmbereitschaft, und es ist fast so, als spüre er durch seine Haut, was hinter ihm vor sich geht. Er stellt sich vor, dass der ältere Bruder das Gewehr hebt und genauso auf ihn zielt, wie er selbst kurz zuvor das Kaninchen durch sein Zielfernrohr ins Visier genommen hat. Raki wartet auf das Geräusch, von dem er weiß, dass es kommen wird. Es ist inzwischen absolut unvermeidlich. Schließlich hört er es. Der Hahn des Gewehrs schnellt nach vorn, und als das leise Klicken ihn erreicht …

Hat er sich schon auf die Seite zu Boden geworfen, doch die Kugel ist in sein Bein eingedrungen. Er rollt durch das Gras, wie er es in den Sekunden zuvor durchgespielt hat, ignoriert den Schmerz, drückt sich wieder hoch und hebt das Gewehr vor sein Auge.

Durch das Zielfernrohr sieht er das Gewehr in der Hand des älteren Bruders. Der jüngere Bruder ist wie gelähmt vor Angst, während der ältere in einer Tasche nach einer Patrone kramt, um nachzuladen. Raki weiß, dass er keine Zeit hat, die Situation zu durchdenken, und dass er nicht zögern darf. Das Gewehr gegen die Schulter gedrückt, stürmt er laut schreiend auf die beiden zu und versucht so, noch mehr Druck auf den älteren Bruder auszuüben. Es funktioniert, die Hände des älteren Jungen zittern so heftig, dass er Mühe hat, die neue Patrone in die Kammer zu schieben. Noch während er weiterrennt, umschließt Rakis Finger den Abzug, wie er das kurz zuvor bei dem Kaninchen gemacht hat.

Plötzlich muss er an etwas denken. Es ist eine Erinnerung an etwas, das schon viele Jahre zurückliegt. Während er mit seiner Mutter unterwegs war, hatte er eine *Pūkeko* gesehen, die kürzlich von einem Auto angefahren worden war und tot am Straßenrand lag. Daneben stand das langbeinige, blau gefiederte Männchen über seine tote Partnerin gebeugt – unfähig, sich zu bewegen, unfähig, davonzulaufen, trotz der Gefahr durch die Autos, die dröhnend und dicht an ihm vorbeifuhren.

Beim Anblick des trauernden Vogels hätte der junge Raki am liebsten geweint. Als sie in ihrem Auto vorbeifuhren, drehte er sich um und sah, wie der arme Vogel hinter ihnen von einem Lastwagen erfasst und sein Körper in einer Explosion blauer Federn zerrissen wurde.

Jetzt auf dem Hügel verschwindet die Erinnerung an die Pūkeko so schnell, wie sie aufgetaucht ist. Als er auf die Brüder zustürmt, hört er das raue Bellen seiner Lunge, als käme es von irgendwo außerhalb seiner selbst, und er sieht, wie sich der ältere Māori-Junge voller Angst damit abmüht, seine Waffe nachzuladen, während der jüngere stumm und erstarrt danebensteht.

Sein Finger umschließt den Abzug fester. Obwohl er noch immer rennt, so schnell er kann, ist sein Zielfernrohr unverwandt auf den älteren Jungen gerichtet. Er kann ihn unmöglich verfehlen.

Warum weint seine Mutter im Traum?

Er spürt, wie sich der Abzug den letzten freien Millimeter weit bewegt, bevor der Schlagbolzen eine Millisekunde später gegen das Zündhütchen der Patrone prallen und ein winziges Stück Blei durch den Lauf und über die Entfernung von fünfzig Metern zwischen ihm und seinem Ziel jagen wird. Jetzt schreien beide Jungen, und Raki ist bereit zu feuern, bereit zu tun, was er tun muss, bereit, das Leben des älteren Bruders zu beenden und die Waffe dann gegen den jüngeren zu richten und dasselbe noch einmal zu tun, genau wie der trauernde Pūkeko am Straßenrand an der Seite seiner Gefährtin gestorben ist. Sein Finger erhöht noch einmal den Druck, und im allerletzten Augenblick …

Reißt er den Lauf in Richtung Himmel.

Bumm! Die Kugel fliegt zehn Meter hoch über den Kopf des älteren Bruders hinweg. Raki bleibt regungslos stehen, während die nächste Patrone in die Kammer gleitet, noch bevor er Atem geholt hat.

Die Hügel um sie herum werfen das Echo des Schusses zurück.

Der ältere Bruder lässt sein Gewehr fallen.

Die beiden Jungen drehen sich um und rennen davon.

Raki blickt ihnen nach, bis sie zwischen denselben Bäumen verschwunden sind wie das Kaninchen. Er betrachtet die Wunde in seinem Oberschenkel. Sie blutet heftig.

Er hebt die Waffe des Jungen auf und humpelt zu seinem Auto im Mānuka-Wäldchen.

Hana sitzt an Stans Bett. Seine Eltern waren bei ihm, seit er aus der Narkose erwacht ist, und sie nutzen die Zeit, in der Hana hier ist, um ins Motel zu gehen, zu duschen und etwas zu essen. Stan ist wach, aber noch immer benommen von den Medikamenten. Das Bein, das ihm geblieben ist, steckt in einem Streckverband. Er ringt mit der Nachricht, die er erhalten hat, doch er gibt sich große Mühe, es sich nicht anmerken zu lassen.

»Das Positive daran ist, dass man mich jetzt für die Paralympics aufstellen könnte. Das könnte die größte Chance für mich sein, mein Land zu repräsentieren, die ich je bekommen werde.«

Hana greift nach Stans Hand, wie er es getan hat, als sie suspendiert wurde. Sie wird ihm nicht sagen, dass er nicht tapfer zu sein braucht und es in Ordnung ist, wenn er weinen möchte. Es genügt, dass sie hier bei ihm ist. Sie spürt, wie sich seine Finger eng um ihre Hand schließen.

»Sie … Sie sind ihm auf der Spur, nicht wahr? Er ist irgendwo da draußen, und Sie werden ihn schnappen.«

Ihr Handy klingelt. Sie wirft Stan einen Blick zu. »Gehen Sie ran«, sagt er. In Wahrheit ist er erschöpft. Er ist froh, nicht reden zu müssen.

Hana sieht, dass es eine Privatnummer ist, was unverzüglich ihre innere Alarmanlage auslöst. Sie nimmt den Anruf entgegen.

»Detective Senior Sergeant Westerman.«

Langes Schweigen am anderen Ende der Verbindung.

»Detective Westerman.«

Sie erkennt die Stimme. Stan sieht ihren Blick und weiß sofort Bescheid. Hana tritt vom Bett weg, doch es ist zu spät. Stans Gesicht ist rot vor Wut. »Du verdammtes Arschloch! Du bösartiger, beschissener Bastard! Scheiß auf dich, Raki, du bösartiges Monster!« Als er zu schreien beginnt, geht Hana mit schnellen

Schritten aus dem Zimmer, und eine Krankenschwester eilt an Stans Bett, um ihn zu beruhigen.

Hana findet eine ruhige Ecke in einem der Flure. Sie lässt sich einen Augenblick Zeit. Sammelt sich.

»Raki. Ich bin hier.«

»In dem, was ich mache, liegt Ehre. Ehre.«

Als sie diese Worte hört, kämpft Hana darum, ihre Selbstbeherrschung zu bewahren. Es gelingt ihr nicht besonders gut. »Sie haben eine verdammte Bombe hochgehen lassen, Sie Stück Scheiße.« Sofort bereut sie ihre Worte. Aber es ist zu spät. Es gibt kein Zurück. Schau nach vorn. Erledige deine Aufgabe. Finde einen Weg, ihn von weiteren Taten abzubringen. Finde heraus, wo er ist. Nimm ihn fest.

»Ihr Kollege hat ein Bein verloren. Ich vermute, dann war er das wohl gerade?«, sagt Raki.

Hana bemerkt, dass sich in seiner Stimme etwas geändert hat. Er spricht unsicher. Als wäre er außer Atem. Kurz davor, zusammenzubrechen.

»Ich bin bei ihm in der Klinik«, sagt sie, wobei sie bewusst darauf achtet, dass ihre Stimme ruhig bleibt.

»Es tut mir leid, dass er verletzt wurde. Das war nicht meine Absicht.«

Sie hört das mühsame Atmen am anderen Ende der Verbindung. »Wo sind Sie, Poata?«, fragt sie und kämpft gegen die Versuchung an, ihm zu sagen, dass sie sich den Augenblick zurückwünscht, in dem sie ihre Waffe auf ihn gerichtet hatte, ohne abzudrücken. Aber da sie bei klarem Verstand ist, weiß sie, dass sie das nicht sagen kann. »Sagen Sie mir, wo Sie sind. Sie haben mein Wort, dass wir das beenden können, ohne dass jemand verletzt wird, wenn Sie kooperieren. Wir können dieser Sache gemeinsam ein Ende bereiten. Es ist Zeit, diese Dinge zu beenden.«

Sie lauscht. Es kommt keine Antwort.

Raki hat aufgelegt.

HŪMĀRIE, AROHA, MANAAKI

Ein Kerzenmeer, die flackernden Flammen von Schalen aus durchsichtigem Plastik geschützt. Die Marschierenden gehen langsam die Queen Street hinauf Richtung Aotea Square im Herzen der City von Auckland.

Es sind Zehntausende Menschen. Jung, alt. Doch sie bewegen sich in vollkommenem Schweigen. Niemand spricht, niemand stimmt irgendwelche Gesänge an. Es ist nicht diese Art von Marsch. Manchmal hört man ein Weinen. Vielleicht, weil jemand von der Macht des Kerzenmeeres, dem ruhigen Rhythmus der Schritte und der Direktheit der Gefühle, die alle empfinden, überwältigt wurde. Vielleicht ein Verwandter der fünf Opfer, die gestorben sind.

Die Polizei hatte versucht, den Protest aufzuhalten, aus Angst vor dem, was geschehen könnte, wenn eine so große Masse an Menschen in einem so kritischen Moment zusammenströmt. Doch die Marschierenden kamen trotzdem, traten bei Sonnenuntergang zusammen. Sie ließen sich nicht aufhalten. Schnell gab es eine Übereinkunft in den sozialen Medien, dass auf den

Transparenten und Fahnen, die die Menschen mitführen sollten, nur drei Worte stehen würden.

»Hūmārie«, das lyrische Wort für guten Willen und Frieden.

Dazu das gleichermaßen poetische Wort für Liebe, »Aroha«.

Sowie »Manaaki«, Güte und Mitgefühl.

Hoch über den Kerzen von ausgestreckten Händen gehalten, flattern tausendfach wiederholt diese drei Worte im Wind, von flackernden Flammen in der Dunkelheit erhellt.

Dasselbe spielt sich überall im Land ab. Gewaltige Zusammenkünfte, Māori Seite an Seite mit Pākehā und Seite an Seite mit Vertretern von mehr als zweihundert Ethnien und Religionen, die Neuseeland heute ihre Heimat nennen und damit eine der vielfältigsten Populationen der Welt darstellen. Menschen aus den ärmeren Vierteln wie aus den reichen Vororten marschieren in kleinen und großen Städten. Nachtwachen bei Kerzenlicht überall im Land, unzählige Menschen, die auf die Straßen gegangen sind, um auf das zu reagieren, was geschehen ist. Sie weisen das Blutvergießen zurück. Sie weisen die Morde zurück. Sie rufen zu einem Ende der Gewalt auf.

Hūmārie. Aroha. Manaaki.

»Er wollte Maika umbringen.«

Himiona ist der jüngere der beiden Māori-Brüder, die Kaninchen gejagt haben, als sie zufällig auf Raki stießen, Maika der ältere Bruder, der die Waffe trug. Sie waren schon früh in eine Gegend weitab der Farm ihrer Familie aufgebrochen, um auf die Jagd zu gehen, und nach dieser beängstigenden Begegnung hatten sie mehrere schreckliche Stunden benötigt, um zu ihrem Zuhause zurückzukehren.

Als von einem Polizisten vor Ort der Bericht eintraf, dass zwei

Jungen zufällig auf Raki gestoßen waren und dabei ein Schuss abgefeuert wurde, wurde Hanas Herz für einen Augenblick sehr schwer. Noch ein Toter? Der Kollege vor Ort versicherte ihr, dass beide Jungen unverletzt waren; furchtbar erschüttert, aber körperlich unversehrt. Der Polizist blieb bei der Familie, die einzige Waffe der ländlichen Dienststelle in Griffweite, während ein Polizeihubschrauber Hana von Auckland zur Farm der Familie brachte.

»Er war bereit, meinen Bruder umzubringen. Und dann mich. Ich konnte es ihm ansehen.«

Als Hana eintraf, war die Familie noch immer äußerst nervös. Die Mutter der Jungen erklärte Hana, dass sie von Maika nicht viel erfahren würde. Er ist nicht besonders gesprächig, sondern ein ruhiger Junge, der am liebsten in seiner eigenen Welt lebt. Himiona ist der Aufmerksamere der beiden, ihm entgeht nichts. Er hat mehr Selbstvertrauen und ist klüger, als man das von jemandem in seinem Alter erwarten kann, und er zögert nie, das auszusprechen, was er denkt.

»Er stand kurz davor, uns beide umzubringen. Er hatte seine Entscheidung getroffen. Er würde es tun. Doch dann war plötzlich etwas anders.«

»Was ist passiert, was meinst du?«, fragt Hana. »Was hat sich verändert?«

Himiona sieht zu seinem älteren Bruder, doch wie seine Mutter schon gesagt hat, hockt Maika nur schweigend da. Der Vater, ein großer Mann mit breiten Schultern, sitzt neben seinem Sohn und hält dessen Hand, eine berührende Geste unverstellter Liebe.

»Ich weiß es nicht. Als würde ein Schalter umgelegt«, fährt Himiona fort. »Als ob ihm etwas klar geworden wäre. Er hat den

Lauf seines Gewehrs angehoben und über unsere Köpfe hinweggeschossen. Das ist der einzige Grund, warum es uns noch gibt.«

Schließlich sagt Maika doch etwas.

»Es tut mir leid, Miss.«

»Was tut dir leid?«

»Ich gehe auf die Jagd, seit ich groß genug bin, um ein Gewehr zu halten. Ich hab versucht, ihn zu erschießen, aber er hat sich so schnell bewegt, und …« Maika weint, von seinen Gefühlen überwältigt und unfähig, die Tränen länger zurückzuhalten. Der Arm seines Vaters legt sich um seine Schultern. »Es tut mir leid, Miss. Ich wollte ihn aufhalten.«

Als Hana wieder im Hubschrauber sitzt, funkt sie Jaye an. Das Farmland ist mehr als einhundert Kilometer von der Höhle entfernt, die Raki als Versteck diente. Er hatte eine große Entfernung zwischen sich und die Suchteams gelegt und einen Ort gefunden, an dem er sich sicher fühlte. Nur dass dann zufällig die beiden Jungen auftauchten.

»Sie wurden nicht verletzt«, erklingt Jayes Stimme von lautem Knacken begleitet aus dem Funkgerät. »Dafür sollten wir dankbar sein.«

Während der Hubschrauber Hana zurück in die Stadt bringt, suchen ihre Augen das gewaltige Waldgebiet unter ihr ab. Die beiden Jungen hatten nie eine Rolle in Rakis Plänen gespielt, dessen ist sie sich sicher. Es war nichts weiter als Pech, dass sie auf ihn gestoßen sind. Aber was der jüngere Bruder gesagt hat, bereitet ihr große Sorgen: die absolute Entschlossenheit, mit der Raki sie zuerst töten wollte. Die Verpflichtung, die Raki sich selbst gegeben hat, nur das Blut derer zu vergießen, die Nachkommen der sechs Soldaten sind. Ändert sie sich gerade? Haben sich die Leitlinien plötzlich gewandelt? Sind die Dinge kurz davor zu eskalieren?

Sie erinnert sich daran, wie Raki einige Stunden zuvor am Telefon geklungen hatte, an die Unsicherheit in seiner Stimme. Er war verletzt, das weiß sie jetzt. Von einer Kugel ins Bein getroffen. Doch sie hatte mehr als körperlichen Schmerz gehört und nicht gewusst, was das bedeutete.

Manchmal zieht sich ein verwundetes Tier auf der Flucht an einen dunklen Ort zwischen zwei Steinen zurück, kauert sich zusammen und gibt auf. Bei anderen Gelegenheiten entscheidet es sich dafür, sich mit allem zu verteidigen, was es hat, alles und jeden mit Zähnen und Klauen anzugreifen und bis zum Tod zu kämpfen.

Hana hat jede Sicherheit verloren.

Raki ist unvorhersehbar. Undurchschaubar.

Sämtliche Regeln gelten nicht mehr.

Die Stunden seit seiner Begegnung mit den Jungen waren dunkel und schrecklich. Er hatte große Umwege über unbefestigte Straßen und Farmland genommen und war dabei so schnell gefahren, wie er es wagen konnte, um so viele Kilometer wie möglich zwischen sich und den Ort zu bringen, an dem die beiden jungen Kaninchenjäger auf ihn gestoßen waren. Noch während der Fahrt hatte er versucht, die Blutung an seinem Bein zu stillen, wobei der stechende Schmerz durch das raue Terrain noch heftiger wurde.

Als alles zu viel wurde, suchte er sich eine Stelle in dichtem Buschwerk. Er hatte seinen gut ausgestatteten Erste-Hilfe-Koffer in das Allrad-Fahrzeug geworfen – ein Modell, wie er es bei der Armee besessen hatte. Auf dem Boden neben seinem Auto sitzend, hatte er ein Jagdmesser sterilisiert, tief aus- und eingeatmet und versucht, innerlich so ruhig wie möglich zu werden.

Dann hatte er den Schnitt angesetzt und das Messer in das zerfetzte, aufgerissene Fleisch seines Oberschenkels gebohrt.

Es war ein Albtraum.

Er hatte mit einigen Tüchern das strömende Blut weggewischt und tiefer in Muskel und Fett geschnitten, wobei er ein weiteres Mal fast ohnmächtig geworden wäre. Endlich war die Spitze seiner Klinge auf Metall gestoßen. Er wappnete sich, biss die Zähne zusammen und fuhr mit dem kleinen Finger in die Wunde. Er tat es schnell, um den schrecklichen Vorgang nicht zu verlängern, konnte aber trotzdem einen lauten Schmerzensschrei nicht unterdrücken. Nach ein paar Sekunden, die sich wie Stunden anfühlten, zog er das Stück Blei heraus.

Die Kugel in der Hand saß er mit hechelndem Atem da und kämpfte darum, bei Bewusstsein zu bleiben. Er hatte Blut verloren, jede Menge Blut; die Erde um ihn herum war voller roter Flecken. Am liebsten hätte er dem lähmenden Schmerz nachgegeben, doch er wusste, wenn er jetzt ohnmächtig wurde, war es mehr als wahrscheinlich, dass er verbluten würde. Er gab reichlich Desinfektionsmittel auf die Wunde, doch weil er so tief hatte schneiden müssen, brachte jeder Tropfen der Flüssigkeit neue Qual mit sich. Als die Flasche mit dem Desinfektionsmittel leer war, nahm er eine Nadel und ein Stück chirurgischen Faden aus dem Erste-Hilfe-Koffer und nähte das Fleisch so gut er konnte zusammen. Dann bedeckte er die Wunde mit Gaze, die sofort rot und feucht wurde, kaum dass er sie auf das Bein gelegt hatte. Er umwickelte die Wunde mehrfach mit einer Binde, die er so straff anlegte, wie er es aushalten konnte – in der Hoffnung, die Blutung so stillen zu können. Dann, endlich, war nichts mehr zu tun, und er konnte seiner Erschöpfung nachgeben.

Er sank auf die feuchte rote Erde und lag regungslos da.

Ein paar Stunden später flog der Hubschrauber über ihn hinweg, der Detective Senior Sergeant Westerman von der Farm zurückbrachte, wo sie mit den beiden Brüdern gesprochen hatte. Zu diesem Zeitpunkt war Raki noch immer bewusstlos, sein Körper hatte alle Vorgänge heruntergefahren, um ihm diese wenigen Stunden der Ruhe zu verschaffen, die ihm ein bisschen Erholung bringen sollten. Von der Luft aus suchten Hanas Augen große Streifen der Landschaft unter ihr ab, doch das Allrad-Fahrzeug war gut versteckt unter dem dichten Blätterdach des Waldes.

Raki, der auf der feuchten roten Erde lag, hörte nichts von den Rotorblättern. Wieder träumte er von seiner Mutter. Er folgte ihr den steilen Hang hinauf, und ein heftiger Wind blies ihm ins Gesicht, als er ihren Namen rief.

Der Polizeihubschrauber flog weiter in Richtung Stadt.

Als Raki wieder erwachte, war es dunkel.

Das Safe House ist kein besonders beeindruckender Anblick. Aber es soll ja auch nicht mit den Fünf-Sterne-Plus-Hotels in Strandnähe konkurrieren. Die meisten Menschen, die vorübergehend in den abgenutzten Wohnungen bleiben, sind vor allem damit beschäftigt, lange genug zu überleben, bis sie eine neue Identität bekommen haben und in eine Stadt am anderen Ende des Landes oder besser noch nach Australien gebracht werden. Es kümmert sie nicht, dass sich die Tapete von den Wänden löst und der Blick aus den Fenstern auf eine graue Betonmauer am Ende einer außergewöhnlich schmalen Gasse fällt.

»Wenigstens hab ich mein eigenes Zimmer«, sagte Addison, als sie ankamen. Was in Jayes Augen so ziemlich die positivste Einstellung war, die man diesem Ort gegenüber haben konnte.

Während der Zeit, in der sie zu ihrem eigenen Schutz hier isoliert sind, haben Jaye und Marissa ihr Bestes getan, um Addison und Marissas Töchter Sammie und Vita von den Nachrichten fernzuhalten. Denn es gibt jetzt nur noch eine Geschichte – die Morde –, und es ist unmöglich, den Fernseher einzuschalten, ohne Rakis Gesicht zu sehen. Jaye hat versucht, Addisons Interesse an den zurzeit angesagten Filmen auf Netflix zu wecken, und sie gebeten, ihre Musik für den kürzlich beförderten Polizisten zu spielen, der sich um sie kümmern soll. Doch alle Mühe war vergebens. Addison schaut sich im Minutentakt die neuen Nachrichten an, die auf ihrem Handy eingehen. Auf ihrem Display erscheinen Berichte über die Märsche, die überall im Land stattfinden. Sie beobachtet die stumme Prozession, das Flattern der Transparente. Jaye sieht, wie ihre Finger mechanisch an ihrem Ärmel zupfen. Er weiß, dass seine Tochter dies bereits seit ihrem zweiten Lebensjahr macht – immer dann, wenn sie am liebsten weinen würde, aber nicht möchte, dass jemand sie weinen sieht.

»Hey, Phil«, sagt er zu dem jungen Constable. »Sie spielen gerne PlayStation, oder?«

Der junge Mann bemüht sich die ganze Zeit schon um ein absolut vorbildliches Verhalten, denn er ist sich überaus bewusst, dass er sich unter den Blicken eines Detective Inspector bewegt. Mit äußerster Sorgfalt hat er Türen und Fenster überprüft und darauf geachtet, seinem Vorgesetzten regelmäßig Meldung zu machen; er spült sogar das Geschirr, wenn jemand eine Tasse Tee getrunken hat. Er macht definitiv ein wenig zu viel des Guten, wie Jaye sich eingestehen muss, wenn er ehrlich ist.

»Nun kommen Sie schon. Sie sind neunzehn Jahre alt. Dann also Xbox. Haben Sie sie mitgebracht?«

Der junge Mann sieht verwirrt aus. Ist das ein Test? Jaye kann erkennen, dass die Antwort »Ja« lautet.

»Ist schon in Ordnung. Sie machen gute Arbeit, Phil. Großartig, wirklich gründlich. Aber ich glaube, wir können alle ein wenig entspannen. Niemand weiß, wo wir sind. Holen Sie Ihre Xbox.«

Nachdem der Constable in sein Zimmer gegangen ist, setzt sich Jaye neben Addison. Gemeinsam mit ihr betrachtet er die Aufnahmen. Dann zieht er ihr das zerknüllte Ende ihres Ärmels aus den Fingern. Ihr Blick bleibt auf das Display gerichtet. Sie möchte ihren Vater nicht ansehen und riskieren, die Fassung zu verlieren. »Ich bin wirklich am Arsch«, sagt sie, während sie den Marschierenden zusieht. Jaye nimmt ihre Hand. Das genügt, damit Addison nun doch zu weinen anfängt.

Es gibt etwas, das sie bisher niemandem erzählen konnte, seit Raki bei ihr im Haus war. »Als wir zusammen waren, Dad. Als er mit mir gesprochen hat. Mir in die Augen gesehen hat. Und sagte, dass wir beide dasselbe wollen. Einen Augenblick lang hätte ich fast … verdammte Scheiße.«

In jenem Augenblick hätte sie fast gesagt: »Sie haben recht. Wir wollen dasselbe. Was soll ich tun, was meinen Sie?« Und jetzt leidet sie deswegen unter heftigen Schuldgefühlen.

»Einen Augenblick lang hab ich geglaubt, was er gesagt hat«, erklärt sie. »Und dann sah ich, wie Stan aus dem Hubschrauber getragen wurde. Und mir wurde klar, dass Poata Raki kein Visionär ist. Er ist ein Mörder.« Sie wischt sich die Augen. Sieht sich wieder die Aufnahmen auf ihrem Handy an. »Ich wünschte, ich könnte dort sein. Bei all diesen Leuten. Wir alle zusammen. Die wir uns erheben.«

Jaye nimmt ihr das Telefon aus der Hand und schaltet das Display aus.

»Wollen wir zusammen Pizza machen?«

Plötzlich lächelt Addison. Gemeinsam Pizza zu machen ist eine der Lieblingsbeschäftigungen von Vater und Tochter. Doch dann verschwindet ihr Lächeln. »Wird mit Mum alles in Ordnung sein?«, fragt sie.

»Ja«, antwortet Jaye ohne zu zögern und mit absoluter Sicherheit.

Aber so viel Sicherheit zeigt er nur um seiner Tochter willen.

In Wahrheit weiß er nicht, was geschehen wird.

Und er hat schreckliche Angst.

Die Berichte über die Teilnehmer an den verschiedenen Märschen laufen auch auf einem anderen Display. Raki betrachtet die Aufnahmen auf seinem Handy. Sein Allrad-Auto steht am äußersten Südende des Autobahnnetzes von Auckland auf den Hügeln in einer Feuerschneise, die sich durch den Pinienwald zieht. Weit unter ihm staut sich der Verkehr kilometerweit. Nachdem man seine Höhle tief in den Wäldern in der Nähe des Hīwawā-Flusses entdeckt hatte und es offensichtlich wurde, dass Raki mit seinen Waffen und einer beängstigenden Menge an Plastiksprengstoff entkommen ist, waren auf allen Verkehrsadern, die in die Stadt führten, in kürzester Zeit Straßensperren errichtet worden. Jedes Auto, jeder Lastwagen und jeder Bus wird kontrolliert. Die Straßensperren leuchten in der Dunkelheit wie eine Konzertbühne.

Die wenigen Stunden Schlaf haben geholfen, aber weil Raki schon länger nichts mehr gegessen und viel Blut verloren hat, verspürt er eine nagende Schwäche. Gegen beides kann er nichts unternehmen. Er blickt von den Aufnahmen der Märsche zu den Straßensperren unter sich und denkt über alles nach, was geschehen ist. Seine minutiöse Planung, seine umfangreichen Recherchen, um die Nachkommen zu finden, die Gewissenhaftigkeit, mit der er jeden Mord vorbereitet hat, um dafür zu sorgen, dass der Tod so rasch und schmerzlos wie möglich eintrat. Die Tatsache, dass er nur von jenen Menschen verlangt hat, Vergangenes zu sühnen, welche durch die Schuld ihrer Vorfahren schwer belastet waren, deren Blut noch immer durch ihre eigenen Adern floss.

Und dann, so kurz vor dem Ende, sah er, wie die Polizei durch den Wald kam. Er musste überstürzt fliehen und hatte, wie sich herausstellen sollte, am falschen Ort Zuflucht gesucht. Hatte dem Hunger nachgegeben und war mit einem für ihn untypischen Mangel an Vorsicht den beiden Jungen mit dem Gewehr über den Weg gelaufen.

Besser das Blut Unschuldiger vergießen, als gar keins.

Das hatte er gesagt, das hatte er geglaubt, dadurch war es ihm möglich geworden, mit dem zu leben, was er tat. Aber das letzte Ereignis war anders gewesen. Zwei Jungen auf Kaninchenjagd. Brüder, in deren Herkunft es keine Kollektivschuld gab.

Und das Allerschlimmste.

Das Gefühl seines Fingers am Abzug. Bereit, sie zu erschießen. Im Kopf sein Entschluss, sie zu erschießen. Das Gefühl in ihm, das Gefühl, wozu er fähig war, das Wissen, dass er den Abzug drücken und die beiden Jungen erschießen würde. Sein Blick fällt in den Rückspiegel des Allrad-Autos.

Ist er von seinem Weg abgekommen? Hat er die Richtung verloren, die er ursprünglich eingeschlagen hatte, sodass er sich jetzt an einem Ort wiederfindet, von dem keine Umkehr mehr möglich ist? Er hatte Westerman angerufen und ihr gesagt: »In dem, was ich mache, liegt Ehre.« Als er diese Worte ausgesprochen hatte, war es ihm nicht so sehr darum gegangen, jene Frau zu demütigen, die gegen seine Mutter ehrlos gehandelt hatte, sondern eher, um sich selbst eindringlich zu versichern, dass das, was er sagte, der Wahrheit entsprach.

Wieder wirft er einen Blick auf sein Handy. Die stummen Prozessionen. Die Fahnen und Transparente und handgemalten Schilder.

Aroha. Hūmārie. Manaaki.

Im Unterricht hatte er so oft über diese fundamentalen Aspekte gesprochen, die den Kern dessen ausmachten, was es hieß, ein Māori zu sein. In seinen offiziellen Eingaben zu den Ansprüchen des Iwi hatte er über diese Prinzipien geschrieben und darüber, wie die Kolonialisten in dieses Land gekommen waren, ohne eine Vorstellung von den grundlegenden Überzeugungen der Māori zu besitzen oder mit Respekt der Art und Weise zu begegnen, in der die Māori als Gemeinschaft zusammenleben wollten. Wie diejenigen, die auf ihren großen Schiffen hierherkamen, von ganz anderen Dingen getrieben wurden, wie etwa Selbstverherrlichung und Profit – Haltungen, die Te Ao Māori, der Weltsicht und Lebensart der Māori, ins Gesicht schlugen.

Die drei schönen Worte, erleuchtet von den Flammen Zehntausender Kerzen.

Als Raki sich für seinen Weg entschied, hatte er ein Bild im Kopf gehabt. Junge Māori, die sich im ganzen Land erheben würden, sobald sie seine Worte und seine Botschaft hörten, die ihr eigenes Leben und das Leben ihrer Familien und ihrer Vorfahren betrachten und verstehen würden, dass ihnen jemand die Wahrheit sagte, die ihnen über Generationen hinweg verweigert worden war. Er hatte geglaubt, dass der Funke, den er mit dem Feuerstein seiner Handlungen entzündete, eine unaufhaltsame Revolution in Gang setzen würde.

Doch die Botschaften, die die Teilnehmer der Märsche hochhalten, sind vollkommen anders.

Aroha. Manaaki. Hūmārie.

In den Nachrichten auf seinem Handy sieht Raki, wie eine Frau langsam eine Bühne betritt und sich an die Menge in Auckland richtet. Er kennt sie. Es ist die Kuia des Te Tini-o Tai. Sie steht vor den Zehntausenden Teilnehmern des Marsches, die ihre Kerzen und Transparente halten. Aber als sie spricht, wendet sie sich nur an einen einzigen Menschen. An jemanden, den sie kennt und liebt.

»Komm zurück zu uns«, sagt sie zu Raki auf Te Reo. »Du bist von unserem Blut, Poata. Du bist einer von uns, du gehörst zu uns. Du hast einen Weg gewählt. Du glaubst, dass du Utu ausübst. Aber in deinem Schmerz hast du einen vollkommen anderen Weg eingeschlagen. Utu bedeutet, ein Gleichgewicht zu suchen. Doch du folgst dem Weg des Rānaki – der Fortsetzung von Gewalt, dem Lebendighalten der Rache. Mit Rānaki wird es niemals ein Gleichgewicht oder Frieden geben. Nur das Gegenteil. Noch mehr Gewalt. Noch mehr Schmerz. Noch mehr Dunkelheit.« Die Kuia auf der Bühne weint. »Halte ein mit dem, was du tust. Kehre zu uns zurück. Kehre zurück zu dem, der du bist. Wir lieben dich.«

Raki schaltet das Handy aus. Er kann nicht länger zusehen.

Die Kuia, die Frau, die er so sehr achtet, weint.

Seine Mutter weint in seinen Träumen.

Wenn sie ihn in seinen Träumen besucht, gelten die Tränen seiner Mutter dann einem Sohn, der seinen Weg verloren hat? Der in einem Sturm gefangen ist und den kein Stern mehr führt? Hat er, wie die Kuia sagt, einen Fehler gemacht? Und wenn er einen Fehler gemacht hat, hat er sich dann dabei so sehr auf eine nicht wiedergutzumachende Weise erniedrigt wie die sechs Soldaten, mit deren Tat vor so vielen Jahren alles begonnen hatte?

Er denkt an das erste Mal. Als er den Flur in dem baufälligen Gebäude entlangging. Er hatte herausgefunden, wo der Mann lebte, der Nachkomme des ersten Soldaten, der Mann, der sein eigenes Kind getötet hatte. In dem mit Graffiti beschmierten Flur des Palace war Raki zehn Meter vor der Tür des Mannes stehen geblieben. Die Erde bewegte sich unter seinen Füßen, als stünde er auf einem ausbrechenden Vulkan. Er drehte sich um. War bereit, die Dinge ruhen zu lassen, die er sich zu tun entschlossen hatte.

Aber in diesem Flur erinnerte er sich an das Versprechen, das er dem leblosen Körper seiner Mutter gegeben hatte, der hoch oben in den Ästen des Baums hing. Er dachte an das alte Foto, auf das er gestoßen war und das die sechs Soldaten zeigte, die stolz vor der Leiche des Vorfahren seiner Mutter standen, der an einem Baum auf seinem heiligen Berg aufgehängt worden war. Er dachte an die zweihundert Jahre voller Verzweiflung, Raub, Unterdrückung, Mord und Entrechtung, die zwischen den beiden Toten im Geäst zweier Bäume lagen.

Als er sich an diesen Bildern festhielt, kam der Tumult unter seinen Füßen zur Ruhe. Er fand die Entschlossenheit in seinem *Puku* wieder, seinem Bauch, in dem das Innerste seines Wesens ruhte.

Wieder drehte er sich um. Er ging durch den Flur zurück zur letzten Wohnung im ersten Stock.

Er öffnete die Tür.

Danach gab es kein Zurück mehr.

Auch jetzt gibt es kein Zurück mehr.

Er betrachtet noch einen Moment lang seine Augen im Rückspiegel. Dann dreht er den Spiegel weg. Er lässt seinen Blick über die Straßensperren tief unten an der Autobahnzufahrt hinwegschweifen. In der Ferne der schwache Schimmer der nächtlichen Lichter von Auckland.

Blut sickert aus der Wunde an seinem Bein.

SAGEN SIE MIR, WAS ICH TUN SOLL

Huhn- und Ananaspizza für Marissa, Sammie und Jaye. Außerdem vegetarische Pizza für Addison und Vita, die Tieren gegenüber sogar noch zartfühlender ist als ihre Mutter und nichts isst, was einmal ein Gesicht hatte, seit ihr ein anderes Kind in der Grundschule erklärte, woher der Schinken auf ihrem Sandwich in Wirklichkeit stammte, weshalb Marissa ihren Arbeitsplatz verlassen musste, um sie aus der Schule abzuholen, weil sie nach einer Stunde noch immer nicht aufgehört hatte zu weinen. Jaye und Addison bereiteten auch zwei Portionen für Fleischliebhaber zu – eine für den jungen Polizisten und eine für dessen Ablösung, die kommt, wenn Phils Schicht um Mitternacht endet.

Als Marissa mit ihren Töchtern etwas las, beobachtete sie Addison und Jaye, die gemeinsam kochten, als sei alles ganz normal.

Doch es war nicht normal.

Nach dem Abendessen gelingt es Jaye, dass Phil seine Schüchternheit überwindet und seine Xbox herausholt. Addison findet ein Abenteuerspiel, das für Vita und Sammie geeignet ist, und organisiert ein Turnier. Seit Marissa und Jaye zusammen sind, ist sie mit den jüngeren Mädchen immer gut ausgekommen; sie sind für sie wie kleine Schwestern, die sie nie hatte. Sie organisiert das Ganze so, dass die beiden Mädchen nach zwei Durchgängen und einer sorgfältigen Anpassung der Regeln an Vitas Alter mit identischer Punktzahl als klare Siegerinnen hervorgehen.

»Komisch, dass das immer so ausgeht«, sagt Sammie. Doch sie ist nicht unglücklich darüber. Sie liebt ihre große Schwester mit dem schönen kahlen Kopf, und meistens kommt sie auch ganz gut mit ihrer jüngeren zurecht.

Viel später, als Phils Ablösung bereits da ist, hält Jaye noch immer Kontakt zum achten Stock, um bei den Ermittlungen auf dem Laufenden zu bleiben. Es ist weit nach Mitternacht, als auch er zu Bett geht – leise, um Marissa nicht zu wecken.

Aber sie ist immer noch wach.

Es ist eine klare Nacht in Auckland, ein großer Mond hängt über der Stadt. Im kalten blauen Mondlicht sieht Jaye, wie Marissa durch eine Lücke zwischen den Vorhängen blickt. »Kannst du nicht schlafen?«, fragt er.

Es ist still im Haus. Der Vorort, eine ruhige, unauffällige Wohngegend, liegt recht weit vom Zentrum entfernt. Von draußen hört man das schwache Brummen eines Lieferwagens im Leerlauf, der die Milch für den nächsten Morgen zu einem Laden in der Nähe bringt.

»Die Nacht, als Addison im Krankenhaus war«, sagt Marissa. »Nachdem du und Hana sie nach Hause gebracht habt. Du hast gesagt, ihr hättet ein Glas zusammen getrunken, nachdem Addison eingeschlafen war. Ihr hättet zusammen geweint.« Ihre Stimme verrät keine Gefühle, ihr Blick ist ruhig. Noch bevor sie weiterspricht, weiß Jaye, was sie sagen will. »Es ist noch etwas passiert.

Etwas, das du nie erzählt hast. Ich weiß, dass es passiert ist. Beleidige mich nicht, indem du es abstreitest. Lass mir diese Würde.«

Piep-piep-piep erklingt es von der Straße, als der Lieferwagen zurücksetzt. Dann fährt er davon, und nach und nach verhallt das Motorengeräusch, während er sich auf den Weg zum nächsten Laden macht. Dann ist alles wieder still.

»Mehr als alles auf der Welt will ich diese beschissene Müllhalde von einem Haus durch die Vordertür verlassen, mir Vita und Sammie schnappen und verdammt noch mal verschwinden«, sagt Marissa. »Aber das kann ich nicht. Und das werde ich nicht. Um unser aller Sicherheit willen werde ich hier in diesem Bett mit dir liegen bleiben. Aber wenn es vorbei ist …«

Sie beendet den Satz nicht. Das muss sie auch nicht.

Jaye streckt den Arm aus und versucht, ihre Hand zu halten.

Sie wendet sich ab.

Das blaue Mondlicht, das auf ihr Bett fällt, lässt das weiße Bettlaken wie einen Teil des Ozeans aussehen, der sie beide trennt.

»Es tut mir leid«, sagt Jaye.

Marissa antwortet nicht.

Auckland ist eine Hafenstadt. Pendlerfähren und Touristenboote starten von den großen, in der Mitte der Altstadt gelegenen Kais aus und folgen einem Netz von Routen, die sie zu Zielen im Hafen und weiter zu Dutzenden idyllischen Inseln bringen, die im nahen Golf verstreut liegen. An diesem Morgen geht eine Reisegruppe im Gänsemarsch an Bord der *Harbour Queen*, einer großen Touristenfähre, die zur ersten Tour des Tages aufbrechen wird, einer beliebten und gut besuchten Rundfahrt durch den inneren Bereich des Hafens.

Auf der Brücke bereitet Debbie Kavanagh, die Kapitänin, ihr Schiff zum Ablegen vor.

Die Taue werden gelöst und an Bord gehievt. Kavanagh legt den Rückwärtsgang ein, und das Boot entfernt sich langsam vom Dock, wo es über Nacht angelegt hatte. Als sie die Fähre wendet und die tieferen Gewässer in der Mitte des Hafenbeckens ansteuert, denkt sie an die gestrige Nacht, in der sie von zahllosen Kerzen umgeben in feierlicher Stille auf dem Aotea Square stand.

Von Zehntausenden Menschen umgeben zu sein, die in feierlichem Schweigen ein Gefühl der Einheit zum Ausdruck brachten, rührte sie zu Tränen. Wie alle hatte sie das Video gesehen, das vom Täter gepostet worden war. Sie hatte sich in einem heftigen Widerstreit ihrer Gefühle die Dinge angehört, die er sagte. Sie verstand die Ausbeutung und die Missachtung, von der er sprach. Es gab vieles, worauf das Land stolz sein konnte, aber ebenso gab es Dinge, die Unrecht waren und Unrecht blieben, damals wie heute. Probleme, die unbedingt gelöst werden mussten. Aber sie war entsetzt über den Weg, den Raki eingeschlagen hatte. Mitten in einem Meer Tausender anderer Kerzen hatte auch sie ihre eigene Kerze hochgehoben und dafür gebetet, dass der vereinte Wille all derer, die sich im Namen der Liebe, des Friedens und des Mitgefühls versammelt hatten, auf irgendeine Weise den Lauf der Ereignisse ändern würde. Dass kein weiteres Leben mehr verloren ginge.

Die Fähre wird schneller, sobald sie in eine tiefere Fahrrinne gelangt. Als sie fast schon die maximale Knotenzahl erreicht hat, die im inneren Hafenbereich erlaubt ist, klingelt das Telefon der Kapitänin.

»Hier Kavanagh.«

Die Zentrale der Fährgesellschaft hat den Anruf an sie weitergeleitet. Es ist eine Nummer von außerhalb, und der Anrufer hat darum gebeten, zu ihr durchgestellt zu werden. Als sie ihr Schiff mit einer konstanten Geschwindigkeit von fünfzehn Knoten weiterfahren lässt, bemerkt Kavanagh eine Gruppe japanischer Touristen, die sich unter ihrem Fenster versammelt hat. Die Fähre nimmt Kurs auf Rangitoto Island, das sich aus der Hafenmitte erhebt, und die Touristen fotografieren einander mit dem perfekten Vulkankegel im Hintergrund. Einer von ihnen sitzt in einem Rollstuhl und raucht. Kavanagh hofft, dass die Crew es bemerkt und sich darum kümmert.

»Hier spricht Captain Kavanagh«, wiederholt sie und fragt sich, ob die Verbindung unterbrochen wurde.

»Schalten Sie Ihre Motoren aus.«

»Wie bitte? Wer ist denn am Apparat?«

»Schalten Sie Ihre Motoren aus. Bitte tun Sie, was ich sage.«

Ohne dass es Kavanagh bewusst wäre, umschließt ihre Hand das Telefon fester. Schon für sich genommen, klingen die Worte beunruhigend. Eine eigenartige Aufforderung, in einem nachdrücklichen Befehlston vorgebracht. Aber nicht nur die Anweisung selbst ist beunruhigend. Kavanagh hat ein besonderes Gespür für Stimmen. Sie hat diesen Mann schon einmal gehört, und sie weiß auch genau, bei welcher Gelegenheit.

Es ist die Stimme des Mannes aus dem Video. Poata Raki.

»Direkt unter Ihrer Brücke steht eine Gruppe von Touristen, die sich gegenseitig fotografieren.«

Der Tourist im Rollstuhl hat seine Zigarette zu Ende geraucht und drückt sie an einem der Räder aus.

»Der Typ im Rollstuhl ist gerade fertig mit seiner Zigarette«, sagt Raki am anderen Ende der Leitung.

Jetzt weiß Kavanagh, dass sich der meistgesuchte Mann des

Landes irgendwo in Sichtweite des Schiffes befindet. Er beobachtet ihre Fähre.

»Schalten Sie Ihre Motoren aus. Ich werde nicht noch einmal darum bitten.«

Ihre Hand legt sich wieder auf den Steuerknüppel.

Das Pochen der gewaltigen Fährmotoren wird leiser und verstummt schließlich ganz.

Der Raum, in dem die Informationen der Überwachungskameras eingehen, befindet sich im dritten Stock des Polizeipräsidiums. Hana mustert auf einer Reihe von Monitoren die Bilder, die von den zahlreichen, über die Innenstadt von Auckland verteilten Kameras aufgenommen werden. Überall im Land herrscht Urlaubssperre bei der Polizei. Uniformierte Beamte sind gut sichtbar in den Straßen von Auckland auf Streife und ebenso in den Groß- und Kleinstädten, die man mit dem Auto innerhalb eines Tages von der Stelle aus erreichen kann, wo Raki zum letzten Mal gesehen wurde. Die meisten Mitglieder von Hanas Team sind draußen auf den Straßen; im ganzen Land wurden Waffen aus den Safes in Polizeistationen und Polizeifahrzeugen geholt. Jeder Polizist, ob in Uniform oder in Zivil, trägt gut sichtbar eine Pistole.

Hana und mehrere Mitarbeiter sehen die Aufnahmen durch, die auf den Dutzenden von Bildschirmen im Überwachungsraum eingehen. An einem gewöhnlichen Wochentag sind Tausende von Arbeitern und Studenten auf den Straßen im Zentrum von Auckland unterwegs. Hana, die ununterbrochen auf die Ströme sich bewegender Menschen starrt, weiß, dass die Chancen, das eine Gesicht zu finden, das sie unbedingt finden muss, nicht sehr gut stehen.

Ihr Handy klingelt. Es ist der Enkel der Kuia. Er reicht seiner

Großmutter das Telefon. »Sie sollten wissen«, sagt die alte Frau feierlich zu Hana, »dass heute der Jahrestag ist.«

»Welcher Jahrestag?«

»Der Tag, an dem unser Vorfahre Hahona Tuakana auf dem Maunga hingerichtet wurde.«

»Lassen Sie die Motoren im Leerlauf, und wenden Sie den Bug gegen die Gezeiten. Halten Sie das Schiff genau dort, wo es sich jetzt befindet, bitte.«

Als die Fähre in der Mitte des Hafens und damit mehr als einen Kilometer von den beiden nächstgelegenen Küstenstreifen entfernt ihre Position eingenommen hat, fordert Raki die Kapitänin auf, dem Ersten Maat das Kommando zu überlassen und auf das Unterdeck zu gehen.

Ihr Handy ans Ohr gepresst, eilt sie die Treppen von der Brücke zum Hauptdeck hinab, wobei sie die ratlosen Blicke der Passagiere und der Besatzungsmitglieder ignoriert, die nicht wissen, warum sich das Schiff fünfzehn Minuten nach Beginn der Fahrt plötzlich nicht mehr weiterbewegt. Auf der nächsten Treppe, die vom Hauptdeck nach unten führt, nimmt Kavanagh drei Stufen auf einmal.

»Ich bin jetzt auf dem Unterdeck«, sagt sie in ihr Handy.

»Die Damentoiletten in der Nähe des Hecks.«

Die Kapitänin öffnet die schwere Metalltür zu den Waschräumen der Damen. Eine ältere Frau wäscht sich gerade am Becken die Hände. Kavanagh schickt sie hektisch nach draußen und schließt die Tür hinter ihr. »Ich bin jetzt da.«

»Die mittlere Toilette.«

An der Tür der Toilette hängt ein Schild mit der Aufschrift *Außer Betrieb*.

»Öffnen Sie nicht die Tür.«

Die Kapitänin schluckt. O Gott. Im Kopf geht sie die Passagierliste durch, die sie beim Ablegen bekommen hat: dreiundsechzig Passagiere an Bord, dazu elf Besatzungsmitglieder. »Was soll ich jetzt machen?«, fragt sie so ruhig wie möglich.

»Schauen Sie unter der Tür hindurch«, erklärt ihr Raki. »Machen Sie ein Foto mit Ihrem Handy. Gehen Sie dann wieder auf die Brücke, und nehmen Sie Kontakt zur Polizei auf.«

Kavanagh wischt sich den kalten Schweiß ab, den sie plötzlich auf ihrer Stirn spürt. Mit dem Telefon in der Hand geht sie in die Knie.

Sie späht unter der Toilettentür hindurch.

Viel früher an jenem Tag, kurz nach drei Uhr nachts, paddelte Raki lautlos durch das dunkle Wasser des Hafens.

Zuvor hatte er einen weitläufigen Umweg über Nebenstraßen und aufgegebenes Farmland genommen, den er inzwischen schon mehrmals benutzt hat. So war es ihm gelungen, die Straßensperren zu umgehen, welche die Landenge, auf der Auckland liegt, von allen Seiten umgaben. Weit nach Mitternacht war er wieder in der Stadt und fuhr an einen der kleinen, baumbestandenen Strände an der Küstenlinie des Stadtzentrums, wo es, wie er wusste, eine Stelle gab, an der die Einheimischen ihre Kajaks mit Ketten gesichert oberhalb der Flutlinie aufbewahrten. Er wählte ein Kajak, das groß genug war, um den wasserdichten Rucksack zu transportieren, den er mitnehmen musste, durchtrennte die Kette und trug das Kajak zum Wasser.

Glücklicherweise war es eine ruhige Nacht. Normalerweise wären die ungefähr drei Kilometer, die er zurücklegen musste, kein Problem für jemanden mit seiner körperlichen Fitness. Aber der Mangel an Nahrung, der Blutverlust und der Schmerz hatten seine inneren Tanks geleert, und nur Adrenalin und schiere Willenskraft sorgten dafür, dass er überhaupt weitermachen konnte.

Er paddelte mit dem Kajak zum Anlegeplatz, an dem die Fähre über Nacht vertäut war, und glitt zwischen Schiff und Dock. Hier blieb er einen Augenblick lang sitzen. Sein Puls raste viel heftiger, als er erwartet hatte, und sein ganzer Körper war schweißüberströmt. Wieder sickerte Blut aus der Wunde an seinem Bein. Sein Körper warnte ihn, dass bereits eine Infektion eingesetzt hatte.

Eine Warnung, die zu beachten er sich nicht erlauben konnte.

Er wuchtete sich und den Rucksack auf das Dock und band das Kajak an einen der Poller, an denen die Fähre vertäut war. Über ihm war die Gangway, durch die man auf das Schiff gelangte, nach oben geklappt und festgemacht – eine Vorsichtsmaßnahme, um zu verhindern, dass die Bewegung des Wassers irgendwelche Schäden verursachte. Das hatte er erwartet und in seine Pläne miteinbezogen. Was er nicht in seine Pläne miteinbezogen hatte, war eine Schusswunde im Bein.

Er schleuderte seinen Rucksack über die zwei Meter breite Lücke zwischen Dock und Fähre hinweg über die Reling und warf einen Blick auf seine Uhr. Zweieinhalb Stunden bis zur Dämmerung, dann würde sich früh am Morgen das erste Kreuzfahrtschiff auf den Weg machen. Er musste sich beeilen.

Er ging ein paar Schritte zurück auf die andere Seite des Docks. Dort biss er die Zähne zusammen und versuchte, sich auf den durchdringenden Schmerz vorzubereiten, den er in seinem verletzten Bein spüren würde. Doch er durfte nicht zulassen, dass der Gedanke an die Agonie seine Bewegungen verlangsamen oder ganz zum Stillstand bringen würde. Er hatte zehn Schritte, um die notwendige Geschwindigkeit zu erreichen, bevor er wie ein Basketballspieler, der einen Ball im Korb versenken will, zuerst hoch und dann über die Lücke zwischen Dock und Schiff hinwegspringen würde. Dann würde er sich an der Reling festklammern und mit den Händen sein ganzes Gewicht halten müssen, ohne von den glatten Metallstangen abzurutschen. Wenn er stolperte oder vor dem Sprung nicht schnell genug war, wenn er von der Reling abrutschte, wenn er ins Wasser fiel oder, schlimmer noch, taumelnd mit dem Kopf gegen die Kante des Docks schlug, würde er, da war er sich sicher, keine zweite Chance bekommen.

Er spannte jeden Muskel an. Machte sich bereit. Sein Blutdruck schoss in die Höhe. Er spürte, wie die Wunde nässte. Er ignorierte das Gefühl. Wenn er schreien könnte, würde ihm das vielleicht helfen, den Schmerz zu ertragen, der in wenigen Augenblicken über ihn hereinbrechen würde.

Aber er konnte nicht schreien.

Er rannte. Sprang.

Sein Körper schlug hart gegen die Seite der Fähre, sein verletztes Bein krachte mit einem äußerst schmerzhaften dumpfen Knall gegen den Schiffsrumpf. Es gelang ihm gerade noch, die unterste Stange der metallenen Reling zu fassen, doch die Anstrengung und der Schmerz machten ihn benommen und ließen ihn fast das Bewusstsein verlieren. Eine Hand glitt von der Reling, die andere verlor rasch ihren Halt. Irgendwie fand er die Kraft, beide Hände um die Metallstange zu schließen, doch der Nebel in seinem Kopf wurde immer dichter, und sein Körper sagte: Du bist jetzt viel zu erschöpft, es wird Zeit, alles herunterzufahren und den verbleibenden Sauerstoff dorthin zu transportieren, wo er am meisten gebraucht wird, in das empfindliche Gehirn und das zentrale Nervensystem.

Er musste alle Kraft einsetzen, die ihm noch blieb, um sich nach oben zu wuchten und über die oberste Metallstange zu hieven; dann stolperte er und fiel mit dem Gesicht voraus auf den harten Holzboden des Decks. Bewegungslos lag er da und atmete tief ein und aus. Nachdem er sich so lange ausgeruht hatte, wie er es wagen konnte, zog er den Druckverband fester um seine Wunde und erhob sich unsicher.

Dann holte er seinen Rucksack.

Er brach die Türen der Fähre auf und ging die Treppe zum Unterdeck hinab.

Ein Dutzend Polizeiboote rast durch den inneren Hafenbereich zu der Stelle, an der, wie Raki es verlangt hat, die Fähre weitab von der Küste verharrt. Hana steht in dem führenden Boot, das Fernglas auf die Fähre gerichtet.

Der dringende Anruf der Kapitänin wurde in den Überwachungsraum durchgestellt. »Wir haben alle Passagiere zum Bug der Fähre gebracht, so weit wie möglich von den Waschräumen entfernt«, erklärte Kavanagh. Sie schickte Hana das Foto, das sie unter der Tür der Toilette hindurch gemacht hatte. Es zeigte fünf braune Röhren, die mit einer Sprengstoffwarnung versehen waren, und dazu Drähte, die zu einer Art elektronischer Zündvorrichtung führten. »Er hat mir gesagt, dass ich die Tür nicht öffnen soll. Sie könnte manipuliert sein«, sagte sie. »Er beobachtet uns. Er lässt mein Schiff nicht aus den Augen. Was soll ich tun?«

Hana ging im Kopf mehrere Szenarien durch: die Fähre entgegen der ausdrücklichen Warnung an ihren Anlegeplatz zurückkehren zu lassen, wobei die überaus reale Möglichkeit bestand, dass Raki den Sprengstoff aus der Ferne detonieren ließ, wie er es auf dem Containerhof getan hatte. Oder seine Anweisungen zu befolgen und mehrere Dutzend Menschen hilflos mitten im Hafen dahintreiben zu lassen, mit fünf Röhren Plastiksprengstoff an Bord. In dieser Situation gab es für Hana keine Wahl, die gut gewesen wäre. Nur die Verantwortung des Menschen, der die am wenigsten schlechte Entscheidung treffen muss.

»Tun Sie, was er sagt. Behalten Sie Ihre Position bei.«

Die Polizeiboote erreichen die Höhe der Touristenfähre. Sie treffen gleichzeitig mit den Booten der Küstenwache ein, die von der nahe gelegenen Basis kommen. Es gibt genügend Platz, um alle Passagiere und die Besatzung an Bord zu nehmen. Aber Hana weiß, dass es einige Zeit dauern kann, um mehrere Dutzend beunruhigte Touristen von der Fähre zu schaffen. Die Kapitänin hat sie gewarnt, dass die meisten von ihnen schon älter sind.

Als der Hubschrauber eines Nachrichtensenders über dem Hafen schwebt, hilft sie gerade, den verängstigten behinderten Japaner in eines der Polizeiboote zu tragen; sein Rollstuhl folgt ihm hinterher. Als sie den Mann absetzt und ihn beruhigt, wendet sich ihr Blick zurück zur Touristenfähre.

Es ist ihr schlimmstes Szenario.

Seit Raki beinahe die beiden jungen Māori-Brüder getötet hat, besteht ihre größte Furcht darin, dass er eine düstere Linie überschreiten wird. Aber so viele Menschen in Gefahr bringen oder tatsächlich töten? Dutzende Menschen, die nicht einmal eine entfernte Beziehung zu den sechs Soldaten haben?

Kavanagh verlässt die Fähre als Letzte. Die Kapitänin eilt die Ausstiegsleiter hinab auf eines der Polizeiboote. Während sich die anderen Boote von der verlassenen Touristenfähre zurückziehen, hält Hana die Ausstiegsleiter fest. Alles, was sie über den Mann weiß, den sie verfolgt, sagt ihr, dass das nicht die Art ist, wie Raki denkt und handelt.

Nichts davon ergibt einen Sinn.

Sie dreht sich zu dem Polizisten am Steuer um. »Schaffen Sie diese Leute an Land.«

»D Senior?«

»Los. Das ist ein Befehl.«

Und dann klettert sie die Leiter hinauf an Deck der Fähre.

Addison ist in ihrem Zimmer im Safe House, als ihr Handy piept. Es ist eine E-Mail mit einem Videoanhang. Sie öffnet das Video. Die Aufnahme zeigt das Innere einer Toilette in irgendeinem Waschraum. Die Kamera bewegt sich über fünf Röhren Plastiksprengstoff, die mit einem elektronischen Zünder verbunden sind. Sie versteht nicht, was sie vor sich sieht. Dann klingelt ihr Handy.

»Schalt die Nachrichten ein.« Sie erkennt die Stimme. »Jetzt.«

Mit zitternden Händen öffnet sie die Nachrichten-App. Die erste Meldung betrifft eben erst eingegangene Informationen über eine Polizeioperation im Hafen. Aufnahmen, die wenige Minuten zuvor von einem Hubschrauber aus gemacht wurden, zeigen, wie sich Boote der Polizei und der Küstenwache einer Fähre nähern.

»An Bord dieser Fähre sind siebzig Menschen. Sie werden sterben, wenn du nicht genau das tust, was ich sage.«

Wieder sieht sich Addison das Video mit dem Sprengstoff an. Sie muss an das denken, was mit der Gefangenen passiert ist, die an einen anderen Ort verlegt werden sollte. An die Explosion, die Stan verstümmelt hat. Sie erinnert sich an die Nacht zuvor, als sie sich die Aufnahmen der Demonstrationen angesehen hat, auf denen Frieden, Einheit und ein Ende des Mordens gefordert wurden, und wie sie den Wunsch verspürte, sie könnte etwas gegen die schrecklichen Dinge tun, die sich gerade abspielten. Sie erinnert sich daran, wie sie mit einem Messer in der Hand im Haus ihrer Mutter dem Mann gegenüberstand, der jetzt am anderen Ende der Leitung ist. Sie denkt an die siebzig Menschen auf der Fähre.

»Sagen Sie mir, was ich tun soll.«

An den hastig zurückgelassenen Habseligkeiten der Touristen, dem unverschlossenen Café und der im Stich gelassenen Bar vorbei geht Hana auf das andere Ende der Fähre zu. Sie eilt nach unten zu den Waschräumen am Heck, wo sie die Toilette mit dem *Außer Betrieb*-Schild an der Tür vorfindet.

Der Waschraum besitzt ein Bullauge, durch das sie erkennt, wie die Boote von Polizei und Küstenwache sich mit Höchstgeschwindigkeit zurückgezogen haben, um die geretteten Passagiere und die Besatzung so weit wie möglich von der Fähre wegzubringen.

Sie betrachtet die Toilette.

Sie dreht den Türknauf.

Die Tür schwingt auf.

Es gibt keine Explosion.

Auf dem Boden der Toilette befinden sich fünf hellbraune Röhren Plastiksprengstoff, die zu einem einzigen Paket zusammengeklebt sind. Drähte führen von den Kappen der Röhren zu der elektronischen Zündvorrichtung, die sie auf dem von der Kapitänin gesendeten Foto gesehen hat.

Mehrmals holt sie tief Luft und bemüht sich, ihren Herzschlag – soweit es ihr in dieser Situation möglich ist – unter Kontrolle zu bringen. Sie will nicht, dass ihre Hände zittern bei dem, was sie vorhat. Sie kniet sich auf den Boden. Dann hebt sie ganz langsam die Hand.

Hana weiß, wie man mit Plastiksprengstoff umgeht. Im Rahmen ihrer Antiterrorausbildung, an der sie wie alle höheren Polizeibeamten teilgenommen hat, konnte sie Erfahrungen im Umgang mit den gebräuchlichsten Explosivstoffen sammeln, mit denen sie möglicherweise eines Tages konfrontiert werden würde. Sie kennt das überraschend hohe Gewicht eines Zylinders mit komprimiertem Nitroglyzerin und Nitrozellulose. Sie weiß, dass Pappröhren voller konzentriertem Gel viel schwerer sind, als man üblicherweise annehmen würde.

Ihre Finger schließen sich um die sorgfältig konstruierte Bombe. Mit größter Vorsicht hebt sie das Paket an. Das Gewicht in ihrer Hand ist kaum größer als das von fünf leeren Klopapierrollen.

Die fünf Röhren wiegen praktisch nichts.

Vorsichtig löst sie eine der Kappen. Die Röhre ist leer. Das explosive Gel wurde aus der Pappummantelung entfernt.

Wieder an Deck blickt sie zum Himmel auf. Der Plastiksprengstoff war ein Köder, nichts als Fassade. Aber warum? Ein Mittel, um ihre Aufmerksamkeit abzulenken? Sieh hierhin, nicht dorthin? Aber wovon möchte Raki ihre Aufmerksamkeit ablenken? Und wo war er, als er mit der Kapitänin gesprochen hat?

Da niemand auf der Brücke ist, dreht sich die verlassene Fähre langsam im Kreis, der Gnade der Strömungen im Hafen ausgesetzt. Während sie sich dreht, wird auf der dem Hafen gegenüberliegenden Seite ein auffälliges Wahrzeichen sichtbar. Der unverwechselbare Vulkankegel. Der Gipfel ist schon seit

Tausenden von Jahren als Berg des beschützenden Orca bekannt, Maunga Whakairoiro. Erst in jüngster Zeit umbenannt in
Mount Suffolk.

Sieh hierhin, nicht dorthin.

Hanas Handy klingelt. Es ist Jaye.

»Addison ist verschwunden.«

DER HEILIGE BERG

In diesem Moment wünscht sie sich, sie hätte die drei abschließenden Fahrstunden absolviert.

Jaye und Marissa hatten Addison ein paar Monate zuvor zum siebzehnten Geburtstag einen fünf Stunden umfassenden Fahrkurs geschenkt. Addison hielt es damals für eine gute Idee, aber nach den ersten beiden Stunden verlor sie irgendwie die Begeisterung. Vielleicht, weil sie mitten in einer großen Stadt wohnt, wo man vieles zu Fuß erledigen, sich überall einen E-Roller nehmen oder für fünf Dollar eine Fahrgelegenheit bei Uber besorgen kann; vielleicht lag es auch an dem ganzen Aufwand, der nötig ist, um einen voll gültigen Führerschein zu bekommen. Zuerst erhält man nämlich eine auf sechs Monate befristete Erlaubnis als Fahranfänger, und dann gibt es noch einmal sechs Monate lang einige Einschränkungen, bevor man wirklich ohne weitere Auflagen fahren darf. Vielleicht lag es auch an der Vorstellung, ein Auto zu fahren, das in einer sich immer mehr erwärmenden Welt fossile Brennstoffe verbraucht. Wie auch immer. Jedenfalls schaffte sie es nur bis zur zweiten Fahrstunde.

Natürlich weiß sie genug, um irgendwie mit dem Fahrzeug des jungen Polizisten zurechtzukommen, und Gott sei Dank ist es ein Automatik-Modell ohne die übliche Gangschaltung. Doch obwohl sie vorsichtig fährt, die Hände stets am Steuer hält und sich immer wieder vergegenwärtigt, welches Pedal die Bremse und welches das Gas ist – oder wie das Ding heißt –, wünscht sie sich wirklich, sie hätte die drei noch fehlenden Stunden genommen.

Es war ganz leicht, die Wohnung zu verlassen. Phil kochte gerade Wasser, um eine Tasse von diesem scheußlichen Instant-Kaffee zu machen, als Addison nach dem Anruf aus ihrem Zimmer kam. Marissa war bei den Mädchen und half ihnen bei den Schulaufgaben, die ihre Lehrer online für sie organisiert hatten. Addison konnte hören, wie ihr Vater bei geschlossener Tür im Schlafzimmer in sein Telefon sprach. Sie konnte nicht verstehen, was er sagte, aber dem Ton nach zu urteilen ging es bei dieser Unterhaltung höchstwahrscheinlich um das, was sich gerade im Hafen abspielte, um die Touristenfähre mit Dutzenden hilfloser Passagiere an Bord. Das Gefühl der Dringlichkeit, das sie in seinen gedämpften Worten spüren konnte, bestätigte ihr, was Raki gesagt hatte: Es war eine üble Situation, die in Kürze noch viel schlimmer werden würde.

»Alles in Ordnung bei dir?«, fragte Phil.

Addison nickte. Sie wusste, dass sie nervös wirken musste nach dem Gespräch, das sie kurz zuvor geführt hatte.

»Ich bin nur ein wenig müde«, sagte sie zu dem jungen Polizisten und warf aus den Augenwinkeln einen Blick auf die Autoschlüssel auf dem Tisch. »Ich glaube, ich nehme eine Dusche und leg mich dann hin.«

Während Phil weiter seinen Kaffee zubereitete, steckte sie

336

unauffällig die Schlüssel ein. Ging ins Bad, verriegelte die Tür, stellte die Dusche an. Dann öffnete sie das Badezimmerfenster. Bei einem Safe House geht es um Unauffälligkeit, Anonymität und darum, jemanden darin zu verstecken und von der Außenwelt fernzuhalten. Aber es ist kein Gefängnis. Nichts hindert die Menschen daran zu gehen, wenn sie den Drang dazu verspüren.

Bevor sie aus dem Fenster kletterte, hielt sie einen Augenblick inne, um PLUS 1 eine Textnachricht zu schicken.

Ich liebe dich, mein Schatz. Immer.

Sofort schickte PLUS 1 ein orangefarbenes Herz-Emoji zurück.

Addison lächelte. Am liebsten hätte sie geweint. Sie tippte eine Antwort ein.

Wenn einer von uns dazu neigen würde, sich zu verlieben, würde es gefährlich.

Draußen auf der Straße drückte sie auf den Funkschlüssel. Das Aufleuchten der Lampen an einem glänzenden Gefährt, das einem Nachwuchsrennfahrer hätte gehören können, verriet ihr, dass es sich um Phils Auto handelte. Sie wusste, es würde mindestens zwanzig Minuten dauern, bevor dem fleißigen Cop oder Marissa auffallen würde, dass sie ungewöhnlich lange unter der Dusche blieb.

Jetzt, da sie sich der Straße nähert, die auf den Berg führt, versucht sie, den Blinker zu setzen, schaltet jedoch stattdessen den Heckscheibenwischer ein. Es gelingt ihr, den richtigen Schalter zu finden, und sie biegt ab. Sie schlägt den Weg ein, der sie an dem mit Schnitzereien verzierten Versammlungshaus vorbei und die steile, schmale Straße hinaufführen wird. Die knotigen, verdrehten Äste des Pūriri-Baums werden sichtbar. Sie fährt in dem geliehenen Auto auf den Parkplatz und schaltet die Zündung aus. Dann wirft sie einen Blick auf ihre Hände am

Lenkrad. Ihre Fingerknöchel sind weiß, und das liegt nicht nur daran, dass sie eine nervöse Fahrerin ist.

Eine Gestalt wartet im Schatten des uralten Baums. Addison weiß, wer es ist.

Mehrere Wagen rasen mit Blaulicht über die Harbour Bridge. Hana blickt über die Vororte an der Nordküste hinweg in Richtung des fernen Vulkankegels. Es ist dieselbe Perspektive, die sie vor achtzehn Jahren hatte, als sie dasselbe Ziel ansteuerte.

Nachdem Phil Alarm geschlagen hatte, weil Addison verschwunden war, kam ein Polizeifahrzeug, um Jaye abzuholen. Er würde auf keinen Fall im Safe House bleiben, solange seine Tochter irgendwo da draußen war. Sein Auto ist drei Fahrzeuge hinter dem von Hana, während sie den höchsten Punkt der Brücke überqueren.

Als sie den hektischen Anruf von Jaye entgegennahm, starrte Hana auf den Maunga Whakairoiro – die Stelle in der Mitte eines konzentrischen Spinnennetzes, dessen erster Faden vor einhundertsechzig Jahren gewoben wurde, als die Soldaten sich in Pose stellten und die makabere Daguerreotypie aufgenommen wurde. Der Faden spann sich immer weiter und zog immer größere Kreise über die Jahre einer beschämenden Geschichte hinweg, die von Landraub und Gewalt gegen jene geprägt war, die nichts weiter taten, als Anspruch auf das zu erheben, was ihnen rechtmäßig zustand. Doch das heilige Land wurde nie zurückgegeben, die Knoten des Netzes verhedderten sich hoffnungslos und verloren ihre klare Struktur, bis eine junge, unerfahrene Māori-Polizistin eine alte Frau in einer regenbogenfarbenen Strickjacke vom Berg herabzerrte und ein angsterfüllter, weinender Junge zusehen musste.

Als sie auf der verlassenen Touristenfähre, die in der Dünung dahintrieb, den Berg betrachtete, verstand Hana, dass jeder Faden des Spinnennetzes an diesen einen Ort zurückführte. Das war der Grund für den Köder der fünf leeren Plastiksprengstoff-Röhren. Maunga Whakairoiro, der Ort, an dem alles mit der Hinrichtung des zutiefst verehrten Rangatira seinen Anfang nahm. Der Ort, an dem Raki, wie Hana inzwischen weiß, die Mission beenden wird, die er auf sich genommen hat – seinen Utu-Feldzug.

Während die Reihe der Polizeifahrzeuge auf den Berg zurast, versucht Hana immer wieder, Addison zu erreichen. Sie betet darum, dass das unerklärliche Verschwinden ihrer Tochter nicht ebenfalls in das Zentrum des Spinnennetzes zurückführen wird.

Auf dem Beifahrersitz von Phils Auto verklingen die zahllosen Anrufe von Hana und Jaye ungehört.

Addison geht auf die Stelle zu, an der Raki auf sie wartet. Sie versucht, sich auf alles, was passieren mag, vorzubereiten und gefasst und ruhig zu bleiben – oder wenigstens den Anschein von Gefasstheit zu erwecken. Doch sie zuckt zusammen, als sie so nahe gekommen ist, dass sie ihn besser erkennen kann. Er ist schwer verletzt. Ein dunkler Blutfleck zeichnet sich auf Höhe seines Oberschenkels auf seinem Hosenbein ab. Er kann nur mit Mühe gehen und ist wegen des Blutverlusts beunruhigend bleich.

Und etwas ist anders geworden in seinen Augen. Die flammende Leidenschaft, die Addison gesehen hatte, als er vor seinen Studenten stand, die Eindringlichkeit, die ihr bei jeder ihrer Begegnungen den Atem raubte, das innere Feuer – das alles scheint erloschen zu sein. »Sie sehen müde aus, Matua«, sagt Addison, aber noch bevor sie die Worte zu Ende gesprochen hat, weiß sie, dass das eigentlich nicht das richtige Wort ist. Was sie in Poata Rakis Gesicht sieht, ist etwas, das viel tiefer geht. Eher eine Erschöpfung des Geistes als eine des Körpers.

»Ich wusste nicht, ob du kommen würdest«, sagt er mit schwacher Stimme auf Te Reo.

»Wie hätte ich denn nicht kommen können«, sagt sie, und es ist keine Frage. Als sie von den Leuten auf der Fähre erfuhr und es für sie so aussehen musste, als seien siebzig Menschenleben verloren, wenn sie nicht tat, was Raki von ihr verlangte, glaubte Addison, keine andere Wahl zu haben. Sie wusste nicht, was auf dem Maunga geschehen würde, und sie weiß es immer noch nicht. Aber sie musste alles tun, um zu verhindern, dass jene Leute starben.

Zwei Gegenstände liegen am Fuß des großen Pūriri-Baums. Eine zusammengerollte, geflochtene Matte und ein Sack, der ein ähnliches Muster trägt – der Sack, der die Knochen von Rakis Mutter enthält. Er geht in die Knie, entrollt die Matte und holt den Taiaha mit den beiden scharfen Spitzen aus Nephrit-Jade heraus. Er steht auf, und Addison betrachtet den Speer in seinen Händen. Sie erinnert sich an die Daguerreotypie, die Raki auf dem Küchentisch zurückgelassen hat – die Linie, die von dem letzten Soldaten zu dem Foto von ihr und Jaye führte. Sie weiß, was diese Waffe mit ihrer elf Zentimeter langen Spitze angerichtet hat.

Addison ist zum Maunga gekommen, damit siebzig Menschen auf der Fähre nicht getötet werden. Sie ist nicht hierhergekommen, um zu sterben.

Das halbe Dutzend Polizeifahrzeuge, das sich fast Stoßstange an Stoßstange fortbewegt, löst überall an der unteren Nordküste Radarfallen aus, während es auf den Maunga zurast. Es ist unmöglich, heimlich vorzugehen, unmöglich, die Absicht der Polizei zu verbergen, deren weithin strahlende Blaulichter für freie Fahrt auf den viel benutzten Straßen der Stadt sorgen sollen.

Im zweiten Wagen schiebt Hana verstärkte Kevlarplatten unter ihre Schutzweste. Für einen kurzen Augenblick denkt sie an einen Tag ihrer Ausbildung zurück, als sie den Einsatz ihrer Waffe unter realistischen Bedingungen trainierte. Die Übung fand auf einem Hindernis-Parcours statt. Dort musste sie eine Tür eintreten, eine drei Meter hohe Mauer erklimmen und auf der anderen Seite hinunterspringen, wobei nichts ihre Landung abfederte, und sofort wieder auf den Beinen sein, um sich der entscheidenden Situation mit zwei Styroporfiguren zu stellen; es ging um eine Geiselnahme, bei der ein Kidnapper seinem Opfer eine Waffe an den Kopf hielt. Die Lage war eindeutig und unmittelbar lebensbedrohlich. Es gab keine Möglichkeit, den Entführer lediglich in den Arm oder ins Bein zu schießen, um ihn außer Gefecht zu setzen.

Mit rasendem Herzen, pumpendem Adrenalin und brennenden Lungen musste man seine normalen körperlichen Reaktionen kontrollieren, während man die Waffe auf den Angreifer richtete. Mit vollkommen ruhiger Hand. Mit festem Blick. Und nur einer Option: einmal abdrücken für einen Kopfschuss. Um den Angreifer aus dem Verkehr zu ziehen. Ihn zu Boden zu bringen.

Als der Maunga in Sichtweite kommt, überprüft Hana das Magazin in ihrer Glock, indem sie dagegendrückt.

Eine Patrone in der Kammer. Sie ist bereit.

»Sie hatten die Möglichkeit, mich umzubringen. Sie haben es nicht getan. Ich glaube nicht, dass es das ist, was Sie wollen, Matua.« Addison gibt sich größte Mühe, um zu verhindern, dass ihre Stimme bricht vor all der Angst, die sie empfindet. »Geben Sie mir den Taiaha. Geben Sie ihn mir. Dann lassen Sie die Leute auf der Fähre gehen. Ich werde meine Mutter anrufen. Ich werde Sie zum Polizeipräsidium fahren, ihr sagen, dass Sie unbewaffnet sind. Sie werden Ihnen nichts tun, wenn Sie bei mir im Auto sitzen. Ich werde meiner Mutter das Versprechen abnehmen.«

»Ich glaube, deine Mutter weiß, wo ich bin«, sagt Raki. Und jetzt hört Addison das Geräusch der Sirenen, den Chor der Polizeifahrzeuge, die sich mit hoher Geschwindigkeit durch die Straßen des nächstgelegenen Vorortes bewegen.

Raki hält den Taiaha voller Ehrerbietung in der Hand. Er senkt den Kopf und spricht leise und mit tiefer Stimme. »Ka tūāumutia e au te mata o taku rākau – kāore e ora i a au.« Addison hat dieses Karakia noch nie gehört, aber sie versteht, was es bedeutet.

Poata Raki segnet seinen Taiaha, bereitet ihn vor auf die Aufgabe, die vor ihm liegt.

Ein Leben zu nehmen.

Die Einsatzwagen der Polizei biegen von der Hauptstraße ab und fahren an den mit Schnitzereien verzierten Gemeinschaftsgebäuden des Te Tini-o-Tai vorbei. Das führende Fahrzeug ist mit einem verstärkten Frontschutzbügel ausgestattet, der dazu dient, liegen gebliebene Autos aus dem Weg zu schieben, denen an der ungünstigsten Stelle in Auckland das Benzin ausgegangen ist – nämlich mitten auf der Harbour Bridge. Als sich das Fahrzeug einem verschlossenen Tor nähert, das den Zugang zum Maunga versperrt, beschleunigt es, und der Schutzbügel kracht mit achtzig Stundenkilometern dagegen. Das Tor explodiert geradezu. Metallstangen fliegen durch die Luft und über die Straße.

Während der Konvoi den Hügel hinaufrollt, fällt Hanas Blick für einen kurzen Moment auf den uralten Baum. Sie sieht die beiden Gestalten darunter, und sie sieht, was Raki in der Hand hält. Als die Polizeifahrzeuge eine weitere Anhöhe überwinden, verschwindet der Baum wieder. »Sie sind hier«, meldet Hana über das an ihrer Schutzweste befestigte Funkgerät. Sie achtet darauf, gleichmäßig und ohne erkennbare Gefühle zu sprechen, obwohl das eine fast unlösbare Aufgabe ist.

»Der Angreifer hat eine Waffe.«

Das Karakia ist beendet. Raki hebt den Kopf und blickt Addison direkt in die Augen. »Die Leute auf der Fähre sind in Sicherheit.« Zum ersten Mal sieht Addison in Richtung Hafen. Weit unten erkennt sie die Touristenfähre, die von Polizeibooten umgeben ist, und mehrere Beamte, die sich an Bord der Fähre bewegen. Als sie erfährt, dass die Touristen nicht in Gefahr sind, ändert sich einiges für sie. Sie hat noch immer schreckliche Angst, das kann gar nicht anders sein, aber sie ist nicht mehr verantwortlich für mehrere Dutzend Menschenleben. Ihre Gedanken rasen, suchen verzweifelt einen Ausweg aus dieser Lage. Für sich selbst und für den Mann, für den sie so große Achtung empfand – und noch immer empfindet. Trotz allem, was geschehen ist.

»Wir werden zusammen zur Polizei gehen«, sagt Addison auf Te Reo, während die Sirenen näher kommen. »Hier muss heute kein Blut vergossen werden. Legen Sie den Taiaha ab, Matua. *Bitte.*«

Raki umfasst den verzierten Schaft seines Speeres so fest wie zuvor. »Als ich diese Speerspitzen zum ersten Mal gesegnet habe, als diese Waffe ihre erste Aufgabe erledigt hat, war mir alles so klar. Wie der Weg vor mir sich entwickeln würde. Māori würden die Wahrheit meiner Worte hören«, sagt Raki. »Endlich würde unser Volk sich erheben im Zorn über die Māmāe, über den Schmerz, der uns so lange niedergedrückt hat. Und die Menschen sind aufgestanden. Sie sind marschiert. Sie haben gesprochen. Aber sie haben es nur getan, um mich aufzufordern, endlich innezuhalten.« Addison kann sehen, wie das Feuer in seine Augen zurückkehrt. Ihn darauf vorbereitet zu handeln. Ihn darauf vorbereitet, den Taiaha zu benutzen.

Als er hört, wie die Sirenen verklingen, wirft Raki einen Blick auf den Parkplatz, wo die Polizeifahrzeuge gerade eintreffen. Für einen kurzen Moment erkennt Addison ihre Chance. Sie bewegt sich schnell und schiebt ihn mit aller Kraft weg. Er stolpert nach hinten, doch bevor sie auch nur zwei Schritte auf die Autos zugehen und sich in Sicherheit bringen kann, erfüllt ihn neue Energie, und seine Finger umklammern ihr Handgelenk mit einem eisernen Griff. Sie spürt, wie der Taiaha, den er in seiner anderen Hand hält, gegen ihr Brustbein drückt. Nachdem sie sich so lange beherrscht hat, beginnt Addison zu schluchzen. Sie hatte gehofft, der Tag würde ein friedliches Ende nehmen. Dass sie den Maunga gemeinsam verlassen würden. Dass Poata Raki mit ihr gehen würde.

Als sie die kalte, scharfe Taiaha-Spitze an ihrem Körper fühlt, stirbt diese Hoffnung.

Hana ist die Erste, die aus einem der Wagen eilt. Rasch tritt Jaye mit gezogener Waffe neben sie, gefolgt von einem Dutzend weiterer bewaffneter Polizisten. Einhundert Meter liegen zwischen dem Parkplatz und den beiden Gestalten unter dem Baum. Hana befiehlt den anderen, bei den Fahrzeugen zu bleiben. Sie spürt, dass jemand ein, zwei Schritte hinter ihr ist, und ohne dass sie sich umdrehen muss, weiß sie, um wen es sich handelt. »Jaye«, sagt sie mit fester Stimme. »Bleib bei den anderen. Das muss ich selbst erledigen.«

Es widerspricht allen Instinkten und jedem Impuls in Jayes Körper. Doch in Hanas Stimme hört er ihre absolute Entschlossenheit. Hana versteht Poata Raki besser als irgendjemand sonst. Sie weiß, wie er denkt, wie er reagieren und was er wahrscheinlich tun wird. Jaye bleibt zurück.

Hana bewegt sich langsam den Hügel hinauf. Sie hält ihre Waffe im Anschlag. Wie in der Übung unter realistischen Bedingungen, als sich die Styroporfigur zwischen ihr und dem Angreifer befand, steht Addison jetzt zwischen Hana und Raki und macht jede Chance auf einen sauberen freien Schuss zunichte. Hana konzentriert sich, atmet langsam ein und aus. Mit vollkommen ruhiger Hand. Mit festem Blick, ohne zu blinzeln. Sie hat es beim Training so viele Male geübt, dass es inzwischen für sie zur zweiten Natur geworden ist. Nur dass jetzt keine Styroporfigur vor ihr steht.

Sondern ihre Tochter.

Unter dem Baum sieht Raki, wie Hana langsam näherkommt. Für einen kurzen Moment treffen sich ihre Blicke über Addisons Schulter hinweg. Beide verharren in absolutem Schweigen. Beiden ist bewusst, dass sie vor Jahren schon einmal hier waren, auf diesem heiligen Land, und dass an jenem Tag etwas in Gang gesetzt wurde, das heute, achtzehn Jahre später, ein Ende finden wird – auch wenn sie nicht genau sagen können, auf welche Weise der Kreis sich schließen wird.

Mit der bloßen Kraft ihrer Gedanken versucht Hana, Raki dazu zu bringen, sich ein kleines Stück von Addisons Schulter wegzubewegen. Ein paar Zentimeter würden schon ausreichen. Doch Raki verlagert sein Gewicht in die entgegengesetzte Richtung, sodass er wieder ganz hinter Addison versteckt ist. Hana rückt weiter vor.

»Sag deiner Mutter, dass sie bleiben soll, wo sie ist«, sagt Raki. Addison kämpft gegen eine neue Woge der Panik an. Mehr als alles andere möchte sie, dass Hana sie in die Arme nimmt. Aber noch immer hält Raki ihren eigenen Arm mit festem, unnachgiebigem Griff umschlossen. »*Sag es ihr.*«

Addison dreht sich um und ruft Hana entgegen: »MUM! STOPP!«

Hana bleibt abrupt stehen. In ihrem Ohrhörer ertönt Stimmengewirr. Ein Eagle mit zwei der besten Scharfschützen Neuseelands an Bord steigt in die Luft. Der Hubschrauber wird eine Position suchen, in der sie ein freies Schussfeld haben, ohne Addison zu gefährden. Doch Hana weiß, dass die Hubschrauberbasis eine Minute entfernt jenseits des Hafens liegt. Sie hat den Taiaha gesehen, der gegen den Oberkörper ihrer Tochter drückt. Vielleicht hat Addison keine Minute mehr.

Hana atmet einmal tief ein und aus, um zu verhindern, dass sie hyperventiliert. Sie macht einen winzigen Schritt nach vorn. Und noch einen kaum wahrnehmbaren Schritt. Versucht, sich in eine bessere Position zu bringen. Versucht, einen freien Schuss setzen zu können.

»Du bist jemand, der die Wahrheit sagt«, wendet sich Raki an Addison. »Sag mir, was du denkst. Hatte ich unrecht?«

Noch nie im Leben hatte Addison größere Angst, aber um zu leben, davon ist sie überzeugt, muss sie Raki auf seine Frage antworten. Und obwohl sie nicht weiß, welche Folgen das haben wird, wird sie nicht lügen.

»Die Leute haben sich erhoben«, sagt sie auf Te Reo. Tränen rinnen ihr über das Gesicht. »Aber sie haben sich erhoben für Frieden, Liebe, die Dinge, die so viel größer sind als Wut, so viel stärker als Gewalt. Das ist der richtige Weg, Matua. Es ist der *einzige* Weg.«

Raki denkt über Addisons Worte nach. Er denkt an das, was die Kuia vor den flackernden Kerzen auf dem Aotea Square gesagt hat. Es ist dieselbe Botschaft wie die von Addison. Er denkt an seine Mutter, die weinend in seinen Träumen zu ihm kommt. In ihren Tränen liegt eine unausgesprochene Botschaft für ihn. Dieselbe Botschaft. Unerwartete Ruhe erfüllt ihn. Jetzt ist er sich sicher, was er tun muss.

Weniger als fünfzig Meter von Addison entfernt sieht Hana, wie der Eagle über den Hafen fliegt. Noch ist er eine halbe Minute entfernt. Ihr Blick richtet sich wieder auf die beiden Gestalten unter dem Baum. Sie sieht Rakis Hand. Sie sieht, wie sich die Sehnen auf verräterische Weise anspannen, als sich seine Hand fester um den Taiaha legt.

Hana sprintet los.

Noch während sie rennt, schreit sie Raki zu, seine Waffe fallen zu lassen. Er bewegt die Spitze des Taiaha von Addison weg. »Ich hatte recht«, sagt er zu ihr voller Bewunderung und Zärtlichkeit. »Du wirst eines Tages eine große Anführerin sein.« Dann drückt er die entgegengesetzte Spitze des Speeres in das weiche Gewebe unter seinem eigenen Brustkorb, eine der verletzlichsten Stellen des menschlichen Körpers – der Solarplexus.

Mit aller Kraft schiebt er den Taiaha weiter.

Der Speer senkt sich in seinen Bauch.

»Ich nehme die Last der Sünde eures Vorfahren auf mich«, sagt Raki zu Addison mit schwindender Stimme. Das Blut fließt bereits den Schaft des Taiaha hinab und tropft in das Gras zu seinen Füßen. »Ich bezahle die letzte Schuld. Der sechste Tod wird mein Tod sein. Der letzte. Der Tod, der all das hier beendet.«

Hana packt die schreiende Addison und zieht sie beiseite, die Pistole noch immer auf Raki gerichtet, aber jetzt gibt es keinen Grund mehr zu schießen. Einen Moment lang steht Raki noch aufrecht da, die Augen den Ästen des Baums zugewandt, an denen sein Vorfahre fast zwei Jahrhunderte zuvor gehängt wurde. Dann senkt sich sein Blick und wendet sich Hana zu. Doch er sieht schon nichts mehr.

Mit letzter Kraft wirft sich Raki nach vorn.

Sein ganzes Gewicht drückt jetzt auf die Waffe.

Die scharfe Spitze bohrt sich anscheinend widerstandslos durch seinen Oberkörper und tritt am Rücken wieder aus.

Er fällt zwischen die toten Blätter des Pūriri-Baums und bleibt neben dem Whāriki-Sack mit den Knochen seiner Mutter liegen.

Auf dem Parkplatz herrscht das Durcheinander, das man als Folge eines Gewaltverbrechens gewohnt ist, bei dem Polizisten ihre Waffen gezogen haben und es zu schweren Verletzungen kam. Der Eagle schwebt über dem Schauplatz, die Gewehre der Scharfschützen sind auf den Mann gerichtet, der bewegungslos am Boden unter dem Baum liegt. Die bewaffneten Beamten in der Nähe der Fahrzeuge bleiben wachsam, noch strömt das Adrenalin, noch immer halten die Beamten ihre Pistolen schussbereit im Anschlag. Addison sitzt neben Jaye auf der Rückbank eines Polizeifahrzeugs. Obwohl sie sich außer Sichtweite des Baums befindet, weiß sie, dass sie niemals vergessen wird, was dort geschehen ist. Sie weint. Jaye bleibt bei seiner Tochter und hat nicht die Absicht, sie aus seinen Armen zu lassen.

Später, in den Stunden danach, wird die Kuia, gestützt auf den Arm ihres Enkels, auf den Maunga steigen. Weitere Mitglieder des Iwi werden an ihrer Seite gehen. Ein vielstimmiges, leises Klagen wird sich erheben, die Totenklage, die von den Berghängen widerhallen wird. Um zu trauern, um zu weinen, um Leid und Schmerz aus sich herausströmen zu lassen. Im Gedenken an die schrecklichen Dinge, die vor so langer Zeit an diesem Ort geschehen sind. Und die schrecklichen Dinge, die vor achtzehn Jahren geschehen sind. Und die schrecklichen Dinge, die an diesem Tag ein Ende gefunden haben, im langen Schatten des uralten Pūriri.

Die Pistole noch immer in der Hand, kniet Hana neben Raki auf dem Boden und tastet nach seinem Puls. Hana weiß, dass Spitze und Speerschaft rasch und unaufhaltsam jenen Bereich des Körpers durchdrungen haben, in dem sich die höchste Konzentration lebenswichtiger Organe und großer Arterien befindet, wodurch es zu einer katastrophalen Verletzung kam. Rakis Atem und sein Herzschlag sind unregelmäßig, doch er lebt noch, und Hana kann erkennen, dass sich seine Augen unter den geschlossenen Lidern hektisch hin- und herbewegen. Was sehen sie? Wenn das Ende nah und unausweichlich ist, wenden wir unseren Blick dann zurück auf die Gipfel, die wir überwunden haben, und die Täler, die wir durchwandert haben, und die Wege, die wir gegangen sind, und versuchen wir, in jenen letzten Momenten eine Ordnung auszumachen, unsere Reise in schlüssige Abschnitte zu unterteilen und einen Sinn in ihr zu finden?

Oder blicken wir in die andere Richtung? Auf das schwache Licht weit draußen über dem Meer, jenseits des weiten, felsigen Festlandes an der nördlichsten Spitze der *Motu*? Und versucht unser Blick dort, an jenem entscheidenden Punkt, einen kleinen Eindruck von dem zu erhaschen, was uns erwartet, von denjenigen, die uns jenseits des letzten Stücks unserer Reise willkommen heißen?

Mit kreischenden Sirenen fährt ein Krankenwagen mit hoher Geschwindigkeit den Berg hinauf. Doch Hana weiß, dass es keine Klinik und keinen Arzt geben wird, die noch etwas für Raki tun könnten. Sie schiebt ihre Glock zurück in den Halfter. Sie legt ihre Hand auf Rakis zitternden Arm. Sanft spricht sie auf Te Reo mit ihm. »Geh jetzt«, sagt Hana. Die Worte sind kein Befehl, sondern voller stillem Mitgefühl. »Es ist Zeit. Du kannst gehen.«

Das Zucken unter Rakis Lidern wird langsamer. Ein letzter flacher Atemzug.

Dann rührt er sich nicht mehr.

Seine Mutter geht den lang gezogenen Abhang hinauf. Ein kräftiger Wind peitscht von oben kommend in sein Gesicht, als er nach ihr ruft: »Māmā!« Seine Stimme kämpft gegen den Wind an, als er das Wort benutzt, das er so lange nicht mehr benutzt hat. »Māmā, warte!«

Er lehnt sich in den Wind, zwingt sich, weiter auf sie zuzugehen. Näher, näher, jetzt ist er nur noch ein paar Schritte hinter ihr. Und ruft wieder nach ihr. »Māmā!«, ruft er und streckt den Arm nach ihr aus. Seine Finger berühren den Ärmel ihrer regenbogenfarbenen Strickjacke.

Sie bleibt stehen. Ihre Finger greifen nach seiner Hand. Der

Wind wird schwächer. Jetzt ist er nur noch eine leichte Brise. Die Sonne kommt hervor. Warm auf ihren Gesichtern.

Sie gehen weiter den Hang hinauf. Hand in Hand.

Zusammen.

WASSER

Noch bevor die Morgendämmerung anbricht, stehen Hana und Addison bis zur Hüfte im Ozean. Wasser tropft aus Hanas zu einer Schale geformten Händen und rinnt auf Addisons Gesicht. Reinigend. Ein Ritual der Reinigung und Erneuerung. Zwischen Mutter und Tochter.

Addisons Finger ziehen im Wasser Kreise.

Wasser. Das Element, das nährt, das Leben gibt und erhält. Das Wasser, das ein Jahrtausend zuvor die Māori zehntausend Kilometer weit über den Ozean getragen hat, von der Heimat der Urahnen auf Hawaiiki hierher nach Aotearoa.

Wasser, das reinigt. Wasser, das erneuert.

Ein paar Wochen zuvor, nachdem Rakis Leiche im Krankenwagen abtransportiert und die Autopsie abgeschlossen worden war, war die Kuia in die Klinik gekommen, um ihn zu segnen und die Karakia über seinem Leichnam zu sprechen. Denn trotz allem, was Raki getan hatte, war er noch immer einer ihres Iwi; jemand, der sein Leben im Kampf für die Māori gegeben hatte, der vor Gericht und im Vorlesungssaal und auf der Straße in den Reihen der Protestierenden gegen den Schmerz und die Verletzungen und das Trauma angekämpft hatte, die von zwei Jahrhunderten brutaler Kolonialisierung verursacht worden waren, obwohl er sich an einem bestimmten Punkt von diesem Schmerz, den Verletzungen und dem Trauma fortreißen und überwältigen ließ – besiegt von der Trauer darüber, seine Mutter, deren Hoffnung und deren Glaube zerstört und zunichtegemacht waren, in seinen eigenen Armen sterben zu sehen, besiegt von seiner Unfähigkeit, die Rückgabe des geraubten Landes an seinen Iwi zu ermöglichen, besiegt von einem Rechtssystem, das geschickt und unerbittlich war in seiner kalten, grimmigen Entschlossenheit, das Unrecht der Vergangenheit niemals ernsthaft wiedergutzumachen. Und in seiner Qual gab er sich einem anderen Kampf hin. Einem schrecklichen Weg. Einem Weg, der sechs Menschenleben kosten würde, darunter schließlich auch sein eigenes.

Auf welcher Seite liegt das Böse? Auf der eines gebrochenen Menschen? Oder auf der von zwei Jahrhunderten des Traumas, der Unterdrückung und der Ungerechtigkeit, die ihn gebrochen haben?

Hana blieb neben ihm, bis die Riten beendet waren und die Kuia ein letztes Gebet für sie gesprochen hatte. Dann ging sie und wusch sich Rakis Blut von den Händen.

Wasser.

Danach kehrte sie in den achten Stock des Polizeipräsidiums zurück. Sie umarmte die Mitglieder ihres Teams, trank ein, zwei Bier mit ihnen, hörte zu, wie Jaye allen für ihr Engagement und ihren Einsatz dankte, für die vielen Stunden, die sie investiert hatten, die Risiken, die sie eingegangen waren, und die brillante

Arbeit, die sie in einen Fall gesteckt hatten, der zweifellos einer der schwierigsten war, denen sie in ihrer ganzen Laufbahn begegnen würden. Und bewegt und demütig erwies er einer der besten Polizistinnen, mit denen zusammenzuarbeiten er jemals die Ehre gehabt hatte, seinen Respekt: Detective Senior Sergeant Hana Westerman.

Der Beifall und der Jubel hielten volle zwei Minuten an.

Hana weigerte sich, ihrerseits eine Rede zu halten.

Sie trank aus. Dann ging sie und schaltete ihren Computer ein. Sie begann zu tippen.

Jede Menge Essen wurde geliefert, mehr Biere wurden gebracht, Whiskyflaschen geöffnet. Alles wurde überaus locker und geriet ein klein wenig aus dem Ruder – wie es immer geschieht, wenn man einer Arbeit nachgeht, bei der man, sobald man am Morgen seine Socken und Arbeitsschuhe anzieht, nicht die Hand aufs Herz legen und vor dem Spiegel schwören kann, dass man auf jeden Fall am Abend wieder nach Hause kommen wird.

Hana beendete, was sie am Computer getippt hatte, druckte das Dokument und loggte sich aus. Sie ging in Jayes Büro und legte ihre Kündigung auf seinen Schreibtisch, wo er sie am nächsten Morgen finden würde.

Sie nahm den Aufzug und fuhr vom achten Stock nach unten, wo sie zum letzten Mal durch den Haupteingang aus dem Polizeipräsidium trat.

Du beugst dich vor.

Bis zum entscheidenden Moment.

Du beugst dich noch weiter vor.

Und dann bist du weg.

Wasser unter Addisons Hand.

»Er hat geglaubt, Rache würde die Māmāe beenden. Aber sie brachte nur noch mehr Schmerz.« Sie betrachtet die Spur, die die Bewegung ihrer Hand im Wasser hinterlassen hat, den Kreis, der für einen kurzen Augenblick bestehen bleibt und dann verschwunden ist. »Nā te ahi ka tahuna he ahi anō. Gewalt führt nur zu noch mehr Gewalt«, sagt sie. »Schmerz führt nur zu noch mehr Schmerz. Die Māori müssen weiterkämpfen. Wir wurden braun und schreiend geboren. Wir müssen zusammenhalten und kämpfen. Bis die Wunden aus zweihundert Jahren wirklich verheilt sind. Bis sich die Dinge wirklich ändern. Nicht, indem man neue Wunden schlägt. Nicht durch Blut. Wir werden mit Worten kämpfen. Mit Liebe. Mit Licht. Und wir werden siegen.«

Wasser. Als die Sonne aufgeht, rinnt Wasser aus Hanas Händen über Addisons Gesicht. Dann formt Addison ihre Hände zu einer Schale und reinigt Hanas Gesicht.

Seite an Seite beobachten Mutter und Tochter, wie sich die Sonne langsam, ganz langsam am fernen Horizont erhebt.

Nichts mehr wird gesagt.

Nichts mehr muss gesagt werden.

EDITORISCHE NOTIZ

6 Tote ist nicht nur ein spannender Thriller, der uns in das Neuseeland des 21. Jahrhunderts führt, es ist auch ein Buch, das unterschiedliche Diskriminierungserfahrungen thematisiert und die noch heute spürbaren Auswirkungen der Kolonialzeit. Das liegt dem Autor Michael Bennett sehr am Herzen und stellte unsere Übersetzer vor einige Herausforderungen, denn auch unsere Sprache ist noch immer von dieser Zeit geprägt.

Als Verlag haben wir uns bemüht, möglichst sensibel mit den Entscheidungen umzugehen, die wir im Rahmen der Übersetzung treffen mussten. Natürlich sind wir uns bewusst, dass der Umstand, dass die Übersetzer und der Autor in vielerlei Hinsicht unterschiedlich positioniert sind – geografisch, kulturell, in Bezug auf koloniale Vermächtnisse – und ihr (Erfahrungs-) Wissen sich dementsprechend unterscheidet, nicht ohne Einfluss auf die Übersetzung ist. Im Rahmen des Lektorats haben wir uns daher besonders kritisch mit Fragen auseinandergesetzt, die Rassismus und Diskriminierung betreffen. Sehr hilfreich war dabei die Unterstützung unserer Sensitivity-Leserin.

Wir wissen, dass Übersetzungen nie perfekt sein können, und möchten trotzdem versuchen, auch im deutschsprachigen Raum die Geschichten indigener Autor*innen sichtbarer zu machen. Wir hoffen, dass wir dem Text im Rahmen unserer Möglichkeiten gerecht werden konnten und die wichtigen Themen dieses Buchs so in Zukunft mehr Aufmerksamkeit erhalten.

ADDENDUM
HANA WESTERMANS TĀMAKI MAKAURAU

6 *Tote* spielt in Tāmaki Makaurau (Auckland), Aotearoa (Neuseeland), in der Gegenwart. Auckland ist eine Stadt von knapp über anderthalb Millionen Einwohnern, was der Bevölkerung von Budapest oder Philadelphia entspricht, doch sie erstreckt sich über eine weitläufige Landschaft, in der sie einen fast ebenso mächtigen Fußabdruck hinterlässt wie Los Angeles. Immer wieder erscheint sie unter den zehn lebenswertesten Städten der Welt – ein Ort von großer Naturschönheit, mit wunderbaren Cafés, Restaurants und Theatern, einer blühenden Film-, Kunst- und Musikszene und dem Stadion der größten Rugby-Mannschaft aller Zeiten. Auckland ist von fünfzig Vulkangipfeln umgeben und liegt zwischen zwei natürlichen Häfen voller idyllischer Inseln. Sie ist eine wahrhaft multikulturelle Großstadt im Südpazifik, in der über dreißig Sprachen gesprochen werden.

Doch abseits der neuseeländischen Werbetafeln für die Touristen und der auf Instagram so beliebten Aufnahmen des Golfs ist die Vulkanerde tief von Blut getränkt, das in einer nicht allzu fernen Vergangenheit vergossen wurde, die weitaus weniger idyllisch ist. Aotearoa/Neuseeland ist ein Paradies mit einer furchtbaren und blutigen Kolonialgeschichte. Im neunzehnten Jahrhundert segelte eine unaufhaltsame Flut britischer Siedler bis an den entferntesten Punkt auf dem Globus, einen Ort, auf den sie keinen legitimen Anspruch erheben konnten; geschützt wurden sie dabei von der mächtigsten Militärmacht der Welt, der britischen Armee.

Eine meiner Töchter ist eine Dichterin, und sie schreibt:

Wenn mich meine Cousins aus England besuchen
Zeige ich ihnen, wie rot die Straßen Aucklands erscheinen
Sobald man sich daran erinnert
was unter ihnen begraben ist
Ich rufe ihnen ins Gedächtnis, wie die Knochen von Schieß-
  pulver gebleicht wurden
Das ist Neuseeland, und es ist tot.

Die Wunden der Kolonialisierung sind frisch und unverheilt. Die Vergangenheit ist nicht vergangen, und wir können sie nicht auf sich beruhen lassen.

Voller Respekt verneigt sich der Autor vor den Iwi der Ngā Mana Whenua o Tāmaki Makaurau – Te Rūnanga o Ngāti Whātua, Ngāi Tai ki Tāmaki, Ngāti Maru, Ngāti Pāoa, Ngāti Tamaoho, Ngāti Tamaterā, Ngāti Te Ata, Ngāti Whanaunga, Ngāti Whātua o Kaipara, Ngāti Whātua Ōrākei, Te Ākitai Waiohua, Te Kawerau ā Maki, Te Patukirikiri. Der Iwi in diesem Buch, Te Tini-o-Tai, und der Berg ihrer Vorfahren, Maunga Whakairoiro, sind gänzlich fiktiv, und obwohl das historische Unrecht und die späteren Protestbewegungen zur Rückübertragung der traditionellen

Territorien, die in diesem Buch geschildert werden, für viele Iwi in Tāmaki Makaurau und im Rest des Landes wiedererkennbar sein dürften, sind die Ereignisse und Figuren in dieser Geschichte Fiktion und sollen weder tatsächlich existierende Iwi noch ihre Territorien oder ihre Geschichte darstellen.

DANKSAGUNG

Schreiben ist eine einsame Beschäftigung. Die meiste Zeit über ist das offensichtlich, denn alles spielt sich zwischen zehn Fingern und einem Laptop ab. Doch ich war dabei in der privilegierten Lage, dass viele großzügige Menschen an den Rändern meiner Tastatur ihren Raum fanden.

Figuren und Ereignisse in *6 Tote* wurden gemeinsam mit Jane Holland entwickelt. Meinem Grundstein, meinem festen Boden unter den Füßen bei stürmischer See – Lebenspartnerin, Liebespartnerin und jetzt sogar Partner in Crime. X.

6 Tote beschäftigt sich mit den nie verheilten brutalen Erfahrungen der Māori während der Kolonialherrschaft, einem kulturell herausfordernden Terrain. Demütig erkenne ich die sichere Hand des *Pou Matua* dieses Buches an, Ngamaru Raerino (Ngāti Awa, Ngāti Rangiwewehi), und danke ihm für sein großes Wissen und seine Führung durch die Reiche von Te Ao Māori, Te Reo Māori und Tikanga. Zutiefst dankbar bin ich Tim Worrall (Ngāi Tūhoe), und zwar nicht nur für seine gründliche und einsichtsvolle Führung in kulturellen Belangen des Manuskripts, sondern auch dafür, dass er – selbst ein brillanter Schriftsteller – selbstlos, liebevoll und großzügig seinen schöpferischen Kollegen Hilfe gewährt. Darüber hinaus hat Tim die Geschichte des Iwi geschaffen, die das Herz dieses Romans bildet. Ngamaru und Tim – ngā mihi nui, ngā mihi aroha ki a kōrua.

Nie war ich Guinness für etwas dankbarer als für die Gläser, die ich mit meinem Agenten Craig Sisterson vor ein paar Jahren in einem Pub in London getrunken habe, während ich ihm von dem unheimlichen Roman erzählte, den zu schreiben ich die Absicht hatte. Craig war von ungeheuer großer Bedeutung für mich als Autor, und er hat für dieses Buch bei einem der großen Verlagshäuser eine Heimat gefunden, nämlich Simon & Schuster.

Das Vertrauen, das mir meine Lektorin Katherine Armstrong seit der ersten Lektüre des Manuskripts entgegengebracht hat, war sowohl einschüchternd wie ermutigend. Ihr sicherer Instinkt, ihre Einsichten, Ratschläge und Nachfragen sowie ihr Gespür für notwendige Herausforderungen haben dem Buch Flügel verliehen.

Ich sage Aroha und Danke zu den vielen Freunden, die mir mit Rat, Vorschlägen, Unterstützung, Liebe oder großen Mengen all dieser Dinge gleichzeitig zur Seite standen – Alan Sharp, Cian Elyse White, Tajim Mohammed-Kapa, Detective Constable Turi McLeod-Bennett, Jacquelin Perske, Carthew Neal, Taika Waititi, Phoebe Eclair-Powell, Senior Constable Debra Brewer, Dr. Tiopira McDowell, Ainsley Gardiner MNZM, Jessica (Coco Solid) Hansell, Morgan Waru, Nacoya Anderson, Miriama McDowell, Hemi Kelly, Amie Mills, Benedict Reid, Nic Finlayson, Matthew Saville, Keely Meechan, Tim McKinnel.

Ngā mihi an Sian Wilson für ihre stimmungsvolle Gestaltung des Originalumschlags und an Māhina Bennett für die von ihr entworfene Māori-Illustration, die für den Originalumschlag und im Buch selbst benutzt wurde. Ngā mihi an die Projektverantwortliche Louise Davies und an die Korrektorin Jane Selley für diesen unglaublich angenehmen und fruchtbaren Prozess. Ngā mihi an Matariki Bennett für Addisons Rap »Brown and screaming« und den Auszug aus ihrem Gedicht »Guns and Bad Stuff«. Und einen gewaltigen Jubelruf für das unglaubliche Rechte-Team von Simon & Schuster.

Das Schreiben dieses Buches wurde ermöglicht durch die großzügige Unterstützung des Arts Council of New Zealand Toi Aotearoa (Creative New Zealand). Ein besonderes Ngā mihi geht an Simonne Likio und Richard Knowles.

Mein Vater hat mir die lebenslange Leidenschaft vererbt, für Dinge zu kämpfen, die den Kampf wert sind. Meine Mutter lehrte mich die Hochachtung vor der Schönheit und der Macht der Worte. Ohne ihre kostbaren Gaben wäre ich nie Schriftsteller geworden.

VERZEICHNIS DER VERWENDETEN BEGRIFFE AUS DER SPRACHE DER MĀORI

Aotearoa	Neuseeland (»Land der langen weißen Wolke«)
Hākari	ein Fest nach einem wichtigen Ereignis wie einer Beerdigung
Hongi	Nasendrücken als Begrüßung
Iwi	Stamm, Sippe, Volksgruppe, Gesellschaft
Kai	Nahrung
Karakia	rituelle Gesänge, Gebete
Karanga	ein zeremonieller Ruf, mit dem Besucher eines Marae willkommen geheißen werden
Kava-Kava	eine in Neuseeland beheimatete Pflanze, deren Blätter traditionell für medizinische Zwecke genutzt werden
Kuia	ältere Frau, Älteste eines Iwi mit hohem Ansehen
Kūpapa	Kollaborateur, Verräter
Māmāe	tiefe Trauer, Trauma, spiritueller Schmerz
Mamaku	ein Baumfarn

Mānuka	Teebaum
Marae	der Versammlungsort eines Iwi mit Gemeinschaftsgebäuden
Matua	Vater; auch als respektvolle Bezeichnung für einen älteren Mann verwendet
Maunga	Berg
Mauri	Lebensenergie, Vitalität
Moa	flugunfähiger Riesenvogel, der bis zu vier Meter groß wurde; vor 500 Jahren ausgerottet
Mokopuna	Enkelkind
Motu	Insel
Pā	Dorf
Paepae	die Bank im vorderen Bereich eines Versammlungshauses, von der aus die Redner zu feierlichen Anlässen das Wort an die Anwesenden richten
Pākehā	Neuseeländer europäischer Abstammung
Pounamu	in Neuseeland vorkommende Nephrit-Jade
Pūkeko	Sumpfhuhn
Rangatira	hochrangiger, einflussreicher Anführer
Taiaha	ein Holzspeer, meistens geschnitzt
Tāmaki Makaurau	Auckland
Tā Moko	traditionelle Tätowierung der Māori, die Rang oder sozialen Status anzeigt
Tangi	Bestattungszeremonie
Tapu	Bezeichnung für etwas Heiliges oder Geweihtes. Ein Ort, eine Person oder ein Gegenstand, der als *tapu* gilt, darf nicht berührt oder oft nicht einmal besucht werden

Tekoteko	geschnitzte Figur am Giebel eines Versammlungshauses, üblicherweise von einem Vorfahren des Iwi
Te Reo Māori	die Sprache der Māori, kurz auch Te Reo genannt
Tino Rangatiratanga	Autonomie der Māori, Selbstbestimmung, Souveränität
Treaty of Waitangi, oder Te Tiriti o Waitangi	Gründungsurkunde Neuseelands, unterzeichnet am 6. Februar 1840 von der britischen Krone und über fünfhundert Māori-Rangatira. Es existiert eine Version auf Te Reo Māori und eine auf Englisch, und die Widersprüche zwischen beiden Versionen sorgen nach wie vor für Streitigkeiten.
Tupuna	Vorfahre
Wairua	Geist
Whaea	Mutter; auch respektvolle Bezeichnung für eine ältere Frau
Whakapapa	Genealogie, Stammbaum
Whānau	Großfamilie
Wharekai	Speisesaal